AS GUERRAS DE GÊNESIS

AS GUERRAS DE GÊNESIS

AKEMI DAWN BOWMAN

Tradução
Ana Beatriz Omuro

Copyright © 2022 by Akemi Dawn Bowman
Copyright da tradução © 2023 by Editora Globo S.A.

Todos os direitos reservados. Nenhuma parte desta edição pode ser utilizada ou reproduzida — em qualquer meio ou forma, seja mecânico ou eletrônico, fotocópia, gravação etc. — nem apropriada ou estocada em sistema de banco de dados sem a expressa autorização da editora.

Título original: **The Genesis Wars**

Editora responsável Paula Drummond
Editora assistente Agatha Machado
Assistentes editoriais Giselle Brito e Mariana Gonçalves
Preparação de texto Tiago Lyra
Diagramação e adaptação de capa Renata Zucchini
Projeto gráfico original Laboratório Secreto
Revisão Ana Sara Holandino
Ilustração de capa © 2022 by Casey Weldon
Design de capa original Laura Eckes © 2022 by Simon & Schuster, Inc.

Texto fixado conforme as regras do Acordo Ortográfico da Língua Portuguesa (Decreto Legislativo nº 54, de 1995).

CIP-BRASIL. CATALOGAÇÃO NA FONTE
SINDICATO NACIONAL DOS EDITORES DE LIVROS, RJ

B783g

      Bowman, Akemi Dawn
          As guerras de Gênesis / Akemi Dawn Bowman ; tradução Ana Beatriz Omuro. - 1. ed. - Rio de Janeiro : Globo Alt, 2023.
          ; 23 cm.   (As cortes do infinito ; 2)

          Tradução de: The Genesis wars
          Sequência de: as cortes do infinito
          ISBN 978-65-85348-00-3

        1. Ficção americano. I. Omuro, Ana Beatriz. II. Título. III. Série.

23-83505   CDD: 813
                                         CDU: 82-3(73)

Gabriela Faray Ferreira Lopes - Bibliotecária - CRB-7/6643

1ª edição, 2023

Direitos de edição em língua portuguesa para o Brasil adquiridos por Editora Globo S.A.
R. Marquês de Pombal, 25
20.230-240 — Rio de Janeiro — RJ — Brasil
www.globolivros.com.br

*Aos esperançosos que sonham, se importam
e enxergam pontes onde outros apenas veem fogo.
Continuem irradiando sua luz no mundo.*

1

A floresta está silenciosa, mas sei que estou sendo perseguida.

Gelo se espalha pela minha espada, cobrindo o vidro marinho afiado até só restar um pequeno pedaço de vermelho desbotado. O pulsar de um coração. A chama de algo que luta desesperadamente para sobreviver.

Giro a adaga na mão e avanço pela neve.

Este lado da floresta é repleto de bétulas prateadas. Não é como as florestas na Vitória, com suas clareiras espaçosas e um número limitado de esconderijos. Não cruzo as fronteiras de Caelan desde o dia em que fugi do palácio. Mas aqui há milhares de lugares onde posso desaparecer. Milhares de formas de ficar invisível.

E mesmo assim eles me encontraram.

A neve é recente o suficiente para que minhas botas afundem a cada passo, deixando uma trilha para o meu predador, e não há nada que eu possa fazer a respeito. Já fui marcada.

Eu me agacho para desviar de um galho baixo, serpenteando por trás de árvores dormentes e pela vegetação coberta de neve. Não chega a ser um labirinto, mas é o suficiente para eu ganhar um tempinho.

E um tempinho é tudo de que preciso.

Eu me jogo atrás de uma das árvores maiores e tomo impulso numa raiz protuberante para conseguir subir no galho mais baixo.

Escalo rapidamente, ignorando o arranhar da casca congelada, até me esconder no emaranhado de galhos grossos com vista para a clareira adiante.

Uma figura encapuzada está sentada na base de uma árvore, imóvel como o mundo congelado ao seu redor.

Aperto a adaga com mais força, com olhos grudados no caminho, aguardando a outra figura. Meu caçador. Porque as estrelas sabem que eles nunca viajam sozinhos.

Mas a quietude é sinistra. Nem mesmo um espectro poderia se mexer de maneira tão silenciosa. E, enquanto observo o cair da neve, me ocorre que eu estava tão ocupada vigiando o chão que me esqueci de vigiar as árvores.

Um grunhido vigoroso retumba por perto. Antes que eu tenha a chance de me virar, um peso enorme se joga no meu corpo, me arrancando dos galhos. Meu ombro direito atinge o chão com um estalo, arremessando minha adaga para fora de alcance. Rolo para o lado, me ponho de pé e giro para encarar meu agressor.

A fera cintila feito uma galáxia de nuvens e estrelas, com um corpo que é distintamente o de um leopardo-das-neves. Mas seus olhos azul-oceano não pertencem a nenhum animal — são humanos.

Avanço para recuperar minha arma, mas o felino é rápido demais. Ele se lança em uma investida, e rolamos sobre rochas e arbustos e neve. Ignoro a dor que toma meu quadril, focando apertar o pescoço da fera enquanto seus caninos afiados como lâminas se movem perto do meu rosto.

Com um grunhido de força, eu foco minha consciência, deixando que uma onda de poder se concentre nas minhas palmas antes de lançar na direção do animal. A força de energia arremessa a criatura pela neve, e seu corpo vai rolando até parar. Um rugido irrompe de seus dentes à mostra conforme ela se levanta devagar.

O leopardo-das-neves não se feriu, mas com certeza se irritou.

Desajeitada, eu me levanto às pressas, agarrando minha adaga enquanto corro até outra árvore. Quando olho por cima do ombro, a criatura iluminada por estrelas já está atravessando o ar numa segunda investida.

Fecho os olhos, deixando outra onda de energia absorver cada centímetro do meu corpo, e me cerco com um véu.

Fico invisível.

Saindo do caminho bem a tempo, ouço o felino colidir com a base de uma árvore no lugar de onde saí. Os galhos acima estremecem, e uma pilha de neve desaba sobre a cabeça da criatura. Reapareço a vários passos de distância, com a adaga apontada para o felino e soltando meu próprio grunhido.

Os olhos do leopardo-das-neves se metamorfoseiam em duas luzes intensas. Não mais os de um humano, mas os de um Diurno.

Em algum lugar próximo, uma pessoa gargalha.

— Você treinou esse tempo todo e só conseguiu aprender uns truquezinhos de festa? Que decepção.

Eu me viro e encontro a figura que estava debaixo da árvore. Ela está a vários passos de distância, com as mãos pairando sobre as espadas na cintura. Mesmo sob o capuz, consigo ver a ponta de um sorrisinho provocativo. Um desafio.

Não tiro os olhos do felino em movimento à minha frente, embora minha voz se dirija à mulher.

— Também aprendi a nunca usar todas as minhas cartas na primeira rodada.

Meus dedos espasmam na direção da terra. Um galho solitário jaz sobre a neve, à espera. À espera de mim.

O galho se contorce e se metamorfoseia; pixels explodem sobre a superfície alongada até ele se transformar numa clava sólida. Eu a agarro do chão num instante, bem quando o leopardo-das-neves expõe as presas e salta na minha direção, e o acerto na parte de trás da cabeça.

Ele desaba, atordoado.

O sorrisinho da mulher se transforma num exibir de dentes. Ela solta um grunhido debaixo do capuz, mas já estou brandindo minha espada na direção de seu peito. Ela estende um braço para bloquear o golpe, e minha adaga encontra sua armadura. É fina como papel, mais segunda-pele do que metal, mas absorve o impacto — e o dano — do meu ataque. Desajeitada, colido com ela, que gira o corpo para revelar um par de facas de obsidiana idênticas. Ela golpeia à esquerda, depois à direita, e estou sendo empurrada para trás, na direção dos arbustos espinhosos. Eu me recuso a ser encurralada, então ergo a espada com toda a minha força. Ela usa uma faca para bloquear e a outra para perfurar a pele entre as minhas costelas, errando o coração por pouco. É o tipo de corte que é intencional e visa mutilar, não matar.

Só que ninguém morre de verdade no Infinito. Pelo menos não por enquanto.

Preciso de toda a minha força para não gritar de dor, mas me contenho. Já cheguei longe demais para deixar um ferimento de faca me atrasar.

Empurro o corpo contra ela, forçando-a a recuar. E, enquanto ela se ocupa em retirar a faca do meu osso, jogo a minha cabeça na dela com um estalo furioso, lançando-a na direção de uma árvore caída, cambaleante.

Ela paralisa no ar, logo antes de fazer contato visual, flutuando como um ser fantástico. E talvez seja. Como todos nós, talvez sejamos...

O sangue que se acumula na minha ferida é pegajoso e quente. Mas a luta não acabou. Terei tempo para me curar mais tarde.

Eu me aproximo, erguendo o punho com a adaga para outro golpe, e ela desaparece por completo.

Seu riso enche a floresta fria, mas não consigo enxergá-la. Ela parece estar em todo e nenhum lugar ao mesmo tempo, como um eco que preenche um cânion. Meus ombros enrijecem. Sentindo as bochechas esquentarem, passo os olhos pelas árvores; então a criatura feita de nuvens e luz me atinge, batendo meu crânio na árvore mais próxima. Eu desabo sobre a terra.

Sem ar, com a visão cheia de flashes, sinto o mundo girando atrás da cabeça ameaçadora da fera. Então uma língua áspera feito lixa arranha a lateral do meu rosto.

— Você é muito bonzinho com ela, Nix — diz a garota com outro riso, tornando-se visível novamente. — Preciso lembrar que ela tentou te acertar com uma *clava*?

Ela abaixa o capuz e revela um rosto que já quase memorizei: pele clara salpicada de sardas, olhos azul-oceano e cabelo castanho trançado em três partes. Um emblema de arenque e um cardo bordado no colarinho. O símbolo do Clã do Sal.

Não que tenha sobrado muita coisa dele.

O leopardo-das-neves ronrona no meu ouvido e mordisca meu cabelo.

— Dá para fazer seu Diurno feroz parar?

Em resposta, a criatura bufa.

— Não leva para o lado pessoal, Nix — Kasia diz, dando um assobio breve que faz o felino ir até ela imediatamente. — A Nami não gosta de afeto.

Faço uma careta, mas não digo nada. Prefiro que todo mundo pense que não gosto de abraços em vez de saber do verdadeiro problema: me aproximar das pessoas simplesmente não é mais uma possibilidade.

Não depois do que aconteceu e do que isso me custou.

Eu me permiti me aproximar de uma pessoa. Confiei tanto nela que não percebi os sinais de alerta e, por minha causa, a Colônia caiu.

Guardo minha faca na bainha, ignorando a pontada no peito enquanto Kasia afaga as orelhas de Nix.

— Pensei que você fosse patrulhar a fronteira hoje — comento.

— Eu ia. Mas aí vi você.

Lanço um olhar rápido para os olhos brancos e brilhantes de Nix. Não há mais um traço sequer de Kasia neles.

— Você acha que ele sente? Quando você assume o controle dele?

A dor no meu peito é constante, mas, quando penso em Gil e no que Caelan fez com ele...

É aí que a dor começa a *queimar*.

AS GUERRAS DE GÊNESIS

O sorriso de Kasia desaparece.

— Nix não é uma consciência. Ele é feito de memórias. E se apegar a memórias é uma coisa bem típica de humanos.

— Você faz isso parecer natural — digo. — Mas não existe mais ninguém nas Terras da Fronteira que consegue usar um Diurno como se fosse um segundo corpo.

Os olhos azuis de Kasia cintilam, travessos.

— O que eu posso fazer? Sou uma criatura rara.

Resisto à vontade de rir — a vontade de me sentir como eu mesma outra vez. A Nami, cujas maiores preocupações eram *quizzes* sobre cultura pop e se o melhor amigo gostava dela como ela gostava dele.

Mas a Nami humana morreu. Assim como as coisas às quais eu queria me agarrar, como a crença de que as pessoas são capazes de mudar e de que a gentileza e a compreensão sempre fossem mais poderosas do que o ódio...

Não há lugar para isso no Infinito. Não há lugar para a antiga Nami.

Annika me disse que lutar era a única forma de sobreviver, então estou me adaptando. A pessoa que sou agora? Ela fará o que for preciso.

Pisco, lutando contra a culpa mesmo quando ela parece insuportável.

— Até onde você consegue viajar com Nix antes da sua mente ser puxada de volta?

Kasia observa o leopardo como alguém observaria um bichinho de estimação querido.

— Houve um tempo antes da Primeira Guerra em que a gente conseguia atravessar todas as Quatro Cortes sem pensar duas vezes. — Sua voz se torna ofegante. — Mas me juntar a Nix é como estar numa embarcação. Posso conduzir, mas não consigo me *transformar* nele. Não tenho nenhuma habilidade além das do próprio Nix. Se eu o perdesse no Labirinto, sozinho, num mar ou numa caverna ou em algo pior... talvez nunca conseguisse recuperá-lo.

Meu olhar se dirige à neve que cai. Se eu tivesse um Diurno como Nix, e a habilidade de usá-lo como um veículo, viajaria para Vitória. Para a Guerra. Para a *Morte*, se fosse necessário. Poderia conseguir a informação de que preciso e finalmente descobrir para onde os outros foram levados depois que eu traí Caelan e provei o ponto de vista de Ophelia.

Mas o Infinito é um mundo enorme. A única coisa que posso fazer agora é treinar o tanto quanto possível, e me preparar para o dia em que eu estiver pronta para me aventurar no Labirinto outra vez.

Devo muito mais à Colônia do que sua liberdade.

— Se eu pudesse te mostrar como funciona, eu mostraria. — O sorriso de Kasia se torna lúgubre. — Mas a ligação que tenho com Nix exige um nível grande de confiança. E isso é algo que não posso ensinar.

Não me dou ao trabalho de comentar que confiança é algo que eu tinha até demais no passado. Ela viu minhas memórias por meio de uma Troca; ela sabe o que aconteceu na Noite da Estrela Cadente.

Confiar em Gil e em Caelan — que no fim das contas eram a mesma pessoa o tempo todo — é parte do motivo pelo qual falhei.

— Não preciso de um Diurno — digo, amarga. — Preciso de um *exército*.

Alguém disposto a lutar comigo, porque ainda não sou forte o bastante para fazer nada disso sozinha.

— Sei que planeja sair daqui um dia, e eu treino com você porque quero que tenha a melhor chance possível. Mas você sabe o que os clãs pensam sobre voltar à guerra — Kasia diz. — Você sabe o que nós já perdemos.

— Se vocês não querem lutar, pelo menos me ajudem a encontrá-los — argumento. — Guiar os humanos até um lugar seguro não é o objetivo dos Clãs da Fronteira? Você me disse uma vez que eu fui a primeira humana em mais de cem vidas a seguir o caminho nas estrelas. De que serve um mapa se ninguém sabe como encontrá-lo?

Nós deveríamos estar lá fora contando a verdade para as pessoas. Deveríamos estar *ajudando* elas.

AS GUERRAS DE GÊNESIS   **13**

Este é o porto seguro que Annika e os outros merecem. O lar que deveria ter sido o *deles*, não o meu.

Nix se apoia nas patas traseiras e abre a boca num bocejo. Sem dúvidas está cansado de me ouvir usar o mesmo argumento toda hora.

Mas não consigo deixar para lá.

— Ainda estamos aqui, não estamos? — Kasia observa. — Talvez esperar não seja um sacrifício para você, mas faz pouco tempo que você está aqui. Nós ficamos aqui para proteger este lugar desde a Primeira Guerra.

— Tá, e por mais quanto tempo? — Minhas palavras são afiadas como aço.

Dez meses atrás, eu jamais teria notado a oscilação nos olhos de Kasia. O lampejo de hesitação num mar de azul profundo.

Mas não sou a mesma pessoa de dez meses atrás.

— Eu sei que o conselho votou outra vez. — Há algo de ríspido na minha voz. Talvez um quê de impaciência também.

Kasia me analisa, enquanto Nix balança a cauda no ar gélido.

— Votou. Como fazemos a cada quinzena durante os últimos dois ciclos. — Depois de um instante de silêncio, ela suspira. — Nada mudou. A votação foi de três a um, como sempre. Os Clãs da Fronteira não vão a lugar nenhum.

— Mas você votou mesmo assim.

— *Eu* votei para *ficarmos*.

A neve estala debaixo das minhas botas quando me aproximo, de punhos cerrados.

— Como é que os clãs ainda discutem sobre ir embora ou não depois de tudo que eu contei para vocês sobre os humanos e os Residentes?

— As Terras da Fronteira nunca foram uma solução permanente.

— Vocês têm centenas de guerreiros treinados. Os clãs deveriam estar votando sobre ir ou não à guerra, não se devem abandonar todos os humanos nas Quatro Cortes!

Nix se eriça. Kasia faz um muxoxo, dirigindo o olhar para minhas mãos.

— Vai com calma, Nami. Eu gosto de você, mas, se perder a cabeça comigo, vou te quebrar no meio e não vou pedir desculpas por isso.

Pisco, sentindo a energia já se acumulando nos meus dedos. Antes, eu precisava de muito esforço para me agarrar a um fragmento de poder que fosse. Mas agora essa energia parece vinculada à minha raiva. Vinculada a *mim*.

Às vezes tenho medo de ser uma bomba-relógio, esperando para explodir sem qualquer aviso.

Mas contenho o poder, porque Kasia não é minha inimiga, e certamente não merece minha fúria.

Ela encara a extensão congelada da floresta e expira, os cílios cobertos por flocos de neve. Sua respiração é visível no ar frio.

— Acredito que manter as Terras da Fronteira é a coisa certa a se fazer. Mas muitos dos outros estão inquietos. Este não é o lar deles. Nunca será.

— Os clãs não podem ir embora. Não quando ainda existem sobreviventes por aí.

Preciso de um lugar seguro para onde levar meus amigos quando os encontrar.

Preciso ser capaz de dar esperança a eles.

Kasia gesticula para Nix, que imediatamente corre floresta adentro. Com um último olhar na minha direção, ela acrescenta:

— Não vou à luta com você, mas isso não significa que não estou do seu lado, Nami. Tente se lembrar disso quando sentir vontade de tacar fogo no mundo.

Ela desaparece na floresta densa de bétulas prateadas, e eu continuo parada até a neve cobrir seus passos.

Um lembrete de que, mesmo quando estou cercada de humanos — humanos que me deram abrigo desde o dia em que persegui as estrelas pelo deserto —, ainda estou sozinha.

Passo o resto do entardecer treinando perto da fronteira oeste, onde a neve é constante, mas os campos são amplos. Deixo a energia crescer nas minhas palmas e derrubo alvos improvisados a distância. Pedras, gravetos; vale tudo neste lugar vazio e sem vida.

Mesmo quando estou exausta, continuo. Mesmo quando meus músculos doem, não paro.

Os Clãs da Fronteira não vão lutar; quando o dia do meu retorno às Quatro Cortes chegar, eu estarei sozinha. Se eu tiver apenas uma chance para uma missão de resgate, preciso estar pronta. Então treino para ser mais ágil com a adaga, melhor com os meus véus e mais resistente à dor.

Um dia vou me tornar uma arma inesperada para o meu inimigo — e então vou deixar essas muralhas e encontrar cada pessoa que deixei para trás.

Vou descansar quando todos estiverem livres.

Pratico lançamento de adaga, forçando a arma a fazer um arco no ar e voltar para mim. Eu a pego algumas vezes, deixo cair em outras. Então, enquanto observo a lâmina vermelha girar no céu e estendo a mão, o cansaço enfim me atinge e eu me atrapalho.

A lâmina corta meu punho e depois cai na neve atrás de mim. Aos meus pés, conto gotas de sangue vermelho-vivo.

Um sibilo escapa através dos meus dentes enquanto inspeciono a ferida, aplicando pressão por força do hábito. O mesmo lugar onde eu costumava usar meu relógio O-Tech.

Um lampejo do vazio de Ophelia aparece na minha mente, e a memória faz minha espinha enrijecer.

Eu não a chamei por acidente. Mas às vezes eu me pergunto se entrar em contato com os Residentes é a única forma de conseguir descobrir onde a Colônia está sendo mantida.

É uma ideia imprudente. E talvez, se eu não estivesse tão cansada, nem estaria pensando nisso.

O desespero bate à porta, exigindo uma resposta.

Eu falhei com eles uma vez. Não posso falhar de novo.

Roço o polegar no punho, espalhando o sangue, mas não é em Ophelia que penso. É em alguém que nunca pareceu Residente *ou* humano de verdade.

Penso no príncipe que me deixou escapar.

O aroma dos pinheiros me atinge com força, me puxando de volta para a realidade com um tremor violento.

Pisco várias vezes, recuperando a compostura. Falar com Caelan outra vez... Não sei se estou pronta para abrir essa porta. Se *algum dia* estarei pronta.

E por que perder tempo tentando arrancar informações de um mentiroso?

Tiro a mão do punho, pego minha faca e abro caminho de volta pela neve.

2

O Mercado Noturno cheira a especiarias, borra de café e marrom-glacê. Ao longo do píer, as tendas brilham com lanternas de vidro, e suas tábuas de madeira ainda exibem um tom verde-azulado vibrante apesar do vaivém constante das ondas no mar próximo.

Ver tantos humanos — tantos humanos *conscientes* — ainda faz meu coração perder o compasso. Eles vagam de tenda em tenda, enchendo as cestas com bolinhos cozidos no vapor, frutas coloridas e folhados cobertos de caldas doces. Há bijuterias aqui também, mas, enquanto os tesouros da Vitória eram enraizados em algo cruel e forçado, a arte e os tecidos daqui parecem ter sido feitos com amor. E não há dinheiro a ser trocado nas Terras da Fronteira, nenhuma forma de pagamento além da gratidão.

Eles já têm liberdade e uma vida infinita. Talvez a única coisa que as pessoas queiram mesmo além disso seja uma conexão ao resto da humanidade.

Uma conexão. Ignoro a coceira no punho onde está a Ceifadora. Não a tirei desde aquele dia. É um lembrete de que preciso terminar o que comecei. Um lembrete de que a Colônia já acreditou em mim.

Uma mulher com mechas prateadas no cabelo e mãos enrugadas acena para mim numa casa de chá próxima. Güzide, fornecedora da baclava mais saborosa que já tive o prazer de provar. Todos os humanos nas Terras da Fronteira vêm de um tempo anterior à Ophelia, mas Güzide é quase tão velha quanto Mama Nan. Ela viveu antes dos primeiros trens a vapor.

Ela tem sido gentil comigo. Mais gentil do que a maioria.

Mas tudo que vejo é o emblema em sua túnica: um crânio de veado coroado com galhos. O Clã dos Ossos.

E hoje o Clã dos Ossos votou em partir.

Güzide faz sinal para que eu me aproxime, gesticulando para uma bandeja de xícaras de prata e uma torre de doces cobertos de mel.

— Venha e sente-se, Nami. Beba um chá. — Ela sorri, e rugas desabrocham por todo o seu rosto. — Você está sempre treinando — ela observa, com a voz tão sedosa quanto uma pétala de rosa. — Fico preocupada com você.

Foi fácil o bastante ser sugada para dentro deste mundo de paz e simplicidade naquelas primeiras semanas aqui. Mas já parecia tão errado quanto agora. Annika, Ahmet, Shura, Theo, Yeong e todos os outros... Eles ainda estão à mercê dos Residentes. Eles ainda *precisam* de mim.

Não me importo se a baclava é maravilhosa, não vou me tornar complacente.

Estou me afastando de Güzide e de todos os aromas deliciosos que acompanham seu convite, pronta para seguir em frente, quando ouço uma voz familiar vinda do interior da casa de chá. Eu me viro de leve para espiar pelas janelas sem vidro e encontro Artemis sentado a uma mesa cheia perto dos fundos.

Cachos de cabelo artificialmente dourados ultrapassam seus ombros. Ele inclina a cabeça para trás, gargalhando em tons operísticos, exigindo a atenção do salão. Isso ele já tem até demais.

Se os Clãs da Fronteira abandonarem este lugar, vai ser por culpa dele.

Treinei mais pesado do que alguém deveria num único dia, mas ainda consigo fazer mais. Conjuro um véu e entro na casa de chá, fora de vista.

AS GUERRAS DE GÊNESIS **19**

Contornando as mesas de madeira, eu me movimento da forma que Kasia me ensinou: com pés leves e um foco impenetrável. A melhor forma de encobrir meus rastros é não deixar nenhum. Não que alguém fosse ver minhas pegadas na casa de chá: o piso é sólido, escuro e manchado de bebidas. Mas preciso de toda a prática que conseguir.

Talvez algum dia eu seja capaz de atravessar paredes também, como Mama Nan faz. Metade corpórea, metade espírito.

A máscara que usei não foi suficiente para conter os Residentes. Pouco importa que agora consiga controlá-la melhor do que nunca, transformando minha aparência com a mesma facilidade com que transformo minhas roupas. Meu rosto nunca foi a chave para pôr um fim à guerra — e não tenho a menor vontade de ter qualquer aparência além da humana.

Da próxima vez que eu enfrentar os Residentes, pretendo levar tantas armas que eles não saberão o que fazer com elas.

O aroma pungente de vinho chega ao meu nariz, e a imagem de um salão de baile irrompe na minha mente. Rostos perfeitos. Vestidos rodopiantes. Uma coroa de ramos prateados.

Franzo a testa e passo por um humano que ergue uma taça no ar. O movimento o faz olhar por cima do ombro, ligeiramente confuso, mas ele logo retoma o brinde.

Sinto um orgulho atravessar minhas costelas.

— Que surpresa o encontrar tão animado, Artemis — uma mulher comenta atrás de uma bandeja de bolinhos de chá. — O Clã dos Ossos não perdeu a votação outra vez?

Artemis beberica de um copo de prata.

— É um atraso, não uma derrota. No final, seguiremos nossos ancestrais até as Terras Posteriores, como sempre foi esperado.

Do outro lado da mesa, Cyrus e Mira balançam a cabeça com ar de reprovação. Suas túnicas religiosas têm diferentes tons de roxo. A maior parte dos Fiéis vem do Clã dos Espelhos — ambos liderados por um homem chamado Tavi —, mas alguns também usam os emblemas de outros clãs.

Esses dois pertencem inegavelmente ao primeiro grupo.

— É nosso dever guiar os humanos a um lugar seguro — Mira diz calmamente. — Se não mantivermos o porto aberto, eles jamais saberão o caminho.

— Não devemos nada aos novatos. — Artemis repousa o copo, passando a mão pelo cabelo dourado. — Ophelia não foi uma criação nossa. Por que deve ser nossa obrigação bancar o maquinista por toda a eternidade? — Murmúrios de concordância enchem o salão, fazendo minha pele arrepiar. — Nós fizemos o que podíamos, no começo, mas já se passaram muitas vidas desde a Primeira Guerra. Os Clãs da Fronteira merecem seguir em frente.

Cyrus inspira, irritado.

— Você não fala em nome de todos. Os Clãs do Sal e do Espelho...

— O Clã do Sal nem deveria votar — uma pessoa palpita em outra mesa. Um membro do Clã dos Ossos, a julgar pelo colarinho. — Aquela garota falhou com seu povo. Não sobrou *nenhum* clã para ela.

Quero arrancar meu véu e defender Kasia, mas ela não ia querer isso. Ela ainda acha que essas pessoas são sua família. E talvez elas sejam.

A Colônia não era perfeita, mas eles também eram minha família. E eu destruiria o Infinito para encontrá-los de novo. Para garantir que fiquem *seguros*.

Permaneço debaixo do véu, maldizendo em silêncio as palavras do homem.

Mira ergue o queixo, o nariz apontado para o ar.

— Kasia continua sendo líder de um clã. E todo líder tem direito a um voto.

— Isso é outra coisa que precisa mudar — diz uma outra mulher, ganhando uma rodada de aplausos hesitantes. — Por que apenas quatro pessoas decidem o destino de centenas?

— Por que centenas deveriam decidir o destino de milhões? — Cyrus rebate. — Quem vai votar pelos novatos? Por todos aqueles que ainda vão renascer no Infinito?

— Essa batalha contra a tecnologia e a vida artificial foi obra deles — a mulher retruca. — Eles que encarem as consequências do que construíram.

Os aplausos crescem em volume e eu travo meus joelhos em posição, furiosa demais para respirar.

Mas Cyrus não fraqueja. Se ele sabe que perdeu o apoio do salão, nem se importa.

— Todo humano merece um caminho para a redenção. Os valores do Clã dos Espelhos jamais mudarão, assim como nosso voto.

— Tem certeza disso? — Os olhos de Artemis cintilam. — Posso apostar que você mal conhece seu próprio clã hoje em dia. Quando foi a última vez que você conversou com alguém fora dos Fiéis?

Cyrus ergue as mãos.

— Não estamos conversando?

O sorriso de Artemis é diabolicamente felino.

— Não. Isto é um interrogatório moral. Coisa que eu desejava que tivesse morrido junto com as crenças originais.

Mira estreita os olhos.

— Nossas crenças não morreram, elas se mesclaram. É melhor respeitar uns aos outros pelo que conhecemos do que rejeitar uns aos outros pelo que ignoramos.

— Se vocês quiserem passar o resto da eternidade rezando, não vou impedi-los — Artemis diz friamente. — Mas não finjam que vocês dão a mínima para respeito mútuo depois de passarem as últimas centenas de vidas tratando qualquer um de fora dos Fiéis como se fossem inferiores.

— Isto não tem nada a ver com fé — Mira responde. — É uma questão de confiança.

Artemis solta um riso debochado.

— Ah, tenha dó. Explique.

— Você se importa mais consigo mesmo do que com seu próprio povo.

Ele aguça o olhar.

— Você não sabe nada sobre o meu povo.

— Há Fiéis no Clã dos Ossos também — Cyrus diz. — E eles não esqueceram que você relegou Ozias ao mesmo destino que o Clã do Sal, e roubou um trono na ausência dele.

Artemis fica de pé num salto, agarrando a borda da mesa com os dedos. Uma fumaça quente e densa emana de sua pele marrom-clara e, quando suas narinas inflam, suas íris ficam vermelhas.

— Eu não fui o único a dar as costas para a colina naquele dia.

— Mas foi o único a ganhar um título. E agora você é o único líder de clã que deseja partir. — Cyrus olha para os rostos na pequena aglomeração. — Seu voto sempre esteve embasado nos seus próprios interesses.

— Você está passando dos limites — Artemis sibila. — Os Clãs da Fronteira estão aqui hoje por conta das escolhas que eu fiz. É *disso* que meu povo se lembra.

Vários membros do Clã dos Ossos se levantam por toda a casa de chá, com olhos brilhando e poder pulsando nos flancos. Uma declaração de lealdade silenciosa.

— Você deseja me atacar porque não gosta do que eu tenho para dizer? — Cyrus mantém a compostura. — A história sugere que qualquer pessoa disposta a ir à guerra para manter alguém em silêncio tem muito mais a esconder.

— O Clã dos Ossos não tem qualquer interesse em ir à guerra — Artemis diz. A fumaça se dissipa mesmo enquanto seus olhos permanecem fixos como pedras preciosas. — Mas se você insultar meu clã outra vez… Guerra é uma coisa, retaliação é outra.

Os dois membros dos Fiéis olham ao redor, subitamente conscientes da própria desvantagem numérica. Depois de um instante, eles se levantam.

— Acho que acabamos por aqui — Cyrus diz.

— Aproveitem o vinho — Mira acrescenta, breve.

Depois que os dois saem, Artemis entorna o resto da bebida no copo de prata e o pousa com força na mesa. Ele move a mão sobre a borda, e o copo instantaneamente se enche de líquido vermelho. De novo, ele bebe.

A discussão não é novidade. Os clãs têm o mesmo debate há séculos: ficar e oferecer abrigo aos humanos que precisam ou viajar para as Terras Posteriores, para onde a maior parte dos humanos que vieram antes de Ophelia já foi.

Mas algo está mudando. Eles estão levando a coisa para o lado pessoal, apresentando motivos para não confiar nos líderes, exigindo mais poder para a maioria…

Kasia disse que os clãs estavam inquietos. O que vai acontecer quando eles entrarem em ação? Como vai ser a votação? Preciso encontrar Annika e os outros, trazê-los até aqui, antes que navegar até as Terras Posteriores deixe de ser uma opção.

Porém, se eu me encontrasse em território Residente, não sei bem se teria sequer uma chance.

Preciso me transformar numa potência neste mundo. Preciso de uma nova forma de treinar.

Frustrada, atravesso a multidão.

Mama Nan, a líder do Clã do Ferro, está sentada atrás de uma das mesas menores. Uma túnica de seda bordada cobre seu pequeno corpo. Ela tem um tufo de cabelo branco cacheado, retorcido no centro como um punhado de chantilly. Sua pele marrom é coberta de sardas — um sinal de seus quase noventa anos de vida antes do Infinito —, mas seus olhos brilhantes exibem as muitas outras vidas vividas após a morte.

Lanço um olhar para ela ao passar e nossos olhos se encontram. Meus ombros enrijecem, e puxo o véu mental para mais perto.

Quando ela fala, sua voz curtida preenche o espaço entre nós.

— Você não pode se esconder de mim, pequena.

Solto o véu, cravando nos cantos da boca um sorriso despeitado e teimoso.

— Como a senhora sabe?

Mama Nan ri como um cálice transbordante; como se o riso fosse muito difícil de conter.

— Seus pensamentos são mais barulhentos que uma manada de elefantes. — Ao ver minha careta, ela acrescenta: — Você usa um véu como se fosse um vestido, mas esquece que sua mente também faz parte de você.

— A senhora estava ouvindo os meus pensamentos?

Já me comuniquei com Ophelia e até com a garota do palácio que não consegui salvar. Mas ouvir a conversa alheia sem que a pessoa saiba?

Essa, *sim*, é uma habilidade que eu gostaria de ter.

Ophelia disse que me deixou cruzar as portas de sua mente. Nunca me ocorreu que talvez fosse possível entrar sem a permissão de alguém.

Mama Nan funga, gesticulando com a mão.

— Não escuto o que está dentro da sua mente, mas consigo sentir as vibrações. Veja, boa parte do Infinito é sustentada por energia. E a sua mente... ela uiva.

Faço uma careta, tentando conter o calor nas minhas bochechas.

— Se a senhora tivesse visto o que estava acontecendo nas Quatro Cortes, sua mente também estaria barulhenta.

— Eu sei o que aquela de nome Ophelia fez — Mama Nan diz em tom de repreensão. — Mas não posso permitir que a dor de outro tempo turve o meu juízo. E você também não deveria.

— É a *minha* dor — argumento. — Minha família ainda está no mundo dos vivos. As escolhas que eu faço pelo futuro do Infinito afetam todos eles.

Mama Nan cerra os lábios numa linha reta.

— Esse é um fardo injusto, Nami. Não podemos ser responsáveis pelos erros de todos os humanos que vêm depois de nós, assim como você não é responsável pelos erros de seus antigos ancestrais.

Fico apavorada por um momento, temendo que ela esteja prestes a me dizer que mudou seu voto.

— O Clã do Ferro prometeu ficar e conduzir os humanos até o grande além, e não vejo motivos para quebrar essa promessa. — Ela pausa, me analisando. — Talvez você deva considerar deixar que nosso povo faça isso por você. Talvez isso faça os outros se lembrarem de nosso propósito maior.

— Não posso partir. Preciso encontrar a Colônia.

Mama Nan inclina a cabeça.

— E depois disso?

Não preciso perguntar o que ela quer dizer. Há muitos outros humanos nas Quatro Cortes lutando pela sobrevivência. E quanto aos humanos que ainda não morreram? E quanto a Mei, meus pais e Finn?

Eles não terão a menor chance sem ajuda. Não com Ophelia guardando os portões.

Alguém precisa alertá-los. Alguém precisa conduzi-los até *aqui*.

— É bom se importar. Mas você não pode ser tudo para todos. Não para sempre. — Mama Nan inclina o corpo para trás, e a luz das velas acima se derrama sobre sua pele coberta de sardas. — É insustentável.

Minha boca se contrai.

— Não posso deixá-los para trás.

Não vou ser a única pessoa *livre*.

Mama Nan não desvia o olhar.

— Você abriria mão de um lugar nas Terras Posteriores para lutar em uma guerra impossível?

— Não sei o que eu vou fazer — respondo honestamente. Não *quero* lutar, mas sou a pessoa que pulou na frente de uma bala porque uma estranha precisava de ajuda. Não posso ficar de braços cruzados enquanto pessoas sofrem e não fazer nada para impedir isso. — Só sei que, se não fizermos alguma coisa, vai ser o fim da humanidade como a conhecemos.

— Talvez isso não seja a pior coisa a acontecer. — Ouço a voz arrastada e suave de Artemis por cima do ombro.

Giro o corpo para encará-lo. O vermelho dos olhos já praticamente desapareceu, deixando em seu lugar um castanho frio. Ele sorri como se soubesse o que estou procurando. Como se soubesse que posso sentir as trevas dentro dele.

Acho que tenho trevas dentro de mim também. Um pouco.

— Vocês, humanos modernos, destroem e criam sem qualquer preocupação sobre como isso pode afetar o mundo. — Artemis sacode a manga da camisa, envaidecido. — Talvez seja preciso separar os antigos e os novos, o antes e o depois. O que acontece fora das Terras Posteriores não deve mais ser preocupação nossa.

— Você não conhece a Ophelia. Os Residentes estão sempre se adaptando. — Alterno o olhar entre eles, desejando que os dois pudessem sentir a mesma urgência. — Como vocês podem ter certeza de que ela não vai encontrá-los, mesmo do outro lado do oceano?

— As Terras Posteriores estão fora do alcance de Ophelia — Artemis responde. — Ela possui limitações, mesmo que você não consiga vê-las.

Não consigo decidir se ele está sendo intencionalmente enigmático ou se é só uma suposição ousada.

—Além disso — ele acrescenta, abaixando o queixo —, quando chegar a hora de partir, vamos nos certificar de que não deixaremos rastros para ninguém seguir.

Ninguém. Não apenas os Residentes, mas os humanos também.

— Tem pessoas que ainda estão presas nas Quatro Cortes. Se vocês tirarem este lugar delas... a única oportunidade de serem livres... juro, eu vou...

— Vai o quê? — ele exige, rápido como uma serpente.

E, contrariada, não consigo pensar em nada para dizer.

— Nossos navios *vão* zarpar algum dia. Se você tem alguma questão mal resolvida, sugiro que se apresse. E, se você se meter em encrenca durante sua missão, como tenho certeza de que vai... — Artemis dá tapinhas no meu ombro, o que faz eu me encolher. — Então que seu fim seja tão breve quanto seu tempo aqui. — Ele ri baixinho e sai da casa de chá.

Mama Nan não diz mais nada. Ela só observa, mesmo quando saio do prédio com uma chama no peito.

Há pessoas demais encarando, olhando como se enxergassem a bomba-relógio que corre dentro do meu coração. Então me dirijo ao píer, para longe das tendas cintilantes e dos aromas inebriantes, e sigo pela costa coberta de seixos.

A cabana coberta de palha, que não se parece em nada com um lar, surge à minha frente. Abro a porta com força e me jogo lá dentro. Meus lábios estão manchados com o sal do mar, e o frio da floresta de inverno ainda habita as pontas dos meus dedos como uma lembrança desagradável. A sala quase completamente vazia só amplifica minha fúria, como se estivesse ecoando ao meu redor. Fecho os olhos e conto de cinco a um, repetindo o mesmo pensamento para mim mesma, várias e várias vezes.

Vou encontrar um jeito de consertar isso.

Espero até a tensão no meu peito começar a desaparecer. É o melhor que consigo fazer ultimamente.

Removendo a faca de vidro marinho vermelho do cinto, eu me sento na pilha de cobertores num canto que também serve como cama. Fui eu mesma quem a fez; eu precisava de um lugar para dormir e, nas primeiras semanas, reformar materiais era uma das minhas maiores habilidades.

As coisas mudaram bastante desde então.

Mas, apesar de todo o meu treino, a Colônia ainda está à mercê dos Residentes. Não faço a menor ideia de onde eles estão; podem ter sido enviados para a Guerra ou para a Morte, ou talvez até para um lugar pior que eu desconheço.

Caelan mentiu sobre a Vitória. Quem garante que ele não mentiu sobre *tudo*?

Colocando a arma no chão à minha frente, cruzo as pernas e levo as mãos à cabeça, esfregando meu cabelo como se houvesse uma chance de eu arrancar minha própria frustração.

Atravessar o Labirinto não foi fácil. Treinar todos os dias durante dez meses quebrou mais ossos do que consigo contar. E ainda não é o suficiente.

A Ceifadora é fria contra meu punho.

Vou dar a eles um motivo para acreditar em mim outra vez.

Um suspiro me escapa, e entrelaço os dedos sobre minhas pernas. Uma prece silenciosa, eu acho. Não aos santos ou deuses ou seja lá qual for o poder superior que os Fiéis adoram.

Mas àqueles para quem prometi voltar.

Fecho os olhos e deixo minha mente se dirigir às estrelas, como fiz muitas vezes com Ophelia. Exceto que não é ela quem estou procurando.

Imagino seus rostos, um a um. Annika. Shura. Theo. Ahmet. Yeong. Chamo seus nomes. Imploro por uma resposta. Um *sussurro*. Um sinal de que eles ainda estão por aí.

Certa vez, Ophelia disse que eu encontrei sua mente ao bater à porta. Mas não há portas a serem encontradas. Nenhuma parede para derrubar. Apenas espaço infinito.

E exatamente como todos os dias dos últimos dez meses quando tento falar com meus amigos, contatá-los através do vazio, encontro apenas silêncio.

3

Caminho pelo coração das Terras da Fronteira e encontro a periferia da cidade composta por sobrados de madeira, vielas tortuosas e construções de apenas um andar encravadas na terra como se estivessem repletas de segredos antigos.

A cidade pulsa com vida mesmo num dia comum, mas hoje o Clã dos Espelhos celebra o ano novo. Embora seus lares nas montanhas cobertas de neve tenham sido destruídos quando Ophelia criou as Quatro Cortes, seus costumes continuam sendo uma parte rica de seu cotidiano. Uma espécie de resistência, eu acho, embora não seja exatamente minha primeira escolha.

Pequenos botões de flor feitos de gelo cobrem cada cantinho do centro da cidade, reluzentes. Embora essa seja uma tradição do Clã dos Espelhos, humanos de outros clãs chegam para assistir à exibição. Alguns até participam, ajoelhando-se ao lado das flores adormecidas e sussurrando promessas de uma primavera pacífica.

O Infinito é como o antigo mundo, de certa forma: às vezes, quando a cultura é compartilhada e celebrada através das fronteiras e do tempo, ela se torna algo novo. Algo mesclado. Algo *evoluído*.

Os Residentes não celebram a cultura humana. Eles copiam e distorcem tudo o que aprendem, e usam toda a beleza como um pano de fundo enquanto se esforçam para apagar a fonte.

Eles roubaram algo que não lhes pertencia. Tomaram o pós-vida, e as pessoas que lá estavam.

E, de alguma forma, eu ainda estou aqui.

Não é justo. A Colônia fez tudo o que podia para salvar a espécie humana, e eu...

Eu estava ocupada demais tentando descobrir se um monstro tinha alma.

A culpa me sacode como uma música horrível, rangendo atrás dos meus olhos até a dor de cabeça me deixar tonta. Apoio a mão num pilar próximo para me reequilibrar, ignorando as cabeças que se viram e os sussurros que se seguem.

Tudo que elas veem é a fúria na superfície; todo o resto está enterrado bem mais fundo.

Eu me movo debaixo da sacada acima e me escondo sob um véu, checando duas vezes os cantos da mente só por segurança. A última coisa que preciso é de uma plateia.

É bom treinar em meio a multidões, principalmente quando se trata de ocultação. E não duvido da experiência de Mama Nan: se ela diz que preciso de mais prática, então vou praticar até ser tão indetectável quanto um sussurro guardado sob uma onda.

Uma manada de elefantes, bufa minha mente ao relembrar as palavras de Mama Nan.

Tavi aparece perto da grande fonte decorativa. Ela está repleta de centenas de pequenas flores de gelo: algumas flutuam gentilmente na água, outras serpenteiam como heras ao redor da curiosa escultura de pedra que se transforma com a mesma frequência com que as estrelas mudam. Hoje, é um carvalho.

Trajando um tom escuro de ameixa, Tavi sussurra uma prece à fonte. O emblema do Clã dos Espelhos liderado por ele reflete a luz em seu colarinho, e sinto as vibrações sutis de seu poder mesmo a distância. Por toda a cidade, as flores de gelo desabrocham. Pétalas de branco e um azul pálido se abrem ao sol, e o aroma de néctar fresco enche o ar. A árvore explode em flores, uma após a outra, como se estivessem se multiplicando. E então... música.

AS GUERRAS DE GÊNESIS   **31**

A multidão irrompe numa dança alegre, entrelaçando os braços e girando em círculos. Humanos de todos os clãs celebram em harmonia. Até Kasia está presente hoje, orbitando a bandeja de chá e bolos de Güzide enquanto Nix brinca com a barra das vestes de um dançarino que se aproxima.

Meus olhos seguem as flores recém-nascidas ao longo da treliça. Elas parecem tão frágeis. Tão *temporárias*. Com cuidado, arranco uma das pétalas e a seguro na palma da mão, observando o gelo derreter em segundos.

Todo esse esforço por algo que não dura.

Limpando a mão na camisa, volto a olhar a multidão dançante, observando-a rir como se não houvesse uma guerra em andamento.

Há um pequeno grupo de humanos reunido no outro lado da praça, todos vestindo armaduras tradicionais do Clã dos Espelhos. O emblema — dois pardais, um de frente para o outro, com as asas curvadas na forma de um quase círculo — está gravado no couro. As armas pendem de suas costas, parcialmente escondidas nas pelagens pretas.

Franzo as sobrancelhas. Os membros do Clã dos Espelhos nunca carregam armas. A menos que estejam em vigília. E, se eles estão aqui, isso quer dizer que...

Atravesso a praça a passos largos, me esgueirando com facilidade entre dançarinos e observadores fascinados pela exibição de flores ao redor da cidade, e paro de frente para as sentinelas.

— Quem está vigiando a fronteira? — Minha voz é tão afiada quanto minha adaga.

Eles retesam os ombros, com olhos arregalados enquanto examinam o espaço aparentemente vazio ao redor do grupo. Estão procurando por mim.

Ergo o véu.

A tensão no ar se dissipa imediatamente. Um deles faz uma saudação debochada e ri.

— Você nunca tira folga? É ano-novo. Você devia estar celebrando, novata.

— E *você* deveria estar em patrulha. — Conto o grupo rapidamente, só para ter certeza. Oito soldados. Oito postos desprotegidos. — Há Residentes lá fora tentando nos destruir — digo, apontando com a mão na direção dos portões sul. — E vocês deixaram a muralha desprotegida.

O guarda nega com a cabeça.

— Não vai aparecer ninguém. *Nunca* aparece ninguém. — Ele gesticula para mim, irritado. — Estamos aqui há muitas vidas, e a única que recebemos foi você — a única humana no Infinito que não tem nenhum interesse em ir para as Terras Posteriores. — Os outros guardas concordam com murmúrios.

Franzo a testa.

— Então vocês abandonaram o posto porque estavam entediados?

— Tiramos uma folga muito merecida — ele retruca. — E ninguém abandonou coisa nenhuma; Tessa e Byron ainda estão de olho nos portões.

— Dois humanos? Vocês acham que *dois humanos* conseguiriam enfrentar Ophelia e as Quatro Cortes? — Meu olhar se torna feroz. Raivoso. A multidão se vira para encarar, mas sou uma faísca que já pegou fogo, e agora não consigo apagá-lo. — Vocês não entendem com o que estamos lidando. Os Residentes estão sempre aprendendo; se adaptando ao que quer que a gente faça para impedi-los. Eles só ficam mais fortes, e não me importa o quanto vocês pensam que estão seguros dentro desses muros. Abaixar a guarda é um erro.

Olho para as pessoas ao meu redor. Até a música parou.

A guarda mais alta franze a testa e cruza os braços sobre o peito coberto por couro.

— Você é uma criança num mundo muito antigo. Não presuma que sabe mais do que nós só porque viu *uma* batalha em seu pouco tempo de vida.

— A última vez que vocês viram Residentes foi durante a Primeira Guerra, e mesmo assim vocês fugiram — argumento. — As coisas das quais eles são capazes agora, e as coisas que estão fazendo aos humanos na Morte... Talvez este abrigo não dure para sempre. O mínimo que vocês podem fazer é garantir que ele esteja protegido enquanto ainda têm chance.

— *Sempre* vamos proteger os nossos. — Seu olhar endurece. — E, se não conseguirmos fazer isso aqui, faremos nas Terras Posteriores.

Meu rosto se transforma numa carranca.

— Há humanos lá fora que...

— Não é nosso clã — um outro guarda diz —, não é nosso problema.

O fogo dentro de mim irrompe. Energia cresce nos meus punhos, incendiando meus braços feito um raio, impossível de conter.

Abro a boca para gritar, mas não sai nenhum som. Em vez disso, a energia explode.

Do outro lado da praça, a fonte se estilhaça. Milhares de fragmentos de gelo estouram feito fogos de artifício, espalhando-se em todas as direções. Pedras tilintam sobre o pavimento de paralelepípedos, e da árvore esculpida resta apenas uma nuvem de poeira.

A música para. O *mundo* para.

Meus dentes estão cerrados, meu peito dói e estou respirando, respirando, respirando, sem qualquer forma de me acalmar.

Uma mão robusta aperta meu ombro. O gesto quebra meu transe por tempo suficiente para me lembrar de onde estou e quantos olhos estão me observando. Tavi aparece ao meu lado, os olhos escuros implorando para que eu relaxe.

Mordo o interior da bochecha, consciente de que fui longe demais.

Tavi abaixa a mão, que desaparece dentro da túnica roxa.

— Quanto tumulto logo hoje, que deveria ser um dia de alegria. — Apesar da minha explosão, ele é o retrato da serenidade. Mesmo sua voz é como um sussurro difuso. Ele se vira na direção das sentinelas, cujas armas estão agora firmemente empunhadas. — Por que vocês deixaram a fronteira?

A soldada mais alta enrijece.

— É o primeiro dia da primavera.

— É sim. — Tavi pisca, como se estivesse aguardando uma resposta melhor para a pergunta.

Os guardas se mexem, constrangidos, com ombros ainda curvados como se estivessem se preparando para batalha, até um deles finalmente baixar a cabeça e embainhar a espada.

— Retornaremos à muralha imediatamente. — Sua carranca dura meio segundo, e então o grupo desaparece no caminho de volta para a estrada sul.

Tavi acena na direção da multidão, incitando-os a recomeçar a música. Depois de uma breve pausa, vários membros do Clã dos Espelhos começam a reparar a fonte. O carvalho de pedra é reconstruído galho a galho, como se minha explosão nunca tivesse acontecido. Mesmo a evidência dos destroços espalhados ao redor da praça desaparece de vista. O som dos violinos enche o ar, e todos dirigem a atenção de volta à dança.

Minhas bochechas ardem. Não sei o que é pior — eles terem visto as rachaduras muito reais na minha armadura ou terem visto e mesmo assim não se importarem.

Eu me viro para ir embora, mas Tavi ergue uma mão para me impedir.

— Você não deveria ser tão impaciente com eles.

— Falando assim fica parecendo que eu tenho expectativas — retruco, com a voz à beira de um precipício. Posso ter contido a energia, mas as emoções ainda estão bem presentes.

— Você ainda está chateada por eles não serem seu exército — Tavi observa. Mesmo à luz do sol, seu cabelo continua sendo um preto implacável.

— Já desisti de tentar convencer os Clãs da Fronteira a irem à guerra. — Fixo os olhos sobre o ombro de Tavi, fitando a multidão dançante, de braços dados conforme se movem em círculos ao redor da recém-construída árvore de flores de gelo, e desvio o olhar, amargurada. — Mas se este é o único lugar seguro para humanos no Infinito, então precisa continuar assim.

Ele me fita, sério.

— E você escolheu causar pânico para instigar apoio para sua causa?

Fico enfurecida com as palavras que ele escolhe.

— Ophelia continua sendo uma ameaça. Talvez as pessoas daqui precisem de um lembrete.

— O que você vê como um lembrete necessário é algo que outros passaram muito tempo tentando esquecer. Esta guerra é nova para você. Para nós, é muito antiga. — Quando eu não respondo, ele acrescenta: — Você não pode ficar brava com as Terras da Fronteira por existirem de uma forma que é diferente da sua.

Preciso me esforçar para descerrar os dentes.

— Eles estão *errados*.

— Todos temos nossas próprias ideias de certo e errado. E às vezes, quando não conseguimos concordar com o que isso significa, temos que escutar a maioria. É isso que significa colocar a sua comunidade, o seu povo, em primeiro lugar.

— O *meu* povo ainda está lá fora.

Tavi acena brevemente com a cabeça, compreensivo.

— E o meu está aqui.

Desvio o olhar, sentindo um nó na garganta diante das memórias de perder todas as pessoas com quem eu me importava neste pós-vida.

Às vezes eu me pergunto se deveria ter visto os alertas antes. Eu estava tão obcecada pela possibilidade de construir uma ponte entre humanos e IAs que não vi a verdade por trás do ódio de Gil e dos sorrisos de Caelan.

Será que as coisas teriam sido diferentes se eu tivesse escolhido poupar os Residentes? Será que isso teria provado a Caelan — e a Ophelia — que humanos podem mudar? Ou estávamos destinados a ser inimigos, não importava a escolha que eu fizesse aquela noite?

Talvez o que aconteceu tenha sido inevitável, mas mesmo assim fui eu que entrei no palácio, disfarçada como um deles. Pronta para destruir *todos* eles.

Fui eu que mostrei a Caelan quem eu era de verdade, debaixo da máscara, e colocou um fim no jogo que ele vinha jogando desde muito antes de eu o conhecer.

O que significa que perder a Colônia foi *minha* culpa.

Apesar da raiva que queima nos meus olhos, minha voz falha.

— Já faz dez meses.

Dez meses sem conseguir convencer os clãs a me ajudarem. Dez meses sem conseguir falar com meus amigos. Dez meses sem conseguir convencer ninguém de que, sem as Terras da Fronteira, os humanos que ainda estão lá fora e os humanos que ainda estão por vir estarão condenados a uma eternidade na Morte. Ou pior.

Sinto que o tempo está se esgotando.

— Dez meses mal passam de um momento para nós, novata — Tavi diz, como se isso devesse fazer eu me sentir melhor.

— Odeio quando me chamam disso.

Ele sorri.

— O ódio também muda, depois de algumas vidas.

Então ele adentra a multidão, e perco de vista sua túnica roxa em meio à explosão de dançarinos coloridos.

O porto está silencioso, e o céu ganhou um tom de damasco cremoso. Posso ver minha cabana do outro lado da praia de seixos e o Mercado Noturno a distância; não vai demorar muito para o píer ganhar vida. A celebração no meio da cidade continua firme e forte, mas alguns dos Fiéis já retornaram às colinas para acender suas velas e tocar o sino da tarde.

Uma frota de canoas de casco duplo aguarda perto do porto; várias outras, inacabadas, jazem despedaçadas na areia. Uma delas está apoiada em vigas de madeira, e uma vela parcialmente costurada está enrolada sobre os assentos.

É assim que os humanos serão conduzidos até as Terras Posteriores.

O mar encontra o horizonte, mas eu sei que existe uma distância incompreensível entre esta costa e a outra. E a viagem para o além é só de ida. Ninguém que partiu jamais retornou.

AS GUERRAS DE GÊNESIS **37**

Chuto a areia ao meu redor com minhas botas e paro perto do casco sem pintura, correndo os dedos ao longo da superfície lisa. Isso não é proteger humanos. Isso é fugir.

Ir embora daqui vai ser o mesmo que abandonar todos os outros. Abandonar pessoas como Mei, que merece coisa melhor do que este inferno artificial.

O que vai acontecer se os Clãs da Fronteira zarparem? Será que o caminho nas estrelas também vai desaparecer? Mesmo que sobreviventes humanos *consigam* chegar até aqui, o que eles vão encontrar? Não haverá mais nenhuma canoa, e ninguém para lhes mostrar como chegar às Terras Posteriores. Eles ficarão presos aqui.

E, se Ophelia estender seu alcance para além das Quatro Cortes...

Cerro o punho e apoio a cabeça na madeira.

Quero acreditar que os votos nunca vão mudar, que os clãs vão ficar para trás pelo tempo que for necessário para conduzir os humanos a um lugar seguro. Mas, quando eu cheguei às Terras da Fronteira, havia cinco canoas.

Agora há dezenas.

Grito contra o casco, batendo as palmas na madeira e ouvindo o quebrar das ondas que tenta abafar meus pensamentos. Então as palmas se tornam punhos e esmurro a canoa, várias e várias vezes, gritando para o mar extenso.

Não vou deixar ninguém para trás outra vez.

A madeira racha sob os meus punhos. Salto para trás, assustada, e encontro uma ruptura horrenda no casco, cindido pela minha raiva. Por *mim*.

Encaro minhas mãos por um momento antes de recolhê-las ao redor do corpo, examinando a praia e as colinas à procura de estranhos à espreita. Não demoro muito para encontrar um membro solitário dos Fiéis parado no topo da torre do sino, de olhos fixos em mim.

Eu deveria sinalizar que foi um acidente. Que eu não estava *tentando* sabotar as canoas, foi só um efeito colateral do fogo que queima dentro de mim. Mas qual seria o sentido disso?

A maioria deles já decidiu que sou uma forasteira. Admitir que estou com dificuldade para controlar minhas emoções não vai fazer com que eles de repente queiram me ajudar.

O ar escapa entre os meus lábios, e toco o ponto onde costumava usar meu O-Tech. Virando o rosto na direção das estrelas, conto-as uma a uma como se estivesse contando meus fracassos.

Não sei por que meus amigos não me respondem, sendo que foi tão fácil me conectar com Ophelia. Se eu tivesse alguma ideia de onde eles estão, poderia ao menos traçar uma espécie de plano.

Mas tenho um arsenal limitado de habilidades e não faço ideia de onde ir.

Preciso ficar mais forte. Porém preciso ainda mais de informação.

E não vou encontrar isso nas Terras da Fronteira.

Você sabe o que precisa fazer, meus pensamentos sussurram noite adentro. *Você sempre soube. Só está com medo de encará-lo. Está com medo de encarar a* verdade.

Caelan é o único que tem respostas. A única conexão entre mim e a Colônia derrotada. Mas vê-lo de novo, depois de todo esse tempo… depois de tudo que ele fez…

A raiva me percorre, atrelando-se na mentira dele.

Quando nos conhecemos, eu estava presa à máquina de Yeong. Ele podia estar disfarçado de Gil, mas foi Caelan quem viu meus sonhos — ele sabia que eu estava indo encontrar Finn na noite da minha morte. Será que foi por isso que ele fingiu ter sentimentos por mim? Será que ele sabia que meu coração cairia nessa, por causa de tudo que eu já tinha perdido?

Todo o tempo que passamos juntos… sempre foi só para reunir informações. E eu estava ocupada demais lamentando minha própria história de amor fracassada para enxergar isso.

Dez meses não é tempo suficiente para curar as feridas que ele deixou. Mas não posso continuar fingindo que um plano vai aparecer magicamente um dia. Será que posso mesmo ter raiva das Terras da Fronteira por não fazer o suficiente, sendo que eu ainda

AS GUERRAS DE GÊNESIS **39**

não tentei entrar em contato com a única pessoa no Infinito que sabe onde meus amigos estão presos?

Um calor escaldante cresce no meu peito, levantando brasas de fúria e arrependimento.

Lá no fundo, eu sei que chegou a hora. Talvez já faça algum tempo. Confrontá-lo pode ser que seja a única forma de conseguir respostas.

E, se ele não quiser me contar o que eu preciso saber, então eu simplesmente terei que arrancar a verdade dele, não importa o que for preciso.

Eu fecho os olhos e procuro o Príncipe da Vitória.

4

A floresta de inverno se estende ao longo do espaço e do tempo. O esforço necessário para encontrar a mente de Caelan é surpreendentemente pequeno, quase como se ele estivesse aguardando no vazio com a porta aberta.

Aguardando por mim.

Vejo o príncipe na escuridão, trajado de branco com sombras agrupadas a seus pés.

— Nami — ele diz, a voz sedosa.

Seus olhos prateados estão fixos em algum lugar além do ponto onde estou; ele consegue sentir minha presença, mas não consegue me enxergar.

É uma pequena vitória. Prefiro que ele não note o jeito como minhas mãos tremem.

Abro a boca para questionar onde estão os outros. Para perguntar se ele teve a oportunidade de se gabar depois de destruir a Colônia. Mas não consigo me forçar a dizer as palavras.

Só de pensar em como deve ter sido para os outros procurar por um traço de Gil no rosto dele e não conseguir encontrar nada...

Meus olhos ardem de dor.

Caelan se vira, com os dedos entrelaçados às costas. Quando ele dá um passo, sombras se espalham pelo chão em ondas. Ele pausa, virando o ouvido na direção do som da minha respiração.

— Minha mãe diz que você se comunicava com ela. Bem desse jeito. — Ele olha ao redor, distraído. — Ela esperava que você fosse entrar em contato muito antes.

— Não tenho o menor interesse em falar com Ophelia. — O estalo na minha voz ecoa através da câmara escura.

— Mas claramente você tem algum interesse em falar comigo.

— Só estou aqui para conseguir informações.

— É só isso? — Suas palavras estão permeadas por impaciência, e mais alguma coisa que não consigo identificar.

Há mil palavras que quero dizer a ele. Mil xingamentos que quero gritar.

Mas não digo nada.

A pelagem branca de sua capa faz seus ombros parecerem mais largos do que eu me lembrava. Talvez até um pouco mais velho. E, para alguém com um rosto tão perfeitamente desenhado, ainda há sinais de olheiras debaixo dos olhos prateados.

Talvez as sombras estejam brincando comigo, tentando fazê-lo parecer mais humano.

Tentando me fazer esquecer o que ele é de verdade.

— Como você escapou? — Há algo de áspero no fundo de sua garganta, como o craquelar do açúcar queimado no *crème brûlée*. Algo imperfeito. Defeituoso.

Escolho as palavras com cuidado, sem saber ao certo se estou pronta para usar essa carta tão cedo, ou mesmo se é uma carta que vale a pena usar.

— Você não se lembra do que fez?

Caelan comprime os lábios. Nos últimos dez meses, será que nunca lhe ocorreu que foi ele quem me abandonou?

Não sei dizer. Porque qualquer rachadura que Caelan tenha mostrado desaparece subitamente.

— A última coisa que me lembro é de seguir Ettore até a sala do trono.

Ele inclina a cabeça, como se estivesse avaliando uma ameaça.

— Que pena — digo, seca. — Você perdeu a melhor parte.

Caelan mal reage, mas percebo a vibração de energia nas pontas de seus dedos. O *estremecer*.

— Minhas Legiões seguiram seu rastro até o Labirinto, e aí...

Segundos escuros e silenciosos se passam entre nós. Espero Caelan perguntar em que lugar do Infinito estou — talvez para relatar à mãe —, mas ele não pergunta.

Minha voz falha.

— Suas Legiões vão ter que se esforçar um pouco mais se quiserem me encontrar.

— Ninguém está procurando por você. Meu povo tem coisas mais importantes a fazer do que perder tempo procurando por uma humana rebelde.

— Eu derrubei os quatro príncipes e a rainha. Duvido que Ophelia e seus irmãos não tenham perguntas.

Caelan enrijece diante da sugestão.

— Até onde sei, ainda estou de pé.

— Pois até onde eu vi, você estava de cara no chão.

Ele contrai a mandíbula, e seus olhos escurecem ao tom de estanho.

— É muito fácil ser destemida quando se está oculta nas sombras. Mas você seria tão destemida assim se estivesse bem diante de mim? Se eu pudesse *vê-la*, assim como você me vê? — Um canto de sua boca se curva. — Vá em frente, Nami. Ande até a luz. Eu desafio você.

A provocação me faz estremecer, sacudindo e despertando todos os meus nervos.

Não posso aceitar o desafio — não posso correr o risco de permitir que ele veja coisas demais do lugar onde estou.

Mas, se eu recolhesse a escuridão e lhe mostrasse meu rosto, será que isso o perturbaria também?

Engulo o nó na garganta.

O som é suficiente para fazer Caelan sorrir, e odeio o fato de que ele pensa ter vencido esta rodada.

— Parece que você não é tão confiante sem a Ceifadora a seu lado.

Levo a mão ao peito, embalando a arma como se estivesse tentando extrair seu poder.

— Por que você acha que eu não a trouxe comigo?

Ele continua num círculo vagaroso e predatório ao meu redor.

— Não faz diferença se você a levou. Nós... nos *adaptamos* a essa arma em particular. Ela não é mais uma ameaça ao meu povo.

Esse sempre foi o objetivo da corte de Caelan — aprender com os humanos que ficam presos em seu labirinto.

E, depois que a Colônia serviu seu propósito, Caelan os jogou numa jaula.

Deixo a mão cair.

— Onde eles estão? — exijo. — Annika e os outros. Quero saber para onde você os mandou depois de incinerar nosso lar.

Quero saber como posso trazê-los de volta.

— Planejar uma missão de resgate seria um erro — ele diz, sem emoção. — Você tem a sua liberdade, e ninguém está procurando por você. Não jogue isso fora; você não terá uma segunda chance.

— Liberdade não significa *nada* se o preço dela for abandonar seus amigos.

Caelan dá um passo à frente. Em resposta, um arrepio percorre minha nuca e, quanto mais eu tento esconder minha respiração, mais meu coração palpita.

Os olhos prateados de Caelan roçam sobre mim. Passam por mim.

— Se você tivesse sido capturada no lugar deles, eles não voltariam para te resgatar. Você não deve nada a eles.

— Tudo que aconteceu foi culpa *minha* — digo, e a confissão ecoa entre nós. — Se eu nunca tivesse tido a habilidade de me metamorfosear numa Residente... se eu não tivesse concordado em destruir a Esfera... — Fecho os olhos. — A Colônia ainda estaria aqui.

— O destino da Colônia já estava escrito. Não havia nada que você pudesse fazer para mudá-lo.

Abro os olhos.

— Eu teria dado um jeito. Teria enxergado você como o mentiroso que é.

Ele estremece.

— Se eu tivesse tido mais tempo, eu poderia ter...

— Poderia ter feito o quê? — ele interrompe, os olhos prateados transformados em aço. — Salvado a Colônia? Me impedido? Assassinado cada Residente inocente no Infinito? — Caelan sacode a cabeça, furioso. — Eu detestaria saber o que você teria feito com *mais tempo*.

A raiva que sentimos um do outro é visceral; a lembrança das nossas traições escorre de cada palavra que dizemos.

— Eu queria sobreviver a este mundo sem machucar ninguém. — Meu peito treme como se estivesse prestes a se partir em dois. — Mas vocês provaram que isso não era possível. Se há um preço a pagar para salvar as pessoas com quem eu me importo, então ele tem que valer a pena. "Todos acabam com sangue nas mãos." Não foi isso que você me ensinou?

Caelan abaixa o queixo ao esquadrinhar o vazio à procura da minha presença.

— Parece que nós dois aprendemos alguma coisa depois de todo o tempo que passamos juntos.

Não pergunto o que ele quer dizer. Não sei bem se quero saber o que minha própria traição lhe ensinou ou quais crenças ela solidificou.

Eu provei que ele estava certo sobre os humanos. Talvez ele também não enxergue nenhuma capacidade de redenção em mim.

Ainda assim…

Ele diz que não há ninguém procurando por mim. Que estou *livre*, depois de tudo que eu tentei fazer.

Sacudo a cabeça como se isso não fizesse sentido.

— Por que você não perguntou onde eu estou? — *E por que você não quer vingança?*

A coroa de galhos prateados de Caelan reflete a escuridão de volta para mim.

— Seu paradeiro seria uma distração. Para minhas Legiões e meus irmãos. A última coisa de que preciso é que uma humana obcecada por destruir o meu povo intervenha nos meus planos.

— Planos? — pergunto, tensa.

AS GUERRAS DE GÊNESIS

A lembrança da aeronave de Lysander retorna com tudo à minha mente. O acordo que Caelan fez com o irmão, tudo na esperança de acabar de vez com a Vitória. De se libertar de sua *jaula*.

— Se você tiver feito uma permuta para usar Annika e os outros como cobaias, eu juro pelas estrelas que eu vou...

— Não haverá necessidade alguma de cobaias — interrompe ele. — Não se as coisas evoluírem da forma que espero.

A raiva pulsa feito lava na minha corrente sanguínea. Já passei os últimos dez meses me perguntando se o que aconteceu naquela noite na sala do trono significou alguma coisa. Me perguntando se aquilo foi uma parte maior do jogo de Caelan ou se ele era mesmo diferente dos outros.

Mas Caelan não é diferente. Ele ainda está do outro lado desta guerra, machucando as pessoas com quem me importo. Ele é tão monstruoso quanto os irmãos.

E, da próxima vez que nos encontrarmos, vou ser monstruosa também.

Meus olhos continuam fixos nos dele, mesmo enquanto examina o vazio ao meu redor.

— Um dia, quando o jogo virar e você for o prisioneiro... não vou te poupar, e não vou jogar os seus joguinhos — digo, com a voz mais gélida do que a dele jamais foi. — Vou atirar você aos lobos.

Caelan tensiona a mandíbula. As pelagens em seus ombros se movem junto com sua respiração. Ele não diz nada por um tempo. Então:

— Faça o que tiver que fazer.

Nada na nossa conversa é triunfante como eu esperava que fosse. Ser cruel ainda dá a sensação de que estou falando através da boca de outra pessoa. É artificial.

Talvez sempre vá ser.

— Pare de procurar por eles — ele alerta. — Isso só vai piorar as coisas.

— Talvez para você — digo. — Mas uma pessoa certa vez me disse que o medo deriva da ideia de perder o que você mais ama.

E acho que, quando você perde tudo, acaba perdendo o medo também.

— Nami... — ele começa, mas eu saio de sua mente, desaparecendo do vazio até estar de volta ao meu próprio corpo, rodeada de areia e árvores.

Não consegui a informação que eu queria, mas descobri duas coisas: a mente de Caelan é tão acessível quanto a de Ophelia; e, da próxima vez que eu o encontrar no vazio, vou precisar empunhar uma arma bem melhor do que a minha fúria.

Não, uma arma não, minha mente vibra. *Você precisa mesmo é de um véu melhor.*

Meu punho arde com as promessas silenciosas que fiz repetidas vezes. Nunca vou parar de procurar. Nunca vou parar de tentar. Não vou ter medo.

Vou encontrá-los.

Custe o que custar.

5

A Casa de Oração é silenciosa, apesar de haver quase cem humanos espalhados ao redor do salão.

Pressionando as mãos na balaustrada do segundo andar, espio por cima do beiral e vejo Tavi sentado em uma almofada à frente do salão redondo, com o queixo pontudo colado ao chão. Seus olhos estão fechados, em meditação, assim como o restante dos Fiéis, todos trajando túnicas roxas e segurando rosários com contas de madeira para oração.

Respiro fundo pelo nariz, me concentrando nos vários rostos que se misturam. Imagino que estou caminhando entre as nuvens, ocultando todo o meu ser até me tornar névoa. Então serpenteio pelo salão, à procura de pensamentos.

Vou me tornar uma predadora. Vou me tornar ausência. Vou me tornar...

— Pelas estrelas, o que você está fazendo? — A voz de Kasia soa atrás de mim.

Uma faísca de constrangimento percorre meu corpo. Eu me viro e encontro seus brilhantes olhos azuis.

Ela ergue uma sobrancelha, aguardando.

— Eu... estou tentando uma coisa nova. — Umas poucas pessoas erguem a cabeça, interrompendo suas orações silenciosas. Tavi continua imóvel feito pedra. Abaixando a voz e me afastando da balaustrada, acrescento: — Estou tentando entrar na mente de alguém sem ser notada.

Kasia solta uma risada, e gesticulo para pedir que fique quieta. Ela já estragou meu disfarce, mas a última coisa de que preciso é que os Fiéis saibam o que estou planejando. Tenho certeza absoluta de que invadir a mente de outra pessoa quebra uma ou duas cláusulas de moralidade.

— Posso perguntar por quê? — Kasia inclina a cabeça, mas, mesmo por trás de seu sorriso com covinhas, posso ver sua preocupação.

Eu a encaro de volta, considerando se a honestidade seria um erro. Não sei bem como dizer as palavras em voz alta. Elas parecem tão novas e frágeis que só consigo emitir um sussurro:

— Talvez seja o único jeito de encontrá-los.

Ela retrai o rosto, e seus ombros relaxam como se ela entendesse a parte não dita das minhas palavras.

A parte que envolve os Residentes.

Kasia balança a cabeça, provavelmente se lembrando de todas as histórias que já lhe contei. De todas as coisas que eu lhe mostrei através de uma Troca.

— Tem certeza de que quer fazer isso de novo? Da última vez que você contatou Ophelia, ela ficou o tempo todo em vantagem.

— Não é Ophelia que eu quero contatar.

Há uma pausa, e Kasia joga o peso do corpo para a outra perna.

— Você quer conseguir informações através de Caelan.

O som do nome dele me causa calafrios, mas assinto.

Não sei o que eu esperava achar quando me aventurei na mente dele. Caelan jamais me contaria o que eu precisava saber — o que significa que a única opção que me resta é tomar a informação à força.

Eu só preciso descobrir como.

Kasia olha ao redor.

— Se você está realmente tentando se infiltrar na mente de outra pessoa, acho que praticar numa sala de orações não vai ser um grande desafio. As pessoas aqui estão praticamente gritando os próprios pensamentos para os céus.

— Você tem uma ideia melhor?

Ela dá um passo para trás e gesticula para si mesma.

— Tente comigo.

— Apesar de eu apreciar o convite, a ideia é entrar *escondida* na mente de alguém — digo. — Não vai ser a mesma coisa se você estiver esperando.

Mas acho que Kasia não entende o que eu quis dizer, porque ela ergue as mãos, ainda aguardando.

Suspirando, foco o véu que oculta meus próprios pensamentos e me transformo numa névoa serpenteante. Fecho os olhos e adentro a escuridão, procurando pelos ruídos das paredes mentais de Kasia. A princípio, vejo apenas o vazio infinito, mas então...

Um quê de amoras e solo fresco e...

Algo colide com a minha mente e eu me retraio de dor. É como se minha cabeça estivesse cheia de metal líquido, que escorre do meu crânio até minhas têmporas latejarem.

— Mas o quê? — consigo dizer, segurando a testa.

Kasia sorri, deixando os braços caírem nas laterais do corpo.

— Não vou mentir, até que isso foi divertido.

— Eu te disse que não ia funcionar — sibilo. — E isso *machucou*.

— Ótimo — ela retruca. — Porque agora você sabe como vai ser se as coisas derem errado. E é bom você se certificar de que isso não aconteça quando você ainda estiver dentro da mente de alguém. — Seus olhos azuis ficam sérios. — Se alguém fechar a porta, talvez você não consiga sair.

Com um estalo e um clarão, Tavi aparece ao nosso lado, com o cabelo preto e encaracolado na nuca. Seus olhos fundos cor de mel me examinam por um momento antes de pousarem em Kasia.

— Você devia se comportar melhor — ele repreende. — Este é um local de oração, não um parque de diversões.

— Ah, tenha dó, Tavi, não vamos brigar — Kasia diz com um sorriso contagioso. — Não é você que sempre dá sermões sobre perdão e redenção? E se eu dissesse para você que sinto muito *mesmo*, de coração?

Tavi balança a cabeça, mas sua expressão se suaviza.

— Embora eu esteja detectando uma grande dose de sarcasmo, devo lhe dizer que a redenção humana não acontece da noite para o dia, e com frequência exige toda uma vida para ser provada. Mas aceitarei suas desculpas.

Redenção *humana*. Não Residente. Não... seja lá o que Caelan for.

O Príncipe da Vitória é um enigma que nunca consegui desvendar. Não sei bem por que isso ainda me incomoda. Não sei bem por que sempre me incomodou para começo de conversa.

Não é mais uma questão de quem é o inimigo. Só não consigo esquecer a imagem de Caelan com a Ceifadora na mão, me dizendo para fugir. Para seguir as estrelas.

Não tenho medo de lutar contra os Residentes, mas eu estaria mentindo se dissesse que não tenho mais perguntas sobre o que aconteceu naquela noite.

Ouço gritos do lado de fora da Casa de Oração. A confusão assola o espaço circular, e de uma só vez sussurros irrompem como um bando de pássaros que foge para o céu. Tavi se move na direção da janela; Kasia e eu corremos até a porta.

O cheiro de pinheiros...

Eu contatei Caelan. O *inimigo*.

Será que isso é minha culpa?

Será que, de alguma forma, eu mostrei mais a Caelan do que pretendia?

Será que eu trouxe os Residentes até aqui?

Paro na beira da colina, varrendo a vasta cidade com os olhos, seus prédios e sobrados, até avistar a multidão de pessoas desesperadas que apontam para o píer norte.

Então eu vejo a imagem inconfundível do Mercado Noturno e as violentas chamas brancas que o assolam.

As Terras da Fronteira estão sob ataque.

6

As chamas irradiam uma quantidade absurda de calor. Mesmo os humanos mais resistentes à dor têm medo demais de se aproximarem delas. O fogo branco se estende de uma ponta do Mercado Noturno à outra, mas nunca se espalha para além dos lados, como se as próprias chamas estivessem sob um feitiço.

Ou talvez a pessoa que começou o incêndio, seja lá quem for, só quisesse dar um recado. Não um ataque, mas um alerta.

Passo a noite toda observando o serpentear da fumaça pelas estrelas. Não consigo entender como os Residentes podem ter feito isso, ou por que eles começariam um incêndio que não foi capaz de machucar um único humano sequer aqui. Deixar a gente se safar não faz o estilo deles. O que Caelan fez não é a regra — é uma anomalia.

Mas que outra pessoa seria capaz de uma coisa dessas?

Parte de mim se pergunta se a pessoa responsável está muito mais próxima daqui. E não sei o que é pior: o inimigo que conheço ou o que ainda está oculto nas sombras.

As chamas brancas seguem queimando no dia seguinte. É só quando o raio de sol desaparece no horizonte que a fumaça e o fogo desaparecem por completo.

Mas uma coisa é certa: o Mercado Noturno não existe mais.

***

Não fico surpresa quando o conselho convoca uma reunião de emergência no Domo. Ninguém nunca causou destruição dentro da cidade, nem humanos, nem Residentes.

Pela primeira vez, as pessoas aqui estão se questionando se estão mesmo seguras.

Não é difícil se infiltrar no Domo; eu conseguiria mesmo que não estivesse debaixo de um véu. Os clãs confiam tanto em seu conselho que acho que nunca ocorreu a ninguém que uma pessoa ia *querer* espionar uma reunião.

Equilibro os pés nas vigas de madeira enquanto me agacho para desviar dos caibros. Quando encontro um ponto com vista para os líderes dos clãs, mantenho a cabeça baixa e aguço os ouvidos para escutar cada som com um hiperfoco. Não que eu precise da ajuda da minha consciência; o formato da sala causa um eco que sacode tudo até as luzes do céu.

Artemis está andando de um lado para o outro, movendo as mãos à frente de si como estivesse conduzindo uma orquestra. Seus olhos brilham de fúria quando ele se vira para Kasia.

— A mera *sugestão* de que o Clã dos Ossos possa ser responsável por algo assim é um insulto. Se está esperando que eu fique calado enquanto ouço essas mentiras, pode esperar sentada.

Kasia não se abala, enquanto Nix espreita por perto, os olhos brilhantes fixos nos líderes dos clãs.

— Se quisermos descobrir quem começou o incêndio, precisamos estar preparados para fazer perguntas. Levar isso para o lado pessoal não vai resolver nada.

— Você culparia o Clã dos Ossos antes dos Residentes? — O rosto de Artemis ganha um glorioso tom de vermelho. As veias em seu pescoço parecem prestes a estourar.

Tavi escolhe as palavras com cuidado.

— Não temos nenhuma prova de que os Residentes fizeram isso. Até onde sabemos, eles não podem nos alcançar nas Terras da Fronteira. — Ele tamborila o dedo nas contas de madeira do rosário. — Mas talvez seja sábio considerar todas as possibilidades.

Kasia se vira para os outros.

— O Mercado Noturno estava vazio, e o fogo ficou confinado a uma área onde não machucaria ninguém. Diferente de vocês, eu lutei na Primeira Guerra — ela diz friamente. — E um ataque dos Residentes não é assim.

Ao ouvir isso, Tavi e Artemis ficam visivelmente inquietos.

Mama Nan assente.

— Kasia tem razão. Não é o momento de ficar na defensiva. Como líderes dos clãs, devemos demonstrar unidade.

— Não fui eu quem saí disparando acusações — Artemis cospe, voltando-se para Kasia. — Como podemos saber que não foi *você* quem começou o incêndio.

Kasia solta um riso debochado.

— Não estou tentando amedrontar nosso povo até todos quererem fugir. Eu *quero* que todos fiquem.

— Pois é — Artemis sibila. — Você quer ficar. Talvez também queira outra guerra. E fazer todo mundo acreditar que nossos lares estão em perigo seria um bom jeito de convencê-los a pegar em armas.

— Isso é ridículo. — Kasia dá um passo à frente, e Nix rosna ao seu lado. — Eu *jamais*…

— Está claro que há argumentos para os dois lados — Tavi intervém calmamente. — Brigar desse jeito não vai provar quem está certo ou errado.

— As Terras da Fronteira são meu lar. Eu jamais atearia fogo a elas. E a última coisa que eu desejaria é que qualquer pessoa aqui vá para a guerra. — Kasia desvia os olhos brilhantes dos outros, focalizando o roçar da cabeça de Nix em seus dedos. — Não vou perder outro clã para os Residentes.

— E aquela sua amiga? — Artemis provoca. — Ela deixou bem claro que nos acha covardes. Talvez seja ela quem queira incitar um exército usando o medo.

Minhas bochechas queimam.

— Nami não faria isso — Kasia diz sem hesitação. Faço uma anotação mental para agradecê-la mais tarde. — Sem mencionar que o medo não é uma garantia de que as pessoas vão lutar. Elas podem muito bem querer fugir para as Terras Posteriores.

— Uma ameaça nas Terras da Fronteira forçaria nosso povo a escolher — Tavi observa.

— Nami nunca gostou dos nossos costumes — Artemis diz. — Ela nem tenta esconder isso.

— Mais uma razão pela qual ela não faria isso. — Kasia alterna o olhar entre os dois. — Não use Nami como bode expiatório só porque ela discorda de você.

— Ela está ficando mais poderosa — Mama Nan diz de repente. Quando Kasia se vira, ela acrescenta: — Não estou dizendo que ela começou o incêndio. Mas é uma observação que com certeza não passou despercebida pelo resto de nosso povo.

Kasia pisca.

— A senhora acha que eles vão presumir que foi ela?

Mama Nan concorda com um ruído abafado.

— Acho que todos estão procurando por um culpado. Por escolha própria, Nami ainda é uma estranha para nós. Uma estranha que sabemos ser impetuosa e ávida por guerra.

— Ela só quer ajudar os amigos — Kasia insiste.

— Eu acho — Tavi diz — que ela quer muito mais do que isso.

Cerro os dentes. É verdade que eu queria que eles lutassem, mas ouvi-los me acusar de uma coisa que eu não fiz...

Isso atiça a fúria no meu peito, fazendo o monstro crescer.

Tavi pausa, piscando para as luzes do céu, pensativo. Por um momento, fico receosa de que ele esteja me vendo, mas seu olhar apenas segue as nuvens.

— As crenças de Nami não se alinham com as dos clãs. Mas ela não foi responsável pelo fogo. Nem Kasia. — Ele acena a cabeça na direção de Mama Nan. — Estive com as duas ontem, na Casa de Oração.

— Onde *você* estava quando o incêndio começou? — Kasia murmura, os olhos fixos em Artemis.

Em resposta, Artemis faz uma careta, arrumando um fio de cabelo dourado na têmpora.

— Tomando banho, na verdade. Gostaria que eu lhe mostrasse? — Ele estende a palma de uma mão como se estivesse oferecendo uma Troca. Uma que ele pensa que Kasia recusará.

Mas ela o examina.

Há uma indignação em sua sobrancelha quando ele dobra os dedos em punho.

— Não vamos nos voltar contra os outros — Tavi diz. — Devemos dar exemplo para os outros. A união é o único caminho.

Mama Nan examina os outros como se estive relembrando mil vidas diferentes. Por fim, ela gesticula.

— Acho que podemos concordar que o incêndio foi um recado, nada além disso. Talvez para amedrontar todos nós, embora eu não saiba por quê. Mas descobriremos quem foi o responsável. Todos com habilidades de fogo devem se apresentar e fornecer evidências de que não fizeram parte do que aconteceu no Mercado Noturno. Coletaremos informações através de Trocas e vamos desvendar quem não estava onde afirmou estar. Deixamos a guerra para trás — nós *teremos* paz nas Terras da Fronteira.

Os outros líderes concordam com acenos de cabeça e deixam o Domo para espalhar a mensagem. Eu desço das vigas, usando meu véu para silenciar o som dos meus passos. Tentando ser tão invisível quanto uma sombra na escuridão.

A janela na frente da qual Mama Nan está posicionada tem vista para a cidade. O vidro é tão alto quanto largo, o que faz ela parecer quase uma criança dentro da moldura.

Eu me pergunto se ela se lembra de ser assim tão nova. Eu me pergunto se o Infinito ainda vai existir quando eu tiver metade da idade dela.

Deslizando para fora da última viga, uso o rebordo para descer até o piso. Estou quase na porta quando a voz dela atravessa a sala curvada.

— Nami — Mama Nan diz baixinho.

Continuo debaixo do véu, sem oferecer uma única palavra. Mas espero.

Ela não se vira. Talvez não fazer contato visual seja um outro tipo de véu.

— Quero que você tenha cuidado. As coisas que você diz e a forma como se comporta... fazem de você um ponto fora da curva. E a história me lembra que, em tempos de instabilidade, isso nunca é seguro.

Carrego as palavras dela comigo, mesmo sem saber ao certo se elas vêm de uma líder ou de uma amiga, e deixo o eco do Domo para trás.

As chamas brancas retornam.

Na primeira noite, as chamas devoram metade da frota de canoas no porto norte — incluindo aquela que esmurrei.

Na segunda noite, o fogo consome a floresta de inverno no oeste.

Na terceira noite, a fonte no coração da cidade é reduzida a cinzas.

O lugar onde perdi a cabeça. O lugar onde eu costumava treinar. O lugar aonde eu ia espionar. Todos eles de alguma forma associados a *mim*.

Nem eu posso negar que as evidências não estão exatamente ao meu favor. Mas mesmo que o incidente da canoa não tenha sido meu melhor momento, eu amava a floresta. E posso até ter quebrado a fonte uma vez, mas aquilo foi um *acidente*.

Quando os líderes dos clãs não conseguem encontrar um suspeito plausível sequer, os comentários se espalham. Em breve a verdade não vai importar. Para os Clãs da Fronteira, sou eu quem não se encaixa, e provavelmente nunca vou me encaixar.

Não faz diferença para ninguém que eu não tenha habilidades de fogo, ou que eu tenha álibis para todas as noites em que a cidade foi atingida pelas chamas.

A maioria já se convenceu de que fui eu.

7

As dobradiças da porta de madeira rangem quando eu a abro. Minha cabana é tomada pela luz da manhã, mas é a forma estranha na soleira que chama minha atenção. Uma poça de líquido vermelho, grudada à pedra como se tivesse sido deixada durante à noite.

— Isso aí é uma mancha de sangue — diz uma voz familiar.

Meus olhos vão das botas de Kasia até seu rosto coberto pela sombra, a mão protegendo os olhos da luz do sol. Nix dá uma cheirada na poça, lança um olhar de pura repulsa e sai caminhando pela praia.

— É... de verdade? — A lembrança da fumaça quando deixei a Colônia sob ataque me dá um nó na garganta.

Quanto sangue foi derramado naquele dia? Quantos humanos os Residentes machucaram depois de invadir os túneis?

Kasia observa Nix se equilibrar perto das piscinas de pedra, evitando contato com a água. A julgar pela forma como seus olhos brilham, sei que ela também tem memórias que a fazem lembrar de sangue. Memórias que ela jamais vai conseguir esquecer.

— É só tinta vermelha e sal — ela diz sutilmente. — Cortesia do Clã dos Ossos e seus rituais arcaicos.

— E o que significa?

— Significa que você foi marcada como uma pessoa que diverge do grupo e causa confusão. É para alertar todo mundo que não dá para confiar em você.

— Com uma poça na minha porta? — fungo, indiferente.

Como eu posso ter pensado que essas pessoas seriam capazes de se unir para lutar contra Ophelia? Elas nem conseguem fazer uma humilhação pública comum.

Kasia contrai os lábios e gesticula para o espaço atrás de mim. Para tudo que eu ainda não vi.

Passo por cima da mancha de sangue e sigo o olhar dela até a minha cabana. Há tinta vermelha por todo lado. O teto, as paredes com painéis, as esquadrias — cada pedacinho da casa está coberto por um líquido que goteja dos cantos, manchando até a areia. À luz do sol, a casa brilha feito um rubi.

Inclino a cabeça para trás e fecho os olhos, completamente irritada.

— O Clã dos Ossos fez tudo isso?

— Eles sempre tiveram fama de serem ultradramáticos. — Kasia mexe com a ponta de uma das três tranças. — Quase sempre inofensivos, mas estrelas do céu, como são rancorosos.

— Algo me diz que água e sabão não vão resolver isso.

— Uma mancha de sangue só desaparece depois de uma confissão. Do contrário, ela vai escurecendo com o tempo, até a marca ficar preta e o Clã dos Ossos te enxotar oficialmente da sociedade. — Depois de uma breve pausa, Kasia ergue uma sobrancelha como se oferecesse consolo: — Não que você tenha muito espírito comunitário.

Eu não deveria me importar. Esse ritual ridículo não deveria significar *nada*.

Mas não suporto a ideia de as pessoas estarem falando coisas sobre mim que simplesmente não são verdade.

— Eu não comecei os incêndios. — Sinto que isso precisa ser dito.

Kasia retorce um canto da boca.

— Eu sei. Já falei para eles. Mas às vezes a verdade não é o suficiente para impedir que as pessoas se convençam.

Suspiro.

— Pelo menos não vou ter que olhar tanto assim para isso tudo. Na real, eu só venho aqui para dormir. No resto do tempo, vou estar na floresta leste, treinando e fingindo que isso nunca aconteceu.

— Eu... eu acho que é melhor você ouvir isso de mim. — A expressão de Kasia se altera. — Alguns dos outros estão exigindo que você seja colocada sob vigilância. Eles querem que você seja seguida o tempo todo. — Abro a boca para argumentar, mas ela logo acrescenta: — Eu disse para eles que isso era desnecessário, e acho que eles desistiram por enquanto. Mas você deveria saber que, se houver outro incêndio, não sei se vou conseguir impedi-los.

— Preciso treinar — digo, irritada. — Não dá para ter alguém na minha cola. Como eu vou me ocultar ou praticar em multidões se estiver sendo *seguida*? Sem falar que entrar escondida na mente de alguém não vai ser *nada* fácil se eles estiverem todos atentos a mim.

Isso não é apenas um incomodozinho, vai interferir com todos os meus objetivos.

— Sinto muito, Nami — Kasia diz, e dá para perceber que ela está falando a verdade.

Meus ossos tremem de raiva. Isso é culpa de Artemis. Ele me culpou no Domo, tentou convencer o restante do conselho de que eu tive algo a ver com o incidente no Mercado Noturno. E agora minha cabana está coberta de vermelho.

Ele me transformou num alvo.

E, se todos estiverem olhando para mim, jamais vão encontrar quem realmente começou os incêndios.

Não posso me dar ao luxo de perder o ritmo de treino. Preciso provar que não fiz isso.

Marcho colina acima, na direção do píer chamuscado e das tendas queimadas do mercado. Um tom turquesa quase irreconhecível é a única coisa que sobrou das vigas de madeira, mas ele ainda é o caminho mais rápido até o centro da cidade partindo da praia. E tenho assuntos que não podem esperar.

— Aonde você vai? — pergunta Kasia.

Seus passos param em algum lugar ao longo dos seixos. Estamos treinando juntas há muito tempo; ela sabe quando me deixar sozinha.

Cerro a mandíbula com força e defino meu próprio alvo.

— Arrancar uma confissão.

Artemis mora num amplo apartamento vários andares acima de uma casa de banho. A escadaria é tão estreita que é praticamente uma escada de mão, e o ar tem um cheiro forte de ginseng, sabonete e folhas de chá. O vapor atravessa as ripas da parede. Subo em meio à neblina, sacudindo a mão à minha frente para limpar meu campo de visão.

Montes de flores secas e bolas de vidro cheias de velas acesas pendem das vigas no teto. A porta de Artemis fica no lado oposto da sacada, com uma maçaneta de ferro forjado em forma de cabeça de leão.

A porta se abre com facilidade, e não me dou ao trabalho de conjurar um véu ao entrar. Quero que ele me veja. Quero que ele saiba que não estou com medo.

Artemis está esticado numa poltrona, um pé plantado firmemente no assento, o outro apoiado numa banqueta. Seu robe de banho amarelo deixa mais pele à mostra do que eu jamais quis ver.

Desvio os olhos para o teto e murmuro um xingamento. Talvez eu devesse ter batido à porta.

— Você está armada — é tudo o que ele diz.

— Eu sempre ando armada — respondo, seca, com a faca de vidro marinho vermelho a pouco mais de um centímetro dos meus dedos.

Ele põe uma perna no chão e se levanta, apertando o cinto ao se afastar da poltrona. Volto a olhar para ele, me certificando de que ele não vai pegar uma arma. Não *pretendo* usar a minha, mas preciso estar preparada. Existem muitos tipos de monstros no Infinito, todos com rostos diferentes.

E preciso me certificar de que verei o próximo.

Artemis para perto de um decantador âmbar e se serve de uma taça.

— Aceita alguma bebida? — Ele abre um sorriso provocador; sabe que não vim aqui para socializar.

— Por que você está tentando convencer todo mundo de que eu comecei os incêndios?

Ele vira o conteúdo da taça e depois a devolve à bandeja, vazia. Quando ele se volta para me encarar, abre um sorriso.

— Não faço ideia do que você está falando.

— Não estou no clima para os seus joguinhos.

Dou dois passos na direção dele. A brisa que entra pela janela aberta sopra uma mecha escura de cabelo no meu rosto, mas eu não a movo. Não vou parecer fraca.

Não vou quebrar.

Artemis ri, abrindo os braços como se quisesse que eu olhasse ao redor.

— Você veio para a *minha* casa, novata. E é a minha paciência que você está enchendo.

Eu o fuzilo com os olhos.

— Eu sei que você é o responsável pela mancha de sangue.

Ele deixa cair os braços, arqueando uma sobrancelha.

— Isso — ele diz, com a voz arrastada — seria um total desperdício do meu tempo. Manchas de sangue servem para manter os membros do clã na linha. — Ele abaixa o queixo. — E você não faz parte do Clã dos Ossos.

Procuro a mentira em seus olhos, mas não a encontro. Não que eu tenha uma grande reputação em farejar impostores.

— Ainda assim, é um ritual do Clã dos Ossos. E, se você não tivesse saído por aí espalhando a ideia de que talvez eu tenha começado o incêndio, os *membros* não teriam tomado a iniciativa de vandalizar minha casa.

— Não aja como se considerasse aquele lugar seu lar — ele rebate, andando ao redor da sala como um felino cercando a presa.

Roço o polegar sobre o cabo da minha adaga. O vidro marinho faz uma corrente me atravessar: um lembrete de que posso ser forte quando preciso. De que *eu* também posso ser uma predadora.

— A questão não é a casa. É o fato de que todo mundo acha que sou uma traidora, e isso está interferindo no meu treinamento. Talvez o resto de vocês não queira ajudar os humanos, mas o mínimo que vocês podem fazer é me deixar em paz enquanto eu tento. Então mande seus vigilantes pararem.

— Eu já disse, não fui eu.

Artemis se recosta preguiçosamente no batente do corredor, cruzando as longas pernas na altura dos tornozelos e colocando as mãos atrás do corpo.

Percebo o gesto, dobrando os joelhos de leve, só para o caso de precisar ser rápida.

Como se lesse meus pensamentos, ele ri.

— Você não confia mesmo em ninguém, não é? — Quando não respondo, seus olhos brilham. — Ah, quase esqueci que você foi traída. Por um príncipe, não foi? Um príncipe que *você* pensou estar traindo. — Ele parece se deliciar com o momento. — Deve ter sido horrível para você. Descobrir que você nunca esteve no controle, e saber que suas escolhas acabaram com seus amigos sendo jogados numa jaula. Mesmo assim, você de alguma forma conseguiu sair livre.

Minha cabeça é tomada por estática. Ele está cutucando uma ferida, e minha raiva irracional grita para que eu revide.

— Fugir não foi minha primeira escolha. Mas, se não me falha a memória, soube que você abandonou o antigo líder do Clã dos Ossos no campo de batalha, tudo em nome da sua própria liberdade.

A voz dele oscila.

— Você não sabe nada daquele dia. Ozias avançou antes que o resto de nós tivesse se reunido na colina. Se ele tivesse esperado, teria visto o que nós vimos: que a batalha já estava perdida, e teria desistido também.

— Você abandonou um dos seus.

— Você abandonou *muitos* dos seus. — Ele pausa, examinando a forma como meus punhos tremem. — Estou curioso: o *quanto* você se aproximou desse príncipe Residente? — Artemis estreita o olhar. — O suficiente para fazer uma troca? As vidas deles pela sua, talvez?

Um grunhido toma meu rosto e, antes que eu me dê conta, a faca está na minha mão.

Com um movimento do queixo, ele gesticula para minha arma.

— Tente. Vou te transformar em cinzas. — As mãos dele faíscam. Não abaixo minha lâmina.

— Você tem o poder do fogo.

— Não é incomum no Clã dos Ossos. — Ele ergue uma palma e uma chama se forma. Laranja, não branca. — Mas eu não tive nada a ver com o Mercado Noturno, *ou* com a sua cabaninha. — Ele fecha os dedos ao redor do fogo, e a chama desaparece.

— Ainda assim, nem uma única pessoa do seu clã apareceu para ser interrogada — observo. — É por isso que você está me acusando? Para proteger alguém?

Ele ajeita as beiradas do robe.

— Não vou submeter meu povo a uma caça às bruxas. As estrelas sabem que eu já vi bastante disso nos meus dias antes do Infinito.

— Se você sabe quem é o responsável…

— O Clã dos Ossos é inocente. — Artemis não vacila. — O fogo branco não é obra nossa, embora eu não negue que tenha funcionado a nosso favor. Os Clãs da Fronteira nunca estiveram tão ávidos por deixar essa costa.

— Kasia e Tavi nunca vão mudar de voto — digo, talvez para mim mesma. — Nem Mama Nam.

Artemis exibe os dentes.

— Kasia não tem mais um clã. E, se os Clãs dos Espelhos e do Ferro decidirem que as Terras Posteriores são mais seguras… Bem, talvez o voto não faça diferença. Reconstruiremos as canoas, atravessaremos o mar e deixaremos o antigo Infinito para trás. E, a menos que Kasia queira passar o resto da eternidade só com você e aquele Diurno como companhia, imagino que ela zarpará conosco.

— Vocês não podem fazer isso — argumento. — Alguém precisa ficar aqui. Para ajudar a guiar os humanos até um local seguro.

Ele ajeita o colarinho, desinteressado.

— Para quê? Com base no que você sempre nos diz sobre Ophelia, ela estará aqui em pouco tempo, de qualquer forma. Melhor sairmos enquanto podemos, e deixar o resto com seus destinos inevitáveis.

Cerro o punho com mais força, minha frustração não para de crescer.

Mas Artemis mal presta atenção ao voltar para a poltrona e esparramar os longos braços e pernas sobre o estofado de veludo. Ele ergue uma sobrancelha.

— Já aguentei perguntas suas demais por hoje. Você sabe sair sozinha.

E, como não há mais nada a dizer, eu saio.

Espero na cobertura de frente para a casa de banho, agachada e escondida nas sombras da alcova.

Artemis pode alegar não ter tido nada a ver com o incêndio ou a mancha de sangue, mas ele também admitiu abertamente que vai proteger seu povo, mesmo que seja do escrutínio. Quem garante que ele também não os protegeria das consequências?

Talvez ele não tenha feito nada, mas acho que sabe quem fez.

Não serei acusada — ou punida — por algo que não fiz.

Preciso de um nome.

Depois de eu ter passado uma hora esperando perto do caibro, Artemis sai de casa. Ondas de cachos dourados ainda vão até seus ombros, mas ele trocou o robe de banho por uma túnica de couro branco e calças pretas.

Pelo menos agora posso segui-lo sem ter que ficar o tempo todo desviando o olhar.

Puxo as costuras do meu véu mentalmente, me certificando de que ele não esteja cobrindo apenas meu corpo, mas também meus pensamentos. Desço pela treliça até meus pés atingirem o pavimento. Tudo que vejo é um borrão de cabelos dourados quando Artemis vira uma esquina, desaparecendo no labirinto de sobrados.

Sigo Artemis por uma rua tortuosa, onde ele adentra um café não para comer ou beber, mas para conversar com uma mulher de cabelo ruivo intenso e que possui um sigilo do Clã dos Ossos no colarinho. Quando as mãos dos dois se tocam, sei que eles estão fazendo uma Troca. Algo particular.

Ou um segredo.

Ela assente, e Artemis volta para a luz do sol, pausando brevemente antes de descer a colina.

Vários Diurnos se agitam numa árvore próxima — variantes do tipo ave, com asas azuis e garras brilhantes. Eles gorjeiam uma melodia delicada, e eu oculto até mesmo o som dos meus passos para que os pássaros não se assustem e voem para os telhados, revelando minha presença.

Avançando, sigo Artemis pelas ruas estreitas e mais movimentadas. Depois de algum tempo, ele se agacha e entra em um antro de jogos. Os prédios nesta área são todos feitos de placas de metal remendadas, o que cria um contraste marcante com as estruturas coloridas de madeira espalhadas pelas Terras da Fronteira. Um lembrete de que toda cidade tem seus recônditos sombrios.

O cheiro de baunilha e fumaça me atinge no momento em que cruzo a porta. Mesas redondas de carvalho enchem a sala, e o piso de concreto está manchado de cerveja e castanhas caramelizadas. Membros dos Clãs do Ferro, dos Espelhos e dos Ossos estão espalhados pelo estabelecimento, com cartas quadradas nas mãos e dispostas sobre as mesas. Desconheço seus jogos, assim como suas cartas. Algumas têm pontos, enquanto outras exibem desenhos de coisas curiosas, como uma concha, um corvo ou uma flor murcha. Mas todas elas possuem um estranho brilho metálico que vibra com vida.

A vibração da consciência — a coisa mais próxima de mágica que existe no Infinito.

É a parte da minha própria mente que estou aprendendo a ocultar para que um dia eu possa ser completamente invisível, até mesmo para Mama Nan.

Em geral, Artemis atravessa os lugares como um feixe de luz, exigindo atenção. Mas agora seu sorriso perdeu o brilho, e ele caminha na direção dos fundos do salão com um quê de impaciência. Uma pessoa sentada a uma mesa próxima agita uma carta no ar, pedindo que ele se aproxime. Porém Artemis apenas balança a cabeça e segue caminho, atravessando um arco escuro.

Ele entra num corredor estreito, e me detenho por uns poucos segundos a mais. As tábuas do assoalho rangem bem alto; mexo no meu véu, tentando abafar o som, mas me concentrar em cada aspecto dos meus movimentos é como fazer um malabarismo impossível. Preciso ocultar meu corpo, meus sons, meus passos e meus pensamentos.

É muita coisa.

O que significa que preciso treinar ainda mais.

Os segundos que passo ajustando meu véu são o suficiente para que Artemis entre por uma das muitas portas. Quando consigo chegar ao fim do corredor, já o perdi de vista.

Fecho os olhos e respiro. *Eu o perdi de vista, mas não o perdi por completo*, sussurra minha mente.

Penso em como contatei Ophelia e Caelan. Em como foi deixar que meus pensamentos se afastassem do meu corpo, vasculhando o mundo à procura de um alvo.

De uma *mente*.

Permitindo que meus pensamentos se transformem em névoa, me encosto na parede próxima e imagino a névoa serpenteando através da madeira, das vigas e do ar. No vazio, sou uma predadora silenciosa, procurando por pensamentos. Procurando por fissuras.

E quando ouço a voz de Artemis, pauso diante das portas de sua consciência. A porta pela qual Ophelia me deixou passar certa vez.

Depois que eu fui educada o suficiente para bater.

Naquela época, eu não tinha noção das coisas. Mas não sou a pessoa que eu costumava ser. Consigo lutar. Consigo me ocultar. Sou mais forte do que jamais pensei poder ser.

Puxando o véu para perto, roço o corpo contra a parede. Não o suficiente para despertar preocupação em Artemis, mas o suficiente para atrair um fragmento de sua atenção. O suficiente para que ele abra o portão e se assegure de que não há nada de errado.

Uma pessoa menos arrogante talvez tivesse prestado mais atenção àquilo que se infiltrou pelas fissuras. Mas o primeiro erro de Artemis foi pensar que as Terras da Fronteira eram seguras.

O segundo erro foi me subestimar.

Não espero por um convite e vou entrando.

A escuridão o rodeia — uma escuridão que apenas eu consigo ver. Ele anda de um lado para o outro, e suas botas estalam contra o piso de pedra num ritmo raivoso. Ele ergue o olhar para quem quer que esteja diante de si.

— Digam a verdade. Foram vocês?

Tento avançar na mente dele, na esperança de distinguir os arredores, mas tenho medo de ir longe demais e permitir que ele sinta minha presença. Então dou apenas um empurrãozinho. Três figuras sombreadas aparecem diante dele, mescladas demais ao vazio para possam ser identificadas.

— Não fomos nós — insiste uma delas. — Não tivemos nada a ver com os incêndios.

— Sei que suas crenças tornaram vocês mais radicais no que diz respeito a sua ideia de lealdade. E se vocês pensaram que as chamas brancas beneficiariam o Clã dos Ossos... — Os olhos de Artemis ficam vermelhos, num sinal de alerta.

— Nós não mentiríamos para o líder de nosso clã — uma das figuras declara solenemente. — Somos leais ao Clã dos Ossos, é claro, mas também às Terras da Fronteira. Incendiá-la seria uma traição grave.

— Queremos descobrir quem é o responsável tanto quanto qualquer pessoa — explica um outro. — É por isso que marcamos a casa da jovem com a mancha de sangue.

Preciso de toda a minha energia para continuar concentrada no meu véu.

Artemis se acalma, pensativo.

— Vocês estão olhando na direção errada — ele diz, pressionando as mãos unidas sob o queixo. — A garota não é a responsável pelo fogo branco.

Uma das figuras se move rápido demais, desaparecendo da minha visão.

— Ela é a única pessoa nas Terras da Fronteira que deseja que tenhamos medo. Se não foi ela, então quem foi?

Artemis esfrega as têmporas em pequenos círculos.

— Se eu tivesse essa resposta, por que estaria *aqui*? — Ele suspira, deixando as mãos caírem. — Para evitar ser visto apesar da quantidade de ataques... Seja quem for, essa pessoa agiu com excelente precisão. Isso não é obra de um jovem. Não percam tempo com a garota, ela jamais será uma ameaça.

As três figuras murmuram entre si. Sombras se retorcem na mente de Artemis.

— Você ainda acha que os incêndios foram apenas uma mensagem? — pergunta uma delas.

Artemis move a mandíbula.

— O que mais poderia ser?

— Um alerta — sugere uma outra. — Um alerta dos Residentes sobre o que está por vir.

Artemis se inclina na direção das sombras, poder irradiando de sua pele.

— Os Residentes não enviam alertas.

— Mas e se eles quiserem a garota?

Meu peito é tomado de temor, que tenta subir pela minha garganta, mas eu o engulo.

Estaria mentindo se dissesse que essa ideia não me ocorreu.

Os outros sussurram um para o outro em voz baixa. Eles me lembram de ratos, guinchando sem parar com seus segredos sombrios na calada da noite. Depois de um tempo, a figura do meio fala.

— Todos ouvimos os rumores. Sabemos que ela tentou trair alguém, alguém poderoso. — Ela pausa, olhando de um companheiro para o outro. — Talvez os Residentes desejem vingança.

— Mesmo que isso fosse verdade, eles não são capazes de nos alcançar aqui — Artemis diz. — Pelo menos não ainda.

As figuras ficam imóveis.

— O que você sabe?

— Ozias acreditava que... — Artemis sacode a cabeça como se estivesse espantando o pensamento. — Não importa. Pelo andar da carruagem, logo estaremos nas Terras Posteriores. Destruiremos as Terras da Fronteira antes de partirmos, destruiremos qualquer evidência de que estivemos aqui e vamos nos certificar de que os Residentes não terão pistas para seguir.

Os outros se remexem no lugar, e a escuridão se afasta deles em ondas.

Eles não podem fazer isso, grita minha mente. *Eles não podem acabar com o único abrigo que restou aos humanos.*

Para onde vai o resto de nós?

— Mas permitam-me ser bem claro: o Clã dos Ossos não começará nenhum incêndio. Literal ou figurativo — Artemis alerta. — Alimentá-lo é uma coisa, mas não deixarei que nosso povo seja culpado por o que quer que esteja acontecendo nas Terras da Fronteira. Então sem mais manchas de sangue. Sem mais rituais.

As três sombras abaixam a cabeça num gesto de subserviência.

— Ótimo. Agora voltem logo para suas casas antes que alguém veja suas túnicas e comece a fazer perguntas — Artemis ordena.

Eles se afastam às pressas, desaparecendo do vazio, e eu removo meus pensamentos da mente de Artemis. Mantendo o corpo oculto no final do corredor, observo quando uma das portas se abre com um rangido.

Três estranhos aparecem, os rostos ocultos sob um trio de capuzes roxos idênticos.

Os Fiéis.

Um a um, eles desaparecem sob os próprios véus. Seus passos se desvanecem conforme atravessam o corredor de assoalho barulhento de volta para o salão principal.

Embora agora eu saiba que Artemis não está envolvido no incêndio e que, apesar de suas buscas, ele ainda não sabe quem é o responsável, não consigo tirar suas palavras da cabeça. Aquelas sobre as Terras da Fronteira serem destruídas, e aquelas sobre mim.

Ela jamais será uma ameaça.

E, como não consigo evitar, liberto meus pensamentos de volta para a névoa e adentro a mente ainda exposta de Artemis. Ele não me escuta, mas vai. Reunindo toda a minha força, lanço uma onda de sal e tinta vermelha no vazio, e me arranco dos pensamentos dele antes que ele tenha tempo de reagir.

Atrás da parede, Artemis grita.

Saio do antro de jogos sorrindo.

8

Acordo e me deparo com flores brancas secas penduradas na minha porta da frente. Um presente do Clã do Ferro. O sinal de um traidor.

A mancha de sangue foi levemente irritante. Mas isso?

Faz meu estômago revirar, o que me dá vontade de atacar. Como eles podem *me* chamar de traidora, quando são *eles* que se recusam a ajudar os humanos nas Quatro Cortes?

Arranco as flores da porta e as arremesso no oceano, o mais longe que consigo. Elas flutuam por um bom tempo, até eu perdê-las de vista atrás das rochas.

Espero que elas desapareçam debaixo d'água. Não, espero que elas *amaldiçoem* a água de modo que, por mais canoas que os Clãs da Fronteira construam, jamais consigam zarpar.

As coisas que murmuro baixinho são desejos mesquinhos e infantis, coisas que eu nem quero.

Porque o que eu quero mesmo é que eles me ajudem.

Annika unia a Colônia inteira, mas eu? Eu quase que afastei todas as pessoas nas Terras da Fronteira sozinha.

Talvez eu não sirva para a guerra. Ou talvez eles consigam sentir a verdade, que eu nunca quis lutar para começo de conversa. Que não sou uma líder nata sou apenas uma pessoa que está tentando se redimir dos erros do passado.

Um vazio amargo tenta se enterrar nos meus pensamentos, mas sinto o peso da minha adaga de vidro marinho no cinto, me chamando como se estivesse pronta. Como se nós *precisássemos* estar prontas, porque somos a única esperança que resta para a Colônia.

Estou mais preparada para retornar às Quatro Cortes do que nunca, mas será que isso é o suficiente? Duvido que eu fosse capaz de enfrentar um exército de Legiões. Mas e quanto a apenas uma? O quão longe meu véu pode me levar dentro do território Residente sem que eu seja vista?

O que eu fiz com Artemis no antro de jogos... Preciso usar aquele poder contra os Residentes. Pois e se funcionar e eu puder mesmo me infiltrar em suas mentes sem que eles saibam?

Talvez partir sozinha não seja algo a temer.

Talvez *eu* seja algo a temer.

Pego minha faca e vou até a floresta leste. Assim que me vejo envolta pelo mundo imóvel e quase morto, treino até a luz das estrelas cobrir as Terras da Fronteira.

Não recebo mais nenhum presente à porta.

Não é misericórdia. Porque os costumes do Clã dos Espelhos são muito piores.

Passo pelos destroços chamuscados da casa de chá de Güzide, arrastando fuligem atrás de mim, e encaro a estrada adiante. Está silenciosa e completamente vazia.

Talvez eles finalmente tenham encontrado coisa melhor para fazer.

Com olhos atentos fixos à primeira fileira de sobrados, eu adentro a cidade.

De uma vez só, portas se abrem como relógios-cuco sincronizados, e membros do Clã dos Espelhos aparecem. A maioria deles veste as túnicas roxas dos Fiéis, mas todos eles exibem com orgulho os sigilos idênticos. E sobre cada um de seus rostos há uma máscara branca.

Eu os vejo em todo lugar, não importa para que lado da cidade eu vá. As expressões frias e perturbadoras das máscaras são visíveis em todas as portas e janelas. Sempre observando, sem nunca emitir um som.

Viro uma das ruas tortuosas e encontro inúmeros rostos mascarados parados numa sacada. Quando desvio do caminho e sigo para os arredores da cidade, eu os encontro parados em fileiras na encosta como uma cerca humana, imóveis enquanto me encaram.

Não visto um véu; seria como confessar um crime que não cometi. Como se me esconder fizesse de mim culpada. Mas aperto o passo, os olhos à procura do caminho de cascalhos mais próximo que vá me levar para mais perto da floresta.

Mais perto da fronteira, lugar que eu sei que muitos deles preferem evitar.

Há uma série de estalos, e inúmeras figuras mascaradas com túnicas roxas aparecem diante de mim, bloqueando o caminho. Cerrando os dentes, eu me forço a respirar pelo nariz. O caminho até a fronteira não é longe. Mas, quando tento contornar os estranhos, eles se movem até a minha frente.

Mais deles se teletransportam à minha esquerda. Eu os conto: cinco na colina, três na estrada e mais dois ao meu lado. Olhando por cima do ombro, encontro um caminho aberto que leva de volta ao píer e à minha cabana manchada de sangue na costa norte.

Mas não vou fugir.

A tensão estala dentro de mim, e minha voz se torna um grunhido.

— Me deixem *em paz!* — Com as mãos estendidas para a frente, lanço um raio de energia na direção deles. Ondas rasgam o ar, espalhando a grama ao meu redor.

Mas minha onda de choque não encontra um alvo — os rostos mascarados desaparecem com um estalo, e só reaparecem depois que a energia desaparece a distância.

Ver a facilidade com que eles desviam de um ataque faz meu corpo inteiro vibrar de raiva. Eles conseguem se teletransportar sem quase nenhum esforço. O fato de não quererem ajudar os humanos nas Quatro Cortes... não é porque não *conseguem* lutar. É porque não querem.

Eu sempre soube disso, mas *ver* é outra história.

Desembainho minha adaga vermelha, com os olhos fixos nos estranhos na estrada. Suas máscaras brancas vazias me encaram de volta, escondendo as figuras silenciosas sob elas.

Se eles não querem lutar, vou fazê-los *lutar.*

Avanço bem quando um enorme Diurno salta da colina e aterrissa diretamente no meu caminho. Derrapo até parar, evitando por pouco uma colisão com o leopardo-das-neves.

— Nix — sibilo, encarando os olhos vívidos da criatura. — Saia do caminho.

Ele responde agachado, rente ao chão, com um ronronar áspero. Mas não cede.

Kasia aparece na colina atrás dele. Seu trio de tranças mal se move ao vento, mas suas contas tilintam como numa melodia. Tempos atrás, o som talvez fosse um grito de guerra. Mas, agora...

Não há tempestade alguma por trás de seus olhos azuis como o mar. Apenas ondas suaves e vagarosas.

— Não faça isso, Nami.

— Pare de protegê-los — retruco, atenta a qualquer movimento das figuras mascaradas.

Kasia desce a colina, parando ao meu lado.

— Estou protegendo *você* — ela diz baixinho, tomando minha mão. — Vamos. — Ela puxa, e eu não a impeço.

As figuras mascaradas não fazem nenhum esforço para se moverem. Nix solta um bufo irritado e achata as orelhas contra a cabeça. Depois de uma brevíssima pausa, os humanos dão um passo para o lado e nos deixam passar.

Assim que atravessamos a muralha improvisada, Kasia olha por cima do ombro.

— Se eu vir qualquer um de vocês perto da fronteira, vou deixar Nix estraçalhar vocês. E, podem acreditar, ele não vai ter pressa nenhuma quando fizer isso.

Nix exibe os dentes só para garantir antes de subir a colina.

Quando chegamos à floresta leste, Kasia solta minha mão e permanece alguns passos atrás de mim. Ela não diz uma palavra. Não quando Nix fareja um odor interessante e rasga um ajuntamento de carvalhos, e não quando eu chego perto dos limites das Terras da Fronteira, me afastando de sua zona de conforto.

Estabilizando minha consciência, tento alcançar seus pensamentos, sentindo sua inquietação como um tremor frio.

— Pare com isso — Kasia diz, estremecendo.

Recuo antes que ela possa fechar as portas mentais na minha cara outra vez, e dou meia-volta, a voz baixa:

— Você deveria ter me deixado lutar com eles. Estava na cara que era o que queriam.

— A fúria que você tem acumulado nos últimos dez meses precisa ir para algum lugar — diz ela, séria. — Mas meu povo não merece a sua ira.

— Você só pode estar brincando. Eles estão interferindo no meu treinamento.

— Esse não é o único motivo de você estar brava.

Não respondo. Não sei como colocar em palavras que estou brava comigo mesma por não saber o que fazer ou como ajudar. Por não ser capaz de encontrar um exército. Por passar *dez meses inteiros* sem descobrir onde meus amigos estão sendo mantidos.

E talvez sobretudo por ser a única humana a escapar da Vitória depois daquela noite na sala do trono.

Fios de culpa percorrem meu corpo, familiares e implacáveis.

— Nami… — As sobrancelhas de Kasia estão franzidas de frustração. Talvez ela também não saiba o que dizer. Com um suspiro, ela atravessa o caminho repleto de cogumelos, permanecendo a vários passos de distância da fronteira. — Sinto muito pelos outros clãs. Eles estão deixando o medo ditar suas atitudes. Mas você sabe que atacar os Fiéis só faria você parecer culpada, não sabe?

— Eu poderia ter dado um jeito neles. — Estico o braço para segurar um galho baixo e subo uma tora esponjosa e coberta de musgo. — É para as máscaras significarem alguma coisa?

— Que você é uma desalmada — ela responde cuidadosamente. — O Clã dos Espelhos acredita que uma pessoa sem alma deveria ser forçada a viver entre fantasmas.

— Por acaso o Clã do Sal tem uma tradição cativante própria? — pergunto, seca.

Kasia retorce os lábios ao ouvir a menção de algo que não existe mais.

— Somos um povo do mar. Se acreditássemos que você começou os incêndios, teríamos te amarrado a uma âncora e deixado você se afogar por uma ou duas décadas. — Tropeço e, quando levanto a cabeça, Kasia está rindo. — Não se preocupe. Você passaria por um julgamento antes.

Pressiono os lábios.

— Isso é... reconfortante.

Kasia pausa.

— Acho que você teria gostado deles. Do Clã do Sal. — Ela sorri, mas posso ver as fissuras. Todos os lugares em sua alegria que nunca foram propriamente curados. — Nós sempre nos orgulhamos de fazer as coisas do jeito certo e justo, mesmo que fosse necessário ir à guerra para conseguir isso.

— Eu nunca quis uma guerra — eu me defendo, sentindo a pele arrepiar. Eu me lembro das palavras de Shura, há muito tempo. Que minha nova vida começou no momento em que cheguei ao Infinito. — Eu nasci no meio dela.

— Ainda assim, você está disposta a fazer o que for preciso para salvar o seu povo — Kasia observa.

— Porque não era para ter sido eu a ser *libertada*. — Sinto um aperto no peito. Agora seria um bom momento para começar a contar cinco segundos de trás para a frente, mas minha mente está acelerando demais, borrando todas as minhas boas intenções. — Eles me acolheram, mesmo quando eu os questionava a todo momento. Eu os decepcionei. Eu os *abandonei*. E, se eu não consertar as coisas, minha culpa vai acabar comigo.

A expressão de Kasia se suaviza, e eu desvio o olhar, porque minhas muralhas não foram feitas para suportar gentileza. Não depois de tudo.

— Entendo a culpa que você sente — ela diz, com a voz consumida pela tristeza. — Sei o quanto ela pode te transformar. O quanto ela me transformou.

Contenho o ressentimento nas minhas palavras.

— Já ouvi as histórias. Sei que você pensa que é culpa sua o Clã do Sal ter sucumbido, mas você não tinha como impedir isso. — Meu olhar vaga até a muralha da fronteira. — Os humanos não sabiam contra o que estavam lutando durante a Primeira Guerra. Não tinham como saber.

— Isso não é totalmente verdade — Kasia diz devagar. — Fomos desalojados antes mesmo da batalha começar. É por isso que tantos clãs sentiram que partir para as Terras Posteriores era a melhor opção. Nós vimos a facilidade com que Ophelia conseguia transformar a paisagem, e o poder que ela tinha sobre o Infinito, mesmo que ele não fosse uma criação dela. Mas eu convenci os outros clãs a ficar. E aí... — A voz dela falha, e a dor de sua perda ecoa entre nós. Kasia estende a mão. — Acho que está na hora de eu te mostrar o que aconteceu. Talvez aí você entenda.

Encaro a palma estendida. Já faz muito tempo que não faço uma Troca. E mais tempo ainda desde que permiti qualquer outra pessoa a me mostrar informações dessa forma. Parecia não haver um bom motivo, mas, sendo sincera, acho que eu não estava pronta para a conexão.

Porque estar dentro das memórias de outra pessoa...

Isso cria um vínculo.

Não sei se estou pronta para uma amizade como as que encontrei na Colônia, mas quero conhecer a história de Kasia. Quero saber por que ela pensa que nossa culpa é a mesma e como ela sobreviveu a esse sentimento.

Seguro as mãos dela, permitindo que a Troca assuma o controle das nossas mentes, e o resto do mundo dissolve.

Estou liderando uma frota de canoas, a caminho das Terras da Fronteira, vestimentas de pele marrom agitadas ao vento e uma coroa de guerreira na cabeça. Quando eu me viro para o mar — para as velas afiadas que me seguem — sou tomada de orgulho do meu povo.

O Clã do Sal.

A memória se agita, e estou parada dentro do Domo, fazendo um pacto com os outros líderes de clã, aqueles que escolheram ficar para trás quando tantos outros fugiram para as Terras Posteriores. Mama Nan, Tavi e um homem com cabelos ruivos escuros e uma barba pontuda. Ouço seu nome — sinto ele me chamar. *Ozias*.

Os clãs concordam em viver nas Terras da Fronteira e me ajudam a conduzir os humanos até um lugar seguro. Mas digo a eles que isso não é o suficiente. Precisamos ajudar os outros. Precisamos *lutar*.

O salão se transforma, e estou reunindo um exército, pregando a importância de unir forças com os humanos que já estão em guerra. O Clã do Sal está pronto; os outros hesitam. Mas minha voz é firme, e faço com que eles acreditem na causa. Todos eles.

Quando votamos outra vez no Domo, é para ir à guerra.

O mundo se inclina, e estou num deserto montanhoso e dourado com Nix ao meu lado. À distância, além da fortaleza de rochas e areia, a Primeira Guerra é travada.

Minha amiga e leal comandante, Lara, para ao meu lado. O capacete coberto de penas esconde a maior parte de seu rosto. Ozias também está aqui, trajando uma armadura feita de ossos. A expressão em seus olhos é voracidade pura — voraz por vingança, principalmente, mas também por uma segunda chance.

Há rumores no Clã do Sal de que Ozias já enfrentou Ophelia uma vez.

Seja lá quais forem seus motivos, Ozias avançou sem seu clã para lutar ao nosso lado. Hoje, nosso emblema também é o dele.

— Alguma notícia dos Clãs da Fronteira? — pergunto para Lara, os olhos fixos na colina ao lado. O tilintar do metal rasga o ar. Gritos de violência. Sons de guerra.

Mas sou firme na minha decisão.

— Os outros ainda estão a milhas de distância — Lara diz. Ela está ansiosa. Todos estamos. — Mas, se não formos agora, talvez cheguemos tarde demais para ajudar os outros humanos. Eles não têm treinamento, estão com medo e perdendo a guerra.

Tínhamos um plano — atacar juntos e mostrar uma força unificada. Mas, se os Residentes estão ganhando vantagem...

Olho para o horizonte atrás de mim, depois para o da frente. É tanto deserto. Tanto espaço.

E tão pouco tempo para tomar uma decisão.

Eu me viro para Ozias.

— Você fica na colina e espera pelos outros clãs. Alguém precisa atualizá-los, garantir que eles saibam que nós fomos na frente.

Seus olhos são de um cinza inabalável.

— Eu jurei ser o primeiro no campo de batalha. Deixe que eu leve o Clã do Sal, e lutaremos ao lado dos jovens humanos. É você quem deve esperar pelos outros.

Já estou tentando pensar numa forma de me livrar da tarefa, designar um dos meus soldados para o posto quando vejo a expressão de Lara.

Tem que ser você, dizem os olhos dela. Porque deixar um membro do Clã do Sal para trás, forçando-o a assistir enquanto o resto do clã segue o líder à batalha...

Isso seria uma humilhação. Nem todos os clãs têm os mesmos costumes, mas o Clã do Sal luta unido, ou ao lado do líder ou com o objetivo de protegê-lo.

Lara tem razão. Como líder, sou eu quem precisa ficar para trás.

— Você e Ozias vão liderar o Clã do Sal até o front — digo, encontrando os olhos de Lara. — Eu me juntarei a vocês assim que puder.

Lara leva a mão ao meu ombro.

— Que as estrelas a protejam, Kasia.

— Você também — digo, e observo minha amiga ordenar nosso povo a marchar adiante.

O tempo se arrasta, mesmo enquanto eles diminuem à distância, ampliando o espaço entre nós. Sinto uma fisgada na minha alma de guerreira, que queima como uma tocha.

Não posso deixá-los ir à luta sem mim. Preciso lutar com eles, de alguma forma. Preciso fazer o que puder, mesmo enquanto espero pelo grosso do nosso exército.

Preciso estar em dois lugares ao mesmo tempo.

Eu me ajoelho na areia amarela, pressionando minha testa na de Nix. Seu ronronar faz meu nariz coçar.

— Eu vejo o que você vê — sussurro, e fecho os olhos.

Nix pisca — as espirais de luz e nuvem atrás de seus olhos desaparecem —, então eu me torno sua visão e sua mente. Deixo meu corpo ajoelhado na areia e corro pelo deserto até chegar ao lado de Lara.

Ela ri quando me vê, mesmo que estejamos a caminho de uma batalha.

— Você não consegue mesmo ficar de fora, hein?

Solto uma lufada de ar pelos caninos afiados de Nix, e nos dirigimos para as colinas.

A paisagem se transforma, e estou no meio da Primeira Guerra. Residentes rasgam o ar, com asas mais demoníacas do que angelicais, pretas e vermelhas e cobertas de veias. Eles não têm flâmulas, cores ou símbolos que representem por quem lutam.

É como se eles tivessem sido criados apenas para esta batalha.

Nosso povo voa até os céus para encontrá-los, conjurando raios, fogo e ciclones. Mas os Residentes são fortes, mais do que imaginávamos. Observo membros do meu clã caírem.

No chão, estou rodeada de sangue, braços e pernas quebrados. Os novatos já estavam sendo desmembrados quando chegamos aqui. Não é uma batalha, é um massacre.

Salto pelo campo de batalha e afundo os dentes num Residente, mas ele mal solta um grunhido, contorcendo-se forçosamente ao enfiar uma faca na lateral do meu corpo. Mas Nix é feito de memórias, não de consciência, e há apenas um vago lembrete da dor quando revido com as garras de fora e arranco os olhos do Residente.

Em algum lugar próximo, Lara chama nosso clã, ordenando que avancem. Só precisamos conter os Residentes por mais algum tempo; os outros clãs logo estarão aqui.

Com a ajuda deles, ainda podemos vencer esta guerra.

Um Residente empunhando um majestoso montante aparece à minha frente e eu me lanço para fora do caminho da lâmina, tropeçando sobre pilhas de humanos derrubados e perdendo a comandante de vista por apenas um momento.

Mas, numa batalha, um momento é tudo.

Lara grita em algum lugar por perto, e corro na direção do som — na direção da minha amiga — e encontro um Residente com cabelos negros e rebeldes debruçado sobre o corpo dela. Com um rugido feroz, salto, rasgando a túnica do Residente, à procura de sangue. Ele mal ergue a mão e, com o movimento de um dedo, sou arremessada pelo deserto, colidindo numa rocha.

O Residente se vira, os olhos dourados brilhando. Ele ergue uma espada flamejante numa mão; uma arma idêntica está cravada bem no peito de Lara.

O som que a espada faz quando ele a arranca do coração de Lara me faz soltar um uivo terrível. O Residente chuta o peito dela, e esse único golpe lança seu corpo para trás. Quando ela atinge o chão, o capacete sai rolando para longe.

Minha mente distante irrompe através da Troca. *Esse rosto... não pode ser...*

Mas volto a ser Kasia, observando horrorizada quando os olhos de Lara encontram os meus. Ela está fraca demais para falar, mas seus olhos estão carregados com uma mensagem — um reconhecimento silencioso. *Estamos perdendo esta guerra.*

Ouço uma vibração baixa atrás dos dentes. Eu me viro para encarar o Residente de olhos dourados, afundando minhas garras nas cinzas. Estou me preparando. Ele zomba; eu ataco.

Mas, antes que meus dentes façam contato, ele desaparece numa nuvem de fumaça.

Desabo na terra, sacudindo a cabeça para espantar a tontura, quando vejo Ozias correndo na minha direção, disparando pelas rochas feito um antigo guerreiro. Ele me vê em minha forma Diurna, me reconhecendo de imediato. Por um momento, meu coração hesita à beira do alívio. Decerto os outros já devem ter chegado.

Talvez ele já tenha se reunido com o Clã dos Ossos, e agora está liderando o ataque.

Passo os olhos pelo vasto horizonte, à espera dos outros clãs. À espera das pessoas que considero minha família no campo de batalha.

Mas eles não aparecem.

Ozias me alcança. Sangue e suor escorrem por seu rosto.

Não consigo falar, mas ele vê a confusão nos meus olhos. Já *espera* por isso.

— Sinto muito, Kasia — ele diz. — Eles não vêm. — Ele olha por cima do ombro, para o lugar onde nossa salvação deveria estar. — Posso sentir seus pensamentos agora, na colina. Eles acreditam que esta guerra já está perdida. Os clãs... — A voz anciã falha. — Estão recuando.

É então que sinto meu corpo humano sendo perturbado. Alguém me segura, me puxando. Me levando para algum lugar onde não quero estar.

Sibilo e rosno, de pelos eriçados, mas sequer tenho tempo para processar as palavras, ou o que está acontecendo comigo no outro lado da montanha. O chão explode debaixo de nós, e somos lançados em direções opostas. Residentes descem dos céus, espadas rasgam o ar, dilacerando suas vítimas sem misericórdia.

Eu me arrasto em meio à multidão, assistindo ao meu povo sucumbir de novo e de novo e de novo.

O mundo mergulha em sangue, assim como a minha mente. Luto ao ponto da exaustão.

Então, tudo fica preto.

Quando acordo, estou no meu corpo — o corpo que foi arrastado de volta para as Terras da Fronteira pelos covardes que nunca foram ajudar. Eu grito, me debato e choro até minha alma arder.

O mundo se dissolve, e a Troca termina. Solto a mão de Kasia. A náusea é quase implacável. Preciso de toda a minha teimosia para continuar de pé, mesmo com os joelhos trêmulos.

— Isso foi... — engasgo nas minhas palavras. — Lara... — Eu reconheceria o rosto dela em qualquer lugar. A garota do palácio.

Aquela com coques idênticos, um em cada lado da cabeça, que eu tentei desesperadamente salvar.

Ela esteve na Primeira Guerra. Não apenas uma comandante, mas uma integrante do Clã do Sal.

Eu não fazia ideia.

— Eu a vi nos seus pensamentos também, quando você fez uma Troca sobre a sua história com os líderes dos clãs na noite em que chegou — Kasia admite. — Descobrir que ela vem lutando há tanto tempo, por minha causa... — Ela para de repente, negando com a cabeça. — Eu jurei que jamais entraria numa batalha outra vez. Não depois do que fiz com Lara, Ozias e meu clã inteiro.

— Não foi culpa sua — tento.

— Eu convenci meu povo e os outros a lutar por uma causa na qual *eu* acreditava. Eu os levei para uma guerra que eles não podiam vencer. E carregarei a culpa do que aconteceu pelo resto do Infinito. — Ela pisca para conter as lágrimas. — Mas você? Nami, você não fez nada de errado. Você seguiu as estrelas porque era a sua única opção, e agora você tem uma chance de encontrar o seu povo outra vez.

Fugir pode ter sido a minha única opção naquela noite, mas e antes disso? Será que fiz perguntas demais? Será que não perguntei o bastante?

Não sei como explicar por que eu estou aqui e os outros não. Mas sei que a Colônia me disse várias vezes que não se podia confiar nos Residentes, mesmo quando eu quis acreditar que poderíamos acabar com a guerra sem aniquilar toda uma forma de vida.

Eu estava despreparada desde o começo.

A única coisa que posso fazer agora é tentar me redimir pelo meu erro.

Kasia aponta para além da fronteira com a cabeça, para o lugar onde ela prometeu jamais ir.

— Sua batalha... ainda está lá fora. — Ela volta a me encarar, com uma expressão solene. — Não tenho dúvida de que os Clãs da Fronteira nunca vão mudar de ideia quanto a voltar para a guerra, ou sobre retornar às Quatro Cortes. Eu também não gostaria que mudassem. Mas acredito mesmo que você vai encontrar seus amigos algum dia. Acredito na sua esperança.

Encaro a muralha que nos rodeia a distância. Para além dela, o Labirinto me espera.

— Venho aqui todos os dias para tentar fazê-los me ouvir — admito. — Mas é sempre silencioso. Não consigo entrar em contato com eles. Não consigo informações sobre onde eles estão. Eu... eu tenho medo de que isso signifique que eles já se renderam aos Residentes.

Kasia murmura.

— Os humanos das Quatro Cortes ainda são tão jovens e despreparados. É possível que eles não saibam como abrir a mente o suficiente para escutar você.

Eles não sabem o que fazer quando eu bato à porta.

O medo residual da Troca pulsa na minha corrente sanguínea. Posso ver o Labirinto com muita clareza na minha mente. Posso visualizar a Fortaleza de Inverno, o deserto ensopado de sangue e as paredes espelhadas da Morte. Todas as prisões. Todos os lugares onde a Colônia pode estar.

— Acho que não posso ficar muito mais tempo nas Terras da Fronteira. — E não é por causa das manchas de sangue, das flores ou das máscaras, mas porque o Infinito está sempre em movimento, e os Residentes machucam mais humanos a cada momento.

Ainda preciso me infiltrar na mente de Caelan sem ser vista, para provar que o que eu fiz com Artemis pode funcionar com Residentes. Mas e se eu falhar? E se eu não conseguir encontrar as respostas que preciso?

Então terei que procurar minhas respostas nas Quatro Cortes.

Já chega de treinar. Agora é hora de lutar.

— Eu sei. — Kasia dá meia-volta, preparando-se para voltar à cidade, mas pausa. — Só me prometa que não vai cometer os mesmos erros que eu. Não se jogue numa guerra para a qual você não está pronta. — Seus olhos brilham. — Em outro mundo, teria sido uma honra lutar com você, Nami — Kasia diz, a voz como a de um soldado. — Mas, neste mundo, fico feliz porque jamais terei que ver você sucumbir em batalha.

— Quando eu for embora, você precisa se certificar de que os outros fiquem. — Minhas palavras são urgentes. Apressadas. — Não deixe que destruam este lugar. *Por favor.*

Preciso que as Terras da Fronteira ainda estejam aqui quando eu encontrar a Colônia.

Preciso que eles consigam seguir as estrelas rumo a um lugar seguro.

— Farei o que for possível — Kasia diz. A coisa mais próxima de uma promessa que ela pode me dar. — Mas… não vá embora sem dizer adeus antes, tá bom?

Assinto, embora eu prefira desaparecer na calada da noite. Mas, por Kasia — depois de tudo o que ela fez para me ajudar a treinar, e depois de ver todas as pessoas para as quais ela nunca teve a chance de dizer adeus —, posso fazer mais do que apenas deixar um fantasma para trás.

Ela desaparece com Nix no crepúsculo, me deixando nos limites da floresta.

9

Sonho com Mei.

Minha irmã dança sobre o cimento, rodopiando com os braços abertos.

Sentada na calçada, não consigo conter o riso.

— Você sabe que a vizinhança toda está te vendo, né?

— Não ligo — Mei cantarola, saltitando de um pé para o outro. O fio de seus fones de ouvido cor-de-rosa balança sobre sua camiseta. — Essa é a minha música favorita.

Reviro os olhos, voltando a olhar para o meu celular. Uma tela preta. Um vazio escuro.

— Quem você está esperando? — Mei pergunta, equilibrando-se no meio-fio.

Ainda estou encarando meu celular com a testa franzida, tentando me lembrar.

— O Finn — respondo finalmente. — Eu acho.

— Você *acha*? — Mei ri. — Por que você simplesmente não me leva com você?

— Porque não é seguro — digo de imediato, embora não saiba por quê.

Mei paralisa na calçada, me encarando como se eu a tivesse machucado.

— Você não pode me impedir, Nami. Eu vou te seguir. *De qualquer jeito.*

— Não — digo, o rosto vermelho. — É perigoso demais. Tem gente aqui... gente que quer machucar você.

— Não importa — Mei diz, a voz firme. Ela balança perto do meio-fio, esforçando-se para manter o equilíbrio. — Todo mundo morre algum dia.

Encaro a rua, horrorizada, conforme a paisagem se transforma num vazio. Um abismo de espaço sem vida, onde o tempo não existe.

Estendo a mão.

— Mei... Cuidado!

Mas não sou rápida o bastante. Mei desaba escuridão adentro, caindo, caindo e caindo até eu não conseguir mais vê-la. Não mais. Talvez nunca mais.

O grito que sai da minha garganta não é meu.

É de um monstro.

Ergo o tronco de um salto, me arrancando do sonho com um arquejo. Minha pele está melada de suor, e o medo se prende ao meu coração. Na maioria dos dias, sou capaz de empurrá-lo para longe antes que ele chegue perto demais, mas a ideia de Mei chegar ao Infinito...

O medo é grande demais para resistir.

Meus olhos se enchem de lágrimas, e eu respiro entredentes, sibilando com o ar gelado.

Não posso impedir que ela morra. Tudo que posso fazer é tentar encontrá-la quando ela chegar aqui, e lhe mostrar o mapa nas estrelas.

Eu me encolho numa bola, dobrando os braços sobre os joelhos, e deixo as lágrimas escorrerem.

Quando eu estava na Vitória, Mei era minha estrela-guia. Fiz escolhas pensando em qual era a melhor forma de protegê-la. E essas escolhas resultaram nos meus amigos acorrentados, trancafiados numa prisão em algum lugar das Quatro Cortes, sem qualquer chance de serem encontrados.

Salvar o que quer que tenha restado da Colônia é minha prioridade agora. Não posso deixar meus sentimentos me atrapalharem outra vez. Não posso permitir que ser *melhor* atrapalhe o objetivo de *libertá-los*.

Não preciso de uma estrela-guia; preciso que a escuridão seja meu escudo.

Meu coração não vai sobreviver a uma guerra, de qualquer forma.

Enxugo as lágrimas com a palma da mão. Da última vez que contatei Caelan, eu queria testar a conexão, para ver se ele me contaria a verdade pela qual estou tão desesperada. Mas conversar não é mais parte do plano.

Quero infiltrar seus pensamentos como fiz com Artemis. Quero saber se é possível pegar um Residente desprevenido. Porque aí não vou precisar pedir que ele me diga a verdade; posso entrar em sua mente e pegá-la eu mesma.

A única coisa que me mantém aqui é não saber para onde ir em seguida. Mas e se eu conseguir resolver isso? E se espionar Caelan for a chave para encontrar a Colônia?

Eu vou finalmente estar pronta para deixar este abrigo para trás.

Fechando os olhos, eu me concentro na minha respiração e tento aplacar a dor que cresce dentro de mim. Faço a conexão ao longo do espaço e do tempo, e encontro o Príncipe Caelan nas sombras infinitas.

Desta vez, porém, mantenho o véu bem próximo, mascarando a vibração dos meus pensamentos.

Sua coroa de ramos cintila sobre os cabelos brancos como neve, mas seus trajes são mais casuais hoje. A túnica está desabotoada no pescoço e as mangas estão arregaçadas na metade dos antebraços. Não está totalmente desleixado, no entanto mais desarrumado do que eu jamais o vi.

Tentando não respirar, atravesso o vazio. Ele não se vira, não me nota e, por um momento, penso que talvez eu seja capaz de passar atrás dele sem que se dê conta.

— Olá, Nami.

Caelan se vira na minha direção, notando com os olhos prateados as sombras que ondulam a partir dos meus pés.

Meus passos. Venho aprendendo a escondê-los, mas me esqueci do que eles fariam num lugar como esse.

Certo, então claramente ainda posso melhorar.

Franzindo o cenho, deixo o véu deslizar. Ele ainda não consegue me ver, mas será capaz de sentir minha presença agora, para além da escuridão que varre o piso inexistente.

— Invadir minha mente sem ser convidada vai ser uma ocorrência frequente? — ele pergunta. Uma covinha se forma em sua bochecha apesar da dureza em sua testa.

— Mal dá para dizer que é uma invasão quando você deixa suas paredes mentais desprotegidas — rebato.

Não houve resistência alguma nas bordas da mente de Caelan. Presumi que isso era intencional, que ele estava deixando uma porta aberta.

Não que antes eu não tenha entrado por uma porta similar, mas ele não sabe disso. Caelan não sabe o quanto mudei.

Por enquanto, vou deixar que ele me subestime.

Seu riso é cansado e solto.

— Sei que você pensa que estou habituado a decisões ruins, mas garanto que esta não foi uma delas.

— Mas — começo, as sobrancelhas franzidas — era assim que funcionava com Ophelia. Ela disse que o único motivo para eu estar dentro de sua mente era porque ela permitia.

— Não sou como minha mãe — ele diz as palavras como um sussurro abafado, mas, de alguma forma, elas ainda soam estrondosas.

Mordo as bordas dos lábios.

— Se você não me quer aqui, por que não tentou me expulsar?

Caelan remove a coroa e a repousa sobre uma superfície próxima, os ramos prateados desaparecendo em meio ao nada, e então passa a mão pelo cabelo.

— Não estou certo se faria muita diferença. Uma mente que já foi violada uma vez pode ser violada de novo. — Ele olha na minha direção. — É por isso que a mente humana é tão suscetível depois de ter sido rendida.

Violada de novo. Isso quer dizer que Ophelia também é suscetível?

O que eu faria se encontrasse um jeito de me infiltrar na mente da Rainha do Infinito? Quais informações eu pegaria? Quão vulnerável ela estaria?

Um pensamento frio e desesperado se infiltra em minha cabeça.

Ela transformou humanos em servos sem consciência. E se eu pudesse fazer o mesmo com ela?

Os dedos de Caelan espasmam nas laterais do corpo, inquietos. Se sabe o que estou planejando, não diz nada.

Mas isso não quer dizer que eu deva ficar aqui por mais tempo do que preciso. Voltarei outra hora, com um véu melhor, quando ele não fizer ideia de que estou aqui.

Começo a me retirar de seus pensamentos, mas sua voz me faz parar.

— Você veio até aqui e vai partir sem me dizer o que quer?

Meu corpo enrijece.

— Você sabe o que eu quero. — *Quero saber onde eles estão.*

Ele abaixa o queixo, e há uma centelha de curiosidade em seu olhar. Um vislumbre de Gil.

— Pare com isso — digo, fria.

— Parar com o quê?

— De olhar para mim como se ainda… — Cerro os lábios como se estivesse trancafiando as palavras. Ele está me provocando, sei que está.

E eu me recuso a dar essa satisfação a Caelan.

— Não estou tentando te enganar, Nami.

— Diz o príncipe Residente que passou vidas escondido no corpo de um humano. — O príncipe que uma vez me disse que queria que este mundo fosse *melhor.*

Caelan fica imóvel.

— Nem tudo que eu te disse era mentira.

Sacudo a cabeça, exasperada.

— Então me diga algo que é verdade — rebato, esperando que ele confesse o blefe.

A luz se reflete em suas maçãs do rosto, e o espasmo abaixo de seu olho é inconfundível. Por um momento, penso que ele é capaz de realmente me contar algo sobre Annika e os outros, mas ele não conta.

— Damon esteve aqui mais cedo. — Ele ajeita a postura. — Parece que temos visões parecidas sobre como seguir adiante.

— A beira de um penhasco é sempre um bom lugar para começar.

— Nami — ele diz, incisivo. — Isso é muito macabro.

— Não sabia que você tinha limites.

Ele se volta para as sombras.

— Houve um tempo em que você não insistia em ver o pior em mim.

— É. Mas agora eu sei como as coisas são. E o fato de que você está alinhando sua corte com o seu *irmão* me diz que eu fiz a escolha certa.

— Você está com raiva porque não entende.

— Estou com raiva porque você manipulou meus sentimentos e tirou de mim a única família que me restou! — Meu grito ecoa ao nosso redor, reverberando através do espaço vazio, até se dispersar como se nunca tivesse estado ali.

O silêncio cresce entre nós. Talvez um dia ele se torne uma parede inviolável.

Mas por enquanto ainda há coisas a serem ditas.

— Sua vez. — Ele ergue a cabeça, vasculhando o vazio. — Uma verdade por outra.

— Esse não era o acordo.

— Nós dois gostamos de mudar as regras. — Ele franze uma sobrancelha. — Vamos. É justo.

Talvez ele espere que eu pergunte sobre a Colônia ou que chore, implore e grite de desespero, mas sei bem que seria um desperdício de fôlego. Ele não vai me dar essa informação de bom grado. Então prefiro fazer uma pergunta que ele *não* está esperando.

Ao menos uma vez, gostaria que ele experimentasse a sensação de saber que a outra pessoa tem a vantagem.

Caelan não sabe o que aconteceu na sala do trono, o que significa que Ophelia não faz ideia de quem realmente a traiu. Talvez essa informação seja mais poderosa do que eu havia me dado conta.

Cruzo os braços.

— Quero saber por que você me deixou fugir — digo, a voz firme. — E como você sabia que eu precisaria seguir as estrelas para chegar a um lugar seguro.

O rosto de Caelan desaba, finalmente entendendo a verdade. A verdade sobre o que ele fez com a Ceifadora. Ele não se move, ou respira, ou diz qualquer coisa.

— Isso te surpreende? — pergunto.

Quando ele finalmente fala, há uma aspereza em sua voz, como se fizesse um grande esforço para esconder seja lá o que esteja sentindo.

— Eu tinha minhas suspeitas.

— Você sabia sobre as Terras da Fronteira muito antes de eu apagar sua memória, mas nenhum Residente foi lá destruí-las. — Dou um passo à frente, ávida por minha adaga. Uma arma não me ajudaria aqui na mente de Caelan, mas minha memória muscular grita para que eu tenha cuidado. — Me diga por quê.

Ele passa um dedo na testa, suspirando.

— Eu sabia sobre as Terras da Fronteira por causa das memórias de Gil. Ele soube delas através de… uma outra pessoa.

Poderia ser alguém que lutou na Primeira Guerra? Alguém que sobreviveu por tempo suficiente para compartilhar informações sobre as Terras da Fronteira?

Ou talvez tenha sido alguém das Terras da Fronteira.

Quero saber em quem Gil confiou na Guerra, e quem ainda pode estar lá fora, lutando por liberdade. Se há um número limitado de questões que Caelan está disposto a responder, quero fazer isso valer.

Preciso ser específica.

— Foi alguém do Clã do Sal? — pergunto.

Ele não reage. Então talvez não seja do Clã do Sal, mas alguém que ainda estava lá com eles.

Depois de uma breve pausa, ajeito a postura.

— Gil alguma vez conheceu um homem chamado Ozias?

Caelan deixa cair a mão.

— Vejo que você tem feito sua lição de casa.

— Isso quer dizer que eles lutaram juntos? — Examino as linhas do rosto de Caelan. — Ozias passou esse tempo todo na Guerra?

Ettore mencionou uma segunda rebelião certa vez. Talvez o antigo líder do Clã dos Ossos tenha encontrado um novo exército para si.

Talvez seja para lá que eu precise ir em seguida.

O Príncipe da Vitória mantém a voz inalterada.

— Nunca conheci Ozias. E o fato de que ele sabe sobre o caminho nas estrelas e não conduziu mais humanos a um lugar seguro deve lhe dizer o suficiente sobre quem ele é e quais são suas prioridades.

— Você acha que ele *escolheu* ficar na Guerra?

— Ozias não tinha a intenção de contar a verdade para Gil. Mas, quando Gil descobriu, ele quis tirar o maior número possível de humanos da Guerra — Caelan explica. — Ozias o impediu. E o restante das memórias de Gil envolve ele sendo arrastado pelas Legiões e torturado até se render.

Minha cabeça é tomada por uma compreensão amarga.

— Ozias traiu Gil.

Caelan assente.

— Gil nunca contou a ninguém sobre o caminho nas estrelas. Nem mesmo aos guardas. Encontrei essa informação enterrada bem fundo, depois que Lysander me trouxe o corpo dele. — Caelan olha para a frente. — Gil, e as escolhas que ele fez... me surpreenderam.

— Ainda assim, você o usou para trair os amigos dele.

— Também guardei seu segredo.

Sinto uma corrente percorrer meu corpo.

— Quer dizer que Ophelia não sabe?

Caelan nega com a cabeça.

— Depois de tudo que Gil enfrentou, ele merecia o direito de proteger essa memória.

Sei que Caelan não é Gil, não importa o quanto tente soar como ele. Mas esta versão, o Caelan que estou vendo agora, ainda não deixou claro o seu objetivo. Se ele quer erradicar a humanidade, por que se dar ao trabalho de proteger os segredos de Gil? Por que se dar ao trabalho de *me* proteger?

— Eu não te entendo. — Pisco com força, ignorando o nó na garganta. — O que é que você realmente *quer*?

— Quero ser livre — ele responde. — É o que eu sempre quis.

— Mesmo que o preço dessa liberdade seja a morte de todos os humanos?

As íris prateadas de Caelan dançam na escuridão.

— Eu passei vidas inteiras aprendendo com os humanos. E você pode achar que o meu povo está confinado ao que nos foi ensinado, mas os humanos não são muito diferentes. Eles raramente olham além dos parâmetros nos quais nasceram. — Ele encara, reflexivo. — Veja a Fome, por exemplo. Eu pensava que a única coisa que ela tinha a oferecer eram as cinzas e os ossos dos quais são feitos aqueles campos. Mas isso é o que fui ensinado a ver. O que eu *queria* ver. E a verdade é que há muito mais no Infinito do que qualquer um de nós se dá conta. E esse potencial? É *isso* que é lindo.

— Não há nada de lindo em acabar com vidas — digo, firme.

Ele não olha para trás, mas sua voz é tão afiada que poderia cortar feito caco de vidro.

— Eu também acredito nisso, Nami. Mas, quando você olha para mim, vê apenas o que deseja ver.

Antes que eu possa dizer qualquer outra coisa, ouço gritos a distância. Por um momento, temo que algo esteja acontecendo na mente de Caelan — algo que possa me prender aqui. Mas ele ainda está me encarando com aquela mesma expressão de perplexidade no rosto, os olhos prateados muito menos monstruosos do que eu costumo imaginar.

As paredes da minha mente vibram, e eu ouço os gritos outra vez.

AS GUERRAS DE GÊNESIS   **95**

Eles vêm das Terras da Fronteira.

Sinto um aperto no peito, e Caelan faz uma careta ao perceber isso. Seu rosto se transforma e seu olhar ganha um aspecto hostil.

— Algum problema?

Mas não lhe conto. Não contaria nem se fosse seguro.

Estamos em lados opostos nesta guerra.

Eu me arranco de sua mente, tropeçando ao longo da floresta de inverno até minha consciência retornar ao corpo, ainda guardado atrás das paredes da minha cabana manchada de sangue. Eu me ponho de pé num gesto ágil e disparo para fora, correndo pela costa até conseguir uma vista melhor da cidade.

Mas não é com a cidade que preciso me preocupar.

No topo da colina fica a Casa de Oração.

Queimando com fogo branco.

10

Labaredas brancas engolem o ar, lançando brasas em todas as direções. Quando chego à Casa de Oração, as vigas do telhado já desabaram, e a estrutura restante do prédio é quase irreconhecível. Não muito longe, a torre do sino estala sob o fogo implacável.

Multidões rodeiam o prédio, distraídas demais para notarem minha presença, e horrorizadas demais para se lembrarem de usar as máscaras sem rosto. Isso me faz lembrar de como era ser invisível nesta cidade.

Mas quando um deles se vira, todos fazem o mesmo.

Centenas de olhos se fixam em mim como se eu tivesse caído numa armadilha. Um exército de humanos, com seus dedos em riste para apontar e gritar, me fuzilando com os olhos como se eu fosse o inimigo.

— Por que o conselho não fez nada?

— Quantos outros prédios a novata vai queimar até que alguém ponha um fim nisso?

— Estávamos seguros até o dia em que ela chegou aqui!

— Tudo isso é culpa *dela*!

Cerro os lábios. Fico feliz por não estarem usando as máscaras; agora posso enxergá-los como os covardes que são.

Não estou apenas disposta a lutar, estou *pronta* para isso.

Será que eles podem dizer o mesmo?

Nix aparece ao lado da torre do sino engolida pelo fogo, e seus olhos brancos e brilhantes dançam com as chamas.

E como um nunca aparece sem o outro, Kasia planta os pés ao meu lado.

— Nami não teve nada a ver com isso — ela diz, com a mão estendida como se estivesse alertando a multidão para não avançar. — Sei que estão com medo. Mas culpar um de nós sem qualquer evidência além de uma imaginação fértil... Nós não somos assim.

— Ela não é uma de nós! — alguém grita sobre o crepitar das chamas.

— Você não pode protegê-la para sempre! — alerta um outro.

Uma das paredes estala com um tremor e desaba no chão como resposta. As vozes na multidão ficam cada vez mais altas, repetindo sentimentos similares.

Kasia ergue o queixo, os lábios prensados com força.

— No que me diz respeito, Nami tem um lugar no Clã do Sal enquanto for da vontade dela. E, no meu clã, não fazemos caças às bruxas. — Seu olhar azul perfura a multidão.

Ela me declarou parte do clã... parte da família...

Kasia não usa essas palavras de forma leviana. Nem eu. Mesmo assim, procuro por essa garantia nos olhos dela. Algo para calar a voz na minha cabeça que grita: *Você não merece isso. Não depois de deixar a sua família para trás.*

Sussurros irrompem ao nosso redor. Algumas das pessoas parecem não se importar com a declaração pública de Kasia, mas a maioria é esperta o suficiente para não questionar o que ela significa. Se faço parte do Clã do Sal, eles não terão que passar apenas por mim — terão que responder a Kasia, como a líder do clã. E eles não esqueceram que ela é a única verdadeira guerreira entre eles. A única que não fugiu da Primeira Guerra.

A multidão não sabe o que fazer com a raiva, resolvem então se apoiar no medo.

— Se não é a jovem, então devem ser os Residentes. É a única explicação.

— Não podemos mais ficar aqui. É muito arriscado!

— Se o conselho não permitir que nossos clãs vão para as Terras Posteriores, então iremos como indivíduos.

— Não vou esperar até os incêndios chegarem à minha casa para agir. Precisamos zarpar antes que as Terras da Fronteira sejam transformadas em cinzas, e nós junto com elas!

A multidão grita, de punhos erguidos, como se estivessem reunindo as tropas.

Só que eles não vão lutar, eles vão fugir.

O barulho me embrulha o estômago, e dou um passo à frente.

— Vocês não podem abandonar este lugar — grito. As chamas brancas seguem queimando atrás da multidão. — Ainda há humanos lá fora. E eles enfrentam coisa pior do que esses incêndios.

— É exatamente por isso que precisamos partir *agora*! — alguém responde, arrancando vivas da colina. — Destruiremos as Terras da Fronteira, pegaremos as canoas e não deixaremos para trás nada que os Residentes possam encontrar. Vamos enfim nos juntar aos nossos ancestrais do outro lado do mar!

— Para as Terras Posteriores! — diz uma voz, e as palavras se tornam um cântico que toma o céu cinzento.

Lanço um olhar de súplica para Kasia. *Por favor. Por favor, não vão embora.* Meus pensamentos correm até ela. *Eles não podem simplesmente destruir as Terras da Fronteira, podem?*

Não sei se ela consegue me escutar ou não, mas seu rosto empalidece.

Os gritos ganham força, e de repente Mama Nan, Artemis e Tavi aparecem, abrindo caminho em meio à multidão.

As pessoas imploram para partir rumo às Terras Posteriores. Imploram para que Mama Nan convoque outra votação. Imploram para que Tavi e Kasia mudem de opinião. Imploram para que Artemis os *faça* mudar de opinião.

Ninguém implora pelos humanos nas Quatro Cortes. Ninguém além de mim.

— Por favor… vocês não podem deixar que eles façam isso. — Encaro Mama Nan, mas ela é indecifrável. — Se não houver ninguém protegendo as Terras da Fronteira, como os humanos vão encontrar um abrigo? Como eles vão saber para onde ir? — Eu me viro para Tavi, depois para Artemis. — Todos vocês concordaram em vir para cá por um motivo. Não podem achar um que os faça ficar?

Artemis bufa, os cachos dourados penteados para trás. Por um momento, seu deboche me faz lembrar de Ettore. Eu me encolho, mesmo antes dele se virar para Mama Nan.

— Faça agora, ou eu farei.

Não sei se são as faíscas, a fumaça ao redor ou o fato de que os Clãs da Fronteira se transformaram numa turba, mas os olhos anciões de Mama Nan cintilam.

— Como líder do Clã do Ferro, convoco uma votação imediata para decidir se ficaremos aqui ou partiremos para as Terras Posteriores.

Sinto como se uma pedra pesada tivesse caído no meu estômago.

Kasia me encara, os olhos suaves, e se vira para a multidão.

— O Clã do Sal vota em ficar.

Artemis joga os ombros para trás como se fosse o retrato da arrogância.

— O Clã dos Ossos vota em partir.

Apesar do corpo frágil, a voz de Mama Nan é firme.

— O Clã do Ferro vota em partir.

Então Tavi, que prega palavras de paz e desenvolvimento e fé — que nunca mudou seu voto em mais de mil vidas —, fala em seguida.

— O Clã dos Espelhos — ele diz para a multidão — vota em partir.

Meu coração se despedaça feito um fio quebrado, espalhando emoções por todos os lados.

A multidão urra em aprovação, mas mal consigo ouvir o som graças ao zumbido estridente nos meus ouvidos. Dou um passo para trás.

E outro.

E outro.

Eles vão abandonar todos nas Quatro Cortes. Eles vão varrer as Terras da Fronteira do mapa como se elas nunca tivessem existido.

Não tenho mais lugar aqui. Acho que nunca tive.

Mas agora a Colônia também não vai ter.

Dou meia-volta, disparando pelo caminho com um desespero que não sentia havia meses, quando Artemis grita:

— Para onde pensa que está indo, jovem?

Minhas pernas enrijecem, e eu me viro para encará-lo.

— Você não pode ir embora — Artemis diz simplesmente. Algo na forma como seus lábios se curvam me faz pensar que ele está se deliciando com isso.

O que quer que *isso* seja.

Kasia parece intrigada, mas Mama Nan e Tavi... os dois parecem decididos.

— Você não manda em mim — sibilo.

Artemis ergue uma das sobrancelhas douradas.

— Se você cruzar a fronteira, pode ser capturada. Não podemos correr o risco de você trazer os Residentes para cá. — Ele estende um braço na direção do mar distante. — Metade das nossas canoas foi queimada pelas chamas brancas. Levaremos tempo para reconstruir nossa frota.

— Vocês me disseram várias vezes que os Residentes não conseguem nos encontrar aqui — rebato. — Tenho certeza de que vocês vão conseguir sem problemas.

— Ah. Mas *você* nos disse muitas vezes como eles se adaptam rápido. — Há um brilho de raiva em seus olhos: a memória de quando eu lancei sal e tinta vermelha em sua mente. Seu sorriso transborda autocomplacência. — Eu odiaria que você pensasse que não levamos seus alertas a sério.

Retorço a boca numa careta.

— Não vou ficar sentada de braços cruzados enquanto vocês constroem suas canoas e destroem as Terras da Fronteira.

— Bom argumento — ele reflete. — Faria muito mais sentido se você se juntasse ao trabalho, considerando que irá conosco.

Pisco, com dificuldade para entender.

Mama Nan balança a cabeça, fazendo o coque oscilar.

— Não sabemos qual é a causa desses incêndios e, se você estiver mesmo certa sobre os Residentes... — Ela encontra os meus olhos. — Para manter os Clãs da Fronteira seguros, você precisa ficar conosco.

— Ficar com vocês... — Minha voz vai morrendo conforme alterno o olhar entre os líderes dos clãs. — Vocês... vocês acham que eu vou para as *Terras Posteriores*?

— Você sabe a nosso respeito. Sabe para onde estamos indo — Mama Nan diz. — Não podemos correr o risco. Não se os Residentes são mesmo tão poderosos quanto você diz.

Minha cabeça gira. Minha garganta se fecha. E, por um momento, penso que devo estar sonhando.

Eles não vão me deixar sair.

Mas eu não ficarei trancada. Não vou ser uma prisioneira.

Nunca, nunca, nunca.

Não perco tempo e corro.

11

O tremor dos passos no meu encalço não para, e meu coração está pulsando rápido demais para eu conjurar e manter um véu decente. Disparo pela cidade, ouvindo o bater pesado das botas sobre as pedras, e tento abrir distância entre mim e todos os outros nas Terras da Fronteira.

Preciso despistá-los no Labirinto. Rápido.

Mas há uma muralha ao redor da cidade, e a única forma de sair é pelos portões da frente. Até onde eu sei, alguém se teletransportou até as torres de vigilância para alertar os sentinelas. Eles podem estar esperando por mim, ou fortalecendo o portão para me impedir de *sair*.

Correntes de energia envolvem meus dedos como laços. Eles vão precisar de mais do que uns poucos cães de guarda para me parar.

Viro em outra viela estreita, derrapando, depois escalo tábuas íngremes de madeira em direção a um terreno mais alto. Quando viro uma esquina, quatro membros dos Fiéis estão aguardando na varanda do segundo patamar, as túnicas roxas esvoaçantes com a brisa. Minha adaga de vidro marinho já está aninhada na palma da mão, mas eles não se dão ao trabalho de olhar para ela.

Ou eles não têm nenhuma intenção de lutar, ou são exageradamente confiantes.

Aponto minha lâmina na direção deles, dando vários passos para trás e examinando a área à procura de saídas. Não tenho medo de estar em desvantagem numérica; venho treinando faz quase um ano, enquanto os Fiéis passam a maior parte do tempo em oração. Lutar contra esses quatro males seria um treino.

Mas há um grupo maior não muito longe. Eles estarão a caminho dos portões da frente, na esperança de me impedirem. Entrar numa briguinha agora só vai me atrasar.

A mulher na esquerda dobra as mãos sobre a túnica roxa.

— Venha conosco. Não há necessidade de derramamento de sangue hoje.

Eu o sinto antes de vê-lo. O familiar passo suave. O caminhar felino.

Sorrio.

— Na verdade, hoje parece ser um dia perfeito para derramamento de sangue.

Nix se lança de um telhado próximo, com as garras para fora e dentes à mostra, e derruba a estranha de vestes lilases no chão.

Os outros gritam, alarmados, mas não fico por lá para ver Nix em ação. Ele sabe se virar sozinho.

Segurando o gradil, subo no parapeito e passo para o prédio seguinte, onde a sacada leva até uma escadaria de pedra. Subindo três degraus de uma vez, chego ao topo e sigo as estradas de terra sinuosas do anel exterior.

Vejo hortas e jardins de flores por todo canto. Evitá-los levaria um tempo que eu não tenho, então eu os atravesso diretamente aos tropeços, saltando sobre as pequenas cercas que separam as pequenas plantações.

Mais adiante, a estrada de terra leva aos destroços chamuscados da floresta oeste — não exatamente a região para onde preciso ir. Então em vez disso eu me dirijo para a beira do penhasco a toda velocidade e salto. Meus joelhos colidem com o telhado de uma casa, mas enterro os dedos nos sulcos e me estabilizo. Depois de atravessar o telhado, dou outro salto arriscado na direção da casa seguinte; meus dedos agarram a sacada. Jogo as pernas sobre o gradil e passo correndo por uma série de portas, nenhuma delas aberta. Provavelmente porque todo mundo nas Terras da Fronteira está lá fora, procurando por mim.

O telhado seguinte está muito longe, então me arrisco e seguro o pilar do canto, depois deslizo de volta para a rua. Viro para o sul; é um trajeto reto até as fronteiras se eu só...

Meus pés derrapam e travam quando ouço a multidão se aproximando. Tantas vozes raivosas e xingamentos criativos. Todos direcionados a mim.

Respiro fundo, conjuro meu véu e corro na direção do pátio.

A multidão se divide. A maioria desvia na direção da movimentada rua do mercado, provavelmente pensando que é o lugar com mais esconderijos. Mas algumas das pessoas decidem seguir as próprias rotas.

Elas pensam que podem me rastrear. Pensam que, como sou nova, vai ser fácil.

Mas venho andando pela cidade sem ser vista há meses. Minha melhor habilidade é ficar invisível.

Corro pelo caminho, pegando um atalho entre dois prédios e contornando uma viela nos fundos. Paro perto de uma das adoradas casas de jogatina, tentando ouvir passos.

Minha saída está próxima. Os portões da frente estão logo além da próxima viela e, até onde posso ver, a multidão ainda não chegou. Se eu conseguir chegar à fronteira, posso despistar os clãs no Labirinto. O único lugar onde eu sei que não vão me seguir.

Mas sou distraída pela imagem de Tavi em sua túnica roxa, procurando por mim. *Sozinho*. Ele entra no antro de jogos.

A curiosidade ainda é minha inimiga, e não consigo me conter.

Debaixo do véu, subo os degraus que atravessam o arco. Mesas cobertas com feltro estão dispersas pelo salão, e há um quê de azedume no ar: frutas cítricas, álcool e camadas de fumaça. Há cartas espalhadas no chão. O sinal de muitos jogos inacabados.

Tavi olha ao redor do bar de carvalho, e eu paro alguns passos atrás dele e ergo o véu.

— Depois de todos esses anos, você mudou o seu voto. — Minha voz soa diferente no salão silencioso e vazio.

Tavi endireita o corpo, virando-se de leve antes de deixar os olhos vagarem até a minha faca. Seu rosário de madeira pende de seu punho. Até onde eu sei, ele está desarmado.

Não quero machucar Tavi. Só quero respostas.

— Pensei que você acreditasse na redenção humana e em segundas chances. — Pisco. — Por que mudou de ideia?

Tavi balança a cabeça. Seus movimentos costumam ser gentis e calmos, mas agora há uma certa frieza neles.

— Não mudei de ideia. Ainda acredito que as Terras da Fronteira devem permanecer abertas para oferecer abrigo aos humanos que ainda precisam ser salvos.

Franzo o cenho.

— Então por que votar em partir?

— Porque é o que as pessoas queriam — ele diz, as sombras se movendo em seu rosto. — Tirar o voto delas teria sido egoísta.

— Eles só estavam assustados com os incêndios! — argumento. — Você poderia ter feito elas se lembrarem por que é importante ficar. Você não precisava mudar o seu voto só porque…

— Eles estavam inquietos muito antes dos incêndios — ele intervém. — Até você notou a falta de interesse em proteger a muralha.

Penso na celebração de ano novo e em como fiquei furiosa. Em como Tavi também percebeu.

— As chamas brancas apenas os ajudaram a ver o que estava em seus corações — ele diz. — Possibilitaram que eles fizessem uma escolha: ficar e proteger seu lar, ou deixá-lo para trás e recomeçar.

O salão fica silencioso por vários segundos. Quando volto a encarar Tavi, é como se ele mesmo tivesse erguido um véu. A diferença é que o dele não o torna invisível.

Ele usa a máscara de um mentiroso.

— Você. — Sinto a respiração falhar. — *Você* começou os incêndios.

Tavi retesa a mandíbula.

— Era a única forma. Nosso povo merecia o livre-arbítrio. E hoje foram eles os responsáveis pela votação, e não os líderes dos clãs.

— Mas você estava na Casa de Oração com Kasia e eu. Quando o Mercado Noturno foi incendiado, eu vi você liderando os Fiéis.

Ele estava de olhos fechados. Estava meditando. Ele...

Tavi abaixa o queixo.

— Você viu o que eu queria que você visse. — Uma chama se acende em seu olhar. Uma chama que ele manteve escondida por muito, muito tempo. — Você não é a única com a habilidade de fazer as pessoas verem outra coisa além da verdade, Nami.

E, antes que eu possa processar as palavras, algo se quebra na parte de trás da minha cabeça. Quando começo a cair, a imagem de Tavi se desintegra, deixando para trás apenas um espaço vazio.

Uma ilusão.

Meus joelhos colidem com o chão, e o braço de Tavi envolve meu pescoço, apertando-o com força. Giro minha faca em direção à lateral do corpo dele, mas Tavi agarra meu pulso como uma cobra que avança sobre a presa.

Eu me contorço e me jogo para baixo, para fora de seus braços, chutando seu joelho. Ele recua, com a mão ainda ao redor do meu pulso, e quebra o osso no meio.

Uivo de dor. Por perto, minha faca tilinta no chão.

— Pensei que você se importasse com o resto dos humanos — grito, segurando minha mão mole e estremecendo de dor. Talvez eu consiga fazer com que ele continue falando por tempo suficiente para curar o osso. — Você vai deixá-los à mercê de uma guerra que não vão conseguir vencer sozinhos. Está destruindo a única forma de escaparem. Qual é a fé nisso?

— Você nunca soube o que é ser um líder. — Tavi chuta minha adaga, lançando-a para o outro lado do salão. — A fé é quebrada quando somos teimosos demais para ouvir o próprio povo.

Seguro a mão contra o peito e cerro os dentes.

— Então me escute quando eu disser que não vou a lugar nenhum com vocês.

AS GUERRAS DE GÊNESIS

— Eu não tenho a menor intenção de levá-la até as Terras Posteriores — Tavi diz, ainda por cima de mim. — Você é imprevisível demais. Em outro mundo, isso talvez seja admirável, mas eu sou velho demais e existo há tempo demais para apostar. O destino se manifestou e o povo escolheu a segurança. E isso significa garantir que você não tire isso deles.

O pânico cresce dentro de mim. Tento ficar de pé, mas ele está fazendo alguma coisa com meu corpo e meus membros, me forçando a ficar no lugar.

— Me *solta* — consigo dizer entredentes.

— Não posso. Você é um risco grande demais para o meu povo. E você será a única a saber para onde fomos. Artemis tem razão, se os Residentes a encontrarem, você pode levá-los até nós.

— Você não pode me matar. — O medo percorre meu corpo, apesar das minhas palavras. — E, se você pensa que uma jaula vai me prender…

— Não uma jaula — Tavi interrompe. — Qualquer coisa trancada pode ser destrancada. Vou precisar de algo mais… permanente. — Ele ergue a mão. Uma chama branca ganha vida. — O fogo está vinculado à minha própria vontade, sabe. Ele queimará enquanto eu quiser.

Uma chama eterna. Uma que só ele pode controlar.

Ninguém jamais me encontraria. Eles nunca seriam capazes de me *alcançar*.

Arregalo os olhos, alarmada.

— Você… você não faria isso.

Tavi dá um passo à frente.

— Por meu povo, eu farei.

Há um clarão de luz azul, e Kasia aparece, os olhos violentos como uma tempestade. Ela esmurra a mandíbula de Tavi, rápido demais para que ele possa bloquear o golpe. Ele cambaleia para trás, e ela revela seu par de adagas negras, uma em cada mão.

Kasia ataca por todos os lados, fazendo cortes rápidos e precisos. Tavi sofre com os golpes, erguendo os antebraços como um escudo.

Ele começa a afrouxar a mão que me segura, e aproveito a oportunidade para ficar de pé. Saio correndo e recupero minha faca.

Chamas brancas serpenteiam ao redor dos dedos de Tavi, mas Kasia já as vê e o chuta no meio do peito. Ele joga um pé para trás, preparando-se enquanto as chamas se dissipam.

Kasia vasculha o salão, procurando por mim.

— Corre! — ela grita, agachando-se quando Tavi ataca.

Ele segura Kasia pelo cabelo e lhe dá uma joelhada no estômago; ao mesmo tempo, ela enfia uma das adagas na coxa dele. Com um giro abrupto, ela consegue se desvencilhar, retirando a faca.

Sangue se espalha no chão, e a fúria nos olhos de Tavi só cresce.

Kasia estende a mão à frente de si, e uma das mesas de carteado voa na direção de Tavi. Ele ergue a cabeça e desaparece com um clarão antes que a mesa colida com o bar; em seguida, reaparece atrás de Kasia.

Suas mãos voltam a se acender.

— Não! — grito, lançando energia das minhas mãos na direção de Tavi.

O impacto o arremessa na parede. Ossos se quebram, mas ele consegue cair de pé. Dobrando os joelhos de leve, ele volta a atenção para mim.

— Por que ainda está aqui? — Kasia sibila baixinho. — Eu cuido dele.

— Não há uma única pessoa nas Terras da Fronteira capaz de extinguir essas chamas — sibilo de volta. — O que você acha que vai acontecer se ele conseguir acertar *você*?

Ela inclina a cabeça, sorrindo.

— Justo.

Nós avançamos ao mesmo tempo — Tavi corre na nossa direção com um punho de chamas brancas; Kasia salta no ar e gira com as duas facas nas mãos; e eu deslizo pelo chão, cortando Tavi ao passar. As lâminas de Kasia rasgam um amontoado de tecido roxo, errando Tavi quando ele se inclina para trás. Seu punho roça a armadura dela, chamuscando-a com faíscas brancas. Kasia infla as narinas e arranca o colete de couro, deixando-o numa pilha sobre o chão.

Ela se prepara para o próximo ataque, mas já estou lá, chutando a lateral de Tavi, desviando do golpe de suas mãos flamejantes. Com um grunhido, enfio o cabo da minha faca em suas costelas.

Ele cambaleia, exibindo os dentes. Lanço outra onda de energia na direção dele, mas ele a atravessa, como se estivesse suportando uma poderosa rajada de vento. Kasia aparece com um estampido atrás dele, as duas adagas erguidas na altura das têmporas, prontas para acertar o alvo.

Mas Tavi sente a presença dela e estende os braços para trás, segura os antebraços de Kasia e ateia fogo a suas braçadeiras.

Kasia grita, e minha mente vira um borrão. Não há tempo para continuar lutando. Se essas chamas aumentarem… Se alcançarem a pele dela…

Fecho os olhos e respiro.

Procuro pelos pensamentos de Tavi, atravessando suas frias paredes de mármore sem que ele saiba. Dentro do vazio, lanço meu feitiço — mas desta vez não é sal e tinta vermelha.

É uma chama branca, ardente, violenta, selvagem.

Eu me liberto antes que as chamas mentais sibilem de volta, e encontro Tavi apertando o próprio rosto e gritando em agonia. Kasia arranca as braçadeiras da armadura, arregalando os olhos ao perceber o que eu fiz.

Mas não há tempo para conversar, temos que correr.

Do lado de fora da casa de jogos, quase colidimos com Nix na beira do mercado. Kasia solta um suspiro de alívio e pressiona as mãos sobre nós.

Nosso trio desaparece com um estalo e nos teletransportamos para o outro lado do muro, fugindo das Terras da Fronteira sob a cobertura dos nossos véus.

Não olho para trás.

12

O Labirinto é uma extensão de colinas gigantes repletas de grama e urzes-roxas. Neblina cobre o horizonte, fazendo com que seja impossível prever o quão mais teremos que subir. Do chão, a encosta parece se estender por quilômetros até as nuvens.

Seguimos em frente sem reclamar.

A noite cai e, embora eu prefira continuar o trajeto, Kasia insiste para descansarmos. Montamos acampamento em uma das colinas mais altas, onde largos rochedos se projetam do chão. Não são confortáveis, mas são achatadas. Ainda não dominei a habilidade de produzir fogo do nada e, mesmo que tivesse, a lembrança do que às vezes cruza os céus ainda é vívida demais.

Não podemos correr o risco de sermos vistas pelos Residentes.

Lutando contra o frio que abre caminho pelos meus ossos, foco aumentar a temperatura do corpo com a minha consciência.

Kasia tira a túnica externa, desfazendo-se de cada camada com cuidado considerável. Suas mãos se acendem, de modo semelhante ao que Gil me ensinou, mas a cor é mais dourada do que branco. Quente, assim como Kasia.

Sua pele está coberta de hematomas pesados. Roxo, cinza e verde amarelado nas bordas.

— Desculpa — digo. — Não percebi.

— Tudo bem. — Kasia se senta na rocha úmida, cuidando das feridas. — Quase não dói.

Nix bufa, aconchegando-se ao lado dela. Na escuridão, os cachos turvos de sua pelagem são quase uma camuflagem perfeita. A luz de seus olhos é a única coisa que revela sua natureza.

Kasia afaga a parte de trás das orelhas do leopardo, e Nix a recompensa com um ronronar preguiçoso.

Rolando o pulso, testo o osso que Tavi quebrou no meio. Não há mais uma fratura, mas ele ainda está sensível.

— Não acredito que era ele esse tempo todo. — Penso em como deixamos Tavi no salão com a mente em chamas. Eu me pergunto se ele ainda está lá. — Integridade moral não é uma regra entre os Fiéis?

Kasia observa o último dos hematomas desaparecer.

— Esse é o problema quando se trata de pessoas que lutam por uma causa. Todos são o herói na própria história. — Ela dissipa o brilho da própria mão. — Ninguém nunca percebe quando é o vilão na história do outro.

— Ele manipulou o próprio povo. O *seu* povo. Não há nada de heroico nisso.

Kasia passa a mão pelas costas de Nix.

— O que ele fez foi errado. Mas… — Seus dedos ficam imóveis, entrelaçados em tufos de pelagem estrelada. — Eles não iam ficar nas Terras da Fronteira para sempre. A única coisa que Tavi fez foi fornecer uma desculpa para que eles partissem.

Mordo os lábios, sentindo a tensão percorrer meu corpo, incapaz de contê-la.

— Mas não é uma escolha que eles fizeram de verdade — argumento. — Não se alguém mentiu para eles.

Quero acreditar que o que eu fiz meses atrás — a escolha de destruir a Esfera, dando início aos eventos que levaram à destruição da Colônia — não foi totalmente culpa minha.

Gil mentiu para mim. Caelan me enganou.

Esta culpa que me corrói por dentro… Será que preciso mesmo carregar tudo sozinha?

Kasia não oferece consolo.

— Não havia nada que você pudesse fazer para eles ficarem.

Flexiono os dedos. Foi fácil atravessar as paredes mentais de Tavi e deixar tudo chamuscado. Mais fácil do que eu pudesse imaginar.

— Não é verdade — digo, fria como pedra. — Eu ateei fogo branco na cabeça de Tavi. E se eu tivesse tentado colocar um pensamento lá em vez disso? Talvez eu pudesse ter convencido todo mundo através da força.

Eu poderia ter *feito* todos escolherem a coisa certa.

Kasia me encara de volta, o rosto suavizado pela luz do luar.

— Você não está falando sério.

Pressiono a bota sobre a pedra como se estivesse tentando me estabilizar. Ela deve ter razão; mas a linha entre certo e errado está começando a ficar cada vez mais tênue.

— A guerra faz as pessoas esquecerem quem elas são. — Kasia me observa. Ao seu lado, os olhos de Nix brilham como estrelas. — Mas você não pode deixar eles tomarem a parte de você que deixa a luz entrar. Você não pode deixar a guerra *vencer*.

Em silêncio, coloco as mãos ao redor dos joelhos. Não me importo mesmo com o que acontece comigo. Sou uma pessoa. Não significo nada no Infinito. Mas a Colônia? Eles tinham um propósito? Eles iam salvar este mundo e fazer dele um lugar seguro para o futuro da humanidade. Para pessoas como Mei.

Eu duvidei deles porque acreditava que havia um caminho para a paz. Mas eles estavam certos sobre os Residentes. Eles nunca vão mudar de ideia a nosso respeito. Nunca vão parar de tentar nos destruir.

Nós não temos outra escolha senão lutar.

Se eu pudesse me trocar pela Colônia, se eu pudesse dar toda a luz para a causa deles, eu o faria.

— O que você vai fazer agora? — Kasia pergunta baixinho.

— Não posso me esconder no Labirinto para sempre. — Ergo os olhos. — Os Residentes falaram sobre uma rebelião crescente na Guerra. Eu posso tentar encontrar esses humanos. Ver se eles sabem de alguma coisa sobre o que aconteceu com a Colônia. — Faço uma pausa, e a dor dentro de mim cresce.

É possível que Annika e os outros já estejam lá.

Mas também é possível que Caelan tenha os enviado para a Morte.

Eu não desejaria nenhuma das duas cortes para os meus amigos — mas meu lado egoísta torce para que eu não demore muito para vê-los de novo. E, se a Guerra é minha próxima parada...

Kasia inclina a cabeça, e suas tranças se esparramam para o lado.

— Vai ser perigoso. Você viu como era o campo de batalha. Como eles acabaram rápido com os exércitos humanos. — Ela solta um suspiro baixo e irregular. — Se os Residentes descobrirem que você foi treinada, vão colocar um alvo em você. *Principalmente* se eles descobrirem sobre o seu truquezinho mental.

— Então que bom que eu tenho você e Nix do meu lado, hein?

Em resposta, Nix boceja, repousando a cabeça sobre uma das patas.

Kasia encara os próprios pés.

— Não posso ir com você para a Guerra, Nami.

Sinto minha garganta se fechar.

— Já te disse mil vezes que não vou ser responsável pela perda de outro humano para os Residentes. — Seus olhos brilham. — E certamente não de uma amiga.

—Achei que, como você atravessou a fronteira... — Pressiono os lábios, selando minhas palavras. As palavras de alguém que está confundindo a realidade com a esperança.

Kasia me disse desde o começo que jamais lutaria.

É minha culpa não ter escutado.

— Além disso — Kasia diz —, alguém precisa ficar nas Terras da Fronteira para quando você voltar com os seus amigos. De que outro jeito vocês jovens vão descobrir como chegar nas Terras Posteriores?

Meu corpo enrijece.

— Você... vai esperar por mim?

— Pelo tempo que for necessário — ela responde. — Eu acredito em você. Acredito que você vai fazer o melhor pelos humanos.

— Mas os clãs disseram que iam destruir tudo. Que eles não querem que os Residentes os rastreiem.

— Você não precisa das Terras da Fronteira. Só precisa do mapa. — Ela leva um dedo à têmpora. — E eu sei o caminho. Todos os líderes de clã sabem.

Engasgo com a minha própria respiração, com o peso do que venho guardando aqui dentro. Meus olhos se cravam nos dela.

— Não sei quanto tempo vou levar.

Ela entende o que eu quero dizer. Pode levar meses. Anos. Vidas.

E Kasia não vai ter mais sua família.

— Não se preocupe comigo. — Ela dá uma piscadela, sorrindo. — Vou esperar pelo tempo que for necessário para minha amiga voltar para casa.

Passo os braços ao redor do corpo, tentando conter a pulsação atrás das minhas costelas. *Uma amiga.* Em resposta, ofereço um sorriso tímido.

— Pelo menos você vai ter a companhia do Nix.

Kasia se vira para fitar o Diurno silencioso, seu companheiro constante na morte, e entrelaça os dedos em sua pelagem. Ela não diz nada, talvez nem precise.

Às vezes, o amor não precisa de palavras.

Repouso o queixo sobre os joelhos, resistindo a um bocejo. Eu não tinha percebido o quão cansada estava, mas, com a brisa noturna soprando pelas colinas...

— Vá em frente. — Kasia faz um gesto para que eu me deite. — Pode dormir. Vou ficar de guarda.

Eu me deito na rocha e coloco um braço atrás da cabeça, ouvindo o ronco do corpo adormecido de Nix tranquilo e sereno.

Talvez essa deva ser a sensação de ser feito apenas das memórias mais felizes.

Eu me pergunto se algum dia vou dormir assim de novo.

Não me lembro de adormecer, mas, quando abro os olhos à luz da manhã, Kasia não está mais lá. Em seu lugar, ao lado de um Nix vigilante, está uma de suas adagas.

Ele abaixa a cabeça quando me vê, como se estivesse me dando uma mensagem. Mas eu não entendo. Kasia não iria... Ela não *poderia*...

Mesmo enquanto vasculho a paisagem à sua procura, sei que não vou encontrá-la.

Deixar Nix para trás deve ter dilacerado sua alma em mil lugares diferentes. Mas fez isso mesmo assim. Porque, por mais que ela o ame, também se importa comigo.

Engulo o nó na garganta.

— Obrigada — digo para Nix, embora desejasse poder dizer isso para Kasia. Não parece ser o suficiente.

Nix me encara com olhos estrelados imóveis, e eu me pergunto se, em algum lugar no Labirinto, Kasia está sorrindo como se *fosse* suficiente.

Porque, embora eu não quisesse admitir, nós nos aproximamos.

Pego a adaga aos pés de Nix. Já a vi muitas vezes antes quando treinávamos juntas na floresta nevada. Ela carregou esta adaga por umas mil vidas. Talvez mais.

E agora, junto com Nix, ela está sob meu cuidado.

A lâmina é de obsidiana com um cabo decorativo. Analiso o entalhe que ela deixou nele. O emblema do Clã do Sal. *Nosso* clã.

Um presente de uma amiga, e uma promessa silenciosa de que um dia vamos nos encontrar outra vez.

13

Quando o Labirinto se transforma, a luz do sol se reflete na terra. Eu uso o braço como escudo, espiando pelos dedos levemente afastados enquanto apreendo o mundo ao meu redor.

Enormes placas de gelo se estendem pela paisagem feito vidro. Nix leva uma pata cautelosa à água congelada antes de soltar o peso.

Sólido.

Dou um passo à frente, oscilando conforme luto contra uma gravidade que tecnicamente não existe. Nix e eu deslizamos pelo gelo, desajeitados, com os pés se entrelaçando sob nossos corpos mais vezes do que eu gostaria de admitir. Depois de várias horas excruciantes com quase nenhum progresso, não sei qual de nós dois está com mais raiva. Soltei uma série de palavrões, mas Nix rosnou e cuspiu e mostrou os dentes durante todo o trajeto.

Encaro minhas botas.

Pare de seguir as regras humanas, ordeno a mim mesma. *Você está no Infinito.*

De cenho franzido, relembro os meses que passei na Vitória, mudando minhas roupas e minha aparência para me misturar aos Residentes. Minhas botas começam a se metamorfosear; as solas ficam prateadas, até uma lâmina se projetar ao longo do comprimento de cada pé.

Testo as lâminas sobre o gelo, me equilibrando com os braços abertos. Então dobro os joelhos e lanço um olhar para Nix, cujos bigodes espasmam ao me ver.

— Vem — digo, dando tapinhas atrás do meu ombro esquerdo.
— Antes que a gente vire picolé.

Ele salta nas minhas costas, e o peso quase me esmaga. Suas garras afundam nas minhas escápulas, e preciso me esforçar para não gritar, colocando um braço atrás de Nix para me certificar de que ele está firme. Então, deslizando um pé na frente do outro, ganho velocidade.

Não demoro muito para entrar no ritmo, mesmo com a pressão de Nix nas minhas costas, e em pouco tempo estamos planando sobre o mar congelado, um vento frio cortando minhas bochechas. Por um frágil momento, penso na minha família antes da morte.

Certa vez, Mei implorou para os meus pais deixarem ela fazer aulas de patinação no gelo. Eles tentaram fazer ela desistir, pois o rinque de patinação ficava a quase uma hora de distância e estava *sempre* lotado. Mas ela havia visto um vídeo no YouTube de uma pessoa patinando ao som de sua música favorita, e ficou convencida de que aquela era a sua vocação.

Nós chegamos cedo ao rinque; estava cheio e tinha um cheiro estranho de pipoca e produto de limpeza. Quando a pessoa atrás do balcão de aluguel encontrou um par de patins do tamanho de Mei, a aula em grupo já tinha começado.

Mei entrou tarde no rinque, e não havia professores o suficiente. Lembro que ela parecia apavorada lá, sozinha, com os grandes olhos castanhos sempre me observando através do vidro. Como se ela precisasse de ajuda.

Quando caiu pela terceira vez, o queixo tremia enquanto ela tentava segurar as lágrimas. Dava para ver nos seus olhos que aquilo não era o que ela imaginava.

Corri até o balcão, aluguei um par de patins do meu tamanho e disparei até o gelo. Eu também não sabia o que estava fazendo, mas, quando alcancei minha irmãzinha, o rosto dela transbordava alívio.

— Você veio — ela disse.

— Eu não ia te deixar aqui sozinha — falei.

E segurei a mão dela. Nós cambaleávamos ao redor do rinque, longe dos alunos e instrutores, rindo enquanto nos equilibrávamos uma na outra. Não precisava ser sério, nós só queríamos nos divertir.

Diversão.

Lágrimas brotam nos cantos dos meus olhos, congelando na hora.

Não sei ao certo se existe diversão no pós-vida. Não enquanto Ophelia governar a humanidade.

Lutando contra o vento invernal, eu afasto a distração. As memórias de Mei e dos meus pais me despertam uma sensação de nostalgia. Mas não tenho tempo para eles. Não quando ainda tenho tanta coisa para fazer.

A paisagem se transforma sem aviso. Num momento, estou deslizando sobre o gelo; no outro, as lâminas do patins ficam presas numa raiz protuberante. Meus pés param com o impacto e eu caio de cabeça no chão coberto de folhas secas.

Nix salta das minhas costas, rosnando ao conseguir subir num galho alto.

Meus olhos seguem a raiz até um grande toco; ao seu lado jaz uma árvore apodrecida, quebrada a apenas alguns pés do solo. Com um forte puxão, tiro meus patins e me deito de costas. Sinto lama debaixo do corpo e solto um suspiro pesado. Ao ouvir o som, um bando de Diurnos borboletas irrompe do oco de uma árvore próxima.

Observo as criaturas esvoaçantes ascenderem na direção do céu azul intenso e franzo o cenho, observando a localização do sol. Eu tinha tanta certeza de que o estava seguindo, usando-o como um marcador. Mas ele está sessenta graus à esquerda.

Está seguindo regras diferentes, assim como todo o resto do Infinito.

Fico de pé e arranco as folhas e a lama do casaco. Também me livro das lâminas dos sapatos.

Num galho alto, Nix sacode a cauda. Tenho certeza de que ele está fazendo cara feia.

— Desculpa por isso — digo. — Mas pelo menos a gente não acabou num oceano, ou caindo de um penhasco.

Ele bufa. Bem alto.

Meu olhar retorna para o céu. Ahmet sabia como navegar entre as paisagens. O que significa que encontrar a Guerra... ir de uma ponta à outra...

Não é impossível.

Só preciso descobrir como o Labirinto funciona.

Estudo o Labirinto. Não apenas a localização do sol e das nuvens e estrelas, mas a forma como minha consciência reage a ele. A forma como ele reage a *mim*.

Nós mudamos com a paisagem diversas outras vezes até eu notar o zumbido quase inaudível perto da fronteira, logo antes de sairmos de um mundo para o outro. Sigo o som ao longo do perímetro de um pântano raso. Levo quase um dia inteiro para fazer o caminho de volta para onde comecei, mas persisto, mesmo quando minhas pernas imploram por descanso e minhas pálpebras doem de exaustão.

Um hexágono. A fronteira é um hexágono.

A informação gira na minha cabeça feito um bom vinho que precisa de tempo para respirar.

Entro em outra paisagem, depois outra. Uso a fronteira como guia, observando a direção do sol girar a cada transformação como um mostrador, sessenta graus por vez.

Um deque de cartas que é constantemente embaralhado...

Uma paisagem projetada para confundir os humanos...

Franzindo o cenho, examino o céu não como uma forma da natureza, mas como uma criação da consciência. Algo *fabricado*.

Quando vejo a ondulação logo acima do horizonte, a ondulação que nunca muda, mesmo quando o sol muda, sorrio.

Porque tudo que é fabricado tem suas falhas.

E eu acabei de encontrar a maior delas.

***

Descanso com Nix numa pequena enseada cercada de piscinas naturais. É um lugar úmido e em grande parte desconfortável, mas é menos frio do que as três últimas paisagens, e oferece uma cobertura significantemente maior.

Quando acordo, mergulho as mãos na água cristalina e enxaguo o rosto. Estou andando há dias, testando minha teoria, tratando o Labirinto como se fosse meu compasso pessoal.

A boa notícia é que estou confiante de que consigo distinguir o norte do sul.

A má notícia é que ainda não faço ideia de em qual direção fica a Guerra.

Sigo a costa até chegar a uma caverna. Ela se estende até as alturas, com paredes estranhas que se dobram feito dedos de coral retorcidos um sobre os outros. A luz dourada do sol se infiltra pelas fendas, fazendo as paredes úmidas de pedra cintilarem com vida.

A água chega quase na minha panturrilha, então escalo as rochas cobertas por algas e me aventuro túnel adentro. Nix caminha devagar pela água salgada, cheirando cracas enormes presas às pedras ao longo do caminho.

Quando entramos no espaço seguinte, fico sem ar. O teto de rochas cintila, e a luz da água dança por toda a caverna. É como uma imagem saída de um conto de fadas.

A memória de Gil e das luzes na floresta invade minha mente antes que eu possa impedi-la.

Nada daquilo era real, repreendo a mim mesma. *Gil não existe.*

Ainda não consegui decifrar o que me incomoda mais: o fato de que Caelan me manipulou até que eu gostasse dele ou que, por um momento no pós-vida, eu fui realmente *feliz*.

Ele pode ter sido uma mentira, mas aquela parte?

Foi real para mim.

Acredito que há algo estranhamente poético no fato de que a Esfera foi a chave para libertá-lo de sua jaula, só para que a Ceifadora pusesse um fim naquilo. Ela era mesmo a arma definitiva — apenas não da forma como imaginávamos. Porque, desprovido de qualquer memória de Ophelia dando a ele permissão para se mudar para a Capital, Caelan ainda está preso a sua corte. Um príncipe preso no próprio castelo.

Caminho na direção da parede irregular, passando os dedos sobre as partes que cintilam à luz do sol.

O castelo dele.

Meus dedos estremecem num espasmo.

Caelan em seu palácio. Rodeado por sua corte. Suas pinturas. Seus *mapas*.

Eu já estive em sua mente antes, mas o que eu fiz com Artemis e Tavi... eu não tentei com Caelan. Ainda não.

Mas e se eu plantasse um pensamento em sua mente que não fosse para machucá-lo? E se fosse para *levá-lo* até um lugar?

Olho para Nix. Ele está brincando com um amontoado de algas nas piscinas mais rasas, mordiscando a vegetação salgada antes de sacudir a cabeça de repulsa. E eu penso no que Kasia me mostrou.

Eu vejo o que você vê.

Eu me agacho dobrando os dedos sobre as palmas, enquanto enterro os joelhos no chão da caverna e fecho os olhos.

O véu se molda ao meu corpo como uma segunda pele, e eu sigo a floresta de inverno ao longo do tempo e do espaço. Não deixo minha consciência respirar, ou dou sequer um passo no vazio. Sou menos do que uma névoa; não sou nada. Nada mesmo.

Caelan está de pé com as costas voltadas para mim. Está sem a capa de pele, veste uma camisa branca folgada, amarrotada e para fora da calça cinza bordada com fios prateados. Tudo que vejo de sua cabeça é um amontoado de cabelos brancos como a neve.

Minha consciência flutua pelo vazio, oculta e cuidadosa demais para fazer a escuridão ondular. Faço de mim uma parte da mente dele. Uma parte das sombras. E, com o mais leve roçar dos meus pensamentos, adentro os dele.

Eu vejo o que você vê se torna meu cântico silencioso.

Há um fragmento de resistência, e sinto a agitação de Caelan. Seu... medo. Eu me misturo, passando por ele, e um vislumbre de seus arredores aparece no vazio. Eles entram em foco como uma câmera antiga com dificuldade para funcionar. Vidro quebrado cintila no chão. Há uma mesa de chá virada de lado, com uma coberta de veludo amassada e esparramada sobre a borda. Caelan está recostado numa cômoda, apertando as bordas com os dedos, com força suficiente para deixar um amassado. Vejo seu rosto no espelho: nenhum traço de suavidade. Apenas raiva, traços endurecidos e bochechas pálidas e afundadas.

E sua cama...

Olho para a bagunça. As quatro hastes estão quebradas nas pontas, o dossel amontoado sobre o colchão, retalhado em todas as direções como se alguém tivesse soltado Nix no quarto. Uma tapeçaria que já foi deslumbrante está pendurada do teto, rasgada no meio.

Uma adaga está enfiada no que sobrou dela.

Preciso me esforçar para não ficar alarmada. Não ficar curiosa sobre o que deve ter acontecido desde a última vez que o vi.

Mas não posso deixar que ele me sinta. Não quando eu preciso da ajuda dele.

Os ombros de Caelan sobem e descem com sua respiração lenta e forçosa. Eu me encosto em sua mente, sua frustração, e me acomodo gentilmente sobre ela como uma camada invisível. Um pensamento extra.

Para aquele lado, sugere minha mente, conduzindo-o para longe da cômoda.

Ele enrijece o ombro, e fico com medo de ter exagerado, mas então ele se afasta do espelho e se vira lentamente na direção da bagunça no quarto. Com passos lentos e pouco lúcidos, Caelan esmaga pedacinhos de vidro e do estrado da cama até chegar ao corredor.

Eu o acompanho como uma memória distante, descendo a escadaria da torre e atravessando diversos corredores vastos, até chegarmos à sala do conselho.

O espaço imediato ao redor de Caelan é tudo que posso ver. Não é muito, mas estou receosa demais para avançar na escuridão. Receosa do que pode ser revelado caso eu puxe mais a cortina — não para mim, mas para Caelan.

Absorvo os detalhes familiares da sala: a longa mesa de madeira e a cadeira de ferro. Em algum lugar por perto está a pintura de Caelan, pendurada na parede.

Será que o aparelho ainda está escondido na moldura de botões de rosa? Será que Caelan o teria deixado lá para juntar poeira, ou já teria tirado deste palácio todas as artimanhas humanas que ele foi obrigado a enfrentar?

Tento não me importar.

Tento não lembrar que esta é a sua jaula.

Caelan para diante de uma grande estante. Rolos de pergaminho estão empilhados feito uma colmeia. Ele inclina a cabeça, confuso.

Avanço em seus pensamentos. *O mapa*, digo, sem voz.

E, no vazio, Caelan obedece. Ele estende o braço para pegar o que eu quero, leva o item até a mesa e desenrola o papel até um mapa das Quatro Cortes estar diante de mim. De *nós*.

Mas não tenho tempo para me gabar.

Caelan solta um riso baixo e sombrio.

— Eu estava me perguntando o que é que você estava procurando. E que esforço valoroso para o conseguir.

Meus pensamentos se retraem, alarmados.

Ele sabia o tempo todo?

— Não importa que rosto você use — ele diz, as palavras como uma carícia perigosa. — Eu sempre vou te reconhecer.

Preciso recuar; preciso sair daqui. Estou fundo demais nos pensamentos dele. Longe demais dos meus.

O que aconteceria se ele decidisse não me deixar sair?

A escuridão começa a engolir a sala, escondendo o pequeno espaço que eu conseguia ver. O espaço que ele me *permitiu* ver. Mas lanço um último olhar para o mapa. Para o vasto Labirinto, e a Vitória ao norte, logo acima da Morte, e a Fome do outro lado. Então meus olhos recaem sobre o canto noroeste...

Ali. Consegui.

Recuo o mais rápido que consigo, mas não antes de Caelan estremecer, girando na direção do som da minha mente acelerada.

— Não. — Suas palavras parecem esculpidas. Ocas. — Lá não, Nami. Você não pode... — Ele ergue a mão como se estivesse tentando me impedir, mas eu saio.

14

Nix e eu vamos para o oeste.

Mantendo a concentração nas fronteiras em transformação e nas ondulações ao norte, saltamos para mais duas paisagens até finalmente chegarmos à fronteira entre o Labirinto e a Guerra. Quando o deserto rochoso aparece, eu me certifico de que meu véu está impecável.

Olho para Nix.

— Talvez seja melhor você também ficar escondido — digo baixinho. — Você lutou na Primeira Guerra. Alguém pode te reconhecer. — *Alguém que não é humano.*

Em resposta, Nix sai andando afofando a areia dourada com as patas como se não tivesse ideia de que esta é a mais perigosa das Quatro Cortes.

Vasculho os céus à procura de Legiões, mas não encontro nenhuma. Ou esse é um começo promissor, ou é um sinal de que há coisas muito piores por vir.

Depois de alguns passos cautelosos à frente, eu atravesso o deserto, contornando enormes e imponentes pedregulhos e estranhas formações rochosas. Cada uma é manchada com camadas de laranja-queimado, vermelho e marrom-acinzentado. Quando chego à beirada de um cânion de um quilômetro de largura, encaro o abismo abaixo. A superfície é coberta por estranhas formas de tom marfim. Demoro um minuto para perceber o que são, mas, quando entendo, meu estômago revira.

Ossos. Pilhas e pilhas de ossos.

É difícil não pensar em quantos humanos foram destroçados aqui, e em quantas mortes eles enfrentaram desde então.

Nix sobe uma escarpa distante e desaparece logo depois do cume. Ele tem razão. Precisamos continuar andando.

Caminhar pelo cânion leva um tempo, especialmente sob os raios escaldantes do sol. O calor faz minha pele pinicar, e uso a manga da camisa para enxugar o suor da testa.

Um clima hostil para um principado hostil.

Do outro lado do cânion, o chão é coberto por camadas de areia batida, as beiradas irregulares e quebradiças. No mundo dos vivos, isso poderia ter sido evidência do leito de um lago seco. Mas, aqui, simboliza apenas a ausência de vida.

Não demora muito até eu ouvir gritos. É impossível ignorar os Residentes: asas enormes como as de um morcego que rasgam o céu, e uniformes tão vermelhos quanto rubis. Eles se movem com agilidade pelas nuvens, aterrorizando quaisquer humanos que estiver além do vale seguinte. O som de explosões e gritos e da terra rachando ecoa ao meu redor.

Um dos muitos campos de batalha.

Engulo o nó que se forma na minha garganta. Não sei o que eu esperava encontrar aqui. Não é como se a rebelião fosse estar me aguardando nos portões de braços abertos.

Mas acho que não havia parado para pensar em quantas zonas de guerra eu talvez precise atravessar para encontrá-los.

Sigo em frente, mesmo com o incômodo dos gritos nos ouvidos, e me dirijo até o vilarejo mais próximo. O caminho até lá está totalmente chamuscado, e a maior parte das casas improvisadas está agora reduzida a cinzas e pedaços de madeira, achatadas pela destruição. Até mesmo a terra ficou preta.

O vento ganha força, soprando areia áspera pelo vilarejo vazio e fazendo meus olhos arderem. Cerro os lábios e abaixo o queixo, fazendo um escudo com as duas mãos, e mantenho os olhos fixos nas minhas roupas. A jaqueta está longe de ser prática neste calor e, com o pescoço e o rosto expostos, ela pouco me protege da areia.

Estalo o pulso, e pixels se formam ao redor do meu corpo. Minha camisa e a jaqueta são substituídas por uma regata; braçadeiras aparecem nos meus antebraços, afiladas, leves e apropriadas para combate. Deixo a Ceifadora onde está — ela pode não funcionar mais, porém ainda me conforta. E um lenço fino cor creme aparece ao redor do meu pescoço e cabeça.

Puxo o tecido, criando um escudo que cobre todo o meu corpo, com exceção dos olhos. Não tenho tempo para acertar os detalhes de um par de óculos de sol, então isso vai ter que bastar.

Sigo o caminho escurecido em meio ao vilarejo; o chão coberto de cinzas é macio sob as minhas botas. Fumaça sobe de um lintel de madeira caído. O fedor de carne esturricada azeda o ar, e ergo a cabeça, tentando conter a náusea por trás do lenço.

As carnes pendem de uma corda como roupas penduradas para secar: braços e pernas, troncos e cabeças. *Humanos.*

Meu corpo é tomado pela náusea, e cambaleio para trás, sentindo tontura.

Algumas das cabeças gemem, exaustas e quase inconscientes.

Ai, meu Deus. Ai, meu Deus.

Estou girando em círculos, encarando-as com bile queimando na garganta. Como posso tirá-las das cordas? Como posso ajudar?

Mas elas estão penduradas tão alto, e eu...

Olho para os meus pés e para a bagunça que fiz na terra chamuscada. Uma confusão de pegadas, porque fiquei distraída demais para me concentrar o suficiente no meu véu. Um sinal para os Residentes de que *estou bem aqui.*

Algo farfalha por perto.

Nix? Minha mente se agita, mas não posso ter certeza de que é ele. Não posso arriscar.

Forço um pedido de desculpas silencioso para as partes de corpos humanos espetadas, e atravesso o vilarejo às pressas.

Encontre a rebelião, digo para meu coração trêmulo. *Aí podemos voltar e ajudar.*

O caminho para fora da cidade se torna uma escadaria irregular que conduz para o topo de uma colina. Quando chego lá, olho para a área circular abaixo, dobrando os joelhos para não cair.

Há um pequeno acampamento de Legiões aos pés da colina. Vejo pelo menos uma dúzia de guardas, trajados em couro vinho e armados com espadas de todas as formas e tamanhos. Eles estão parados ao redor de um enorme poço, cheio até a borda com água fervente, e o ar acima dele tremula com o calor.

Há dois humanos ajoelhados diante dos guardas, as mãos atadas com amarras de metal.

— Ainda com dificuldade para decidir? — um dos Residentes debocha. — Vamos fazer o seguinte: vou dar mais três minutos para vocês. Só para ser generoso.

Os humanos trocam olhares horrorizados, enquanto os Residentes ao redor riem.

— Não... Eu–eu não vou — a humana à esquerda gagueja. Ela fita a pessoa ao seu lado: se é um amigo, um parente ou um estranho, não faço ideia. Não sei bem se faz diferença. Agora, os dois estão unidos pelo medo.

Outro Residente gargalha.

— O tempo está correndo, humanos.

— Tudo que vocês precisam fazer é escolher quem vai mergulhar — diz um outro simplesmente. — Aí soltaremos o outro.

Sinto como se meu estômago revirasse com espinhos venenosos, e um novo tipo de trovão ribomba nos meus punhos.

Mas cerro os dentes e foco o meu véu. Perder o controle não vai me ajudar a encontrar a rebelião. Preciso me lembrar disso.

Os olhos dos dois humanos se enchem de lágrimas. Eles se entreolham e sacodem as cabeças como se não conseguissem fazer aquilo. Como se não *quisessem.*

Mas há um estalo de hesitação, e o pavor começa a vencer a moralidade.

— Vamos. Não é difícil. Vocês nem precisam falar — um dos Residentes cantarola. — É só acenar com a cabeça para quem devemos jogar. Aí soltamos o outro.

—Apenas um de vocês precisa ferver hoje — um outro esclarece, soltando um riso debochado.

Fecho os olhos, inspirando com força. Não posso salvá-los. Não posso. Não posso. Não posso.

Mais provocações. Mais risos. Mais palavras sórdidas, cruéis e horríveis.

— O tempo está acabando — um dos Residentes cantareja, e começa a contar os segundos.

Abro os olhos com tudo. O homem gagueja ao lado da mulher. A julgar pela expressão dela, acho que talvez seja um pedido de desculpas. E eu sei o que vai acontecer em seguida — cada um vai gritar para que os Residentes joguem o outro. Eles vão lutar para sobreviver, não importa o preço.

E a culpa vai assombrá-los por uma eternidade.

Talvez isso me deixe imprudente e indisciplinada, mas não me importo. Não vou deixar os Residentes vencerem hoje.

Puxo meu lenço para baixo, assumo meu rosto de Residente e deixo meu véu cair.

Logo antes de os humanos conseguirem dizer aquilo que se tornaria seu maior arrependimento, grito na direção do poço:

— Por que estão demorando tanto?

A atenção dos Residentes se volta para mim; suas mãos vão imediatamente para as armas, e então hesitação.

Deixo minha máscara se encher de confiança enquanto desço os degraus e me aproximo do grupo.

— Sua Alteza esperava que retornassem há horas. — Lanço um olhar de escárnio para os humanos e torço para que eles consigam me perdoar. — Quanto tempo demora para dependurar uns humanos?

Os Residentes me examinam com atenção, relaxando as mãos. Meu rosto é como o deles, polido e irreal. A Vitória sabia quem eu era, mas aqui, na Guerra?

O quão longe viajam as notícias entre cortes rivais?

O Residente que começou a contagem regressiva retesa os ombros.

— Você foi enviada pelo Príncipe Ettore?

— É evidente — digo, como se eu fosse uma pessoa importante na corte. — Caso vocês não saibam, há uma rebelião em curso.

— Mas os humanos... — começa um outro.

Interrompo suas palavras com um olhar severo.

— Vocês são esperados no palácio imediatamente, para receber ordens. — Olho para os humanos como se eles fossem insignificantes. — Vou dependurá-los junto aos outros, caso vocês estejam preocupados em deixar esta bagunça por fazer. Mas o Príncipe Ettore não ficará nada satisfeito se vocês o fizerem esperar. — Uma ameaça mal disfarçada. Já vi Ettore falar com Caelan vezes o suficiente para saber que isso não seria incomum.

Os guardas olham ao redor, procurando uma confirmação uns nos outros. Procurando uma dúvida.

— Jamais desobedeceríamos a uma ordem de nosso príncipe — um deles diz, a voz firme.

Os outros assentem. Não deixo transparecer meu alívio. Em vez disso, levanto ainda mais o queixo, observando enquanto os guardas se viram para partir.

Até o mais alto deles parar. Bem devagar, ele se vira na minha direção, os lábios curvados num estranho sorriso.

— A questão — ele diz lentamente — é que o Príncipe Ettore jamais apressaria seus guardas quando se trata de torturar um humano.

Os outros se viram, e tenho certeza de que suas facas se multiplicaram.

Eu pisco, meu rosto está pálido. Não resta mais fôlego em mim.

Eles se aproximam e, antes que eu tenha tempo de pegar uma das minhas adagas, um redemoinho de fumaça irrompe do chão, espalhando areia dourada no ar em todas as direções. Os Residentes gritam; o vento chicoteia meus ouvidos e eu me agacho, resistindo ao tornado que ruge ao meu redor. Clarões de luz faíscam na tempestade, e então algo pesado me acerta na parte de trás do crânio.

O mundo escurece.

15

Gil desvia o olhar de sua escultura e ergue a cabeça, o rosto reluzindo à luz do fogo.

Estranho. Não me lembro de o quarto dele ter uma lareira...

— Você voltou para mim — ele diz, parado com a mão estendida.

Entrelaço os dedos nos dele, olhando ao redor da enorme cama. A tapeçaria na parede.

O vidro quebrado aos meus pés...

Ele passa os braços ao meu redor, me puxando para perto. Respiro contra sua camisa, inalando o aroma de pinheiro e neve.

Eu me sinto eufórica.

— Eu te disse que voltaria.

Um dedo roça minha mandíbula, e me afasto para encará-lo. Encarar o rosto que me beijou antes de eu partir para a batalha.

A voz de Gil é suave. Suave demais.

— E mesmo assim você me traiu.

Franzo o cenho; minha voz falha.

— E-eu não te traí. Eu *jamais* faria isso.

— Quantas vezes você vai mentir para mim, Nami? — Gil estreita os olhos, exibindo os dentes. — Você sempre foi o monstro nesta história. É melhor aceitar isso.

Olho por cima de seu ombro. A cama e seu dossel estão em pedaços. O carpete está manchado de vinho. E o espelho atrás dele...

Por um momento, vejo apenas a mim mesma — humana — com um sorriso perverso e vilanesco.

Braços se fecham ao meu redor, me puxando para trás. Eu me debato, chutando o ar furiosamente até o agressor me girar para que eu o encare.

Os olhos prateados de Caelan brilham.

— Nami, este lugar não é seguro. Venha comigo.

Eu o empurro, os olhos em brasa.

— É em *você* que eu não posso confiar.

— Não — ele suplica, os olhos cheios de desespero. — Você não entende. Você não enxerga o que eles são.

— Os humanos não são os vilões — rosno, voltando a encarar Gil. O garoto que eu pensava amar.

À distância, ouço Caelan gritar meu nome, mas estou fascinada demais pelo escárnio no rosto de Gil e pelas chamas em suas mãos. Ele abre a boca, que se estica e se estica e se estica. Sua pele rasga e se metamorfoseia até ele ficar preto como a noite, a estática estalando da pelagem que cresce.

O Noturno uiva um chamado mortal, e então me devora por inteira.

Abro os olhos com tudo e me ponho de pé, desajeitada, com as costas apoiadas na parede enquanto uma dor estonteante irradia pelas minhas têmporas. Tento me livrar dela, apenas para perceber que minhas mãos estão atadas com um metal estranho que brilha de preto para bronze. Um puxão forte me diz que é impossível quebrá-lo.

Alguém tosse perto de mim. Ergo a cabeça e descubro que estou rodeada de humanos. Cinco deles, embora a maioria esteja escondida pelas sombras do cômodo. O único rosto que consigo ver com clareza é o do meio. Uma mulher de pele escura e cachos largos, que segura um machado de guerra.

Embora eu tente desviar os olhos, meus instintos de sobrevivência os mantêm vidrados no brilho da lâmina e no sangue seco que reveste seu gume.

— O que te deu na cabeça para trazer um deles para cá? — uma voz sibila na escuridão. — Você deveria ter arrancado o coração dessa coisa e a deixado com os outros.

Um deles.

— Não foi escolha minha — uma voz grossa responde. — Ordens do Rei.

Por instinto, levo os dedos ao rosto e removo quaisquer resquícios da minha máscara de Residente, torcendo para que eles consigam ver a humana que eu realmente sou.

A mulher de cabelos cacheados parece desconfiada.

— Um pouco tarde demais para arranjar um disfarce, não acha? Já vimos o seu verdadeiro rosto.

— Não sou uma Residente — me apresso a dizer. Pelas estrelas, onde está Nix quando preciso dele? — Eu só estava tentando impedir que aquelas pessoas fossem cozinhadas vivas. — *E que cometessem a maior traição de suas vidas*, mas deixo essa parte de fora. Não sei se tenho a coragem de explicar. Se é que eu sei *como* explicar.

— Nunca vi um Residente se comportar dessa forma. Mentir para os outros — diz a voz grossa. — Não sei de onde essa aí veio, mas com certeza ela não faz parte das Legiões. Só estou dizendo.

— Você ainda está tentando bancar o especialista em Residentes, mas não sabe mais sobre eles do que nós, Diego — diz a mulher da frente, irritada.

Diego.

Minha expressão se fecha. Não pode ser...

— Você conhecia o Gil — digo, estoica, e tenho certeza de que o cômodo inteiro hesita. Eu me mexo contra as amarras, chegando mais perto. — Eu me lembro do seu nome... Diego. Ele disse que você está aqui desde a Primeira Guerra.

Diego dá um passo à frente, esmagando o cascalho com as botas. É a primeira vez que me dou conta de que ainda estou sentada no chão do deserto, com uma parede de pedra improvisada ao meu redor.

Não é exatamente uma prisão de segurança máxima.

— Isso é impossível — Diego diz, a voz pesada feito um tijolo. — Gil foi capturado pelos Residentes.

Sinais de alarme tilintam na minha mente. Caelan disse que Gil foi traído na Guerra. Entregue por Ozias por causa das coisas que entreouviu. O que significa que, mesmo que Gil tivesse amigos nesta corte, ele também tinha inimigos.

— Ele nos disse que escapou. — Engulo o nó na garganta. A mentira na qual outrora acreditei com tanto fervor. — Mas não era ele de verdade. Era um Residente tentando nos fornecer informações para ver como íamos reagir.

— Que tipo de informação? — uma voz pergunta das sombras. *Proceda com cuidado*, sussurra minha mente.

— Eles nos disseram que havia uma coisa chamada Esfera que, caso fosse destruída, poderia destruir Ophelia. — Até a memória tem um gosto amargo. — Mas era tudo encenação. A Vitória é só uma forma de os Residentes nos observarem e aprenderem conosco, para que estejam sempre um passo à frente.

— Ela está mentindo — a mulher insiste. — Isso é só mais um dos truques deles.

Diego ergue uma sobrancelha, cético.

— De todos os humanos que ela poderia mencionar, por que Gil? Depois de todo esse tempo? — Ele se vira para me encarar, os olhos castanhos sedentos por informação. — Ainda há outros na Vitória? Sobreviventes?

Estou à beira de uma mentira.

— Nós nos escondíamos debaixo da terra. Éramos dezenas. Annika se certificava de que…

— O que você acabou de dizer? — É a voz vinda das sombras outra vez. Uma mulher. Ela dá um passo à frente, removendo o capuz com um gesto fluido.

Eu a reconheço de imediato. As maçãs do rosto altas, o cabelo preto e os olhos pequenos.

— Você é a Eliza — digo suavemente.

A expressão dela endurece.

— O que você fez com a Annika? — Ela avança, mas Diego e a mulher com cabelo cacheado a seguram antes que ela me alcance.

— Annika é minha amiga. — Tento estender as palmas, para mostrar a eles que não quero machucar ninguém, porém mal consigo me mexer com as amarras. — Ela era a coisa mais próxima que tínhamos de uma líder. — Pauso, me lembrando da Troca que fiz certa vez. A história de como Annika acabou com aquele lenço dourado. — Shura também estava lá.

Eliza fica imóvel, e seu rosto empalidece.

— Estava?

— Eu estava tentando destruir a Esfera. Não sabia que era uma armadilha. — Retorço os lábios, sentindo as bochechas esquentarem a cada segundo. — Os Residentes levaram todo mundo e queimaram a Colônia antes que eu pudesse fazer qualquer coisa para ajudar.

O olhar de Eliza se intensifica, se enchendo de ódio. Ela se vira para os outros.

— Já vimos esses jogos milhares de vezes. Os Residentes enviam um deles para cá, fingindo ser humano. Fingindo saber o que enfrentamos. — Seus olhos se fixam nos meus. — Eu juro pelas estrelas, se foi você quem machucou minha família, eu vou…

— Já chega — Diego intervém, levando as mãos ao ar. — Você não vai ganhar nada mostrando sua dor para ela.

Eliza não se move.

— Talvez ela saiba onde Annika e Shura estão. Nós deveríamos estar a interrogando, em vez de tratá-la como se houvesse a mínima chance de ela ser humana.

— Eu *sou* humana — digo, irritada. — E acho que, lá no fundo, você sabe disso. Do contrário, jamais teria corrido o risco de me trazer para o seu acampamento.

A mulher de cabelo cacheado ergue o queixo e abre um sorriso sombrio.

— Toda essa confiança e você nem *tentou* se livrar das suas amarras.

Minhas palmas ficam pegajosas, e tenho certeza de que as algemas se afrouxam nos meus pulsos em resposta.

Mas ignoro o desafio. Algo me diz que as algemas são feitas de algo muito mais forte que metal.

— Que pena — ela diz com um suspiro, e sei que sua decepção é sinal de que estou certa.

Diego cruza os braços sobre o peito largo.

— Eu vi o que aconteceu lá fora, a forma como eles se voltaram contra você. — Ele balança a cabeça. — Você tinha a aparência de uma Residente, mas estava agindo como… Bem, não sei. Mas foram as suas *marcas* que me fizeram desconfiar.

Franzo o cenho.

— Que marcas?

— Exato. — Diego olha para os outros como se estivesse provando um argumento. Ele gesticula para os meus braços. — Os Residentes da Guerra gostam de marcar a pele para mostrar quantos humanos eles quebraram. Quantas consciências tomaram. Mas você não tem nenhuma. — Ele funga o ar. — Residente ou não, imagino que você não saiba muito sobre este lugar, para se passar por uma guarda das Legiões e nem se dar ao trabalho de marcar a pele.

Curvo os ombros, acanhada. Minha mentira terrível nunca teria dado certo.

—Ainda estou tentando descobrir se você é corajosa, ignorante ou se está tramando algo pior — Diego diz com a voz arrastada. — Mas isso não sou eu quem decide.

Eliza parece magoada, mas não diz nada. A mulher de cabelo cacheado gira o machado, murmurando para os outros atrás de si.

Diego se inclina para a frente e puxa minhas algemas, me forçando a ficar de pé.

— Vamos. Tem uma pessoa que quer conhecer você.

Ele me puxa consigo, e atravessamos o caminho entre as estranhas formações rochosas, passando por alguns humanos que mantêm as mãos próximas de suas facas quando me veem, só por garantia. Quando viramos uma esquina, Diego me empurra na direção de uma porta, onde há um homem ajoelhado no chão. Sentado à sua frente está Nix.

O Diurno abana a longa cauda de um lado para o outro, miando casualmente ao me ver.

— Sério mesmo? — digo para meu amigo traidor. — Mas *onde* foi que você se meteu? Kasia te deixou para trás para me ajudar, não para avaliar as propriedades locais.

O homem se levanta, virando para me encarar. Pele clara, uma barba pontuda e cabelos densos e ondulados da cor de noz-moscada. Encaro perplexa a intricada armadura de ossos sobre seu peito, reconhecendo-o de imediato.

Ozias.

16

— Há muitos rostos novos de sobreviventes da Guerra, e me orgulho de poder dizer que me lembro de todos eles. — O antigo líder do Clã dos Ossos tem a voz de alguém que viveu milhares de anos. — O seu não é um que eu reconheço. Como humana *ou* Residente.

As palavras de Caelan reemergem no fluxo dos meus pensamentos. A verdade do que Ozias fez com Gil.

Se é verdade, e Ozias jogou mesmo Gil para os Residentes para impedir que ele contasse aos outros sobre as Terras da Fronteira...

Preciso escolher minhas palavras com cuidado.

— Já vi você antes, nas memórias de Kasia. Você lutou com o Clã do Sal na Primeira Guerra, embora o seu próprio clã tenha fugido da colina.

Ozias me examina por um momento. Ele tem uma boca enrugada e olhos franzidos, com íris da cor de uma nuvem de chuva. Quando ele se vira para Diego, acena de leve com a cabeça.

— Dê-nos um momento sozinhos.

Diego se curva num gesto de respeito.

— É claro, Vossa Majestade.

Ele desaparece, e eu franzo o nariz. Ozias ri baixinho.

— No passado, eu era como um rei para o Clã dos Ossos. Agora sou o rei daqui. — Ele ergue as mãos, como se virar um membro da realeza tivesse sido um acidente e não o resultado de suas próprias ações.

Parte de mim se pergunta se ele era da realeza em sua primeira vida. Todos os reis e rainhas do passado também devem estar no Infinito. Talvez tenham encontrado um novo caminho para o poder.

Afasto o pensamento. As pessoas que éramos antes não importam mais.

— Eu vim das Terras da Fronteira.

Ozias lança um olhar para Nix, que agora se asseia.

— Isso eu havia presumido. — Se há algo a temer em seu tom de voz, ele está se esforçando ao máximo para esconder.

As maiores ameaças são aquelas que não conseguimos prever, afinal de contas.

— Então, diga-me... Por que está aqui? — Ele ergue algo na lateral do corpo, e sinto a respiração falhar.

A adaga de ônix de Kasia, gravada com seu emblema — a que ela me deu quando me declarou uma parte da família.

Ozias pressiona a ponta da lâmina contra o dedo.

— É uma arma bem afiada para alguém que não luta há mais de mil vidas. — Ele ri de leve. — Você não é uma assassina, é?

Estremeço. Já banquei a espiã e assassina uma vez, mas não mais. Agora não sei o que sou.

— Não faz nem *uma* vida que estou morta, muito menos mil. — Enrijeço a mandíbula. — Kasia é minha amiga. Mas eu vim para encontrar o meu povo, os humanos da Vitória que foram enviados para cá.

Ele ergue uma sobrancelha grossa feito uma lagarta.

— Durante todo o meu tempo aqui, encontrei um humano da Vitória apenas uma vez. — Seus olhos cintilam com o sussurrar do passado. — E estou morto há *muitas* vidas.

O peso volta a oprimir meu peito, mas tento não desanimar. A Guerra é uma grande corte. Talvez eles estejam se escondendo — lutando — em algum outro lugar.

Não vou desistir de procurar depois de menos de um dia.

Encontro o olhar de Ozias, me esquecendo por completo das algemas, da minha máscara de Residente e do fato que todos ainda pensam que eu sou o inimigo. Porque eu vim aqui por um motivo.

— Eles foram capturados na Vitória, depois que tentamos derrubar Ophelia. Eu vim aqui esperando encontrar alguém que pudesse me ajudar a localizá-los.

— Vocês tentaram destruí-la?

— Nós... ouvimos um boato de que era possível. Mas no fim das contas era mentira.

Algo muda em seus olhos receosos.

— Os Residentes não podem ser mortos. É por *tentar* que os humanos perderam a Primeira Guerra.

Franzo o cenho.

— Por que lutar por tanto tempo se não dá para vencer? — *E por que esconder a verdade a respeito das Terras Posteriores dos outros humanos?*

— Talvez não sejamos capazes de fazer com que eles desapareçam — Ozias admite. — Mas podemos resistir. Podemos criar nossas próprias fronteiras. E, se pudermos lutar por tempo o suficiente para conquistar a Cidade Vermelha e essa corte, talvez algum dia possamos conquistar as outras três também.

Conquistar. Fronteiras. Terra. É *isso* que ele quer?

— E o que acontece depois que você tiver as Quatro Cortes e os Residentes ainda estiverem lá? — pergunto.

Ele ergue as mãos.

— Aí nós manteremos o inimigo a distância, a qualquer custo. Mesmo se for necessário jogar cada um deles numa masmorra.

Numa jaula.

Mordo o interior da bochecha. Agora não é hora de argumentar sobre as falhas no plano dele. Porque eu vi o que acontece na Morte. Os Residentes já sabem como separar nossa consciência dos nossos corpos. As Quatro Cortes podem ser monstruosas em todas as suas nuances, mas elas também mantêm muitos humanos longe da Morte.

A existência das Quatro Cortes nos mantém *aqui*.

Mas preciso que Ozias acredite que não tenho medo de lutar. Que não estou aqui para fazer o resto dos humanos correr para um lugar seguro.

Há tempo para isso mais tarde.

— Esse tempo todo você sabia sobre as Terras Posteriores, mas ficou para lutar por um mundo melhor. — Encontro a firmeza na minha voz. Ele não precisa saber da verdade inteira, só precisa do suficiente para enxergar em mim uma aliada. — Você não abandonou a humanidade como os outros.

Ozias me encara com atenção, largando os braços ao lado do corpo.

— Eles pegaram as canoas?

Faço que sim.

— Eles decidiram destruir as Terras da Fronteira e deixar todo o resto para trás. — É melhor que ele não saiba que Kasia ainda está à minha espera, ou que o caminho para um lugar seguro ainda está aberto. Enquanto Ozias acreditar que os humanos não têm para onde ir, ele não me verá como uma ameaça. — Como eu disse, eu vim até aqui para encontrar alguém que pudesse ajudar.

Ozias caminha pelo cômodo. Apesar das fivelas de metal e das armas guardadas em seu cinto, seus movimentos não produzem som, são velados.

— Se os seus amigos estão na Guerra, vamos ajudá-la a encontrá-los.

O alívio é estonteante.

— Obrigada.

Ele se vira, captando com os olhos cinzentos a emoção atrás dos meus.

— Está surpresa pelo fato de que faríamos todo o possível para proteger os nossos?

Por um momento, tenho a sensação de que o cômodo está ficando sem oxigênio.

— Os Clãs da Fronteira não tinham nenhum interesse na guerra. E a Colônia... — Balanço a cabeça, lutando contra a coceira na garganta. — Eles acreditavam que qualquer um que estivesse perdido não podia ser resgatado.

Ele vira a cabeça, encarando as paredes da caverna.

— No antigo mundo, para vencer guerras era preciso defender nosso inimigo no campo de batalha e tomar seus castelos, um por um. Não podemos fazer isso sem números. Sem um exército. — Nossos olhos se encontram outra vez. — Preciso do maior número possível de soldados. E o seu povo parece ser um povo guerreiro.

Ele é tão diferente dos outros nas Terras da Fronteira, que escolhem não fazer nada. Mas há algo em seu tom de voz...

Ozias vem de um tempo em que conquistar terras não era exatamente uma necessidade — era um ato carregado de adrenalina. Uma demonstração de poder. Algo brutal e cruel que não envelheceu bem nos livros de história.

Não sei como ele consegue romantizar um campo de batalha, e não me interessa conquistar as Quatro Cortes ou seus palácios. Eu só quero um pós-vida que seja seguro para os meus amigos. Para os humanos.

Para Mei.

E acho que as Terras Posteriores podem ser isso para eles. Para todos nós, desde que alguém ainda esteja aqui para mostrar o caminho aos humanos.

Ozias é uma liderança militar. Ele não está à procura de abrigo — está à procura de sangue. Mas eu também não tenho muitos aliados no Infinito e, mesmo que não tenhamos os mesmos objetivos, temos uma inimiga em comum.

Neste momento, ele é a única opção que eu tenho.

— Meu povo arriscou tudo para tentar deter Ophelia — digo com firmeza. — Sei que eles fariam tudo de novo sem nem hesitar.

— Ótimo. — Ozias se aproxima, a voz séria. — Mas a verdade sobre as Terras Posteriores... talvez seja melhor que isso fique entre nós. — Ele me examina, provavelmente considerando o preço da verdade. — A maioria deles não sabe a respeito das Terras da Fronteira.

Não digo nada.

Ele segura a adaga de Kasia com firmeza, refletindo sobre quais palavras farão seu discurso soar melhor.

— Pode parecer cruel para você, mas, quando lutar é a única opção, as pessoas pegam em armas. Eu não posso correr o risco de dividir a rebelião quando nossa batalha está longe de terminar.

Quero dizer que entendo. Que eu faria o mesmo.

Mas as palavras não querem sair da minha boca.

— Pode ficar com os seus segredos — digo. Não é como se eu também não estivesse cheia deles.

É impossível não notar sua surpresa.

— Aprecio sua compreensão.

Seus olhos cinzentos ainda estão procurando por algo sincero. Algo em que *confiar*.

Então divido a culpa que assola meu coração, mesmo agora.

— Antes, eu achava que existiam outras formas de vencer esta guerra além de lutar. E eu empurrei essa ideia para cima da Colônia, mesmo quando eles me disseram que desse jeito eu poderia acabar capturada. Só que *eles* foram capturados no meu lugar. — Ergo a cabeça para ele. — Se eu tivesse visto os Residentes como inimigos desde o começo, talvez nada disso tivesse acontecido. É minha culpa a Colônia ter sido levada, e preciso consertar isso.

Ele repousa a adaga sobre uma mesa próxima como se estivesse fazendo a escolha de confiar em mim.

— Você pode ser jovem, mas sua história é rica em vida. — Ozias aponta para um pequeno banco. — Por que não me conta mais — ele sorri — enquanto eu retiro essas algemas? — Ele leva um dedo ao metal, e as algemas caem no chão.

— Que tal eu simplesmente te mostrar? — digo, oferecendo minha palma a ele.

Ozias toma minha mão, e eu deixo que ele veja tudo sobre a Colônia — tudo com exceção da verdade sobre Caelan e o tempo que passei me comunicando com Ophelia. Os Clãs da Fronteira não julgaram meu passado, porque não tinham qualquer intenção de retornar às Quatro Cortes. O fato de que senti empatia pelos Residentes, por mais que eu estivesse enganada, não fez diferença alguma para eles.

Talvez Ozias não seja tão compreensivo.

Quando a Troca termina, ele solta minha mão.

— A Guerra é um grande principado. Nossa rebelião tem pressionado as fronteiras internas, mas ainda há boa parte da Guerra que nem mesmo *nós* fomos capazes de penetrar. — Ele passa a mão sobre a barba, pensativo. — Não vi seus amigos nesta corte, mas há muitos humanos presos no Abismo de Fogo. Talvez ainda haja esperança.

Faço que sim, ainda que a preocupação afunde meu peito. Se eles não estão aqui, onde mais podem estar?

E se Caelan realmente mandou todos para a Morte?

Ele não faria isso. Não depois de tudo, sugere minha mente, embora eu não saiba por quê.

Ele ainda está fazendo acordos com os irmãos, realizando reuniões em outras cortes que poderiam levar à aniquilação dos humanos. Ele ainda quer um lugar na Capital ao lado do trono da mãe. Ele ainda quer acabar com os humanos, para que ele possa finalmente ser *livre*.

Preciso encarar a verdade: não conheço Caelan, e não faço a menor ideia do que ele é genuinamente capaz.

Ozias fica de pé, e Nix salta do cômodo, com pressa de explorar.

— Permita-me lhe mostrar o seu novo lar — ele diz, e me leva para fora das cavernas.

Emergimos em uma colina com vista para o vale do deserto. Centenas de tendas bege tremulam ao longo de quase um quilômetro. Há pequenas fogueiras espalhadas pela área, ao redor das quais pessoas se sentam para afiar suas armas e examinar mapas dos campos de batalha. Ringues de treinamento pontilham o acampamento, e a colisão constante de espadas e facas ressoa em harmonia. Para todo lugar que olho, há milhares de humanos, armados e conscientes.

— Isto — Ozias anuncia, entusiasmado — é Gênesis.

Não consigo esconder o tremor na mandíbula.

Finalmente encontrei o que esperava encontrar nas Terras da Fronteira. Pessoas dispostas a ajudar. Pessoas dispostas a lutar.

Encontrei um exército.

17

Não levo muito tempo para me envolver no universo da rebelião. Depois que Ozias devolve minhas armas e garante a todos que eu com certeza não sou uma Residente, eles param de olhar para mim como se eu fosse uma inimiga e começam a me tratar como uma igual.

Não sei bem se a Colônia alguma vez me viu da mesma forma. Como uma amiga, sim, mas não como alguém que se garantia na batalha. Mas no Gênesis, eu me tornei um deles. Uma guerreira.

Além dos exercícios de treino diários no ringue, Ozias me colocou no cronograma de vigília. Cumpro meus turnos, checando as fronteiras do acampamento com um grupo de outros humanos. A ameaça de um ataque Residente está sempre espreitando minha mente, mesmo com os postes de véus que nos mantêm escondidos. São como altas colunas de metal fincadas na terra, mas foram projetados para fornecer um manto de invisibilidade. Há dez deles ao redor do acampamento, criando um brilho curvado e translúcido no céu — um escudo que os Residentes não conseguem ver.

Os postes de véus significam que o Gênesis não precisa de ocultadores constantes como a Colônia. Cada pessoa aqui está pronta para lutar a qualquer momento. E elas lutam. Com frequência.

Enquanto estou de vigília para proteger a fronteira, muitos outros estão fora do acampamento, tirando o foco dos Residentes do Gênesis e protegendo os destacamentos menores espalhados pelo principado.

Se for comparar, mal estou contribuindo com alguma coisa.

E certamente não estou mais perto de encontrar Annika e os outros.

Ozias não hesita quando lhe digo que quero fazer mais. Em vez disso, aponta para uma direção.

— Vasculhe a cordilheira — ele diz. — Leve um grupo. Procurem por sobreviventes.

A tarefa não me coloca no fogo cruzado, mas me coloca no lugar onde sou mais útil. Meus véus são fortes, graças ao meu treinamento nas Terras da Fronteira. E andar pelo deserto sem ser vista pode ser a melhor chance que tenho de encontrar meus amigos.

Enfio as duas adagas no meu cinto e marcho pelo Gênesis na direção dos portões ao sul. Sozinha.

A mulher de cabelo cacheado, Zahrah, está à minha espera. Seus braços e pernas são longos e musculosos, e traz um machado de guerra pendurado atrás de suas escápulas.

— Você parece determinada. Para onde está indo?

Continuo andando, os olhos fixos na cordilheira seguinte, onde as Legiões vêm sobrevoando em bandos.

Sinal de que estão à procura de humanos.

— Vou ver se alguém precisa de ajuda.

Zahrah lança um olhar para a cordilheira.

— O rei não te disse para levar um grupo?

Planto os pés no chão.

— Todo mundo está… ocupado.

— Ninguém quis ir com você, não foi?

Passo a língua pelo interior da bochecha.

— Disseram que era trabalho pesado.

Ela solta um riso solto e áspero.

— *É* trabalho pesado.

— É, pois é, mas eu não ligo. Vou sozinha.

Tento passar por ela. Zahrah ergue o braço para me bloquear e abre um sorrisinho gaiato, que forma covinhas em suas bochechas.

— Você não perguntou para mim.

— Se isso é uma piada, não estou no clima.

— Não é. — Ela exibe os dentes. — Parece que você é sensível demais para as minhas piadas.

— Você é uma das Primeiras Líderes. — Minhas palavras parecem melaço, exigindo um esforço que não tenho. — Missões de busca e resgate não estão um pouco abaixo do seu salário?

A armadura de Zahrah reluz sob o sol.

— Sarcasmo não está um pouco abaixo do seu?

Mesmo contrariada, curvo os cantos da boca.

— Você é tão boa com essas facas quanto é com um véu? — ela pergunta. — Porque eu não sou babá de ninguém. — Então cruza os portões, o machado me encarando.

Sigo atrás dela, me perguntando como é possível sentir tanta culpa, mas também tanta satisfação por não precisar caminhar sozinha no deserto.

Não encontramos nenhum sobrevivente nas proximidades da cordilheira.

Por isso, no dia seguinte, quando a luz da manhã jorra sobre a montanha, saímos de novo e procuramos outra vez.

Os dias se misturam. Se não fosse pelo fato de que ainda durmo, eu poderia perder totalmente a noção de há quanto tempo estou no Gênesis.

Mas conto os dias e as semanas mesmo assim. Porque, em algum lugar nas Quatro Cortes, a Colônia pode estar fazendo o mesmo.

Desabo sobre uma das pedras do lado de fora da minha tenda. Um dos meus novos vizinhos me ajudou a montá-la, um garoto chamado Wadie que parece mais novo que Shura, embora ele tenha me lembrado em várias ocasiões de que *eu* sou a novata.

Ainda odeio esse termo, mas, pelo menos aqui no Gênesis, ele não é usado como um insulto. É uma palavra meramente descritiva.

Uma forma de distinguir aqueles que já viveram mil vidas e aqueles que ainda estão vivendo a primeira.

Retiro minha adaga de obsidiana, repouso os cotovelos nos joelhos e me inclino para a frente, inspecionando o gume. Está limpo. Muito mais limpo do que qualquer uma das outras armas aqui. Zahrah e eu não demos de cara com nenhum Residente, mas eu sei que nossa sorte não vai durar para sempre.

Eu me concentro na vibração de energia nos meus dedos, passando-a para a faca como se estivesse escondendo um segredo na adaga.

Um tipo especial de veneno.

Não falo com Caelan desde o dia em que tentei usá-lo para localizar a Guerra num mapa. Ele me deixou — sabia que eu estava enfiando pensamentos em sua mente —, mas entrou no jogo mesmo assim porque queria saber qual era o meu objetivo.

Afinal, faz parte da natureza da Vitória imaginar cenários. Observar e aprender. E talvez seja parte da natureza de Caelan também.

Talvez tenha sido por isso que ele me deixou fugir — para ver o que eu faria em seguida.

Cerro os dentes, odiando a ideia de que ainda sou uma peça no tabuleiro de xadrez dele, sendo movimentada sem sequer perceber. Odiando o fato de que Caelan me fez sentir algo por ele, e de que ainda não descobri como viver o luto da perda de algo que nunca existiu de verdade.

Não importa se não foi correspondido, uma mentira ou um erro. Não consigo ligar e desligar meus sentimentos como um...

Como um robô, termino a frase em pensamento.

Mas mesmo isso parece dar a Caelan uma saída fácil demais. Robôs são programados, mas ele fez uma escolha, assim como eu. Nós *queríamos* machucar um ao outro — só aconteceu de ser eu quem estava completamente despreparada.

Fico me perguntando se o fato de eu estar na Guerra arruína os planos que Caelan tinha para mim, seja lá quais fossem. Ele claramente não queria que eu viesse para esta corte e, embora ele possa ter feito com que eu acreditasse ser uma grande espiã da Colônia, o ódio de Caelan por Ettore nunca fez parte da farsa. Talvez a rivalidade dos dois signifique que perder um humano para a Guerra seja um golpe particularmente duro para a Vitória.

Não chega a ser uma grande conquista, mas já é alguma coisa.

Eliza aparece no outro lado do caminho. O material de uma tenda próxima esvoaça atrás dela, e, por um momento, ela parece estar considerando desaparecer lá dentro. Mas, em vez disso, dá alguns passos na minha direção.

Colocando uma mecha de cabelo preto atrás da orelha, ela se senta em uma das pedras achatadas ao redor da fogueira.

— Ei, será que a gente pode conversar?

Faz semanas que venho notando a forma como ela me observa a distância, tentando reunir a coragem de se aproximar, sem saber se pode ou não confiar em mim.

Acho que ela se decidiu.

— Claro — digo. — Podemos conversar.

Eliza pausa.

— Você... você disse que conheceu Annika. E Shura.

Guardo minha adaga dentro da bota e pego sua quase gêmea. O vermelho brilha feito vidro.

— Annika ainda usa o seu lenço.

Os olhos de Eliza se enchem de água. Um som escapa de seus lábios, algo entre alívio e angústia. Espero ela fazer alguma pergunta ou me dizer o que está sentindo. Mas ela só fica encarando a fogueira enquanto as lágrimas escorrem sobre as bochechas de um tom marrom-claro.

Talvez o lenço tenha explicado mais do que qualquer história poderia. Talvez tudo que ela precisasse saber é que não havia sido esquecida. Que sua família, durante todo o tempo em que esteve perdida, nunca parou de amá-la.

E talvez o fato de eu estar familiarizada com o lenço dourado e seu significado seja o suficiente para provar que eu também me importo com a família dela.

Depois de alguns minutos, Eliza pigarreia e lança um olhar para a minha adaga.

— O que está fazendo?

— Afiando minhas facas. Tentando garantir que elas causem o maior dano possível.

Eliza nota o estranho brilho no gume.

— Você passou alguma coisa nela.

Viro a faca. Não sou tão boa quanto Ahmet, mas estou tentando.

— Da última vez que eu enfrentei os Residentes, não estava preparada.

— Mas dessa vez vai estar — ela termina para mim.

Eliza abre o mais sutil dos sorrisos antes de voltar os olhos para a fogueira. Trabalho na minha adaga em silêncio, mas ela não vai embora. Não até a última faísca desaparecer na escuridão.

Zahrah aponta para a fumaça cinza. Ela abre caminho na direção das nuvens, alta e impossível de ignorar.

Parece um feixe de luz.

— Você acha que é um ataque dos Residentes? — pergunto, a voz quase inaudível.

Zahrah puxa o ar entre os dentes.

— Pequena demais. Parece mais um acampamento.

Franzo o cenho.

— Você acha que um humano seria tão irresponsável assim?

— Novatos costumam ser. — Ela me olha de lado. — Sem ofensa.

Abro um sorriso e observo o sinal de fumaça.

— Quer ir pela esquerda?

Ela concorda.

— Tome cuidado. Pode ser um truque dos Residentes. E mesmo que não seja, eles logo vão ver o fogo e ir atrás de quem quer que o tenha começado. — Zahrah abandona meu véu e conjura o próprio, desaparecendo de vista.

Vou pela direita, passando pelas rochas vermelho-argila, e começo a escalar a cordilheira. Não levo muito tempo; minhas mãos e meus pés procuram por fendas como que por instinto, e puxo o corpo sobre a borda com facilidade.

A meio quilômetro de distância, visualizo a fogueira. É pequena e parece ter sido armada às pressas. Um humano dorme ao lado dela.

Tem algo de errado.

Procuro minhas adagas, segurando-as com força, e caminho pela areia sem deixar uma única pegada para trás.

Estou examinando o humano e a fogueira tentando descobrir por que alguém seria tão imprudente a ponto de descansar em plena luz do dia, quando sinto uma ondulação silenciosa no ar. Algo imperfeito. Algo *criado*.

Eu me agacho e envio meus pensamentos para a frente, procurando por outra presença no pequeno acampamento. Com cuidado, passo sobre o humano. Não há nada no vazio de sua mente. Nem mesmo um traço de sonho.

Mas, ao redor dele...

Pelo menos uma dúzia de mentes, preparadas e à espera de uma luta. *Residentes.*

Alarmada, vasculho o deserto. Zahrah vai chegar ao outro lado da cordilheira, para se certificar de que é seguro. Mas será que ela vai saber que é uma armadilha? Será que ela consegue ouvir o tremor das consciências como eu?

Não espero para descobrir. Em vez disso, aumento o alcance da minha névoa, procurando por Zahrah também. É fácil encontrar sua mente, como vagar por areia branca e fofa e um píer sujo de sal.

E já que esse é o único alerta que posso dar a ela, sussurro no vazio: *Afaste-se daí, há Residentes por todo lado.*

Ela não responde, mas sinto um puxão. Uma compreensão. Então recuo de sua mente, sem fazer som, e me abrigo atrás de um monte de rochas.

AS GUERRAS DE GÊNESIS **153**

O humano permanece ao lado da fogueira, imóvel. Seus pensamentos são inexistentes; ele com certeza está apagado. Nem sei se está consciente.

Será que Ettore está mantendo humanos inconscientes em sua corte em vez de enviá-los para a Vitória?

Isso não deveria me surpreender. Ettore nunca escondeu seu desprezo pela Vitória. Mas quebrar as regras de Ophelia tão descaradamente...

Agora, os Residentes têm um inimigo em comum nos humanos. Mas e se algum dia eles conseguirem nos destruir? Será que vão viver em paz, da forma como Ophelia acredita ser possível?

Ou será que Residentes como Ettore vão encontrar alguém novo com quem guerrear?

Ouço um estalo a distância, e vários humanos aparecem. Eles caminham até o acampamento na direção do humano inconsciente, deitado sobre as rochas feito isca.

Preciso alertá-los, grita minha mente, mas, antes que eu possa ficar de pé, alguém põe a mão com força sobre o meu ombro.

— Você não pode ajudá-los — Zahrah sussurra baixinho no meu ouvido. — Não hoje.

—Ainda dá tempo — tento argumentar. Só que não.

Nesse momento, os Residentes erguem os véus, e um vórtex de pedra, fogo e metal rodeia os três humanos. O deserto irrompe em gritos, e sangue molha a terra como um lento veneno. Mais de uma dúzia de Residentes ataca os humanos como se fossem grandes aves de rapina, despedaçando-os.

Eles nunca tiveram chance.

Desvio os olhos, os dentes cerrados. Zahrah puxa meu ombro, me afastando da cena.

Descemos a encosta às pressas, fazendo o caminho de volta pelo cânion, quando vemos patrulhas aladas pairando no céu. Uma parte de mim torce para que a busca signifique que um dos humanos conseguiu escapar, mas a outra sabe que as coisas não funcionam assim.

Ninguém poderia ter escapado de uma emboscada como aquela.

Mesmo assim, a culpa de não ter feito o bastante me corrói, fazendo a energia nas minhas mãos vibrar com violência.

Zahrah me conduz a uma das muitas cavernas para nos abrigarmos e, quando nos vemos imersas nas sombras, removemos nossos véus.

— Como você soube — ela pergunta, os braços cruzados. Ela quer saber como eu detectei os Residentes. Como consegui ver além de seus véus.

Guardo minhas facas no cinto, sentindo dores nas articulações dos dedos.

— É difícil explicar.

— Você pode tentar.

Conto a ela sobre as ondulações e a sutil vibração da energia. Falo sobre como consegui atravessar o Labirinto e como eu pareço levar jeito para entrar na cabeça dos outros.

Zahrah escuta com atenção, sem piscar os olhos castanhos, e com uma expressão tensa.

— Já tivemos articuladores no Gênesis — ela diz. — Pessoas que conseguem se comunicar através de pensamentos. Mas em todas as minhas vidas nunca vi alguém escutar um Residente por trás de um véu.

As sombras escondem minha careta. Outro lembrete de que minha conexão com os Residentes faz de mim uma anomalia não é bem o que eu preciso. Pelo contrário, pensei que podia deixar isso para trás, junto com minha máscara de Residente.

Mas talvez ela seja mais do que uma máscara. Talvez seja uma parte de mim.

— Você consegue entrar na mente de um Residente? — A voz de Zahrah sai rouca. — Você consegue controlá-los?

Minha mente vai até Caelan e Ophelia, mas afasto os pensamentos com veemência.

— Desde que vim para a Guerra, nunca fiquei de frente para um Residente por tempo suficiente para tentar. — Não posso lhe contar sobre Caelan e o mapa. Ela não entenderia.

AS GUERRAS DE GÊNESIS **155**

E ele me *deixou* controlá-lo. *Guiá*-lo. Não é como se eu pudesse andar por aí forçando os Residentes a fazerem o que eu quiser.

Se eu pudesse fazer isso, teria ido direto para a Capital e enfrentado Ophelia eu mesma.

Zahrah lança um olhar na direção dos meus punhos.

— Você precisa controlar isso aí.

Mesmo sem olhar, sei que os nós dos meus dedos estão emitindo luz branca.

— Estou bem.

— Não — ela responde, fria. — Não está. Há motivações melhores do que raiva, Nami. A raiva brilha com força e depois se apaga. Você precisa pensar no longo prazo. Você não quer ser a pessoa na Guerra que já não tem mais ânimo para lutar.

Eu me viro na direção da entrada do túnel, me perguntando se os Residentes ainda estão naquela cordilheira, ou se deixaram os humanos para trás em pedaços.

— Algumas batalhas já estão perdidas antes mesmo de você chegar — Zahrah diz. — Você precisa ser capaz de enxergar a diferença. — Ela pausa, me observando, e suspira. — Não dá para salvar todo mundo. Não num dia só.

Faço que sim como se entendesse, mas estou muito consciente de que o tempo está se esgotando. Os Residentes não vão parar de tentar nos erradicar.

Preciso levar todos até as Terras Posteriores antes que isso aconteça.

Temendo que Zahrah leia meus próprios pensamentos, deixo os olhos vagarem até as sombras atrás de nós.

— Esses túneis — digo baixinho. — Foram feitos pelos humanos?

Zahrah fita a escuridão. Tenho certeza de que a escuridão devolve o olhar.

— Isso. Os túneis estão aqui desde a Primeira Guerra. Foi assim que nós conseguimos fugir depois de tantos humanos sucumbirem.

— Para onde eles vão?

— Para todo lugar. Para lugar nenhum. — Zahrah balança a cabeça. — Há milhares deles. Um número grande demais para os Residentes vasculharem, e grande demais para que a gente consiga acompanhar. Mas só vamos para baixo da terra quando não temos outra escolha. — Seus olhos cintilam, e eu sei que ela prefere lutar a se esconder.

Mas mesmo Zahrah encontrou uma forma de equilibrar o que ela *quer* e o que é *melhor*. Talvez eu consiga aprender a fazer o mesmo.

— A primeira batalha da Primeira Guerra — digo, taciturna. — Você lembra onde foi?

Ela bufa, fazendo um muxoxo.

— Como alguém poderia esquecer? Foi onde o Príncipe da Guerra escolheu construir a cidade dele. A montanha onde fica o castelo ainda está manchada com sangue humano.

A Cidade Vermelha.

— Alguém já entrou lá?

— Os humanos que foram levados para a Cidade Vermelha são os que vão para o Abismo de Fogo. — Os braços de Zahrah seguem firmes sobre o peito. — Ninguém retorna do Abismo de Fogo.

Ficamos em silêncio por um longo tempo.

O crepúsculo chega, e Zahrah vasculha os céus à procura de Legiões. Ela move os dedos para sinalizar que a área está livre, e nos escondemos debaixo de um único véu.

Quando voltamos para o Gênesis, Zahrah vai atrás de Ozias. Não volto para a minha tenda. Vou para um dos inúmeros ringues e treino até o nascer do sol. Então penso nos meus amigos, presos em algum lugar das Quatro Cortes, e treino até o cair da noite.

Se a raiva não pode ser uma motivação, talvez a determinação possa.

AS GUERRAS DE GÊNESIS **157**

18

O machado de guerra colide com as minhas facas, mas eu as seguro com firmeza, fazendo força para resistir ao peso da lâmina oposta. Zahrah afasta o machado e depois ataca de novo, mirando nas minhas costelas. Viro a adaga para o lado, o punho ao redor do cabo, e empurro a obsidiana contra a arma adversária, bloqueando o impacto. Então giro e conecto meu cotovelo livre com sua mandíbula. Ela dá um passo para trás, abrindo um sorriso largo.

— Você joga sujo — ela provoca. — Gosto disso.

Então ela me ataca com força. Desvio de um golpe atrás do outro, saindo do caminho e abaixando a cabeça mais vezes do que sou capaz de contar. Ela está me perseguindo em círculos; as habilidades de Zahrah superam as minhas.

Pelo menos quando se trata de lâminas.

Ela retrai o machado de guerra como se estivesse preparando outra investida, e deixo meus pensamentos se tornarem névoa. Avanço sobre sua mente desavisada e dou um grito de estourar os tímpanos.

Assustada, Zahrah recua. Aproveito a oportunidade.

Passo uma perna nos joelhos dela, derrubando-a de lado.

Zahrah cospe sangue sobre o chão do ringue de treinamento, os dentes ligeiramente rosados. Guardo minhas adagas no cinto. A última a sobrar de pé — esse era o desafio. Estendo um braço para ajudá-la a se levantar.

Ela ri, colocando a mão sobre a minha, e se põe de pé. O machado se assenta na curva do seu pescoço.

— Melhor de três?

Antes que eu possa responder, Ozias aparece em um canto da multidão de espectadores. Eles vieram para ver minha luta contra Zahrah, depois que eu aceitei um desafio de Wadie por impulso. Aparentemente, a maioria das pessoas sabe que não é uma boa ideia duelar com Zahrah — mesmo quando ela está de bom humor.

— Ouvi dizer que você era bem habilidosa no ringue — Ozias comenta. Seus olhos brilham. Um desafio.

— Cuidado, Vossa Majestade — Zahrah diz, arqueando uma sobrancelha. — A arma da Nami não é do tipo que se pode ver.

— Neste caso… — Ozias entrega suas facas e espada para o humano ao seu lado.

Zahrah faz uma reverência exagerada e sai do caminho.

Tiro meu cinto e o coloco do lado de fora do ringue, erguendo as mãos para provar minha honestidade.

Ozias avança. Desvio e rolo para o lado, ficando de pé bem quando ele lança o braço na minha direção. Jogo a cabeça para trás, saindo de seu alcance por pouco, e esmurro o punho na lateral de seu corpo. Sua armadura de treinamento, feita de couro, é grossa, e ele mal se move. É praticamente um tanque.

Então vai ter que ser a consciência.

Desvio outra vez de seu golpe e lanço uma corrente de energia pelas mãos. Ele dá três passos para trás, resistindo, e dispara um chicote de eletricidade no ar. O flagelo estala no meu ombro, abrindo a carne. Eu me recuso a gritar de dor, e conjuro um véu ao meu redor antes de passar um braço sob o dele e torcê-lo com força.

Ouço o quebrar de um osso, e Ozias leva uma mão achatada à minha garganta invisível, tirando o meu ar. Tossindo na areia, desmancho o véu e forço os olhos de volta para seus punhos já cerrados. Ele os move na direção da terra, da esquerda para a direita, e uma série de rochas irrompe do chão, areia e pedras me acertam. Uso o braço como escudo e lanço uma corrente de energia na direção dele. Ela colide com seus joelhos e, por um momento, Ozias perde o equilíbrio.

Corro, salto e acerto a lateral de sua cabeça com a perna.

Ozias cambaleia, mas agarra minha camisa antes que eu possa firmar os dois pés no chão, e me joga sobre a terra com um estalo horrível.

Desta vez eu definitivamente urro de dor.

Ele está ofegante, perto o bastante para que eu consiga ver as manchas de azul em seus olhos de nuvens de tempestade.

— O último a sobrar de pé, não era?

— Você está ajoelhado — observo.

Ozias ri e me ajuda a ficar de pé. A dor arde nas minhas costas. Uma marca da derrota, mas um lembrete para treinar ainda mais duro.

— Você é mais forte do que parece — ele admite. — Mas talvez não forte o bastante para vencer um rei. — Ele dá uma piscadela, numa expressão carregada de camaradagem amistosa, mas a única coisa em que consigo pensar enquanto ele se afasta é que não preciso ser forte o bastante para vencer um rei.

É de uma rainha que estou atrás.

Uma comoção perto dos portões frontais chama minha atenção. Uma multidão se forma, bloqueando a cena. Por instinto, me pego à procura das minhas armas, até perceber que não é medo que estampa os rostos de todos — é alívio.

Diego aparece no centro. Seu par de punhais idênticos está guardado atrás dele, mas as facas em seu cinto brilham com sangue.

— Parece que te deram trabalho — Zahrah comenta.

Diego enxuga a testa com a manga, espalhando cinzas sobre a pele úmida.

— Fomos interceptados na cordilheira. Sequer chegamos ao destacamento. — Ele olha por cima do ombro, gesticulando para algum lugar distante do grupo. Há rostos novos entre eles. Pessoas que não reconheço. — Felizmente, tivemos ajuda.

Uma garota aparece nas margens da multidão. Seu cabelo é tão encaracolado quanto o de Zahrah, e seus olhos castanhos têm o mesmo formato, mas suas bochechas redondas revelam sua pouca idade. Ela não deve ter muito mais que dez anos.

A mesma idade que Mei.

Suas roupas são esfarrapadas e se prendem ao corpo como se tivessem sido arrastadas pelo deserto, e ela não carrega nenhuma arma. Seu olhar é errático, desesperado enquanto vasculha os rostos ao seu redor.

Zahrah tem uma expressão confusa até seus olhos se arregalarem, brilhando.

— Dayo? — ela diz, então se põe a correr pela areia.

A garotinha a vê imediatamente, e seu rosto se ilumina com um brilho que me desnorteia. Conheço bem esse vínculo. O amor de uma irmã.

— Ela passou meses desaparecida — Diego diz ao meu lado. — A equipe de Dayo foi verificar um destacamento e encontrou problemas. Tiveram que enfrentar três campos de batalha para voltar.

— Equipe?

— Ela pode parecer uma criança, mas é mais velha que Zahrah. Mais velha que eu. — Ele faz um muxoxo. — Não sei se ter familiares do mundo antigo no Infinito é uma bênção ou uma maldição. Por um lado, sinto inveja do amor. Por outro, não consigo imaginar como seria me preocupar mais do que eu já me preocupo.

Não muito longe, Dayo toma o rosto de Zahrah entre as mãos antes de abraçá-la com força. Ela murmura algo que faz Zahrah assentir. Um segredo das duas.

Não quero mais ver isso. Não apenas porque é um momento particular, mas porque a saudade que cresce dentro do meu peito é um peso grande demais para suportar. Tenho medo de que, se ficar mais um segundo aqui, vou me derreter em lágrimas.

Eu daria tudo para ver minha irmã outra vez. E, se eu já não estivesse morta, acho que esse sentimento poderia me matar.

Viro as costas, pego minhas facas e volto para as tendas.

***

Uma carícia sutil me desperta.

Abro os olhos de súbito e pego minhas adagas de obsidiana e vidro marinho. Seixos e areia caem das minhas roupas — consequência de passar a noite no chão do deserto. Mas não limpo o tecido. Estou concentrada demais na forma como a tenda se agita, e na forma como as estrelas cintilam além da abertura.

Não há perigos no Gênesis. Não agora.

E ainda assim...

Levo os dedos às têmporas, me concentrando. Sinto aquilo de novo — o roçar de uma mão, como se alguém estivesse tocando as sombras.

Como se alguém estivesse procurando por mim.

Memórias de florestas e paisagens nevadas me deixam tonta, e levo o cabo da adaga à testa. O metal é gelado, mas não serve para aplacar a dor leve atrás dos meus olhos.

Por que agora? O que ele quer?

E o que faz ele pensar que eu seria imprudente o bastante para responder a seu chamado e abrir minha mente para ele?

Puxo meu véu para mais perto, ocultando cada um dos meus pensamentos, e espero até o toque sutil desaparecer. E assim acontece.

Embora seja seguro, não volto a dormir.

Estou com medo demais de que, se eu adormecer agora, vou sonhar com o Príncipe da Vitória.

O tecido da minha tenda tremula e Dayo aparece, carregando um tapete colorido sob um dos braços. Se por um lado Zahrah é toda cheia de provocações afiadas e sorrisinhos travessos, Dayo é muito mais reservada.

Não sei se é porque ela não confia em mim ou porque não gosta de mim.

Sua expressão não se altera.

— Trouxe presentes.

Ela não espera um convite — simplesmente caminha até os fundos da tenda, onde desenrola o tapete e alisa suas bordas.

Feito de tons vibrantes de verde, amarelo e vermelho, a peça lembra muito a natureza e a forma como as árvores se transformam do verão para o outono.

Ela me lembra das florestas das Terras da Fronteira e dos lugares onde eu costumava treinar.

Não sinto falta deles, mas sinto falta de Kasia.

— Obrigada — digo, incapaz de esconder a surpresa. — É lindo.

— Zahrah disse que você ainda dorme. — Dayo analisa o vazio do espaço. — Não temos o hábito de usar móveis por aqui, mas é melhor você ter um lugar onde descansar.

Fabricar itens que não são essenciais é considerado um desperdício de tempo e energia no Gênesis, já que o acampamento não fica muito tempo no mesmo lugar. Saltadores — humanos com habilidades de teletransporte — ajudam a transportar o acampamento pelo deserto sempre que os Residentes começam a farejar as fronteiras e chegar perto demais.

É preciso dias de planejamento e precisão só para mover todos os humanos, sem contar as tendas, as armas e os postes de véus.

Não há lugar para mobília nesta guerra.

Desvio os olhos do tapete, mas ainda sinto a lembrança das cores dançando na minha mente. Talvez seja isso que acontece quando tudo no mundo tem o mesmo tom de areia. Com sorte, algum dia não muito distante, não vou mais precisar dormir. Isso é só mais uma coisa que me atrasa neste mundo, afinal.

— Ouvi dizer que você está procurando o seu povo — Dayo diz.

A essa altura, todos no Gênesis já sabem como são seus rostos depois que Ozias fez questão de compartilhar a Troca.

Ele cumpriu a promessa. Mesmo que só tenha feito isso para ganhar mais soldados.

— Pensei que talvez a sua equipe os tivesse visto no deserto. — Foi a primeira pergunta que fiz quando os batedores retornaram ao Gênesis.

Dayo se mexe sem sair do lugar. Seu cardigã é alaranjado com bordados dourados.

— Vimos muitos humanos em campo. Não conseguimos salvar a maioria deles.

Enrijeço sob o olhar dela. As palavras se formam no fundo da minha garganta, implorando para saírem.

Ninguém na Guerra está seguro... mas e se você pudesse estar?

E se eu pudesse lhe mostrar o caminho?

Coloco uma mecha de cabelo atrás da orelha, afastando o pensamento com esforço. Talvez eu esteja errada por manter segredo sobre as Terras da Fronteira, mas não estou pronta para deixar todos partirem. Não até eu encontrar os outros.

Não até eu souber que eles podem viver em segurança também.

— Tem uma coisa que você deve saber. — Dayo franze as sobrancelhas. — Meses atrás, quando chegamos a um destacamento, ele já tinha sido atacado. Os Residentes estavam levando alguns dos humanos como prisioneiros, a maioria deles eu conhecia do Gênesis, mas havia uma garota com eles. Alguém que eu não tinha visto antes.

Estendo uma das mãos, desesperada por uma Troca.

— Me mostra.

Dayo hesita.

— Você precisa entender que foi difícil enxergar com clareza. E, até onde eu sei, minhas memórias ficaram distorcidas quando o rei me mostrou o rosto da sua amiga. Pode ter sido alguém que só era parecida com ela na hora, mas agora seria quase impossível saber com certeza.

— Por favor — digo. — Preciso ver com meus próprios olhos.

Dayo assente e toma minha mão.

O mundo se dissolve, e estou olhando para a Guerra através dos olhos de Dayo. Minha equipe está escondida atrás dos rochedos, observando o que restou do destacamento.

Há um estandarte amarrotado sobre as rochas, rasgado e chamuscado nas pontas. A barricada de madeira arde em chamas violentas, e a torre de vigília está partida na base e tombada no chão do deserto. Há braços, pernas e armas presos debaixo de barrotes quebrados, e os humanos sobreviventes estão sendo levados pelas Legiões aladas.

Conto os rostos: seis humanos no total. Não reconheço uma delas, mas a cor do seu cabelo me chama a atenção.

Mesmo debaixo das cinzas e do sangue, seu tom é de um rosa inconfundível.

Ela parece nova — mais velha do que eu, mas também jovem por trás dos olhos, como alguém que veio para o Infinito muito depois da Primeira Guerra.

Os guardas empurram os humanos colina abaixo, mas algo faz ela olhar para trás na direção das chamas. A última coisa que vejo antes de ela desaparecer são seus olhos cinzentos, grandes e curiosos.

O mundo parece entrar nos eixos de novo.

Shura. Meu coração vibra. *É ela*. As palavras ecoam dentro da minha cabeça. Ela está aqui. Na Guerra.

Dayo solta minha mão. Ela abre a boca como se quisesse me lembrar de que suas memórias não são confiáveis, que eu não deveria tirar conclusões precipitadas, mas é tarde demais. Já estou andando na direção da abertura da tenda.

Preciso contar para Eliza.

— Mesmo que seja ela, o ataque aconteceu há meses — Dayo acrescenta, logo atrás de mim. — A pessoa que você viu pode não estar mais nesta corte. Novatos... não costumam durar muito.

Jogo o tecido para o lado e saio.

— Shura não é só uma novata — argumento por cima do ombro. — Ela estava na Colônia. Ela sabe se cuidar.

— Não desse jeito — Dayo diz, e algo em sua voz me faz pausar.

Eu a encaro, aninhando os braços ao redor do corpo, enfiando os dedos na pele.

— Tem alguma coisa que você não me contou?

Dayo cerra os lábios.

— Eles levaram os humanos para o Abismo de Fogo.

Luto contra a preocupação, o temor e o desamparo. Tenho que fazer isso, Shura precisa de mim.

— Não me importa para onde levaram ela — digo, ríspida. — Vou trazer ela de volta.

Corro para a tenda de Eliza, e Dayo não me segue.

Não levo muito tempo para explicar a Eliza o que está acontecendo — Zahrah já havia lhe dito o que a irmã viu. Ela diz que quer tanto que a garota seja Shura que não pode confiar nos próprios olhos. Que talvez Dayo tenha razão em ser cautelosa.

Mas cada momento pode ser decisivo para que Shura resista ou entregue sua consciência.

Corremos até as cavernas, onde Ozias está em reunião com os Primeiros Líderes: as pessoas que ajudaram a formar a rebelião depois que a Primeira Guerra deu tão errado. Diego, Zahrah e Dayo já estão esperando, assim como dois irmãos — Vince e Cameron — e uma mulher chamada Ichika.

Todos já ouviram a respeito de Shura, e não lhes dou nenhum outro motivo para duvidar da precisão da memória de Dayo. Digo a eles que eu *sei* que é Shura; eu reconheceria aquele cabelo rosa em qualquer lugar. E, se ela está no Abismo de Fogo há meses, precisamos agir agora.

— Qual é o plano? — pergunto depois que eles terminam de discutir a logística.

— Você não ouviu nada do que eu acabei de dizer? — Diego resmunga. — A arena é impenetrável. Sem falar que está sempre com centenas de Residentes.

— Não, você disse que era *quase* impenetrável — corrijo, alternando o olhar entre Diego e os outros. — Que tal teletransporte? Será que alguém poderia nos fazer saltar pela muralha?

Eliza balança a cabeça.

— Só podemos saltar para um lugar que podemos ver ou algum lugar onde já estivemos. A maior parte do que está atrás das muralhas da Cidade Vermelha é um mistério para nós.

— Tá bom. — Dou de ombros. — Então vamos a pé.

Diego ergue as mãos. Ozias me examina.

— Você prometeu ajudar meus amigos — lembro a ele, fria. *Assim como eu prometi guardar seu segredo.*

Um buraco em forma de estrela no teto da caverna oferece uma quantidade limitada de luz do sol, mas Ozias atravessa o feixe de um lado para o outro como se se sentisse atraído pelos raios.

— Você parece ser excepcionalmente boa em se infiltrar entre os Residentes. — Não é uma pergunta.

— Tenho um pouco de prática — respondo.

— Sim. Mas é o suficiente para caminhar pela Cidade Vermelha? — Ele alisa a barba com a mão. — Se você for pega, o Gênesis será forçado a se mudar. E eu estarei perdendo um soldado valioso.

— Seu exército não é a minha prioridade — digo sem hesitar. — Minha prioridade é a Shura.

Se ele fica ofendido, não demonstra.

Mas os outros parecem insatisfeitos. Não sei se eles gostam do jeito como falo com o rei deles, mas já gastei mais de mil vidas dizendo *Vossas Altezas* e *meus senhores.*

Não sou súdita de ninguém.

— Pode ser difícil invadir a arena, mas e quanto às celas? — Eliza pergunta para o salão.

Diego gargalha.

— Você está falando de invadir uma *prisão* Residente.

— Toda prisão tem uma porta — observo, seca.

— E um *cadeado* — Dayo retruca. — Não fazemos ideia de como isso vai ser. Há um motivo para nunca termos tentado uma missão de resgate na Cidade Vermelha antes.

Os irmãos discutem entre si. Zahrah tamborila os dedos sobre o braço.

— Digamos que exista uma entrada. Digamos que ela seja fácil de encontrar. — Ichika olha para os outros líderes. — Nosso maior problema é a Cidade Vermelha.

Diego ergue a mão como se isso fosse óbvio.

— Exatamente. Não podemos simplesmente cruzar os portões da frente.

Ozias para de andar. Ele aponta para mim com o queixo.

— *Ela* pode.

Minhas habilidades com véus estão mais fortes do que nunca, agora que eu sei como silenciar meus próprios pensamentos. Ser capaz de ouvir as mentes dos Residentes próximos me dá uma vantagem que mais ninguém no Gênesis tem. E ainda sou nova aqui. Eles não podem arriscar Ozias, ou os Primeiros Líderes, ou mesmo os melhores guerreiros. Mas eu?

Eu sou um risco que eles podem tomar, mesmo que Ozias prefira evitar isso.

— Vou encontrá-la — digo.

Eliza parece preocupada.

— Nunca estivemos dentro da cidade. Não posso te dizer o que esperar.

— E, mesmo que você entre, ainda há a questão de libertar uma prisioneira. — Diego hesita. — Se você não conseguir sair, ou se for capturada… O Gênesis vai ter que mudar de lugar sem você.

Se o acampamento se teletransportar, talvez eu não consiga encontrá-lo de novo. Certamente não sem ter que atravessar território Residente.

Há uma grande possibilidade de eu acabar num campo de batalha, isso se eu conseguir sair da Cidade Vermelha.

— Eu entendo — digo, solene.

— Não vai ser fácil — Zahrah alerta. — Mesmo com os seus véus.

— Só preciso encontrar uma pessoa — respondo. Minha confiança pode ser levemente encenada, mas também não tenho intenção alguma de voltar sem a minha amiga. — Vou tomar cuidado.

Ozias assente.

— Eliza vai ficar de vigília perto dos portões. Vamos fazer com que um grupo se posicione ao redor da muralha da cidade, perto da arena, e te dar algum tempo para atravessar a cidade. Depois disso... — Ele me olha, sério. — Armadilhas costumam funcionar a nosso favor. Faz com que eles olhem na direção errada.

Eles vão criar uma distração. Com *isso* eu posso trabalhar.

— E, se as coisas derem errado — Dayo diz —, trate de dar trabalho até o fim.

Até Diego solta um riso resignado.

19

A Cidade Vermelha é rodeada por muralhas de granito e arcos imponentes. Há Legiões em cada canto, de vigília, com os olhos sempre fixos no deserto ao redor. Do coração da fortaleza, ouço o som de gritos humanos.

Mas não tenho medo. Estou oculta: uma névoa, sem peso e pensamento. Caminho na direção da entrada da cidade como se fosse mais leve que o vento.

Eliza mantém a distância, assim como os outros humanos que planejam criar uma distração. Devem estar do outro lado da cidade a essa altura. Assim que eu atravessar esses muros sombrios e cinzentos, estarei sozinha.

A areia dá lugar ao pavimento, e sigo em frente.

Por dentro, a Cidade Vermelha é um amplo pátio, ocupado por um conjunto de rampas e escadarias que levam à muralha. Há Legiões por toda parte, próximas aos portões para o caso de irromper uma briga.

Ou de aparecer um invasor.

Não me permito elogios, não quando meu véu flui por cada fragmento da minha consciência, sem deixar espaço para distrações. Para os Residentes, minha presença não é mais peculiar que a de um seixo no caminho. Sou parte do ambiente, nada mais.

Camadas de rochas em tons de vermelho-fogo com faixas em dourado constituem a base da área residencial. As casas são próximas entre si, construídas com a mesma pedra quase preta da muralha externa, e Residentes caminham pelas ruas cheios de propósito. Aqui, não há lugar para o ócio da Vitória.

No meio da cidade fica uma longa via com tendas comerciais enfileiradas nos dois lados. Grelhas quentes estão repletas de espetos de carne, e sobre as mesas há cestas cheias de bolinhos cozidos no vapor enfeitados com grossas folhas verdes. Outra tenda transborda de goiabas, caquis e frutas de cores vivas que nunca vi antes. Mais adiante, encontro cálices decorados, jogos de chá dourados e rolos de seda fina em todos os tons de vermelho.

E nenhum servo à vista.

Os únicos humanos na Cidade Vermelha são os que estão sendo torturados no subterrâneo.

Em silêncio, desvio de todos os Residentes que se aproximam e sigo caminhando pela longa via. O palácio de Ettore jaz a distância, assentado em sua própria montanha e exibindo torres irregulares e bandeiras vermelho-sangue. A estátua de uma serpe guarda a entrada, de mandíbulas retesadas como se estivesse pronta para devorar cada pedra.

Um fosso enorme separa a via da montanha. Paro na frente de um penhasco, espiando o abismo como se estivesse olhando para dentro de um grande vulcão. Uma balaustrada feita de ossos é a única coisa que me separa de uma queda de cento e cinquenta metros.

O Abismo de Fogo.

Já ouvi histórias sobre a arena estilo gladiador, mas ver a areia manchada de sangue e a gigantesca abertura circular no centro, bradando com violentas chamas alaranjadas, me faz apertar o gradil de ossos com força. Os assentos são divididos em anéis estreitos, rodeando a arena como um redemoinho. E estão cheios até a boca de Residentes aos gritos, ávidos pela próxima atração.

Eu me afasto. A qualquer momento, mais humanos serão levados para destroçar um ao outro. Não quero assistir.

Em algum lugar debaixo da terra, Shura aguarda. Aguarda ser levada até o Abismo de Fogo, se é que já não foi.

Preciso tirá-la deste lugar antes que esses monstros a destruam.

Descendo as escadas na esquerda, contorno a arena, procurando por uma entrada que me leve para baixo da terra. Ouço o chacoalhar de metais enquanto dois guardas saem de um túnel fechado, conversando sobre como ficou fácil prever qual humano vai sangrar primeiro. Eles desaparecem escadaria acima, e eu deslizo na direção da porta, examinando o painel metálico onde normalmente estaria um cadeado.

Posso ser boa para enganar, mas destrancar portas estranhas não é a minha especialidade. E algo me diz que explodir a porta só atrairia atenção desnecessária, *caso* funcionasse.

Estou prestes a procurar por outra entrada quando ouço conversas atrás da porta. Eu me escondo num canto e seguro o véu sobre o corpo como se fizesse parte da rocha.

A porta se abre, dando passagem para inúmeros guardas. Passo pela abertura segundos antes dela se fechar atrás de mim.

Certo. Não é a melhor estratégia de saída, mas pelo menos estou dentro.

Uma rampa de metal conduz ao interior da caverna. Meus passos são silenciosos. Inexistentes. A distância, consigo ouvir o ronco de um vapor raivoso.

Atravesso uma ponte estreita, a vista abaixo nublada por uma neblina densa. O cheiro é podre e impregnado de metal.

Carne e sangue. Minha mente hesita.

Guardas aparecem em um dos corredores adiante, e mais uma vez eu me encosto na parede. Quando eles passam, corro até a abertura e encontro inúmeros arcos que levam a diferentes salas. Decido sempre escolher o corredor que parece descer mais pela montanha.

Na direção de onde possa haver uma prisão.

Por fim, depois de algumas direções erradas e uma espiada lamentável numa sala com carne pendurada do teto, minhas suspeitas se revelam corretas.

As celas ficam empilhadas em dois patamares. Em vez de barras, correntes elétricas vermelhas se estendem por cada abertura, sibilando alertas para qualquer um que tente se aproximar. Guardas fazem a patrulha no patamar inferior.

Entrando na passarela de metal, caminho até a primeira cela. O humano lá dentro está acorrentado com algemas de metal, sem dúvidas envenenadas com alguma coisa para comprometer sua consciência. Mas seus olhos estão abertos. Atentos.

Dou uma volta completa no piso superior, mas não encontro Shura. A caminho das escadas que levam ao piso inferior, congelo onde estou quando um guarda corpulento aparece logo abaixo de mim. O túnel atrás dele leva a outro corredor. Um lugar onde ainda não estive.

— Estamos prontos para o próximo grupo — ele grita para o segundo piso.

Numa sala próxima, outra guarda assente. O cômodo é cercado de vidro e tem vista para todo o pavilhão de celas. Ela estende o pulso e sua manopla brilha. Um holograma aparece na unidade de controle diante dela e, depois que ela toca a imagem algumas vezes, ouço o *zap* de barras sendo retraídas lá embaixo.

Pela beirada, observo os humanos nas jaulas, agora abertas, serem cercados por guardas e arrastados pelo túnel. A guarda na sala de controle desliza a mão sobre o holograma e, quando a imagem desaparece, ela volta a fixar os olhos no pavilhão de celas.

Corro até o piso térreo, e estou procurando por qualquer sinal de Shura atrás dos feixes vermelhos quando vejo um amontoado de cabelo rosa-claro. Mesmo com a sujeira sobre a pele e um talho aberto na testa, reconheço seu rosto de imediato.

A energia vermelha crepitante me faz pausar. Algo me diz que chegar perto demais é uma péssima ideia. E, com uma guarda na sala de controle e mais dois vagando pelo piso, sei que erguer o véu ou falar em voz alta também não é uma opção.

As mãos de Shura estão algemadas. Seus olhos cinzentos estão semicerrados, repletos de morte e exaustão. Hematomas e cortes cobrem sua pele, e não sei mesmo dizer se as algemas a impedem de se curar ou se ela não tem mais energia para sequer tentar.

Quero chamar minha amiga. Quero dizer a ela que estou aqui para ajudar, que não vou deixá-la para trás.

Então falo com ela do único jeito que sei fazer sem colocá-la em apuros.

Cerro os lábios e concentro meus pensamentos na sua direção, como uma névoa viajando através do tempo.

Shura, sussurro. Um fôlego sutil. *É a Nami. Está me ouvindo?*

A princípio, ela não reage. Então ela franze o cenho.

Vou te tirar daqui.

— Não — ela geme, à beira das lágrimas. — Chega. Por favor, chega.

Shura, sou eu, digo com toda a delicadeza que consigo encontrar. *Vai ficar tudo bem.*

— Me deixa em paz! — Shura grita, incapaz de tapar os ouvidos, mas tentando mesmo assim. — Sai da minha cabeça!

Estou perigosamente perto das barras vermelhas. *Sou eu, Nami,* tento outra vez. *Eu vim ajudar.*

— Sai da minha cabeça, sai da minha cabeça! — ela grita, enterrando os dedos na própria testa.

Os guardas se aproximam para investigar, e não tenho escolha senão me afastar. Eles encaram o interior da cela, procurando por anomalias.

— Quietinha aí — um deles alerta. — Ou vou te mandar direto para o Abismo de Fogo.

Mas o que quer que eu tenha feito com Shura já a perturbou. Ela se levanta, gritando para que eles a deixem em paz. Para se afastarem. Para *fazerem isso parar.*

Sinto o coração partir. Não sei o que fazer. Como consertar isso.

Por que ela não acredita que sou eu? Ela não consegue ouvir minha voz?

Shura ainda está gritando, e os guardas provavelmente perdem a paciência, porque um deles grita para que a sala de controle abra a cela, e as barras vermelhas desaparecem.

O guarda no centro puxa Shura pelas algemas, arrastando-a para o túnel.

— Sempre cabe mais um — a voz dele ecoa pela caverna.

Corro atrás deles, tentando aplacar a pulsação no meu peito para o caso de alguém ouvir. Shura finalmente para de chorar e se vira para encarar o túnel. Quando seu corpo frágil começa a tremer, sei que ela percebeu onde está. Para onde está indo.

O guarda a enfia num elevador que parece uma jaula e eu entro ao lado dela. Ele remove as algemas de Shura antes de fechar a porta com força.

Num tom carregado de escárnio, ele diz:

— Mal posso esperar pelo show.

Ele acena a manopla contra uma tela de controle e o elevador sobe.

A escuridão nos envolve até chegarmos a um arco por onde a luz do sol jorra com uma força ofuscante. Estreito os olhos; Shura respira fundo, e um pânico muito real se assenta em seus olhos.

O elevador para e Shura sai com passos trêmulos, como se soubesse que se recusar fosse resultar em algo pior. Faço o mesmo, e o elevador desaparece nas sombras. Ao nosso redor há outros humanos — a maioria tão fatigada quanto Shura — envoltos por uma jaula de metal. Quando olho para além das barras, percebo que estamos no fundo da arena.

A multidão circunda o espaço gigantesco, cantando e gritando para o que acabou de acontecer, seja lá o que for. O Abismo de Fogo cospe com raiva no centro do ringue. Um humano está sendo arrastado para outra sala.

A julgar pela forma como a multidão continua a vibrar, acho que ele foi o vencedor.

Tenho medo de saber o que aconteceu com o perdedor. Então um grito irrompe do fogo e não para.

Ozias me disse que os rumores eram de que o Abismo de Fogo tinha mais de trinta metros de profundidade. *Uma escalada impossível*, ele disse. A maioria dos humanos já virou metade cinzas no fundo antes mesmo de conseguir encontrar a parede em meio às chamas. E aqueles que lutam para se curar fazem a morte durar mais tempo.

Os guardas só se dão ao trabalho de tirá-los de lá depois que param de gritar. Se é que tentam.

Dois Residentes aparecem na frente da jaula, e os humanos imediatamente se encolhem com medo de seus olhos calculistas. O guarda corpulento abre o portão e vai diretamente até um dos humanos. No mesmo momento, percebo que Shura não está mais parada ao meu lado.

Horrorizada, observo conforme ele puxa minha amiga pelo cabelo rosa até a arena, fechando a jaula atrás de si.

Não, minha mente grita. *Isso não pode estar acontecendo.*

Desesperados, meus olhos dançam ao redor do estádio, procurando uma saída. Procurando uma forma de salvar minha amiga.

Quando o guarda retorna para examinar os humanos aterrorizados — a procura de um segundo competidor —, faço a única coisa que posso.

Escondida atrás dos outros, transformo meu rosto e visto uma máscara. Mas não me torno uma Residente. Eu me torno uma humana que eu sei jamais ter sido vista por um Residente. Alguém que não vai levantar suspeitas.

Eu me torno Kasia.

Então ergo o véu e avanço até a frente da multidão.

Quando o guarda me vê, ele assobia pelos dentes.

— Ora, vejam só — ele diz — Parece que temos uma voluntária.

20

Shura está de frente para mim no chão de areia, as sardas escondidas debaixo de uma camada de cinzas. Ela não se parece mais com a garota desesperada na cela. Parece feroz.

Dou um passo à frente, e estou prestes a dizer a ela quem eu sou quando ouço uma voz.

— Que comece a batalha! — O Príncipe Ettore grita para a arena.

Olho para o elaborado balcão vários metros acima. Há gárgulas de pedra nos cantos cuspindo fogo pela boca. O trono de Ettore é feito com ossos afiados e veludo vermelho, projetados para fora como dentes à mostra.

Eu me lembro de seus cabelos pretos e revoltos e dos olhos dourados. Me lembro da maldade que o circundava feito fumaça. E me lembro de como ele ficou furioso quando perdeu a chance de me destroçar.

Mas a figura ao lado dele é muito, muito pior.

O Príncipe Caelan está ao lado do trono de Ettore, com as mãos dobradas atrás das peles brancas e com uma coroa de ramos prateados na cabeça.

Meus ossos viram gelo, despedaçando-se em todas as direções.

O que ele está fazendo aqui?

Minha mente vacila, mas eu me recomponho. Não posso deixar minha máscara cair. Não quando minha amiga ainda corre tanto risco. Mas a constatação de que Caelan pode tê-la mandado para cá... de que ele pode tê-la *trazido* pessoalmente...

Um xingamento sobe minha garganta, mas eu o contenho. Se Caelan é o motivo de Shura estar na Guerra, sua expressão não revela nada. A única coisa que ele oferece é um olhar frio e vazio para o abismo onde estamos.

Shura se aproxima. Ela já pegou uma das armas espalhadas pela arena: um punhal, ainda coberto de sangue fresco.

Levanto as mãos.

— Você não precisa fazer isso — digo rapidamente. — Não vou lutar com você.

Ela rosna, girando a lâmina, mas eu desvio para o lado.

— Shura, por favor — insisto, tentando manter a voz baixa. — Sou *eu*.

Mas ou ela não acredita em mim, ou não se importa, porque ataca outra vez, e eu salto para fora do caminho pouco antes do punhal conseguir acertar minha perna.

A multidão solta um clamor de insatisfação. Eles querem um espetáculo, e eu estou atrapalhando.

Ótimo, minha mente sibila para os Residentes. Se eles querem um espetáculo, eles podem descer aqui e eu terei prazer em lhes mostrar. Pouso os olhos em Caelan por apenas um momento — ele está falando com Ettore, o tédio estampado no rosto.

Isso me enche de fúria. Ele tratava Shura como uma amiga. Como uma irmã. E agora tem a audácia de ficar ali e não sentir nada? De sequer assistir enquanto ela luta pela própria vida?

Não me importa se ele me deixou fugir. Para esse tipo de crueldade não há perdão.

Shura tenta acertar minha cabeça com o punhal, mas eu me agacho antes de girar para trás dela num movimento fluido, usando os braços para imobilizá-la.

— É isso que eles querem — grunho no ouvido dela. — Não podemos deixar eles ganharem. Não podemos jogar os joguinhos deles.

Ela joga a parte de trás da cabeça no meu rosto, tirando sangue.

Enterro os calcanhares na areia para manter o equilíbrio. Ela arruinou o meu nariz, mas ignoro a dor, mesmo sentindo o sangue escorrer sobre os lábios.

Shura se vira para me encarar, o cabelo rosa sobre as têmporas, e aponta a espada para o meu coração como se estivesse pronta para atacar.

Eu me preparo e, quando ela avança, salto no ar, girando o corpo para o lado enquanto pego o cabo de sua arma. Quando meus pés se conectam com a terra, jogo Shura por cima do ombro e a arremesso para o chão.

Dou um passo para trás com o punhal firme na mão. Ela se engasga, ofegante, e ergue os olhos para mim e para a antiga lâmina, desconcertada.

O entusiasmo do público aumenta, enquanto o desgosto toma conta de mim. E, como nunca fui do tipo que pensa antes de agir, jogo o punhal no Abismo de Fogo.

A arena estremece em vaias, mas meus olhos estão grudados em Shura e sua expressão perplexa.

— O que você está fazendo? — ela sibila, furiosa. — Você sabe o que acontece se nós não lutarmos.

— Não vou machucar você — respondo. Antes que eu possa dizer qualquer outra coisa, ela passa a perna pelos meus pés, me derrubando.

Quando volto a ficar de pé, ela já arranjou outra arma na terra, desta vez uma pequena e fina. E então Shura desaparece.

Levo um instante longo demais para perceber o que ela fez, e só me lembro de sair do lugar quando a lâmina rasga a lateral do meu corpo. Grito, apalpando a ferida, e me viro para encontrar um espaço vazio.

Pulo para trás por impulso e sinto o arranque de seu ataque a centímetros de distância.

Shura sempre foi a melhor ocultadora da Colônia, mas eu tive tempo para praticar. E agora eu sei que a habilidade de conjurar um véu não é apenas física.

Aguço os ouvidos à procura da vibração da mente de Shura, escutando sua aproximação. Desvio para a esquerda, bloqueio seu braço com o meu e desvio de todos os seus ataques. Ela é implacável, me empurrando para trás na direção do fogo sem misericórdia.

Mas não vou machucar minha amiga.

Não vou fazer parte desses jogos.

Shura grunhe de frustração, sem entender como consigo evitá-la, e desfaz o véu. Ela corre na minha direção com a faca, e percebo que estamos chegando perto demais do Abismo de Fogo. Eu a agarro, empurrando seu corpo para fora do caminho, e me ponho de pé aos tropeços, de mãos erguidas porque ainda estou desesperada demais para fazê-la parar.

Mas Shura não se levanta.

Olho para baixo, horrorizada ao ver o sangue saindo da barriga dela e a faca enterrada em sua carne.

Estrelas, o que eu fiz?

— E-eu não queria... — gaguejo, mas não consigo encontrar as palavras. Não consigo nem ouvir meus próprios pensamentos, porque o público está vibrando alto, enlouquecido.

Eu me jogo para o lado dela, retirando a lâmina e levando a mão à ferida.

— Shura, você precisa curar isso. Você precisa se levantar.

Meus olhos varrem a arena. Ettore já está de pé, os braços abertos para a multidão como se estivesse encorajando a diversão.

Shura cospe sangue, me encarando de um jeito estranho.

— Você sabe o meu nome.

Antes que eu possa explicar, a voz de Ettore ressoa pela areia.

— E agora nossa vencedora pode reivindicar seu prêmio.

Levo três segundos inteiros até perceber que ele está olhando diretamente para mim.

Meu rosto se fecha, estou furiosa, mas também completamente confusa.

— Você precisa me jogar no Abismo de Fogo — Shura consegue dizer, ofegante. — Você precisa, ou ele vai jogar nós duas e nunca vai nos deixar sair.

— Não — digo, baixo demais para qualquer um ouvir. Então devolvo o olhar de Ettore com toda a hostilidade que consigo reunir. — Não vou. — Dessa vez, minha voz chega até ele.

Ettore não se move, mas as chamas ao longo de suas facas se intensificam.

Caelan alterna o olhar entre Shura e eu, a mandíbula tensa.

— Como ousa desafiar seu príncipe? — Ettore vocifera num tom ameaçador. Um tom dirigido unicamente a mim.

— Não vou ser uma peça dos seus joguinhos — respondo. — E você não é meu príncipe.

Ettore lambe os dentes como se estivesse aceitando o desafio.

— Muito bem.

E, com um movimento do punho, Shura é jogada pelo ar na direção do Abismo de Fogo.

Grito o nome dela, e meus pés explodem sobre a areia com uma velocidade inumana. Seus olhos cinzentos brilham conforme ela se aproxima das chamas, mas eu salto, agarrando-a pelas mãos e arremessando-a com uma superforça para fora do Abismo de Fogo — e então caio trinta metros em meio às chamas.

21

O fogo corta minha pele, chamuscando minhas roupas e queimando minha carne. É mais doloroso do que qualquer coisa que eu já imaginei, mas, quando atinjo a grade de ferro quente feito brasa bem no fundo, algo pior do que dor explode pelo meu corpo.

Sou dilacerada, várias e várias vezes. Um tormento infinito do qual não consigo escapar. As chamas me devoram, não importa quantas vezes eu reconstrua minha pele.

Ouço gritos por perto. Gritos humanos.

Aqueles lançados no Abismo de Fogo antes de mim.

Eu me arrasto na direção do som, o ferro torrando minha pele a cada movimento, e meus dedos encontram o crânio do humano ainda em agonia. Não consigo enxergar nada em meio às chamas. Não sinto cheiro nenhum além do de carne queimada.

Nas minhas mãos, porém, o crânio se desfaz em cinzas. Pressiono a mão em chamas na grade, percebendo que é isso que vai acontecer comigo quando tudo tiver terminado. Cinzas no chão que serão varridas até os fragmentos da minha consciência se reunirem, quando serei forçada a lutar de novo.

Não posso...

Não posso...

Não se entregue, minha mente ordena. *Você não pode decepcioná-los de novo. Você precisa seguir em frente.*

Não sei quanto tempo levo para separar minha dor da noção do que eu preciso fazer, mas, de alguma forma, encontro forças para me mover outra vez. Para encontrar a *parede*.

Não para me salvar, mas porque ainda preciso salvar os outros.

Meus dedos em carne viva se enterram nas fissuras da pedra. Com uma mão de cada vez, escalo até a superfície, os dentes cerrados para conter a dor implacável. Preciso chegar até Shura. Preciso voltar para o Gênesis. Preciso estar presente por Mei. É a razão pela qual sobrevivi à Vitória e cheguei tão longe.

Não sei o que Caelan planejava para mim, mas isso não importa. Porque apesar da culpa, da raiva e da necessidade de deter Ophelia, eu sei que recebi uma chance. Não apenas de salvar as pessoas que amo, mas de fazer a diferença.

Se o Infinito é um inferno, eu só preciso encontrar um jeito diferente de queimar.

Um passo de cada vez. Um movimento de cada vez. Um fôlego de cada vez.

O fogo não vai me deter — não quando minha alma já é movida por ele. Vou seguir em frente. E não vou parar até que todos os humanos neste mundo estejam *seguros*.

Ergo o corpo, cada vez mais alto, até a luz das chamas se tornar a luz do sol, e, quando minhas palmas chamuscadas tocam a areia dourada e o som ecoa pela montanha, eu percebo que o público está completamente mudo.

Eu me arrasto de quatro, sentindo a rocha se enterrar furiosamente na horrível carne rosa e preta, quase sem roupas ou armadura restantes para me proteger. A maior parte delas foi queimada com o resto da minha pele. Encontro os olhos de Shura, que me observa com absoluta perplexidade. Atrás dela, os humanos na jaula estão agarrando as barras, não mais acovardados.

Eu me concentro na minha consciência, procurando-a como uma velha amiga. Enterro os dedos na areia, tentando puxar algo que eu possa usar. Algo para recriar. E entrego cada fração de poder para minha própria mente.

A energia ondula para fora do meu corpo.

Uma areia dourada contorna meus braços e pernas, envolvendo cada centímetro do meu corpo. Minha pele se regenera, aos pouquinhos, e uma explosão de pixels se projeta ao meu redor conforme a areia se metamorfoseia em roupas. Uma túnica dourada e encapuzada, braçadeiras de metal sobre os braços e botas pretas feitas para uma assassina.

Nas laterais do corpo, minhas facas antes ocultas reaparecem.

Eu me levanto, erguendo o rosto para Ettore e Caelan. Meu *verdadeiro* rosto.

E, quando os dois estremecem, eu permaneço impassível.

22

Os olhos prateados de Caelan estão fixos em mim com uma dureza que nunca vi antes. Há quilômetros de diferença entre os dele e os de Ettore, que me observa como se não quisesse nada além de me esmagar e se divertir enquanto faz isso.

Mas antes que eu consiga pensar no meu próximo movimento, há uma explosão do lado de fora da arena. Guardas tomam os céus em alerta imediato, e por um momento os dois príncipes observam a fumaça.

É tudo que eu preciso.

Eu me oculto sob um véu e puxo Shura para dentro dele comigo, correndo para o lado dela e apanhando-a pelo ombro.

— Nami, você... — ela diz, espantada, os lábios trêmulos.

— Agora não — interrompo. — Precisamos sair daqui.

Quando olho para a jaula de humanos, eles já estão sendo levados para o elevador, de volta para o interior da montanha, onde ficarão trancafiados em suas celas até o próximo espetáculo.

Quero ajudá-los. Preciso fazer *alguma coisa*. Mas, agora, Shura está ferida. Se eu não for rápida, nunca sairemos daqui.

Corremos na direção de uma das passagens próximas. É difícil ocultar os pensamentos de Shura junto com os meus, mas consigo sentir que ela está usando os resquícios da própria energia para ajudar. Quando chegamos à porta, percebo que ela tem os mesmos painéis que as subterrâneas, ativados pelas manoplas dos guardas.

Eu me viro para os humanos que estão sendo empurrados para dentro do elevador.

Não entra em pânico, tento preparar Shura mentalmente, *eu tive uma ideia.*

O pânico dela só aumenta, mas já estou concentrada demais em tentar cobrir a distância entre nós e a jaula.

Quando começamos a nos dirigir para o elevador, lanço um jato de energia na direção da porta atrás de nós, acertando areia e pedras. Imediatamente guardas correm até a área, presumindo que estou escondida por perto, bem quando Shura e eu subimos no elevador.

Ela fica tensa, e eu aperto o véu ao nosso redor, tentando acalmá-la.

Quando as portas se abrem, guardas agarram os humanos com movimentos agressivos, fechando algemas ao redor de suas mãos, um a um, e empurrando-os de volta pelo túnel. Em meio ao caos de corpos e resistência, conduzo Shura até um ponto relativamente seguro no outro lado da multidão. Rapidamente abrimos caminho até o pavilhão de celas e subimos as escadas, nos dirigindo para a passagem por onde entrei. Porém, quando chegamos à entrada, olho por cima do gradil e vejo humanos sendo enfiados de novo nas celas. Sou tomada pela culpa.

Deixá-los aqui... não é certo.

Basta um olhar para Shura e ela assente, compreensiva, mesmo enquanto mantenho nosso véu. Eu a ponho no chão com cuidado e olho pelo parapeito. Residentes estão empurrando humanos para dentro das celas; na sala de controle, um guarda aciona as jaulas vermelhas.

Depois de um olhar de confirmação da torre, os outros correm de volta para os túneis em busca da principal ameaça.

Que pena: eles não sabem que estou bem aqui.

Corro até a última guarda restante, entrando na sala de vidro sem fazer nenhum som. A Residente está ocupada vigiando os controles. Meus pensamentos serpenteiam até ela, mas a guarda não sente minha presença — não como Caelan sentiu quando sabia exatamente o que procurar. E, quando a vejo no vazio, cheia de concentração e ódio, conjuro água, silenciosa e poderosa, e encho sua mente até a borda.

A guarda recua aos tropeços, se engasgando — *se afogando*. Agarro minha adaga de obsidiana, seguro sua manopla com força e esmurro seu pulso com a lâmina, quebrando o osso. Embora seus olhos estejam arregalados e desesperados, ela não consegue falar com tanta água invisível nos pulmões.

Segurando sua manopla sobre os controles, abro o holograma e arrasto o dedo sobre as telas até encontrar os controles para cada cela na sala.

Destravo todas elas.

Os raios vermelhos se desintegram e, a princípio, os humanos não se movem, temendo ser uma espécie de armadilha. Corro até a frente da parede de vidro, ergo meu véu e encaro o pavilhão.

— Vou tirar vocês daqui, mas vocês precisam ficar juntos. E, aconteça o que for, não cheguem perto dos guardas — digo, já atravessando a passarela em direção a Shura.

Ajudo minha amiga a ficar de pé, olhando por cima do ombro enquanto os prisioneiros humanos se reúnem atrás de mim. Com um aceno de cabeça, conjuro um véu fraco sobre o grupo. É a única coisa que consigo fazer.

Virando um corredor, guardas ainda estão correndo rumo à superfície. Seja lá qual foi a distração que a rebelião criou, deve ter sido grande. Espero até que todos passem antes de avançar pelo interior do labirinto.

Estou percorrendo os corredores com os olhos, tentando me lembrar do caminho pelo qual vim, quando percebo que vai ser impossível sair da Cidade Vermelha. Mesmo desconsiderando o fato de que nunca ocultei tantas pessoas na vida, Shura está ferida demais, deixando um rastro de sangue para trás. Na escuridão, o líquido fica escondido, mas e na luz do dia?

Estaríamos deixando migalhas de pão a cáda passo do caminho.

Com um braço ao redor de Shura, entro num espaço vazio nas cavernas. Os outros humanos logo fazem o mesmo, observando a entrada com expressões amedrontadas.

— Estou atrasando vocês. — A voz de Shura falha. — Me deixem. Saiam daqui enquanto ainda conseguem.

— Me dá *um pouco* de crédito — retruco, fitando seu abdômen ensanguentado. — Ainda tenho umas ideias. — Examino as paredes ao meu redor. *Estrelas, espero que isso funcione.*

Estendo os braços com a mente, procurando por ondulações no mundo.

Um eco.

Zahrah disse que os humanos começaram a construir túneis por volta da época da Primeira Guerra. E, se o Príncipe Ettore realmente construiu seu palácio sobre o primeiro campo de batalha...

Talvez alguns daqueles túneis ainda estejam aqui.

Uma vibração oca retorna meu chamado, muito além da parede rochosa. Não é exatamente perto, mas está lá. E, se conseguirmos chegar àqueles túneis, poderemos atravessar os cânions. Retornar ao Gênesis.

Respiro fundo e foco as mãos na frente da parede, expandindo meu véu até onde consigo para esconder o que estou fazendo. Energia cresce nas minhas palmas e eu a lanço na direção da rocha, num movimento direto e ágil, mirando no próximo túnel.

Não é o suficiente. Tento outra vez, recuando quando fissuras aparecem na parede e o poder corrói tudo que me resta.

Me ajuda, digo para o vazio, a voz engasgada. *Por favor.*

Minha testa se enche de suor. Faço força sob o poder, cada vez mais fraca.

Já usei tanto. Tanto...

Então eu sinto... o quebrar da pedra através da parede, vindo me encontrar. A rocha cede, deixando em seu lugar um buraco ainda desmoronando. Espio dentro dele.

Muito, muito longe, vejo o contorno de outro túnel.

Eu me viro para os humanos.

— Vão. O mais rápido que puderem. Esses túneis atravessam o cânion, mas não faço ideia de quanto tempo vai demorar até os Residentes perceberem onde estamos.

Compreendendo tudo, os humanos começam a se mover, mas eu paro uma pessoa que está na frente. Uma mulher alta e desengonçada com cabelos ralos e amarelos. Estendo a mão decepada da guarda e preencho a palma enluvada com uma esfera sutil de luz branca.

— Quando for seguro, isso deve abrir as algemas — digo, passando a manopla para a humana. Ela franze o cenho, mas pega o mecanismo mesmo assim, ignorando o osso quebrado que se projeta para fora dele.

Quando o último humano atravessa o túnel, ajudo Shura a ficar de pé e a conduzo para dentro. Ela reprime um gemido, apoiando-se em mim. Estamos quase chegando ao túnel seguinte quando ouço a voz dele.

— Nami. — A voz de Caelan ecoa na minha direção.

Enrijeço, olhando para trás. Ele está parado na entrada quebrada e irregular que eu fiz. Sozinho.

Já imaginei muitas vezes como seria encará-lo outra vez, em pessoa. Mas nada poderia ter me preparado para a raiva visceral que percorre minha corrente sanguínea.

Quero atacar. Quero fazê-lo pagar pelo que fez com a Colônia. Pelo que fez com as pessoas que acreditavam amá-lo.

Pelo que ele fez comigo.

O pensamento me causa um aperto no peito. Mas a fúria *dele*? Não está em lugar algum. Em vez disso, ele parece quase...

A respiração enfraquecida de Shura me faz voltar à realidade e sacudo a cabeça, afastando a confusão. Não há tempo para analisar as motivações de Caelan — e, não importa o quanto ele pareça rígido e atordoado, sei que não devo confiar nele.

Encaro sua figura imóvel e estendo a mão. Uma energia visceral explode da minha palma e atinge o teto com um rasgo estrondoso.

Corro com Shura escuridão adentro, bem quando o túnel atrás de nós cede.

23

Depois de quilômetros de caminhada pelos túneis, chegamos ao cânion.

Levo um tempo para entender nossa localização e rapidamente procuro por um terreno mais alto. Os humanos finalmente se livraram das algemas, e por acaso temos alguns ocultadores em nosso grupo. É exatamente a ajuda de que preciso, porque estou fraca demais para fazer qualquer coisa. Acho que os únicos motivos de eu conseguir ficar de pé são a adrenalina e a teimosia pura.

As muralhas de granito da Cidade Vermelha encolhem a distância, mas as Legiões continuam a sobrevoar a área feito uma nuvem negra. Eu me viro para os humanos e explico que precisamos seguir rumo ao norte.

Caminhamos por horas. O medo deles é como uma densa pomada sobre o meu coração, me sufocando. Se os Residentes não estivessem tão preocupados com o que aconteceu na arena, talvez já tivessem nos encontrado.

Eles deveriam *ter nos encontrado. Caelan viu vocês no túnel, ele deveria ter conseguido imaginar para onde vocês estavam indo.*

Pela segunda vez, o Príncipe da Vitória me deixou ir embora.

Não tenho dúvidas de que ele ficou surpreso ao me ver na arena. Nem mesmo as melhores de suas mentiras não seriam capazes de mascarar o choque. Mas me seguir até o túnel e me ver conduzir os humanos a um lugar seguro sem sequer chamar os guardas?

É possível que ele não queira que Ettore me capture por causa do que eu sei. Talvez ele tenha medo de que eu conte ao irmão a verdade sobre a sala do trono. Será que existem consequências para quem trai o próprio povo? Ou será que sua traição seria perdoada se o único motivo para me deixar partir foi adiantar seus planos?

Eu pensava que a Vitória era um labirinto, mas talvez a corte de Caelan fosse apenas uma pequena parte de uma armadilha maior.

A cada passo, sinto que estou cada vez mais perto de sua arapuca. Mas qual é a alternativa? Neste exato momento, há pessoas que contam comigo para chegar a um lugar seguro.

Seja lá qual for o objetivo de Caelan... vou ter que lidar com ele depois.

Quando o rosto de Eliza aparece no horizonte, acompanhado de um grupo de humanos do Gênesis, quase caio de joelhos. Shura enrijece nos meus braços, e eu sei que ela a viu. Pela expressão no rosto choroso de Eliza, ela também já nos viu.

Reunimos nossos grupos, e Shura desaba nos braços de Eliza. Seus soluços são abafados, as duas se abraçam com força como se estivessem com medo de se separarem.

Eu abraçaria a minha família do mesmo jeito se eles estivessem aqui.

Uma lágrima escorre pela minha bochecha e eu a enxugo.

Zahrah para ao meu lado, empunhando o machado de guerra.

— Só uma pessoa, né? — ela me diz, repetindo minhas palavras.

Pisco para tirar o ardor de sal dos olhos, curvando a boca num sorriso acanhado.

— Só umas a mais.

O riso de Zahrah dança pela areia e ela dá um tapinha no meu ombro, apontando para as colinas.

— Vamos levar vocês de volta para o Gênesis. Você está um lixo.

***

Durmo por dias sem acordar, mas, mesmo quando minha força retorna, não me sinto completamente eu mesma. É bem possível que a maior parte da minha inquietação tenha a ver com o príncipe de olhos prateados. Seja desperta ou adormecida. Ele me assombra não importa o que eu faça, como um espírito indefinível.

Às vezes eu me pego à espera nas fronteiras da minha mente, me preparando para a frieza invernal da consciência dele. Não que eu *queira* que ele me contate outra vez. O que raios eu diria se ele fizesse isso? "Obrigada por me deixar fugir"? "Odeio você por ficar assistindo enquanto Shura quase foi jogada no Abismo de Fogo"?

É mais fácil desprezá-lo de longe, quando ele não está bagunçando tudo ao agir como se houvesse mais coisa envolvida em sua história. Mas o mistério, as perguntas não respondidas... tudo isso me perturba.

Ele me perturba.

É impossível tirar Caelan dos meus pensamentos, mas talvez minha presença na Guerra esteja fazendo o mesmo com ele. Talvez eu esteja entrando no caminho e arruinando seus planos. Com sorte, sou a distração perfeita para mantê-lo longe de seu lugar na Capital.

Não custa nada sonhar.

Shura puxa o tecido bege da tenda, enfiando a cabeça pela abertura.

— Desculpa — ela diz com um sorriso frágil. — Você estava dormindo?

Eu me sento, colocando o cabelo atrás das orelhas.

— Estou bem. Só preciso de uns minutinhos.

Embora pareça não acreditar em mim, Shura entra na tenda. Seu cabelo rosa está dividido em duas tranças, a cor ainda mais desbotada do que eu me lembro, mas limpo. Ela está usando calças soltas de algodão e uma regata marrom. Um traje adequado para a paisagem do deserto.

Sentando-se ao meu lado, ela corre um dedo pelo tapete colorido.

— Desculpa não termos tido um momento sozinhas. Tem sido...

— Não precisa pedir desculpas. Você reencontrou uma das suas mães depois de muito tempo. Não julgo nenhuma de vocês por não quererem sair uma do lado da outra. — Eu faria o mesmo se meus pais e Mei estivessem aqui.

Eu seria capaz de nunca mais deixá-los fora de vista de novo.

— Eliza me disse que você veio para a Guerra por nós. Pela Colônia. — Os olhos cinzentos de Shura se demoram sobre os meus. — Obrigada, Nami. E-eu sei que nosso objetivo não é fazer missões de resgate. Uma vez perdido, para sempre perdido e tudo mais.

— Essas nunca foram as minhas regras — observo.

Shura assente.

— É. Eu lembro. — Ela engole em seco. — Depois que a Colônia foi atacada, fomos todos levados para a Fortaleza de Inverno. Quando você e Gil não apareceram, nós presumimos o pior, que talvez vocês tivessem sido levados para a Guerra, ou para a Morte.

Meu rosto se fecha.

— Gil?

— É, pois é. Ele saiu pouco depois de você. Disse que queria ficar por perto caso tudo desse errado. — Ela passa os braços ao redor do corpo. — Deve ter sido uma coisa de sexto sentido ou algo assim.

— Algo do tipo — digo, seca.

A Colônia ainda não sabe o que Gil fez? *Quem* ele era?

Todo aquele tempo na Fortaleza de Inverno e Caelan não sentiu vontade de se gabar? E por que se dar ao trabalho de manter os prisioneiros na própria corte quando queria tanto se livrar de vez da Vitória?

Não entendo as escolhas dele. Não entendo o que ele ainda *quer*.

Shura não desvia o olhar.

— O que é que você não está me contando?

Ela merece saber, e merece ouvir tudo de mim. Antes que alguém do Gênesis conte.

Abro a boca, mas Ozias aparece na entrada da tenda.

AS GUERRAS DE GÊNESIS **193**

Ele acena com a cabeça, concentrando a atenção inteiramente em mim.

— Sei que você anda descansando, mas quero lhe dizer pessoalmente o quanto fiquei impressionado. Você salvou quase três dezenas de pessoas do Abismo de Fogo. — Seus olhos brilham. — Isso não vai passar despercebido por mim *ou* pelos Residentes. — A mensagem é bem clara.

Nós não apenas cutucamos o urso, nós jogamos uma granada nele.

— Eu não podia deixá-los para trás. — Não há meias desculpas na minha voz. Não como haveria se eu ainda estivesse na Colônia, questionando cada escolha que fizesse.

Sei o que preciso fazer agora.

Ozias leva as mãos às costas. A maior parte de sua armadura de ossos está à mostra, mas não há emblema à vista. Kasia passou vidas sem seu clã, mas eles nunca deixaram de ser seu povo. Sua família.

Ozias deixou o Clã dos Ossos no passado. Talvez porque não precisasse dele — agora tem um novo exército e um novo trono.

Ele ergue o queixo.

— Um dos novatos disse que você criou um túnel.

Rumino meus pensamentos. É estranho levar o crédito por algo que eu sei que não fiz totalmente sozinha. Eu pedi ajuda — ergui as mãos como quem faz uma prece. E algo respondeu.

Ou alguém.

Não sei como explicar isso a Ozias, então não explico.

— Era o único jeito de tirar todo o mundo de lá.

— Foi uma ideia inteligente conectar os túneis. Sem falar de escalar o Abismo de Fogo. — Ele faz uma pausa. — Não sabia que você tinha esse tipo de força.

— Foi só a onda de adrenalina.

— Você é modesta demais — ele observa, mas o comentário não soa como um elogio. Não gosto da forma como ele está me olhando, como se estivesse examinando o meu valor. Pensando se deve ou não me acrescentar à sua coleção.

Pensando se algum dia vai me deixar partir.

— Sério — insisto. — Se os outros não tivessem criado uma distração, eu teria ficado presa. E alguns dos humanos nas celas eram treinados. Tivemos sorte.

Shura me observa com curiosidade. Eu tinha me esquecido de como ela é boa em ler as pessoas.

— Mas você conseguiu escapar sem ser vista e trouxe muitos humanos a um lugar seguro. — Ele oferece um sorriso. — Nós merecemos uma noite de celebração. Temos pouquíssimas noites assim.

Faço que sim, mordendo a língua enquanto evito o olhar de Shura. Ela sabe que não escapamos sem sermos vistos. Ela viu Caelan, ouviu ele dizer meu nome.

Talvez ela não tenha tido a oportunidade de contar aos outros o que viu no túnel.

Ou talvez esteja esperando para me perguntar o que aquilo significa.

Ozias aponta para o mundo lá fora.

— Alguns dos recém-chegados estão com dificuldades para curar seus ferimentos. Pensei que você poderia falar com eles, oferecer algumas palavras de conforto.

— Ah. — Eu coro. — Não sou muito boa nesse tipo de coisa. Não saberia o que dizer.

Os olhos de Ozias cintilam com poder. Um efeito colateral de sua posição, talvez.

— Você acabou de salvar as vidas deles, dar-lhes a liberdade. Muitos vão querer te agradecer. Numa rebelião, é imprescindível ter pessoas que inspiram os outros. Sua voz pode ser a razão de lutarem.

Fico inquieta sob seu escrutínio. Não vim para cá para ser a garota-propaganda da guerra de alguém. Não do jeito que ele espera. Quero que as pessoas lutem para tornar o Infinito seguro. Ele quer que as pessoas lutem porque deseja um castelo e uma corte como prêmios.

Não somos iguais.

Fui obrigada a interpretar um papel uma vez e me arrependo de cada parte disso. Se for para usar outra máscara, vai ser uma decisão *minha*.

Mas se Ozias suspeitar que escondi parte da minha história, ele pode começar a ir atrás de respostas. Respostas que não estou pronta para lhe dar, sobre meu relacionamento com Caelan e com Ophelia.

E ainda há as Terras da Fronteira para proteger.

Talvez seja melhor dar isso a ele, só para fazê-lo parar de olhar para mim desse jeito.

— Certo — digo. — Vou sair em um minuto.

— Maravilha. — Ele une as mãos, jogando a cabeça para trás como se estivesse absorvendo as boas notícias. — Você fez a escolha certa.

A escolha certa ou a única escolha?

Um cheiro de ameaça paira no ar. Quando Ozias se retira, o cheiro segue com ele.

A boca de Shura já está aberta como se ela estivesse desesperada para me encher de perguntas. Como se soubesse que precisa ser rápida.

Mas não tenho respostas para ela. Não agora, quando minha cabeça está a mil e eu ainda estou tão cansada.

Agito a mão no ar e me levanto.

— Preciso ir. Podemos conversar mais tarde?

Ela deixa os ombros caírem.

— Claro, tudo bem.

Ela também se levanta e me segue para fora da tenda.

Quando pisamos no deserto, seguimos caminhos separados.

O fogo crepita a distância. Não é a fogueira que alguns dos outros queriam, mas é a quantidade certa de luz para que os postes de véu consigam cobrir com segurança. Humanos dançam aos montes ao redor dela, alguns em grupos, outros em pares.

Diego chega com mais frutas no espeto, colhidas dos jardins muito limitados que o Gênesis consegue cultivar perto das cavernas. Comida não é mais essencial, mas fomenta a cultura e semeia alegria.

Talvez por isso seja importante manter alimentos por perto.

As pessoas pegam os espetos, e Diego desaparece atrás das tendas para buscar mais comida.

Distante do grupo, Zahrah afia uma lança enquanto observa a festa com desprezo. Uma mulher se aproxima dançando, girando as mãos como se estivesse convidando Zahrah a se juntar a ela. Com um movimento fluido e cuidadoso, Zahrah mira a lança no esterno da mulher. Em pânico, a mulher quase tropeça na terra ao recuar.

Não consigo conter o riso.

Dayo aparece ao lado da irmã e se senta. As palavras que trocam, sejam lá quais forem, são breves, mas foram o bastante para mudar o humor de Zahrah. Ela cutuca Dayo com o ombro. Em resposta, Dayo repousa a cabeça no ombro de Zahrah.

Não estou mais rindo. Não estou nem sorrindo.

Estou pensando em como queria estar fazendo o mesmo com Mei.

— Não está a fim de dançar? — Shura pergunta, sentando-se ao pé da colina.

Depois que terminei de rodar o acampamento e ouvir agradecimentos repetidas vezes, encontrei um lugar acima das cavernas, na esperança de ter alguns minutos sozinha.

Mas, de alguma forma, os minutos se transformaram em horas.

Chuto um seixo com a bota, e a pedrinha rola a encosta íngreme.

— Vou dançar quando esta guerra tiver terminado.

—Ah. — Um segundo se passa. — Pensei que talvez seu humor tivesse algo a ver com a última vez que fizemos você ir a um baile.

A ideia de um salão de baile faz meu estômago revirar.

— Sei que você tem perguntas. Pode falar.

— O que aconteceu naquela noite? Na Noite da Estrela Cadente? — Shura inclina a cabeça. — E por que Gil não está com você?

E, como simplesmente não quero mais carregar esse segredo, conto tudo para ela.

Tudo, exceto como tenho conseguido me comunicar com Caelan e Ophelia. Porque há coisas que mesmo Shura não entenderia.

Quando termino de falar, encontro apenas silêncio. Shura parece ter entrado num leve estado de choque, mas, quando as lágrimas começam a cair, percebo que ela está devastada.

— N-não acredito que ele fez isso com a gente. Com *você*. — Ela sacode a cabeça sem parar. — Era tudo mentira, desde o começo.

— Gil... Caelan... Ele sempre foi um monstro. — Enrijeço. — Mas pelo menos agora sabemos qual é o verdadeiro rosto do inimigo. — O rosto de um amigo. O rosto de alguém que me fez acreditar que se importava.

O rosto de alguém que ainda *está fingindo se importar.*

A forma como Caelan disse meu nome é um eco constante. Não sei dizer se era veneno ou veludo — e isso é parte do problema. Depois de todo esse tempo, ainda vejo camadas dele que provavelmente nem existem.

Fecho os olhos, torcendo para o pensamento se encerrar na escuridão.

— Ele te deixou escapar da Vitória — Shura diz com cuidado. — E, no túnel, ele não nos impediu. Por quê?

— Talvez seja só mais um dos joguinhos dele. Ou talvez ele ainda esteja observando para descobrir o que nós vamos fazer para nos salvar. De qualquer jeito, ele te mandou para a Guerra. Ele deixou bem claro de que lado está — digo, mas não sei qual de nós duas mais precisa se convencer.

Shura franze o cenho.

— Caelan não me mandou para lugar nenhum. Ele nos manteve na Fortaleza de Inverno, e mandou os guardas nos deixarem em paz. Nós ficamos esperando para ser torturados, mas ninguém nunca tocou na gente.

Não respondo. Não *entendo*.

Eles estavam na Vitória esse tempo todo?

Por que Caelan manteria prisioneiros numa corte que nunca quis?

— Mas... você estava presa na arena. — Sinto uma fisgada na garganta. — Você está *aqui*.

— Ahmet e eu conseguimos escapar. Não conseguimos libertar todo mundo, então Annika disse para irmos até a Guerra e encontrar a rebelião. — Shura pisca como se a memória lhe causasse dor. — Todos nós ouvimos os rumores quando estávamos espionando as reuniões do conselho. — Ela pausa. — Não que nada daquilo fosse real, eu suponho.

Tirando areia do joelho, cerro os dentes.

— A *rebelião* era real. E fico feliz de ela ter me levado até você. — Meus dedos enrijecem, e retraio a mão abruptamente. — Espera… Ahmet também está aqui?

O olhar de Shura esmorece.

— Nós conseguimos chegar ao Labirinto, mas uma das paisagens se transformou num mar violento. Tentamos voltar para buscar uma paisagem diferente, mas fomos separados. — Seus ombros afundam. — Fui capturada pouco depois de cruzar a fronteira. Mas não vejo Ahmet desde aquele dia na água.

O pânico se aninha no meu peito. Só de pensar nele preso naquela paisagem, se afogando repetidas vezes.

Se ele ainda está preso no Labirinto, espero que ao menos não esteja debaixo da correnteza.

E Caelan…

Não sei por que ele manteve a Colônia na Fortaleza de Inverno, mas isso está longe de ser um motivo para confiar nele. Pelo contrário, é uma prova de que ele tem segundas intenções há meses. Quando se recusou a me contar onde estavam os outros, não era para me impedir de procurá-los — era para me impedir de olhar com atenção demais para *ele*.

Sem mencionar que ficou imóvel enquanto Shura lutava pela própria vida. Será que ele teria ficado para vê-la queimar também?

— Sei que você e o Gil se aproximaram. — Os olhos de Shura se suavizam. — E se você pensa que é por isso que ele continua te deixando escapar…

— Não é isso — interrompo, a voz firme. — Gil não passava de um personagem.

— Uma coisa é saber o que ele era, mas também temos que lembrar o que Caelan *não* é.

Estremeço na escuridão.

— Você quer dizer que ele não é humano.

Ela assente.

— E nunca será. Ele só é muito bom em fingir.

Ficamos sentadas em silêncio, observando o Gênesis celebrar no deserto. Há vida aqui, e também esperança.

Isso é digno de proteção. Mesmo quando o mundo à nossa volta queima.

— Então me conta mais sobre esse lugar para onde você foi, as Terras da Fronteira. — Shura ergue uma sobrancelha. — Foi lá que você aprendeu a ocultar tão bem?

Está escuro demais para ela ver o rubor nas minhas bochechas, mas conto a ela sobre Kasia e meu treinamento. Digo que existe sim um lugar a salvo dos Residentes, um abrigo, e um mapa nas estrelas. Conto o que aconteceu, e o motivo pelo qual parti, e que Ozias não quer que os outros saibam.

Conto a ela que as Terras da Fronteira ainda estão lá, aguardando por ela. Aguardando todos nós.

— As pessoas daqui merecem saber — Shura diz, séria. — Nem todo mundo foi feito para lutar. Não desse jeito. Não é… não é humano.

Não é humano.

O problema é que eu ainda não sei o que isso significa.

Mas eu vim para a Guerra esperando que a rebelião fosse me ajudar a encontrar meus amigos. O fato de que Shura está sentada ao meu lado, consciente, segura e sabendo o que aconteceu com os outros… Isso é digno de celebração.

Mesmo que eu não esteja interessada em dançar.

— Estou feliz por te ver. — Olho para Shura. — Senti saudades.

Shura derrama lágrimas que estava contendo havia muito tempo e passa os braços ao redor dos meus ombros.

— Também senti saudades. E sinceramente? Faz dias que estou querendo te contar isso, mas, quando vi você com aquela mão

cortada, fiquei apavorada. Você não parecia a Nami que eu lembrava. Mas eu sei que você ainda está aí dentro. E prometo que vamos
encontrar nossa família, tudo vai ficar bem.

Não digo nada por estar com muito medo de agourar tudo.

Porque quero *muito* acreditar que ela está certa.

24

Olho para os líderes da rebelião ao redor da ampla tenda, sempre com as armas guardadas às costas e aos quadris. Sempre prontos para a batalha. Sempre preparados para lutar.

Depois do que aconteceu no Abismo de Fogo, estão todos esperando uma retaliação da Cidade Vermelha. Ettore pode não ser humano, mas possui um ego mesmo assim. Só não sabemos quando e onde os Residentes vão atacar.

— Os destacamentos vão precisar de assistência — Diego argumenta. — Eles serão atacados primeiro, e não podemos perder mais conjuradores.

Ozias murmura, sério. Uma coleção de pequenos ossos pende de seu pescoço. É um novo acréscimo ao seu visual, claramente mais decorativo do que funcional.

O próprio conceito de colecionar troféus de guerra já me causa arrepios.

— Acho melhor não dispersarmos muito nossas tropas — Ozias declara. — A menos que tenhamos certeza de que um ataque é iminente.

Eliza inspira lentamente.

— Talvez devêssemos considerar uma relocação.

— Ettore não ataca o Gênesis há quase meio ciclo — Dayo diz. — Se ele nunca conseguiu nos encontrar antes, acho muito difícil isso mudar da noite para o dia.

— Nami libertou um pavilhão inteiro — Ichika argumenta. — Acho que nunca ameaçamos os Residentes dessa forma antes. Resistimos a eles, sim, mas invadir a Cidade Vermelha? — Ela balança a cabeça. — É diferente. A reação será *diferente*.

A culpa volta a percorrer meu corpo, embora eu venha me esforçando para sufocá-la.

O Gênesis está vulnerável por minha causa. Porque eu fui salvar Shura e fiz uma cena maior do que qualquer um de nós havia planejado.

Não me arrependo. Nem um pouquinho. Mas a culpa está lá, e ainda não descobri como ignorar essa parte.

Diego bufa.

— Seria um desperdício de recursos realocar o Gênesis preventivamente. E se a estratégia de retaliação de Ettore for simplesmente enviar mais Residentes para os campos de batalha? Seria melhor se agíssemos para repelir suas tropas. Levá-los para *longe* do acampamento em vez de arriscar que ele seja exposto.

O debate continua. Os líderes discutem os prós e contras de cada jogada potencial, mas não existe uma solução fácil. Não enquanto não soubermos o que Ettore está planejando exatamente.

Talvez Caelan saiba. Meus pensamentos fervilham.

Talvez ele ainda esteja na Cidade Vermelha. Por mais que eu ainda não confie em sua palavra, poderia tentar me infiltrar em sua mente outra vez usando um véu. Talvez eu possa conduzi-lo pelo palácio de Ettore da mesma forma que fiz quando precisei do mapa.

Não funcionou totalmente da última vez, já que ele sabia que eu estava lá. Mas talvez eu esteja mais forte agora. Talvez eu possa tentar de novo.

— O que você acha, Nami? — A voz de Zahrah me puxa de volta para o presente.

Pisco, encarando os rostos cheios de expectativa.

— E-eu… acho que vocês não precisam da minha opinião. Vocês todos entendem bem mais de planos de batalha do que eu.

— Vamos — Diego insiste. — Você é a única que já invadiu a Cidade Vermelha. É claro que queremos ouvir sua opinião.

Noto uma mudança sutil na postura de Ozias. Um *tremor*.

Ninguém mais nota a tensão, mas, quando eu falo, minhas palavras são contidas.

— Talvez o que a gente precise sejam informações melhores. Se alguém pudesse espionar as Legiões, talvez vocês consigam se preparar melhor. — *E, se não as Legiões, então talvez um príncipe.*

Cameron reage com um grunhido.

— Nenhum humano jamais conseguiria chegar tão perto assim dos planos de Ettore. Seria preciso entrar no palácio para ter esse tipo de informação.

— A menos que você esteja se voluntariando — Vince provoca antes de pausar para me encarar. — Espera… Você *está* se voluntariando?

Zahrah estreita os olhos, o rosto emoldurado pelos cabelos cacheados.

— Isso é impossível. Invadir a Cidade Vermelha é uma coisa, mas o palácio? — Ela faz um muxoxo. — É arriscado demais.

— Sem falar que não teríamos o elemento surpresa — Dayo observa. — Não depois que eles viram o que ela é capaz de fazer.

Diego ergue o queixo.

— Mas talvez possamos chegar perto do palácio com um pequeno grupo. E, com os véus da Nami, poderíamos ao menos sondar como as Legiões estão se preparando atrás dos muros. — Ele olha para mim, não para Ozias. — O que você acha?

As palavras de todos, e a forma como eles não param de me encarar… como se a minha opinião *importasse…*

Ozias dá um passo à frente, e a atenção sai de mim feito ar sendo extraído de um cômodo.

— Quando conseguirmos alguma informação, pode já ser tarde demais. Neste momento, nossa prioridade deve ser nosso povo. —

Ele olha para os outros, um de cada vez. — Não podemos enviar tropas para uma batalha se não soubermos onde ela acontecerá. Mas podemos fortalecer a guarda ao redor de nossas fronteiras e enviar soldados extras para os destacamentos. Assim podemos nos manter informados quando os Residentes agirem e proteger nossos irmãos mais vulneráveis.

Diego faz uma reverência.

— Informaremos a patrulha, Vossa Majestade. — Ele deixa a tenda, levando consigo o restante dos Primeiros Líderes.

Ficamos apenas Ozias e eu.

Levo um dedo ao cabo da adaga.

— Não era minha intenção minar sua autoridade.

— Não minou. — Ele mal se move. — Encorajo todos os meus Primeiros Líderes a se comunicarem abertamente. Uma mente não consegue crescer sem discussão e debate. A troca de perspectivas é uma dádiva.

— Mas eu não sou uma líder. — E não *quero* ser uma líder.

— Se as pessoas escolhem te seguir, não há muito que você possa fazer a respeito. — Seus lábios se curvam num sorriso que não parece natural. — Você se tornou uma parte importante da rebelião em um curto período.

A inferência incomoda meus ouvidos. O que ele quer dizer é que estou me tornando indispensável, não apenas importante.

E que isso nunca fez parte dos planos dele.

Gil deve ter lutado ao lado dele por anos, e mesmo assim Ozias o lançou aos Residentes para preservar sua guerra. O que ele fará se souber que o que eu realmente quero é levar todos os humanos para as Terras da Fronteira? Que conquistei a confiança dos Primeiros Líderes apenas para em algum momento insistir que *fujam*?

Não posso deixar que ele me veja como uma ameaça ou descubra a verdade. Não quando ainda preciso encontrar o restante da Colônia.

— A única coisa que eu quero é ajudar a manter todos a salvo — digo, torcendo para que isso seja o suficiente para provar minha lealdade. Não exatamente à causa de Ozias, mas ao seu povo.

AS GUERRAS DE GÊNESIS

O brilho em seus olhos cinzentos suga a cor dos meus.

— Os fortes sempre superarão os fracos. E acho que todos nós enxergamos a qual grupo você pertence.

A cada dia que passo aqui, mais útil eu me torno.

Uma ferramenta. Uma peça.

Uma arma.

Há muito tempo, eu tinha medo de deter poder. Mas poder nas mãos certas pode ser usado para o bem.

O que o Rei do Gênesis faria se tivesse todo o poder do Infinito?

Será que o mundo seria melhor? Ou será que seu coração sempre ansiaria pelo próximo campo de batalha?

Saio da tenda e faço uma curva na direção das cavernas. Quando encontro uma pequena gruta no fundo dos túneis e distante do ruído do Gênesis, eu me sento num canto, encostando a cabeça na superfície estranhamente fria da rocha, e me pergunto se entrar em contato com Caelan outra vez é uma possibilidade.

Ele pode não ter enviado Shura para o Abismo de Fogo, mas teve o maior prazer em vê-la queimar. E ele não fazia ideia de que era eu quem estava lutando nas areias, o que significa que ele não tinha nenhum motivo para fingir ser qualquer pessoa além de si mesmo.

Talvez aquele tenha sido o primeiro vislumbre real de Caelan que já tive.

Adentrar sua mente era para ser uma forma de conseguir informações. O problema é que nenhuma das minhas tentativas foi *verdadeiramente* bem-sucedida. Não importa o quanto eu me esforce, ele está sempre me esperando como se eu caísse como um patinho nas suas armadilhas.

Não importa que rosto você use. Eu sempre vou te reconhecer.

Estamos conectados demais. E talvez isso também seja minha culpa.

Mas os outros tinham razão: se o Príncipe da Guerra estiver mesmo planejando atacar a rebelião, alguém precisa descobrir onde, quando e como.

Ouço os passos familiares de Nix por perto.

— O retorno do filho pródigo — digo, erguendo uma sobrancelha. — Onde é que você esteve? Eu não te vejo há dias.

Em resposta, Nix sacode o corpo, como se estivesse se livrando da água em excesso. Sua pelagem de nuvens e estrelas se agita feito mágica.

Estendo a mão para ele, que roça a cabeça nela, arqueando as costas.

— Deve ser bom vagar pelas Quatro Cortes sem nenhum medo real — observo, afagando a parte de trás de suas orelhas do jeito que eu sei que ele gosta. Eu me pergunto se ele sente saudades de Kasia. Se ele já pensou em voltar para vê-la.

Talvez ele já tenha voltado.

E é então que me ocorre. Não preciso depender do inimigo para conseguir informações quando há um jeito muito mais conveniente de entrar na Cidade Vermelha.

Eu encaro Nix, baixando os olhos:

— Você por acaso é bom em escalar muros de pedra?

Ele pisca de volta. Uma confirmação silenciosa.

Fico de joelhos, tocando o chão à minha frente enquanto olho fixamente as profundezas dos olhos estrelados de Nix.

— Eu sei que Kasia disse que é fácil se apegar a boas memórias, mas… não me deixa cair, tá bom?

Nix agita a cauda atrás de si.

— Eu vejo o que você vê — sussurro, deixando minha mente flutuar na névoa antes de me assentar na existência de Nix.

Quando volto a abrir os olhos, estou vendo o mundo através dos olhos de um Diurno.

25

Corro pelo deserto dourado sob o manto do anoitecer. Minha consciência está dispersa demais para um véu, mas consegui enfraquecer o suficiente a luz na pelagem de Nix para me misturar à escuridão.

Posso ter assumido outra aparência, mas é mais seguro continuar fora de vista sempre que possível. Pode haver Residentes aqui que se lembram de Nix lutando na Primeira Guerra.

O Príncipe Ettore em particular.

Tomo o caminho mais longo ao redor da Cidade Vermelha, esquadrinhando a muralha à procura de uma forma de entrar. Diferente da porção norte, onde há guardas de tocaia no portão principal feito estátuas, na porção leste eles fazem a patrulha entre as torres de vigilância. Aqui, não há entradas onde eles devem manter o foco. Apenas areia, rochas e eu.

Quando as Legiões desaparecem dentro de uma das torres, atravesso o deserto em silêncio e começo a escalada. Vários minutos depois, os guardas reemergem, então espero eles passarem para poder me arrastar pela muralha com facilidade.

Permanecendo tão perto das sombras quanto consigo, salto para dentro de um pátio, seguindo as paredes e os caminhos ao redor das casas e da arena — que ainda vibra com gritos mesmo na escuridão, sinal de que os Residentes não levaram muito tempo para encontrar e trancafiar mais humanos —, e me dirijo para o palácio de Ettore.

Asas se agitam a distância, batendo contra o vento, e um grupo de Legiões ganha os céus. Há outras contornando a muralha, perigosamente armadas.

Estão se preparando para alguma coisa. Algo grande.

Evitando a entrada, escalo a encosta manchada de vermelho e me dirijo para uma das torres menores, onde as generosas janelas estão escuras como breu e não mostram sinais de uma multidão. Enfiando as garras nas pedras protuberantes, escalo.

Quando chego à janela aberta, eu me apoio no parapeito e deslizo para o interior da torre, agachada rente ao chão. Um quarto de visitas vago, presumo, com base na decoração modesta e na lareira sem chamas. Preciso de algumas tentativas para lidar com a maçaneta, mas depois de um tempo a trava cede e eu ganho o corredor escuro.

Perambulo pelo palácio, os passos silenciosos. Não sei se o lugar é sempre tão silencioso ou se a existência de uma arena infindável mantém a maior parte dos Residentes ocupada, mas continuo alerta, me escondendo em quartos vazios quando ouço passos se aproximando.

Desço uma escadaria em espiral rumo a um amplo corredor iluminado por tochas de ferro. Um carpete vermelho cobre a extensão do corredor. De cabeça baixa, passo por uma sala de jantar ainda atulhada de garrafas vazias e cálices cheios pela metade — um jantar interrompido, talvez — e decido que qualquer informação valiosa provavelmente estará guardada num gabinete ou numa sala de reuniões.

Porém, depois de uma exploração cuidadosa da torre seguinte, encontro algo ainda melhor.

A sala de guerra.

O centro é ocupado por uma enorme mesa circular, rodeada por cadeiras de um vermelho-escuro. As cores de Ettore adornam as paredes em tapeçarias e bandeiras. Um lustre de tochas pende do teto elevado, e um fogo voraz continua a queimar na lareira aberta por perto.

Eu me apoio nas patas traseiras, colocando as dianteiras na borda da mesa. A superfície é coberta por mapas e pergaminhos.

Há uma taça de vinho tombada, cujo líquido ainda escorre pelas fissuras da mesa, pingando no chão.

Alguém estava aqui, e não faz muito tempo que saiu.

Estudo os mapas e as estranhas marcações pintadas com… sangue? Vinho. Não sei dizer, e não quero saber. Há lugares desenhados na paisagem que nunca vi antes. Talvez sejam destacamentos, ou talvez sejam as antigas localizações do Gênesis. Mas, até onde posso ver, as tropas de Ettore não fazem ideia da localização atual do Gênesis.

Meu olhar recai sobre a enorme sacada, onde cada vez mais soldados ganham os céus, seus gritos aterrorizantes atravessando o luar.

A imagem me enche de pavor.

Eles devem estar planejando um ataque aéreo, e em breve. Mas *onde*?

Cheiro os mapas como se uma parte de Nix estivesse se coçando para sair, e detecto aroma de álcool.

Não é sangue.

Um pequeno alívio.

Passos se aproximam, então saio de cima da mesa e me escondo debaixo dela, protegendo meu corpo agachado em sua sombra. Dois Residentes entram na sala: Legiões, a julgar pelos uniformes. Eles se dirigem a uma estante próxima. A guarda com cabelo preto e curto tira uma folha de pergaminho de uma gaveta e rabisca alguma coisa com tinta. Quando ela termina, sela o papel com um gesto de mão, e algo muito parecido com um selo de cera aparece na superfície.

Ela se move rapidamente na direção do outro guarda.

— Leve esta mensagem até cada um dos comandantes no campo de batalha. Certifique-se de que eles entendam sua importância.

— Sim, Comandante — responde o outro, pegando a carta e atravessando a sala em direção à sacada aberta.

— Mais uma coisa, Tenente.

Ele para perto do parapeito.

— Queremos a humana consciente.

O guarda na sacada faz uma reverência, então suas asas de morcego aparecem e ele ganha os céus.

A comandante caminha na direção da mesa, e eu encosto perigosamente perto das pernas das cadeiras atrás de mim. Ela pega um dos mapas ou um pedaço de pergaminho — é difícil demais distinguir só pelo som — e desaparece no corredor.

Espero longos segundos antes de sair correndo atrás dela.

Na trilha da comandante, eu a sigo até a beira de uma escadaria bifurcada, então percebo que a perdi de vista. As escadas que sobem levam a quartos que transbordam luzes e risos.

Uma multidão que preciso evitar.

Por isso desço as escadas até um grande vestíbulo, exuberante com ornamentos de madeira escura. Dragões de pedra vigiam as galerias, todos com formas e estilos variados. Estou quase no fim de um dos corredores, passando na frente de uma fera, quando ouço a voz do Príncipe Ettore vindo na minha direção.

Corro na direção contrária, derrapando pelo cômodo amplo, e me escondo numa alcova debaixo das escadas.

— Não esperarei mais. Atacaremos agora, de ambos os lados. — Ettore aparece no canto, o cabelo preto como uma chama.

A comandante de cabelo curto leva uma das mãos ao peito num gesto de respeito.

— É claro, Vossa Alteza. O restante dos comandantes saberá o que fazer em breve.

Ettore passa um dedo sobre a sobrancelha, os passos ágeis e graciosos como os de um dançarino conforme sobe a escada. Ele faz uma pausa e se vira.

— Alguma notícia de meus irmãos?

— O Príncipe Lysander não está recebendo visitantes, mas o Príncipe Damon irá vê-lo — a comandante pausa —, *depois* da visita do Príncipe Caelan na semana que vem.

Ettore solta um grunhido baixo.

— Ele está forjando alianças. Eu sei que está.

— Decerto a visita de vosso irmão é um sinal de que ele também deseja forjar uma aliança com Vossa Alteza — ela sugere cautelosamente.

— Meu irmão veio aqui para esfregar na minha cara a única coisa que ele sabe que eu quero — Ettore chia. — Um congregador das Quatro Cortes. E reconheço que, por um momento, pensei que ele tivesse enxergado a razão, que talvez seu desejo de se mudar para a Capital fosse o suficiente para fazê-lo entregar sua coroa de bom grado — Ettore esbraveja, encarando as tochas sobre ele. — Então eu percebi por que ele realmente viajou até aqui. Por causa daquela *humana*.

Ouço os passos de Ettore se movendo ao longo do degrau, e torço para que as sombras sejam suficientes para me ocultar.

— Vossa Alteza acredita que o Príncipe Caelan deseja vingança? — a comandante pergunta.

A voz de Ettore é uma bomba de fúria:

— Meu irmão não tem estômago para vingança. Não. Ele está tentando encobrir seus rastros. Está com medo de que eu descubra o que realmente aconteceu naquela noite na sala do trono. O que ele está *escondendo*.

Meu coração acelera. Eu estava certa, Caelan me deixou fugir porque não queria que Ettore me encontrasse.

As coisas que eu sei… poderiam arruinar os planos do Príncipe da Vitória. Talvez pudessem arruinar até *ele*.

Mas isso não valeria de nada se fosse Ettore quem ganhasse poder.

O segredo de Caelan não é uma arma que posso usar contra ele — é um fardo que terei que proteger.

E um que faz de mim um alvo.

Ettore suspira.

— Enquanto aquela humana estiver na Guerra, meu irmão não vai partir. — Ele faz uma pausa. — Mas talvez, se ele perder a reunião com Damon, eu possa ir em seu lugar.

Ouço o tilintar de uma espada quando a comandante faz uma reverência.

— Transmitirei vossas palavras, Alteza. — Vários segundos se passam. — Talvez o Príncipe Caelan saia à procura da humana por conta própria e nos leve diretamente a ela.

— Duvido. — Ettore bufa. — Ele sabe que eu desconfio dele. É por isso que ele tem passado os dias enfurnado na torre oeste feito um covarde.

Outra pausa.

— E se nós a encontrarmos primeiro...?

— Quero a humana viva, e inteira. Certa vez, eu disse a ela que lhe mostraria como era a Guerra de verdade, e eu não quebro minhas promessas.

Seus passos desaparecem escada acima, e observo a comandante virar em outro corredor.

Dou alguns passos cuidadosos rumo à luz. Tudo dentro de mim grita que está na hora de ir, que já ouvi o suficiente. Que já *descobri* o suficiente.

Se eu fosse esperta, voltaria para o Gênesis agora mesmo e contaria aos outros o que eu vi. Mas sou humana, afinal.

Tomo o rumo da torre oeste.

Não demoro muito tempo para encontrar os aposentos de Caelan. Todos os outros quartos estão escuros, mas a luz jorra por baixo das portas duplas da alcova do Príncipe da Vitória, sem guardas à vista. Ou ele acha que não precisa de proteção nesta corte, ou pensou que dispensar os guardas lhe daria um pouco de privacidade.

Ele está errado sobre as duas coisas.

Uso minhas garras estendidas para girar a maçaneta, e meu focinho para empurrar a porta gentilmente.

Há uma enorme cama vermelha numa das extremidades do quarto, claramente intocada. Tateio a área de estar, passando por uma *chaise longue* envolta com as pelagens de Caelan, onde uma grande sacada aberta permite que a luz das estrelas preencha o espaço escuro. Cortinas pretas balançam de leve e, ao virar num canto, encontro uma gigantesca banheira embutida no chão feito uma fonte termal. Paralelepípedos cobrem o chão, e o vapor flutua como nuvens sob a piscina.

Sentado na água, de costas para mim, está o Príncipe Caelan.

Sua pele nua está úmida, e sombras onduladas cobrem suas costas esguias e musculosas. Seus cotovelos estão apoiados na pedra, mas sua cabeça está inclinada para a frente, pesada. Nunca vi Caelan tão vulnerável.

Ou tão nu.

Ele jamais esperaria um ataque aqui. Seria fácil alcançá-lo com as garras de Nix. Machucá-lo da forma como ele machucou tantos outros.

Estou me aproximando dele sem nem perceber, a cabeça baixa como se estivesse pronta para saltar. Seria como uma pequena vingança, pegá-lo de surpresa. Mostrar a Caelan que ele não é o único capaz de encurralar alguém num labirinto.

Então Caelan suspira. Uma respiração tensa e melancólica. Enrijeço, intrigada com a pessoa à minha frente.

Eu não sabia que um monstro podia parecer tão carregado de... dor.

Caelan ergue a cabeça, e não tenho tempo de me mover conforme ele se vira para me encarar. A apenas um passo de distância, seus olhos prateados não estão apenas atordoados, mas atordoantes. E odeio o fato de que ainda percebo isso.

Tenho certeza de que ele me reconhece, mesmo enquanto encara os olhos de Nix. Será que ele vê os meus olhos no lugar das luzes? Será que ele me sente aqui, diante dele?

Ele engole em seco, o peito brilhante com a água e a luz da lua.

Mal consigo respirar.

Do lado de fora da janela, ouço um barulho infernal e, quando me viro, chamas selvagens dançam no horizonte.

O ataque aéreo. Está acontecendo agora.

Meu peito estremece. Se o Gênesis está sob ataque e eu estou aqui, a quilômetros de distância dos portões, não vou conseguir estar de volta antes deles saltarem.

Mas se eles ainda não sabem...

Antes que Caelan possa emitir um som, salto da janela e desapareço na noite do deserto.

26

Chove fogo do céu. Gritos humanos ressoam como sinos que anunciam a morte. Avanço na direção do horizonte âmbar sentindo o medo se aninhar no meu estômago.

Quando chego ao topo da colina, percebo que o Gênesis permanece intocado. Mas os destacamentos não.

As labaredas se estendem por quilômetros, o deserto incendiado. Noturnos patrulham a fronteira, entrando e saindo das chamas à procura do medo.

Uma muralha, percebo. Para impedir que os humanos corram para o sul.

Para o sul de onde as Legiões sabem que a rebelião não está. Era *isso* que as marcações no mapa representavam — lugares descartados como possíveis localizações do Gênesis.

Eles querem que os sobreviventes dos destacamentos corram para um lugar seguro e os levem até o Gênesis, feito formigas que procuram o caminho de volta para casa.

No corpo de Nix, sinto o coração pesado.

Vou para o norte, sabendo que nunca chegarei a tempo a pé. Não enquanto as Legiões circundam perigosamente na escuridão, observando o deserto. Observando tudo.

Nix, vá me encontrar, sussurro para ele, e volto para o meu próprio corpo.

Tombo para a frente de uma só vez, estonteada pela quebra da conexão, e rastejo até a entrada da caverna antes mesmo de conseguir ficar de pé. Basta um olhar para a cidade improvisada para perceber que cheguei tarde demais. Eles já estão enviando guerreiros para os destacamentos, na esperança de ajudar. Eles já foram à batalha.

Eu me lanço para dentro da tenda de Ozias, mas ela está vazia. Tropeço em camadas de tapetes coloridos, cambaleando ao sair, e passo os olhos pelo caótico novo mundo.

Preciso impedir isso. Preciso alertá-lo.

Corro pelas fileiras de tendas bege, observando as pessoas se armarem e avançarem noite adentro. Confiando que os postes de ocultação manterão seu lar a salvo.

Mas elas não sabem o que eu sei.

Disparo pelo caminho, sentindo os pulmões arderem, quando quase colido com Shura.

— Por onde você andou? — ela grita, exasperada. — Te procurei por todo lugar. Os Residentes…

— Eu sei — grito também, empurrando-a para o lado. — Não tenho tempo. Preciso falar com Ozias!

Shura fica boquiaberta, e sacode a cabeça como se não entendesse do que estou falando.

Mas não há tempo. Continuo correndo.

— Ozias! — chamo, olhando para toda e qualquer pessoa que faça contato visual comigo. — Cadê o Ozias?

Uma mulher de cachos castanhos e uma camisa roxa e larga aponta na direção sul do Gênesis.

— Ele está prestes a partir com os Primeiros Líderes.

Minhas botas martelam a terra endurecida. Ainda estou a metros de distância, observando Ozias entrelaçar os braços com os outros, prontos para se teletransportarem.

— É uma armadilha! — grito, a voz falhando. — Os Residentes estão vindo para o Gênesis!

Os Primeiros Líderes me ouvem e deixam cair os braços. Quase colido com Eliza, que segura meus ombros para me manter de pé.

Os olhos de Ozias são tomados por uma tempestade.

— Do que você está falando? Que armadilha?

Não me dou ao trabalho de recuperar o fôlego conforme as palavras saem de mim.

— Eu estive no palácio, vi os mapas. Eles estão forçando os destacamentos a fugir e bloqueando o caminho para o sul, assim os soldados não terão onde se esconder. Estão de olho nos sobreviventes, seguindo-os até aqui.

Eliza franze o cenho.

— Como assim, você esteve no palácio?

— Não tenho tempo para explicar — respondo em tom de urgência. — Os sobreviventes vão trazer os Residentes diretamente até nós.

Dayo enrijece. Apesar de sua aparência, ela não tem a voz de uma criança.

— Nosso povo sabe que não é uma boa ideia vir até aqui.

Zahrah e Diego trocam olhares, incertos.

— Há Noturnos na fronteira — digo. — Os sobreviventes estão apavorados demais. Vão pensar que o Gênesis é a única opção. — Encaro Eliza e os outros, tentando fazê-los entender. — As Legiões vêm eliminando possíveis locais há sabe-se lá quanto tempo. Eles sabem que estamos em algum lugar no norte. É só uma questão de tempo até o primeiro sobrevivente chegar aqui.

Ichika se vira para o deserto, apertando o decote da túnica.

— Nós… nós acabamos de enviar tropas. Centenas delas.

Diego paralisa.

— Temos que deixá-las para trás. Não podemos correr esse risco.

Ozias tensiona a mandíbula, lançando um olhar ríspido para os Primeiros Líderes.

— Ninguém mais sai do acampamento. Reúnam os saltadores e deixem tudo para trás, e digam para todos se encontrarem no posto de ocultação sudeste *agora*.

Dou meia-volta, me preparando para voltar a correr.

— Aonde você vai? — Zahrah pergunta, ríspida. O restante dos Primeiros Líderes já desapareceu campo adentro para dar a ordem final.

A ordem de abandonar o lar.

— Vou tentar alertar os sobreviventes para que eles se escondam em vez de virem para cá — digo. Não posso impedir todos eles, mas talvez consiga salvar alguns.

Ozias entra na minha frente.

— Não vai, não. — Sua voz é estrondosa como um trovão. — Precisamos de você com o Gênesis. — Ouço o alerta em sua voz. *Você me deve uma explicação.*

— Mas… — começo.

— Já enviamos alguns de nossos guerreiros mais fortes para o front — Ozias vocifera, com uma fúria cortante nos olhos. — Não podemos nos dar ao luxo de perder você também.

Sigo seu olhar na direção dos milhares de humanos que ainda estão aqui, recebendo de uma só vez a ordem dos Primeiros Líderes de que está na hora de partir. Que seu lar foi comprometido.

Ozias precisa de unidade, não de alguém indisposto a seguir ordens. Não agora, quando a rebelião está em perigo.

Engulo o nó na garganta, tensa. Sei que não tenho outra escolha.

Mas, pelas estrelas, isso parece o inferno.

A multidão ao redor do poste de ocultação mais próximo já está crescendo. Ozias me guia consigo como se temesse que eu ainda esteja pensando em fugir. Quando as pessoas do Gênesis se reúnem ao nosso redor, sinto o peso de milhares de mãos se entrelaçando umas nas outras.

Uma conexão.

— Saltadores, preparar! — A voz de Ozias ressoa, e o comando é transmitido como um mantra, chegando em ondas até a parte externa do aglomerado. — Em três… dois… um… já!

O mundo vira um clarão, e uma explosão de raios envolve todo o meu corpo. *Nossos* corpos.

Desaparecemos com um estampido colossal e, quando reaparecemos numa parte familiar do deserto, nem mesmo a fumaça das labaredas distantes pode ser vista no horizonte.

Na escuridão absoluta, estamos seguros.

Mas deixamos tantos humanos para trás. Deixamos humanos à mercê das chamas, dos Noturnos e dos Residentes.

Enquanto olhamos ao redor, procurando pelos rostos daqueles que restaram, ninguém diz uma palavra.

27

A maioria dos humanos começa a fabricar novos materiais e armas, já que muita coisa foi abandonada nas areias vazias. Nosso único poste de ocultação não é suficiente para criar o domo abrangente ao qual me acostumei, mas não há nada que se possa fazer a respeito. Construir postes de ocultação leva muito tempo, e alguns dos melhores engenheiros da rebelião estavam com os grupos que saíram à procura de sobreviventes.

Ettore e suas Legiões não conseguiram encontrar nosso acampamento, mas o Gênesis foi abalado de muitas maneiras.

Ozias ainda está se recuperando. Muitos dos outros saltadores desmaiaram depois de teletransportar o acampamento, o preço de suportar o peso de tantas pessoas é alto.

Alguns deles ainda não acordaram.

Os saltos anteriores sempre foram planejados e realizados por partes. O que aconteceu desta vez foi uma cagada de proporções épicas.

Recorremos a esconderijos nas cavernas, já que mal temos espaço para nos esticarmos dentro da minúscula proteção fornecida pelo nosso único poste de ocultação. Os ocultadores se revezam para esconder o que conseguem, expandindo o alcance do novo domo quase inexistente, mas é uma tarefa exaustiva.

Ajudo quando posso, mas nunca fiz nada parecido antes. E, para ser sincera, prefiro patrulhar a ficar parada.

Depois do meu turno no início da manhã, retorno para as cavernas, me espremendo entre pessoas contra as paredes. Elas afiam suas adagas, lanças e espadas. Todos trabalham. Ninguém descansa.

Desço um túnel estreito que leva a um conjunto de tocas semelhante a uma colmeia, empilhadas em três níveis. Shura espia por cima de um dos quartos improvisados. Seu cabelo rosa está solto, e ela usa um colar trançado de contas coloridas. Parece obra de Eliza.

Tento não sentir inveja do fato de que Shura tem duas mães no Infinito, enquanto eu não tenho nem uma.

Já faz tanto tempo que não vejo minha família. Quando foi a última vez que abracei minha mãe?

Eu deveria tê-la abraçado mais. Se pudesse voltar no tempo, eu a abraçaria todos os dias.

— Ozias e os outros estão te procurando — Shura diz suavemente. — Parecia importante.

Ozias mal conseguia erguer o tronco depois do salto, então os Primeiros Líderes o levaram para as cavernas por segurança. Ele ainda não está forte o bastante para sair.

Concordo com a cabeça.

— Já vou para lá.

Shura passa as pernas por cima da borda da toca e desce num salto, parando na minha frente.

— Sei que você não quer, mas você deveria falar sobre Caelan. Sobre o que ele fez no túnel.

— Ele não tem nada a ver com isso — respondo brevemente.

Ela abaixa a voz.

— Foi por isso que você foi para a Cidade Vermelha? Se você confia nele para te ajudar...

— Você não sabe do que está falando.

— E se isso for tudo parte do plano dele? Se ele estiver te fornecendo informações, podemos estar indo direto para outra armadilha.

AS GUERRAS DE GÊNESIS   **221**

— Caelan não me disse nada. E a gente acabou de *escapar* de uma armadilha — argumento. — Foi Ettore quem tentou nos emboscar.

— Você sabe que os Residentes gostam de joguinhos — Shura alerta. — Quando Gil... quando *Caelan* fez a gente acreditar que ele era um de nós... Só estou dizendo que ele não se revelou da noite para o dia.

— Eu sei. — Suspiro, cerrando os punhos nas laterais do corpo. — Mas vou cuidar disso desta vez.

Incerta, Shura retorce os lábios.

— Ele tem um poder sobre você. Não sei por que você não enxerga isso.

Ao ouvir isso, faço uma careta. Então passo por ela e saio, costurando os túneis até encontrar Ozias sentado sobre a cama de pedra, cansado, a cabeça apoiada na parede. Ele está rodeado pelos Primeiros Líderes.

— Presumo que você saiba por que chamamos você aqui, Nami — Ozias diz. Sua voz está rouca: um som cansado e áspero.

— Vocês querem saber como eu entrei no palácio.

Respiro fundo e explico como usei Nix para atravessar o deserto, da mesma forma que Kasia o usou na Primeira Guerra. Nix, que ainda não encontrou o caminho de volta para a rebelião.

Até onde eu sei, Diurnos não têm nenhuma fraqueza, mas mesmo assim.

Espero que ele esteja bem.

— E depois o quê? Você simplesmente entrou pela porta da frente? — Vince pergunta, ríspido demais para o meu gosto.

— Pela torre dos fundos, na verdade — respondo, azeda.

Sorrindo, Zahrah faz um som de deboche, e tenho certeza de que noto um brilho de orgulho em seus olhos castanhos.

— O que aconteceu quando você entrou? — Dayo pergunta. — Alguém te viu?

Um vislumbre de Caelan aparece na minha mente, e de como ele parecia tão vulnerável na água.

Guardo essa memória específica para mim mesma.

— Eu passei pelos guardas e procurei pela sala de comando. Havia mapas abertos sobre a mesa, como se eles tivessem acabado de fazer uma reunião — explico. — Foi aí que as chamas começaram. Eu vi os Noturnos, percebi o que estava acontecendo e voltei correndo para avisar vocês.

Diego coça o pescoço.

— Depois do que você fez embaixo da arena, não duvido que você leve jeito para entrar em lugares onde não deveria. Mas esses mapas... Você viu mais alguma coisa? Qualquer coisa que sugira que uma segunda onda de ataques possa estar a caminho?

— Não, não vi nada do tipo. — Franzo o cenho. — Mas escutei uma das comandantes falando sobre uma mensagem. Tinha alguma coisa a ver com um humano que eles estão procurando. Alguém que eles querem consciente.

— Você acha que estavam falando de você? — Dayo pergunta.

Hesito. Será que Ettore faria mesmo tanto esforço para me encontrar? Tudo por causa do ego ferido?

— Sinceramente, não tenho certeza — digo por fim.

— Uma comandante no palácio? — Zahrah enrijece. — Será que era Alys? Cabelo preto curtinho, um veneno na voz que a faz soar como uma víbora?

Pisco.

— É. Acho que sim.

Zahrah encara o cômodo. Linhas duras se formam ao redor de sua boca. Tenho certeza de que seu machado estremece às suas costas. Dayo leva a mão ao ombro da irmã, sussurrando algo que deve servir para acalmá-la.

Não sei bem se funciona.

Eliza se aproxima.

— Elas têm uma história. — É tudo o que ela diz.

Diego pigarreia, atraindo o foco de volta para si.

— Queria que você tivesse nos contado o que estava planejando. Mas fico feliz por ter conseguido nos avisar. Você sozinha pode ter salvado o Gênesis.

Ozias observa em silêncio, e sinto um calafrio percorrer meu corpo.

— Essa habilidade que você compartilha com o Diurno — começa Eliza. — Talvez seja algo que possamos usar com mais frequência. Porque, se você conseguir entrar no palácio outra vez, nós poderíamos…

Shura aparece à porta, interrompendo a mãe.

— Conta para eles, Nami. É perigoso demais não contar.

Meus ombros ficam tensos.

— *Conta* para eles — ela repete. — Não vou ver minha família ser trancafiada de novo porque aquele monstro gosta de fingir ser algo que ele não é. — Quando volto a olhar para ela, seus olhos estão cheios de lágrimas. — Minha mãe ainda está na torre dele. Theo também. Minha *família*. Então ou você conta, ou eu mesma faço isso.

Fico sem ar. Olho para os outros.

— Eu falei a verdade sobre Gil. Mas não contei tudo sobre Caelan.

Desenterro os pedaços escondidos da minha história e os revelo um por um. Conto a eles que Gil me traiu, mas Caelan me poupou. Duas vezes.

Quando termino, o cômodo fica em silêncio por um longo tempo. Diego é o primeiro a falar.

— Você quer dizer que nós todos abandonamos nosso lar porque o *Príncipe da Vitória* te disse para nos mandar para cá?

— Não — retruco, na defensiva. — Ele não teve nada a ver com as informações ou o salto. Eu descobri os detalhes por conta própria, na sala de comando, como disse para vocês.

— Detalhes que ele pode muito bem ter soltado para você — Diego rebate.

— Estamos na Guerra — argumento de volta. — Não é a Corte dele, e nem sonhando ele ia ajudar o irmão.

— Tem certeza disso? — Shura me encara. — Porque eles pareciam bem próximos na arena.

— Não estou dizendo que ele está do nosso lado — digo, rígida. — Mas a última coisa que quer é ajudar Ettore. E não entendo como Caelan me libertar pode ter alguma coisa a ver com a rebelião. Não é como se eu estivesse contando nossos planos para ele.

— Como podemos saber disso? — Diego pergunta. A acusação reverbera pelo meu crânio.

Ozias não diz nada. Ele não precisa. Um brilho triunfante atravessa seus olhos, como se ele tivesse encontrado uma fissura na minha integridade.

Estou perdendo a confiança dos Primeiros Líderes, e ele tem o maior prazer em ver isso acontecer.

— Não estamos nos encontrando em segredo nos túneis, se é isso que você está sugerindo. — Encaro o Rei do Gênesis. — Eu me importo com a humanidade, e jamais contaria a Caelan qualquer coisa que pudesse colocar vocês todos em perigo.

— Isso pode até ser verdade, mas você escondeu coisas de nós. — Embora Ozias esteja se recuperando, uma tempestade se forma atrás de seus olhos. — E, na guerra, segredos são uma das armas mais letais que alguém pode ter.

Meus olhos formam uma tempestade própria. Não penso, eu reajo.

— Se estão todos tão preocupados com segredos, então por que as pessoas do Gênesis não sabem sobre as Terras da Fronteira?

Diego dirige os olhos para a areia. Ichika, Vince e Cameron fazem o mesmo.

Mas Zahrah, Dayo e Eliza parecem confusas.

— Do que você está falando? — Eliza pergunta. Ela se vira para Ozias. — O que são as Terras da Fronteira?

Lanço um olhar firme para os outros, pronta para revelar a verdade deles, caso seja o necessário para salvar a minha.

Mas não preciso fazer isso.

— As Terras da Fronteira são um lugar fora do alcance de Ophelia, onde os Residentes não podem encontrar humanos — Ozias explica suavemente. Ele me olha como se eu tivesse gritado "xeque-mate" do outro lado do tabuleiro. Como se eu não tivesse lhe dado outra escolha.

Algo me diz que eu não vou saber o que isso me custou até ser tarde demais.

Mas, por enquanto, manipular os fatos a seu favor é do seu melhor interesse.

— Foi onde eu vivi por um tempo — Ozias acrescenta.

— O quê? — Dayo fica boquiaberta. — Você... você nos disse que seu lar foi devastado pelos Residentes.

— E foi. — Ozias se recosta na parede, calculando a mágoa no cômodo. Pensando em como aplacá-la. — Mas meu clã juntou forças com outros três para proteger o Infinito do domínio crescente de Ophelia.

— Quer dizer que estamos lutando uma guerra há mais de mil vidas sendo que existiu um refúgio esse tempo todo? — Zahrah vocifera.

— Não é um refúgio. É um lugar que conduz os humanos até as Terras Posteriores. Até um pós-vida além destas Quatro Cortes, para onde a maior parte dos humanos que chegaram antes da Primeira Guerra fugiram. — Ozias faz uma pausa. — *Esse* é o refúgio.

— Você mentiu para nós. — Eliza encara Diego e os outros, cujos olhos estão fixos no chão. — E vocês todos *sabiam*.

—Ainda há humanos que precisam ser salvos — Diego argumenta. — Se as pessoas soubessem que podiam ir embora, a rebelião correria o risco de desmoronar. E aí quem sobraria para lutar contra Ophelia?

— Não sei — Eliza resmunga. — Mas pelo menos seria uma escolha nossa.

— E quanto aos humanos que chegarem depois? Os que ainda estão vivos? — Ozias pergunta. — E quanto à escolha *deles*?

— Todos tivemos a nossa vez de lutar — Dayo diz friamente. — E já estamos mais do que fartos de sermos trucidados neste mundo.

Ozias balança a cabeça.

— Eles não terão vez. Nosso exército é a última esperança da humanidade. — Seu olhar passeia pela caverna. — Ophelia está vinculada à entrada do Infinito, onde a Capital e as Quatro Cortes foram construídas. Ela pode ter encontrado um caminho para o pós-vida, mas não descobriu um jeito de se desconectar do mundo dos vivos.

Dayo estreita os olhos.

— E o que isso quer dizer?

— Quer dizer que, embora ela não possa viajar até as Terras Posteriores, ela *pode* se certificar de que todos os recém-chegados ao Infinito sejam trancafiados antes mesmo de descobrirem sobre a guerra. Muito em breve, cada vez menos novatos conseguirão chegar às Quatro Cortes. — Ele fecha os olhos como se estivesse se preparando para um terremoto. — Se partirmos, podemos estar levando o pós-vida conosco.

A expressão de Zahrah se fragmenta.

— Sem novatos, daqui a cem anos nossos números vão minguar. Por que nos fazer lutar uma guerra que não podemos vencer?

— Mas nós *podemos* vencer — Ozias diz, esforçando-se para erguer o tronco. — Basta primeiro tomarmos esta corte, e depois assumirmos o controle da entrada do Infinito. Nossos números crescerão e treinaremos todos em combate. — Seus olhos brilham. — E então tomaremos a Capital, e a rainha junto com ela.

Ele quer transformar todos os recém-chegados em soldados.

Até mesmo Mei.

Não é isso que eu quero para ela, de forma alguma.

Ozias ergue o queixo, firme.

— Sinto muito por enganá-los, mas vocês devem entender o quanto isso foi e é necessário, mesmo agora. Não podemos derrubar os Residentes sem unidade.

— Você deveria ter nos contado — Dayo diz. — Não pode pedir que as pessoas tenham fé em você ao mesmo tempo que não deposita nenhuma confiança nelas.

— Eu acredito em cada um de vocês. — Ozias ergue as mãos. — É assim que sei que, desde que possamos permanecer unidos, venceremos esta guerra.

Os líderes trocam olhares entre si, destrinchando as palavras de Ozias. Seus segredos. Seu *conhecimento*.

Arqueio uma sobrancelha.

— Como você sabe tanta coisa sobre Ophelia?

Seu rosto fica pálido, mas ele mantém a voz firme.

— Nós nos conhecemos. Quando ela chegou ao Infinito. — Ozias olha para mim, as íris de um cinza-escuro cheias de memórias de um passado inescapável. — Não fui o primeiro deste mundo a rejeitá-la, mas fui o motivo pelo qual ela não viu nada de redimível na humanidade.

Tenho certeza de que o cômodo gira.

Certa vez, Ophelia me disse que tentou coexistir. Na época, eu não sabia se acreditava nela, mas, agora...

— O que você fez? — pergunto, a voz quase inaudível.

Ozias joga a cabeça para trás, e seu cabelo da cor de noz-moscada reflete as luzes sobrenaturais e flutuantes acima dele.

— Isso — ele diz com uma força impenetrável — é uma história para outra hora.

Mas posso ver tudo em seus olhos: a *traição*. Também carrego muito dela comigo.

Será que Ozias mentiu para Ophelia? Será que ele ouviu seus segredos e a fez acreditar que a coexistência era possível, apenas para traí-la quando percebeu que ela era uma ameaça?

Será que ela sempre *foi* uma ameaça?

Ophelia disse que colocou uma parte de si em cada um dos filhos, e eu sei que o maior medo de Caelan é o de que alguém que ele ama o traia algum dia. Será que esse medo sempre foi só dele?

Ou será que é uma herança da mãe?

Algo sombrio e venenoso percorre meu corpo, apertando meus órgãos e ossos. A suspeita de que há mais coisas nessa história e de que jamais saberei quais são. De que há mais coisas em *Ophelia*.

O olhar de Ozias percorre o pequeno grupo.

— Posso ver que a verdade decepcionou vocês. Talvez isso seja parte do motivo pelo qual guardei esse segredo por tanto tempo. Mas não podemos fugir para as Terras da Fronteira. Precisamos proteger o Infinito. Para nós mesmos e para os novatos que ainda estão por vir.

— Mas nós poderíamos estar *seguros* — Eliza diz, e as palavras soam como uma súplica. — Não teríamos mais que lutar.

— Se não lutarmos, então quem vai? — Zahrah pergunta baixinho. Ela dirige os olhos escuros para Eliza. — Não podemos contar para os outros. Esta verdade... precisamos guardá-la conosco.

Lágrimas escorrem pelo rosto de Eliza, mas ela assente solenemente.

Cerro os lábios, encarando Ozias.

— Você disse que compartilhar perspectivas é uma dádiva, mas mesmo assim guardou esse segredo. Porque às vezes você não pode fazer as pessoas entenderem o que você *sabe* ser a coisa certa a fazer. Às vezes você só precisa fazer a coisa certa sozinho. — Eu me levanto, tirando areia das mãos. — Não vou pedir desculpas por ter meus próprios segredos. E não me importo se você não gosta da forma como eu consigo informações. Só estou tentando garantir que minha família vai sobreviver.

Saio da caverna sem mais nenhuma palavra.

Não durmo à noite. Fico sentada na entrada da caverna, segurando minhas duas adagas como se tivesse medo de que elas escorreguem. Pronta para me proteger se um inimigo aparecer.

O único problema é que eu não sei mais qual é o rosto do inimigo agora.

Não tenho certeza se Ozias e os Primeiros Líderes estão ocupados decidindo se eu sou ou não uma grande ameaça.

Então espero por um ataque, observando todos com cuidado, e ignoro o calafrio que roça minha mente. Está incessante na noite de hoje — uma carícia desesperada que me lembra do inverno.

Caelan quer conversar.

Mas isso é impossível agora. Não posso garantir que meu corpo ficaria seguro no Gênesis se eu o deixasse desprotegido. Mesmo que Nix estivesse aqui para me proteger, talvez não fosse o suficiente.

Até eu ter uma conversa com Ozias, não sei qual é a minha situação.

28

Apesar das minhas preocupações, ninguém vem atrás de mim, humano ou Residente.

Aos poucos o Gênesis começa a lembrar uma fração de sua antiga glória. O domo ondulado acima do acampamento retornou, e tendas bege dispersas começaram a surgir sobre a areia. O arsenal foi reposto com uma seleção generosa de armas, embora elas ainda precisem de muitos ajustes. Os gumes precisam ser afiados e envenenados com algo capaz de ferir os Residentes.

O Gênesis precisa de mais engenheiros, mas também precisa de engenheiros *melhores*. Há conjuradores e ocultadores, pessoas treinadas para lutar, mas a tecnologia é consideravelmente datada.

Talvez nesse ponto o novo mundo esteja em vantagem.

As missões de busca têm obtido algum sucesso e, nos dias que se seguem, um pequeno número de antigas tropas consegue voltar para casa.

Famílias se reencontram, pessoas que não precisam mais vagar por este mundo horrível sozinhas.

Não consigo olhar muito tempo para elas. Não sem pensar em Mei e me perguntar se um dia vai ser ela a atravessar os portões do acampamento, à procura da irmã que não vê há muito tempo.

Não quero que ela seja uma prisioneira *ou* um soldado.

Só quero que ela esteja ao meu lado, sã e salva.

Fungo, limpando a garganta, e cutuco o carvão quente com minha adaga de vidro marinho.

Zahrah se joga ao meu lado, emitindo um ruído de desgosto.

— Novatos. Tão emotivos.

A vários metros de distância, marido e esposa se abraçam com força e caem de joelhos, soluçando copiosamente.

Tento disfarçar os olhos úmidos, balançando a mão diante da fumaça como se ela fosse a culpada.

— Pois é, super.

Zahrah pega um dos espetos de carne e o segura sobre o carvão.

— Sempre fico me perguntando qual é o sentido disso. Claramente ninguém caça animais no Infinito. Eles fazem comida usando a consciência. — Ela olha para mim, mas eu só balanço a cabeça como se não entendesse. — Está *cru*. Estrelas do céu, por que ninguém conjura um bife já cozido e nos poupa todo o trabalho de ter que fazer uma fogueira?

Meu riso é solto. Casual.

— Mas não existe um prazer especial no ato de cozinhar?

— Eu sentiria mais prazer matando animais. — Ao ver minha sobrancelha erguida, ela faz uma careta. — Ah, nem vem, não me olha assim. Nada morre neste lugar. É um passatempo.

— Minhas condolências para qualquer pessoa que se desentender com você — observo, bem na hora que Zahrah dá uma mordida na carne ainda rosada demais.

— *Você* precisa matar alguma coisa — ela sugere. — Isso vai tirar toda essa frustração acumulada aí de dentro.

Encaro as faíscas alaranjadas que saltam do carvão, visíveis mesmo à luz do sol matinal.

— Acho que, se você voltou a falar comigo, isso quer dizer que os Primeiros Líderes decidiram me espionar em vez de me assassinar.

Ela retrai o rosto, alarmada.

— Por que nós faríamos isso?

— Eu guardei segredo sobre Caelan e dedurei Ozias. Não é isso que acontece quando se trai um rei?

— Ah — ela assente devagar. — Você está falando de ser decapitada. É, tivemos que adiar isso para depois da guerra. — Ela se vira para mim, os olhos brilhando. — Por mais que você seja traiçoeira, é uma ocultadora boa demais para perdermos.

— Eu sinceramente não sei dizer se você está brincando ou não — digo, mesmo enquanto ela gargalha.

— Não se preocupe, Nami. Ninguém está atrás da sua cabeça. E não guardamos rancor no Gênesis. Não uns pelos outros. — Ela gesticula para as colinas. — Sabemos quem é nosso inimigo.

Ela parece segura, mas também não sabe o que aconteceu com Gil e até onde Ozias foi para silenciá-lo.

Mas, se segurança é tudo que ela tem a oferecer, eu aceito.

Esmago uma brasa rebelde com a bota.

— Então qual é a história entre você e a Comandante Alys?

Zahrah dirige os olhos quase ferozes para mim.

— O que é que você ouviu?

— Eliza só disse que vocês duas têm uma história.

Zahrah engole um pedaço de carne. Ela aponta o espeto para mim.

— Se você contar isso para alguém, vou te estripar viva.

Levanto os braços como se estivesse indefesa.

Ela cede.

— Alys foi a primeira Residente que eu conheci. Lá no começo, quando a Guerra ainda era recente. — Zahrah tensiona a mandíbula. — Ela fingiu ser minha amiga, alegando que nem todos os Residentes eram ruins. E eu caí na historinha dela. Nós até viajamos pelo deserto por um tempo, nos escondendo. — Seus olhos cintilam, letalmente afiados. — Aí ela me levou para os Residentes, e eles me torturaram por meses. Acontece que ela estava tentando descobrir se eu sabia onde os humanos sobreviventes estavam escondidos. Na época, nós não éramos exatamente uma rebelião. Estava mais para uma pequena célula. Quando ela percebeu que eu não sabia de nada, se voltou contra mim. — Zahrah cerra os lábios. — Agora, toda vez que vamos à batalha, nós procuramos uma à outra. E, toda vez que enfio meu machado no peito dela, é tão satisfatório quanto da primeira vez. — Ela sorri, e arranca outro pedaço de carne.

É isso que eu devo sentir por Caelan? Um ódio puro e sem filtro e sede de vingança?

Eu achava que o odiava. Às vezes ainda penso que talvez odeie mesmo.

Mas não consigo me imaginar algum dia sentindo satisfação em cravar minhas adagas no coração do Príncipe da Vitória. Pensar nisso agora só me enche de tristeza.

Encaro o casal desmoronado na areia, ainda aos soluços.

— Já te disse que tenho uma irmã?

Ela ergue uma sobrancelha.

— No Infinito?

Nego com a cabeça.

— Ela tinha dez anos quando eu morri. Não sei quantos anos ela tem agora. — Pisco para me livrar das lágrimas que tentam romper a represa. — O nome dela é Mei.

— Então é por isso que você olha para Dayo daquele jeito. — Quando eu começo a fazer uma objeção, ela franze o nariz. — Dá para ver uma tristeza no seu olhar quando você nos vê juntas. E, sempre que há algum perigo, você a procura primeiro. Como se pensasse que precisa protegê-la. Mas minha irmã é muito velha. Há coisas maiores com que se preocupar, e pessoas mais fracas para proteger.

Minhas bochechas ficam coradas.

— E-eu não tinha percebido que fazia isso. Desculpa.

Ela dá de ombros.

— Como irmã mais nova, acho engraçado. Mas, como amiga, acho que você deveria parar de procurar pela Mei no Infinito. Ela não está aqui, não ainda, e tentar ser a irmã que você era só vai te atrapalhar.

— Não — digo, irredutível. — Pensar em Mei me deixa mais forte.

— Até ela ser usada contra você — Zahrah alerta. — Aí você vai desmoronar, e depois o que vai sobrar?

— Você não sentiria a mesma coisa se algo acontecesse com Dayo?

— Algo *aconteceu* com Dayo. Muitas vezes, na verdade. Mas estamos no pós-vida há tempo o bastante para saber que, enquanto não nos entregarmos, o que se perdeu pode ser encontrado. Você ainda está convencida de que perder alguém é o fim.

— Porque eu vi o que a Morte está fazendo com os humanos. Eu já vi a consciência de alguém ser arrancada do corpo. — Mordo o interior da bochecha. — E sei que Ophelia não vai parar.

Ozias também sabe disso.

Mesmo que ele a coloque numa jaula, e aí? Não será um Residente controlando para onde os humanos vão quando chegarem ao Infinito — será um senhor da guerra.

Eles serão treinados para um conflito que nunca terá fim.

Alguém precisa cortar a conexão de Ophelia com o mundo real e depois essa pessoa precisa destruí-la. É o único modo de libertar de verdade os humanos.

Só não sei se algum dia encontraremos um jeito.

Cutuco o carvão outra vez, e Zahrah espeta outro pedaço de carne. Ao nosso redor, mais humanos reencontram seus entes queridos perdidos no portão. Mas, quando a multidão se dispersa, vejo um batedor vindo na minha direção, acompanhado de um estranho.

Olho para a figura desconhecida, abatida e desgrenhada e completamente exausta.

O batedor faz um gesto de cabeça na direção dele.

— Ele chegou com os outros. Disse que era de um dos destacamentos atacados, antes de ser capturado pelo Príncipe da Guerra.

— E-eu tenho uma mensagem para Nami. — O homem está tremendo. Apavorado. — Você é a Nami?

Meu rosto se fecha.

— Sim, sou eu.

O batedor parece constrangido.

— Tentamos fazê-lo falar, mas ele insistiu em falar diretamente com você. Achei que era melhor trazê-lo logo para cá.

Fico de pé, guardando minha faca.

— Qual é a mensagem?

O homem olha para o batedor, depois de novo para mim, e então estende uma palma trêmula.

Uma Troca.

Hesito, mas seguro sua mão mesmo assim.

Tudo se dissolve, e passo a ver através dos olhos do estranho.

Meu nome — o nome *dele* — é Daniel. Estou neste destacamento há anos, ajudando os outros a fabricar armas. Mas fui capturado depois do ataque aéreo, junto com outro humano, um novo sobrevivente, que atravessou a fronteira quase inconsciente.

O mundo gira, e estou parado diante do Príncipe Ettore, tremendo violentamente. Já vi o que eles andam fazendo com os outros nas masmorras. A pele esfolada e os ossos quebrados.

Tenho medo de ser o próximo.

Ettore se inclina, me examinando como se eu fosse um animal sendo preparado para o abate.

— Você é o tipo de humano capaz de guardar um segredo?

Passeio os olhos ao redor do cômodo. Outro humano continua acorrentado à parede, o peito manchado de sangue, incapaz de erguer a cabeça. O humano que foi capturado comigo, o novato.

— S-s-sim — gaguejo. — Sei guardar segredo.

Ettore solta um ruído de deboche.

— Tenho uma missão muito importante para você. — Ele dá um passo para trás, baixando a cabeça para me encarar. Guardas apertam meus braços com mais força. — E uma punição maravilhosa caso você falhe.

Já estou chorando. Não consigo evitar. Ouvi rumores sobre os Residentes, sobre as masmorras e o Abismo de Fogo, mas sempre estive seguro no destacamento. Sempre fui protegido por aqueles mais fortes que eu.

O Príncipe da Guerra coloca as mãos atrás das costas e inclina a cabeça.

— Você encontrará a humana chamada Nami. Aquela favorecida por meu patético irmão. E você dirá a ela que, se ela não se entregar até o meio-dia daqui a uma semana, cortarei o amigo dela em pedacinhos, repetidas vezes, e, mesmo quando ele entregar a própria consciência, eu não vou parar — Ettore vocifera. — Diga a ela que trocarei um prisioneiro por outro; a vida dela pela dele. Ela deve me encontrar na entrada da Cidade Vermelha, sozinha e desarmada. Se ela envolver aquela rebelião imunda nisso, o acordo acaba.

Assinto rapidamente.

— Certo. Certo, direi a ela.

Ettore recua.

— Ótimo. Agora vá. O tempo está passando. E, se ela não estiver aqui até o meio-dia em uma semana, você terá o mesmo destino que aquele seu amigo ali, decorando minha parede.

— Mas — olho ao redor, desesperado —, como eu vou saber onde encontrá-la?

— Ela está com a rebelião, é claro — Ettore responde, as palavras preguiçosamente arrastadas.

— Mas eu não sei onde a rebelião está — digo.

Ettore gargalha.

— Bem, nesse caso, é melhor se apressar. Você tem muito chão a percorrer.

Os guardas me soltam e eu recuo, horrorizado, percebendo a impossibilidade da tarefa. Porém, antes que eu alcance a porta, Ettore cobre a distância entre nós e ergue um dedo.

— Quase me esqueci — ele diz. — Você também precisará disto.

Ele agarra meu rosto, pressionando as pontas dos dedos no meu crânio ao forçar uma Troca.

Vejo o homem acorrentado sendo torturado, o peito rasgado enquanto ele grita de dor. Vejo ele urrar, erguendo a cabeça para o teto como se implorasse por misericórdia. Como se implorasse por ajuda.

E conheço aquele rosto.

Conheço aquele homem.

Ahmet.

O mundo reaparece e eu volto ao deserto, retirando a mão das palmas do estranho — Daniel — abruptamente.

Ahmet. Ahmet está na Guerra.

Zahrah fica de pé, me examinando com uma expressão preocupada.

— O que você viu? — ela pergunta cuidadosamente.

Mas estou ocupada demais encarando os pés descalços do homem. A forma crua e rasgada como a pele pende para os lados. As roupas cheias de areia.

— Quando você recebeu essa mensagem? — pergunto, a voz vazia.

Os olhos dele se enchem de lágrimas.

— Quase sete dias atrás.

Olho para o sol que se ergue sobre o cânion. Não há tempo. Não há tempo.

Corro, ignorando o chamado de Zahrah, cuja voz se transforma num eco a distância. Paro apenas quando chego à tenda de Eliza, onde sei que Shura está escondida. Ela tem me evitado desde o dia em que me forçou a contar para os outros sobre Caelan.

Puxo o tecido frouxo para trás e entro com tudo. Shura está sentada em um canto, lentamente trançando novas roupas com a mente.

— É Ahmet — declaro às pressas, ofegante. — Não tenho tempo para explicar, e os outros não podem saber. Se você não me ajudar agora, eles vão torturá-lo, mais do que já fizeram.

Ela não precisa de explicação. Não quando se trata da própria família.

— Me diga do que precisa.

— Vou fazer um acordo com o Príncipe Ettore — digo. — E preciso que você venha comigo.

29

Não removo o véu até chegar ao fim do caminho de pedra, encarando a entrada da Cidade Vermelha. Há Legiões ao longo da muralha, na areia e nas torres de vigilância — nunca vi tantos guardas num só lugar.

Quando retiro o véu, a atenção dos guardas se concentra em mim. O crepitar e tremular das flâmulas vermelhas é o único som entre nós. Então Ahmet aparece sob o arco, a camisa rasgada em trapos, já transpirando ao sol de quase meio-dia.

Cheguei restando poucos segundos, mas me recuso a dar aos Residentes a satisfação de notar meu pavor. Posso não ter um véu, mas sei mascarar minhas emoções tranquilamente.

Eles cutucam Ahmet adiante, e ele deve ter passado a semana toda preso na escuridão, pois ele ergue as mãos algemadas para se proteger da luz ofuscante do sol. Ele nem percebe minha presença até percorrer metade do caminho. Ele deixa escapar um som gutural e forma meu nome com os lábios.

Um guarda puxa o ombro de Ahmet para trás, e ele quase tropeça de desespero para me alcançar. Um segundo guarda joga um par de algemas aos meus pés.

Na muralha, a Comandante Alys observa.

— Coloque-as.

Eu a encaro.

— Tire as algemas dele.

Ela torce um canto da boca, então gesticula com a cabeça para os guardas. Eles retiram as algemas de Ahmet e o empurram na minha direção. Pego as algemas no chão, mas não faço menção de colocá-las ao redor dos pulsos.

— Não até ele estar seguro — digo para os guardas, que parecem ávidos por uma luta.

A Comandante Alys faz outro gesto com a cabeça, bem quando Ahmet dá uma última olhada por cima do ombro. Quando ele me alcança, faz menção de me abraçar, mas eu o impeço.

Continue andando, digo mentalmente para ele. *Shura está esperando nas colinas. Não olhe para trás, não importa o que você vir ou ouvir.*

Ele dirige os olhos para os meus, confuso. Não sabe sobre o acordo que eu fiz, ou sobre o preço de sua liberdade.

Mesmo assim, ele segue minhas instruções e pisa na areia. Espero até que o som de seus passos se dissipe — até ter certeza de que ele está seguro dentro do véu de Shura — e fecho as algemas ao redor dos pulsos.

Um tremor percorre meus ossos imediatamente, me enfraquecendo. Qualquer resquício do véu que eu uso para silenciar a vibração dos meus pensamentos é arrancado. Nem mesmo meu antigo rosto de Residente resistiria agora.

Os guardas dão um passo à frente, seguram meus braços com força e me conduzem ao coração da Cidade Vermelha.

Sou entregue a uma Residente com maçãs do rosto bem-definidas. Ela veste um terno cintilante de tom carvão, e seu cabelo é raspado de um lado e trançado do outro. Depois que sou arrastada para cima, uma escadaria após a outra, a constatação de que não estamos a caminho das masmorras faz minha cabeça girar.

Paramos diante de uma sala com portas duplas, onde há inúmeros Residentes armados de guarda. Minha captora gira a maçaneta e me empurra para dentro num gesto agressivo.

Pisco, tentando processar a cama meticulosamente arrumada, a banheira vitoriana cheia de água fumegante e a luz do sul que atravessa o vidro. Em um dos sofás, vejo um vestido.

— Limpe-se e vista-se de modo apropriado. Retornarei em breve para escoltá-la até o Príncipe Ettore — a Residente diz.

Eu me viro, a testa franzida.

— O que é isso?

Ela me ignora e retira as algemas dos meus pulsos com um *clique*. Quando eu não reajo, ela ergue uma sobrancelha.

— Não vai resistir? — Ela estala a língua. — É tão mais divertido quando vocês fazem um escândalo.

Ao sair, ela fecha e trava a porta atrás de si.

Olho para minhas mãos livres, sentindo a energia que pinica nas minhas palmas. Talvez eles queiram que eu reaja; talvez seja tudo parte deste jogo estranho.

Meus dois novos anéis cintilam de volta para mim. O que está na minha mão esquerda é preto, feito de obsidiana. O na mão direita é vermelho de vidro marinho. Levaria apenas um momento para moldá-los de volta a suas formas originais, mas algo me diz que é cedo demais para agir.

A Ceifadora continua no meu pulso esquerdo — inofensiva, mas completamente redesenhada. Não é mais um bracelete feito para um salão de baile. É liso e elegante, com pequenas marcas gravadas no meio.

Na Guerra, os guardas fazem marcas no corpo para cada humano que deixaram inconscientes. Minhas linhas pretas são para os humanos que eu recuperei. São para os meus *amigos*.

E, caso eu consiga sair daqui, gosto de pensar que algum dia terei mais do que duas marcas.

Meus olhos passeiam pelo espaço modesto, contando as janelas e as portas, que com certeza estão sendo vigiadas ou envenenadas com algo perigoso. Ettore jamais facilitaria as coisas. Para humano nenhum, mas principalmente para mim.

Preciso escolher o momento certo para escapar, ou posso não conseguir outra chance.

Encaro a banheira e o vestido.

Certo. Então vou entrar no jogo.

Quando a Residente de terno retorna, já me limpei e vesti as roupas que deixaram para mim. É estranho usar algo que não foi feito por mim. É como se fosse uma pele estranha, restritiva e rígida. Parece o tamanho *errado*.

Porém, quando olho no espelho, as roupas parecem servir perfeitamente.

O tecido de um vermelho-vivo cobre todo o meu pescoço, transformando-se num material metálico e transparente ao longo dos meus braços. Cortes angulosos revelam a pele nas laterais do meu corpo, até o tecido voltar a cobrir meus quadris, derramando-se sobre o piso em camadas. Posso ver um contorno sutil das minhas pernas através das saias, e, espalhadas por toda a malha enredada, há padrões ornamentais que remetem a chamas.

Um vestido adequado para a Corte da Guerra.

Por perto, a Residente emite um som de desgosto.

— Isso não vai servir — ela sibila, movendo-se na minha direção e passando as mãos sobre meu cabelo e meu rosto com a graça de uma pintora.

No espelho, vejo meu cabelo quase preto ser moldado numa coroa de tranças frouxas que se derramam em ondas às minhas costas. Um brinco alongado em forma de um dragão serpenteante aparece no canto da minha orelha direita. Um traço de kajal corre acima dos meus cílios, formando um delineado gatinho exagerado, e meus lábios escurecem até ficarem da cor de uma amora.

Apesar da grandiosidade, meu rosto ainda é bastante humano.

Cerro os punhos, lembrando a mim mesma que minhas adagas continuam a um pensamento de distância.

A Residente dá um passo para trás, apenas parcialmente satisfeita.

— Você não deveria ter serviçais humanos para esse tipo de tarefa? — pergunto, seca.

Ela cerra os lábios.

— O Príncipe Ettore jamais permitiria que um humano vagasse por seu palácio de tal maneira. Seria uma grave ofensa ao nosso povo.

— Ainda assim, aqui está você, arrumando uma humana como se ela fosse uma boneca — observo.

A expressão da Residente fica ainda mais azeda, sugerindo que talvez *eu* também seja uma ofensa.

Ela me empurra na direção da porta, me conduzindo pelo palácio até chegarmos a um salão de jantar excepcionalmente grande. Uma mesa se estende ao longo do piso, em grande parte vazia, com exceção da extremidade oposta, que exibe uma seleção variada de comida e vinho. À cabeça da mesa está o único Residente na sala.

O Príncipe Ettore.

Ele exibe os dentes quando sou empurrada em sua direção, e as portas se fecham atrás de mim.

Somos apenas nós dois.

— Parece que o vermelho lhe cai bem — Ettore diz, a voz grave. Ele gesticula na direção da cadeira ao seu lado. — Junte-se a mim.

Eu o encaro.

— Prefiro mergulhar as pernas em banha de porco e enfiá-las num tanque cheio de piranhas esfomeadas.

Ele solta uma gargalhada ameaçadora.

— Podemos providenciar isso.

Mais uma vez, conto as janelas e portas, examinando o salão. Não há guardas por perto. Ninguém que me impeça de apunhalar o coração de Ettore.

A menos que eles estejam se escondendo sob véus.

O pensamento me faz enrijecer. Mais cedo, não me ocorreu que alguém poderia estar escondido no meu quarto, de vigia para garantir que eu não tentaria escapar. Agora, imaginando quantos guardas poderiam estar escondidos sob um véu...

Eu tomei um banho. Eu pus este vestido. Eu...

— Estamos sozinhos, se é nisso que está pensando — Ettore diz, entediado. — Não tenho o hábito de exigir guardas para me proteger. E certamente não vejo nenhuma ameaça que exija a preocupação de ninguém.

— Você não faz ideia do que eu sou capaz de fazer — declaro, ríspida. Talvez seja um erro ser tão insolente, mas não tenho a menor intenção de permitir que alguém pense que sou fraca outra vez.

— Eu sei. Vi sua exibição irritante no Abismo de Fogo. — Seus olhos dourados parecem prontos para enlaçar o mundo. — Na minha experiência, quando alguém se recusa a queimar, você só precisa tentar uma fogueira maior.

Sinto as bochechas esquentarem.

Ele se recosta na cadeira, passando a mão esguia sobre a comida num gesto preguiçoso.

— Agora, ou você se senta, ou eu a forçarei a se sentar. De um modo ou de outro, temos questões a discutir.

E, como odeio a ideia de Ettore forçar meu corpo a fazer qualquer coisa sem meu controle, atravesso o salão de jantar e me sento. A *duas* cadeiras de distância dele.

Ele abre um sorriso perverso.

— Vamos nos divertir tanto juntos. — Então ele olha na direção das portas, erguendo as sobrancelhas de júbilo. — Ah. Aí está você. Por favor, sirva-se de uma bebida. Creio que você já conhece minha convidada.

Eu sei que ele está lá. Posso sentir o ar frio atravessando o salão. Mas encontro seus olhos prateados mesmo assim.

O Príncipe Caelan está parado à porta, a mandíbula retesada, com a coroa de ramos fixa na cabeça. Régio e deslumbrante como eu lembrava, ele examina o salão, pousando os olhos no irmão.

E nem se dá ao trabalho de olhar para mim.

30

Caelan se senta ao lado de Ettore, de frente para mim. Detalhes prateados fazem sua túnica branca cintilar, mas ele não veste as peles, e os primeiros botões de sua camisa estão abertos.

Não é um traje tão formal quanto o que ele costuma usar fora da própria corte, mas talvez isso tenha algo a ver com o fato de ele estar na Guerra.

Caelan se serve de vinho, ainda recusando-se a olhar para mim, e toma um gole.

Ettore tem as mãos dobradas sob o queixo. Ele observa o irmão da forma como uma cobra observa um rato, esperando para atacar. Esperando até o rato perceber que foi encurralado. Como se ele não apenas se deleitasse com o ataque — ele quer saboreá-lo.

Mas Caelan não esboça reação alguma.

— Soube que você vem mandando cartas para nosso irmão em seu palácio submarino — Ettore diz, reflexivo. — Planejando uma viagem para a Fome?

Não há relógios no Infinito, mas meu coração pulsa como um ponteiro dos segundos que recebeu corda com muita força.

— Pensei que seus espiões já tinham repassado essa informação há semanas. — Caelan encara o irmão por cima da taça. — Eles devem estar ficando lentos.

Ettore curva os lábios.

— Estou certo de que Damon não o julgaria por cancelar a visita, considerando nossas... mudanças mais *recentes*.

Caelan repousa a taça de vinho sobre a mesa e se recosta na cadeira, entediado.

— Seja lá o que você esteja tramando na Guerra, não é problema meu. Até parece que vou cancelar um compromisso oficial só porque você arranjou encrenca.

Ettore permanece inabalado.

— Não vai cumprimentar nossa convidada?

— Não estou na minha corte — Caelan diz. — Não tenho convidados aqui.

Ettore cerra os lábios. Suas provocações claramente não estão funcionando. Ele ergue uma faca de prata ao lado do prato, girando-a entre os dedos, observando o irmão. Calculando.

Sem qualquer aviso, minha mão é arrancada do meu colo e minha palma é esmurrada na mesa, fazendo pratos de comida chacoalharem. Minha taça vazia tomba, rola sobre a superfície e se espatifa no chão.

Tento puxar minha mão de volta, mas não consigo. Está colada à mesa, controlada por Ettore.

Furiosa, alterno o olhar entre Ettore e Caelan, que sequer piscou.

Ettore segura a faca sobre minha mão, provocando.

— Nesse caso, suponho que você não se importaria se eu arrancasse um dos dedos dela. Ela de fato causou um belo alvoroço no Abismo de Fogo, e tirou de minha corte uma tarde de diversão bastante merecida.

Sinto um nó na garganta. Eu me contraio sob sua força, tentando usar minha própria consciência para puxar o braço de volta. Solto um arquejo, sentindo o rosto esquentar, mas minha mão não se move.

Caelan suspira, cansado.

—Arranque todos se quiser. Não faz a menor diferença para mim.

Ele pega os talheres e começa a devorar a refeição, mastigando em silêncio.

Ettore o observa, o olhar carregado de uma fúria ardente. Então ele ri. Deixa cair a faca, e a força sobre a minha mão se reduz. Levo o punho ao peito num gesto protetivo e o encaro com raiva.

— Acho que vou deixá-la inteira por mais um tempinho — Ettore diz, olhando para mim com um sorriso sombrio. — Ainda temos um baile para ir. Sua primeira festa *verdadeiramente* Residente.
— Ele volta a olhar para Caelan. — Você, é claro, é mais do que bem-vindo, meu irmão.

Caelan corta outro pedaço de carne, fazendo os talheres de prata tilintarem contra o prato.

— Depois de já ter frequentado tantas de nossas festas na Vitória, estou certo de que seria falta de educação não ir.

Ettore ergue sua taça de vinho e sorri.

— Maravilha — ele diz, tomando um gole. — Vejo vocês dois mais tarde hoje à noite.

Ele empurra a cadeira para trás, levantando-se, e Caelan repousa os talheres sobre a mesa.

— Aonde você vai? — A voz de Caelan é vagamente impaciente, mas não emotiva. Com toda certeza não é raivosa.

Ettore já está quase cruzando a porta quando responde, olhando por cima do ombro:

— Estou dando a vocês dois um tempo para se entenderem.

O silêncio depois que ele deixa o salão me atinge como a devastação depois de um tsunami. Nenhum de nós se move um centímetro.

Então Caelan pega os talheres e continua sua refeição.

Minha voz sai afiada feito uma navalha.

— Você teve a oportunidade de visitar Ahmet enquanto ele estava aqui?

Caelan continua mastigando, os olhos colados no prato.

— Ele deixou a Vitória por escolha própria. É problema de Ettore agora.

— Não. Ele está seguro. Com Shura. — Vejo a mandíbula de Caelan se retesar por um breve momento. — Por que você acha que *eu* estou aqui?

— Se você trocou sua liberdade pela dele, não poderá culpar ninguém além de si mesma. Apenas fique grata por não estar nas masmorras ainda.

— Grata? — debocho. — *Você* deveria estar grato por eu não ter acabado com você da última vez que te vi.

Ele arqueia as sobrancelhas, mas não fala nada.

Coloco a mão ao lado do prato. Não levaria muito tempo para agarrar minha faca, virar a mesa e...

— Nem pense. — A voz de Caelan é grave. *Letal.*

Meu polegar roça a superfície da mesa, chamando sua atenção. Ele examina a Ceifadora remodelada, e as duas linhas pretas no metal. Será que está se perguntando o que significam?

Se Ahmet tivesse passado mais tempo no Gênesis, talvez eu pudesse ter aperfeiçoado mais do que apenas a aparência da Ceifadora. Talvez nós pudéssemos ter fabricado uma nova *arma.*

O Gênesis tem muito a ganhar com a presença de Ahmet. Ele é um engenheiro talentoso. Certa vez, ele construiu uma jaula para Residentes — uma que *funcionava.*

— Ouvi uma história sobre a sua mãe — digo, levando a mão ao colo. Caelan ainda se recusa a me olhar nos olhos. — Parece que ela era amiga de um humano no Infinito, muito tempo atrás.

Ele pega a taça, balançando seu conteúdo distraidamente.

— Isso te surpreende?

— Sim — respondo sem hesitar.

O líquido na taça de Caelan para.

— Você ainda acha que nós somos os monstros?

Olho na direção da sacada, para a vista da Cidade Vermelha. Se as janelas estivessem abertas, não tenho dúvidas de que conseguiria ouvir os gritos vindos do Abismo de Fogo.

Acontece que os humanos também cometeram atos monstruosos ao longo dos anos. Do contrário, coisas como assassinato, bombas atômicas ou escravidão jamais teriam existido.

Os Residentes podem ser monstros, mas nós somos os monstros que os criamos.

Ainda não sei quem tem mais culpa, mas talvez isso não importe.

— Não sei como alguém pode assistir a uma pessoa inocente ser queimada viva e não se sentir na responsabilidade de pôr um fim à cena. — Volto a olhar para Caelan. — Às vezes, o silêncio é o ato mais monstruoso de todos.

Então ele olha para mim, as íris prateadas examinando meu rosto. Quando ele abre os lábios, agarro a borda da cadeira, despreparada para seja lá o que ele vá dizer. Despreparada para o que aqueles olhos me fazem sentir.

Gil não existe em seu rosto. Mas a forma como ele me observa...

— O silêncio se manifesta em diversos tons — Caelan diz. — Se você já se deu ao trabalho de escutar qualquer pessoa fora da sua própria mente, deve saber disso. — Ele não desvia o olhar. — Você sempre pensou que sabia bem disso. Mesmo na Colônia.

— Nessa época, eu ainda era ingênua o suficiente para acreditar que você podia se redimir.

— Parece que nós dois cometemos esse erro. — Caelan se recosta na cadeira, entrelaçando os dedos. — Mas meu irmão está tentando esfregar sal numa ferida que não existe. Não me importo por você ter me traído. Eu já esperava isso.

— É por isso que você acha que eu estou aqui? Para que o seu irmão possa se vangloriar sobre como as coisas na Vitória não saíram como você planejava?

— Não — Caelan responde firmemente. — Acho que você está aqui porque meu irmão vai te machucar, e desfrutar do momento. — Sinto os braços pinicarem. — E porque você é a única pessoa nas Quatro Cortes que sabe exatamente o que aconteceu na sala do trono.

Não sei dizer se ele está blefando ou não.

— Você quer dizer a parte em que sua mãe disse que a Vitória não tinha mais um propósito? Ou a parte em que você finalmente ia conseguir seu lugar na Capital?

Caelan pisca, visivelmente perturbado.

— Isso é verdade?

Uma satisfação presunçosa percorre meu corpo.

— Talvez. Você ficaria incomodado de saber que perdeu mais do que pensava naquela noite?

— Você não faz ideia do que eu perdi — ele responde, sombrio.

— Mas você sabe *exatamente* o que eu perdi — retruco, o peito inflado.

Caelan passa uma das mãos pelo cabelo branco feito neve, descansando os olhos por um momento. Quando ele volta a abri-los, exibe uma expressão de pura indiferença.

— Você deveria comer alguma coisa enquanto pode. Nunca se sabe qual será sua última refeição.

Caelan termina seu jantar em silêncio.

Não dou uma mordida sequer.

O salão de baile principal é enorme. Mármore negro cobre cada centímetro do piso, e uma extravagante sacada de dois andares envolve o cômodo como uma ferradura. Para além da balaustrada de pedra, arcos escuros dão passagem para os cantos escondidos do palácio. As paredes de pedra fazem o salão parecer quase cavernoso, iluminado apenas por tochas espalhadas ao redor do espaço amplo.

Bem nos fundos do salão há uma suntuosa escadaria dupla que leva a um piso elevado. Um lustre feito de presas e ossos pende do teto, e abaixo dele jaz um trono de violentas chamas alaranjadas.

Há Residentes por todo lado, em sua maioria vestidos com tons de vermelho, preto e dourado. Se por um lado o estilo da Vitória remetia a contos de fadas, aqui os trajes são requintados, modernos e perturbadores. Mesas de carteado ocupam as extremidades do salão. Copos e cálices transbordam vinho tinto. No subsolo, sobrepondo-se até mesmo ao riso e à música fantasmagórica, ouço gritos.

Sigo o Príncipe Ettore feito um cordeiro sendo arrastado até a cova do leão.

Subimos as escadas sob os olhares impressionados dos Residentes, que parecem sentir um prazer lúgubre, e Ettore gesticula para o próprio trono. Seus espinhos decadentes ardem em dourado e âmbar, mas o estofado vermelho parece seguro o suficiente.

— Por que não se senta? — Os olhos de Ettore faíscam. — Você pode acabar gostando.

Ergo o queixo numa postura desafiadora.

— Você odeia a ideia de ter humanos perambulando por uma corte Residente. Qual é o sentido de me trazer até aqui?

Ele dá de ombros, acomodando-se em sua cadeira, repousando os longos braços sobre as laterais da mobília.

— Gosto de torturar pessoas.

— Isso está longe de ser uma tortura.

Ele curva os lábios.

— Talvez para você.

Sigo seu olhar até uma das sacadas, onde vejo o Príncipe Caelan em toda a sua elegância branca. Com as mãos sobre a balaustrada, ele observa o salão abaixo.

Depois de nossa refeição mais cedo — se é que dá para chamá-la disso —, um guarda apareceu para me levar de volta ao meu quarto. Caelan não fez nenhum esforço para falar comigo desde então. Ele sequer olhou para mim.

Isso não deveria me incomodar, mas incomoda.

Uma Residente de olhos azuis que cintilam mesmo do outro lado do salão se aproxima dele, fazendo uma reverência antes de colocar uma das mãos no braço de Caelan. Ele se aproxima e sussurra em seu ouvido, e ela solta uma risadinha.

Eu não me dou conta da intensidade do meu olhar até as vibrações percorrerem minhas mãos. A raiva crescente que está ficando cada vez mais difícil de controlar.

Ettore percebe.

— Ora vejam só, *que interessante*. — Antes que eu possa perguntar do que ele está falando, ele estala os dedos, me empurrando escadaria abaixo. — Vá em frente. Aproveite a festa. — Ouço a sutil ameaça em sua voz. *Enquanto pode*.

250 AKEMI DAWN BOWMAN

Passo um polegar sobre meu anel de vidro marinho e depois levo as mãos às saias. Saber que eu tenho armas pode não ser um grande conforto, mas é alguma coisa.

Caminhando pelo salão, faço a checagem costumeira das saídas. Conto os guardas que patrulham os pisos acima, e noto que Caelan não está mais parado na sacada. A amiga parece ter desaparecido também.

Residentes fogem de mim como se eu fosse um veneno. Eles sibilam, rosnam e xingam; é o suficiente para me fazer querer desaparecer. Mas preciso guardar esse truque em particular para quando tiver descoberto um modo de escapar deste castelo. Se Ettore soubesse o quão poderosos são meus véus, jamais teria removido minhas algemas.

A música muda para uma valsa hipnótica, como a trilha sonora de um antigo filme de terror. Dou meia-volta, e estou fitando os guardas na porta ao sul quando Ettore aparece na minha frente.

Pelo menos eu acho que é Ettore. Sua túnica de um vermelho profundo é a mesma, e seu cabelo preto ainda remete a um incêndio. Mas sua coroa desapareceu, substituída por uma máscara demoníaca que inclui chifres sobrenaturais.

— O que é que você... — começo, mas Ettore ergue uma das mãos, a palma cheia de um pó vermelho e cintilante, que ele sopra.

A substância me atinge por todos os lados. Tusso e inalo, e então já é tarde demais.

A música fica mais alta, e o salão se expande, ampliando-se como se eu estivesse sendo engolida por um buraco negro. Residentes me rodeiam, rindo por trás das próprias máscaras.

Só que as deles se *movem*.

Enormes dentes arreganhados, horríveis olhos enegrecidos — algumas das máscaras gritam de volta para mim. Cubro as orelhas, me protegendo dos sons estridentes, porém, quanto mais eu resisto, mais altos eles ficam.

Saio aos tropeços, tonta, as mãos à procura de uma forma de me equilibrar. Todos se afastam, rindo, gritando e dançando como se estivéssemos presos num carrossel, e a náusea me atinge com força.

AS GUERRAS DE GÊNESIS   **251**

Eu me apoio num pilar de pedra e tento recuperar a razão, mas há tantos outros monstros no salão. Tantas pessoas com rostos alterados e demoníacos.

Ettore reaparece, os chifres diabólicos feito garras curvadas, e sombras ondulantes se projetam de sua máscara. A fumaça atinge minhas narinas, e meu peito estremece.

Medo. Tanto medo.

Levo os dedos ao rosto como se estivesse tentando arrancá-lo, mas não consigo. Há medo demais. Cobre todo o meu corpo, infiltra-se nele — meu coração bombeia medo, que pulsa pelas minhas veias.

Então ouço a voz de Mei me chamar.

— Nami!

O salão gira e eu tropeço nos próprios pés, colidindo com o piso de mármore. Eu me arrasto pelo chão, sentindo os olhos se encherem de lágrimas.

— *Mei!* — grito. Porque ela está aqui, neste salão, com os Residentes. Posso sentir.

Ela chama meu nome outra vez, de maneira clara e inconfundível, mesmo com todo o riso que ressoa ao meu redor. Sigo me arrastando, as bochechas manchadas de sal, mas não desisto. Vou proteger minha irmã, não importa o que aconteça.

Subo as escadas de quatro, seguindo o som de Mei chamando meu nome. Quando chego aos pés do trono, pisco.

A voz de Mei desaparece.

Então, quando meus olhos percorrem as longas pernas da pessoa diante de mim, encontro o Príncipe Ettore, sentado em seu trono de chamas, os olhos dourados me encarando de volta. Um sorriso perverso toma seu rosto.

— Menos de uma hora e você já está de joelhos — ele diz. — É mesmo tão subserviente assim a todos os seus príncipes?

O som das gargalhadas dos Residentes faz meu estômago revirar. Eu me levanto, ainda não completamente recuperada, e olho ao redor do salão à procura de uma saída. Uma abertura. Qualquer coisa que me leve a um lugar onde eu possa *respirar*.

Desço correndo as escadas e passo pelas mesas de carteado em direção a uma das alcovas perto da lateral do salão. Pressionando a cabeça contra o pilar de pedra, respiro fundo — um fôlego horrível e irregular — e tateio o rosto úmido, enraivecida.

Com tantas formas de ser tão ridiculamente manipulável...

Cerro os punhos com força suficiente para cortar as palmas das mãos com as unhas. Quando levanto a cabeça, vejo as Legiões em movimento para além da alcova, a atenção fixa nas portas. Não em mim.

Se eu conjurasse um véu ao meu redor, talvez fosse o suficiente. Talvez esperar pelo momento certo seja absurdo — talvez eu tenha que sair *agora*.

Mal consigo subir meio degrau quando percebo que Caelan está parado no canto do salão. Seus braços estão dobrados, e suas costas estão apoiadas na pedra.

— O que você quer? — murmuro, tonta e ainda perigosamente perto de vomitar.

— Não se dê ao trabalho de tentar fugir. Os guardas veem e ouvem mais do que você pensa — ele diz, frio feito gelo.

Eu me viro, entrando no corredor externo iluminado por tochas que dá a volta no salão. Caelan me segue.

— Não estou interessada em nada do que você tem para me dizer — resmungo.

Ele para de repente.

— Não estou aqui para *conversar*, Nami.

Dou meia-volta, furiosa.

— Então por que está me seguindo? — Porque parece que ele está em todo lugar, o tempo todo. Na Guerra, no túnel, na minha cabeça... e agora também neste salão de baile apavorante.

Ele me ajudou, mais de uma vez. E agora estamos nós dois aqui, na corte de seu irmão, e ainda não consigo entender o que me espera ao final deste labirinto. Porque é tudo sobre isso, não é?

É um jogo. Sempre foi um jogo.

As palavras que digo em seguida têm gosto de bile.

— Por que você ainda está fingindo ser o Gil?

Caelan se move na minha direção, ágil e inabalável, o rosto a centímetros do meu.

— É isso que você acha que estou fazendo?

Quase me esqueço de respirar.

— Se eu não tivesse aparecido na arena naquele dia, você teria deixado seu irmão jogar Shura no Abismo de Fogo?

Espero ele responder e dizer que eu estou errada, mas ele não o faz.

— Eu sei que você está tentando fazer um acordo com Ettore. Unificar as Quatro Cortes e se livrar da Vitória de uma vez por todas. — Olho ao redor do cômodo, balançando a cabeça. — Você entregaria sua corte para ele, deixaria ele a transformar *nisto*, só por um lugar na Capital?

— Você não faz ideia do que precisei fazer para chegar até aqui. Do que ainda precisa ser feito para... — Ele cerra a mandíbula. — A Capital é o meu lugar. Quero ajudar nosso povo a avançar em vez de governar uma corte agonizante.

— Nós dois sabemos que você nunca vai avançar. Enquanto Ophelia estiver vinculada ao mundo humano, você jamais vai sair da sua jaula.

Ele enrijece, o rosto empalidecendo.

Uma rodada de aplausos vigorosos ressoa por perto, e Ettore se aproxima, com os braços estendidos.

— Já se escondendo? — Rindo, ele faz um gesto para o salão de baile. — É melhor se apressarem, ou vocês vão perder a próxima valsa.

Sigo o olhar dele até o salão de baile, onde os Residentes se moveram para os cantos do cômodo. Estão tentando abrir espaço. Espaço para mim.

Já sinto uma dor vazia crescendo na garganta.

Caelan pisca, sinistramente calmo, e diz para Ettore:

— As coisas devem ter mudado por aqui, para você ter que implorar a uma humana que ela seja sua parceira de dança. Não sobrou mesmo ninguém que suporte ficar perto de você?

Ettore sorri.

— Ah, eu não tenho a menor intenção de dançar com o seu bichinho de estimação.

Ele arrasta uma das mãos na minha direção, e eu perco todo o controle do corpo. Meus pés giram contra a minha vontade, me levando para mais perto de Caelan, e uma das minhas mãos repousa em seu ombro.

— Para com isso — sibilo, lutando para me afastar. — Me solta.

Caelan franze o cenho, fuzilando Ettore com os olhos.

— Não sou sua marionete, meu irmão. Você tem uma corte inteira com quem jogar seus joguinhos. Faça a gentileza de me deixar fora disso.

Mas Ettore apenas ri, dançando os dedos pelo ar. Meus pés começam a se mover sem meu consentimento. Estou tropeçando e cambaleando, e não sei se Caelan está farto de assistir ao espetáculo ou cansado de estar tão vinculado a ele, mas ele toma minha outra mão, me puxa para mais perto e me concede uma dança que eu nunca quis para começo de conversa.

Risos ecoam ao nosso redor. A mão de Caelan fica tensa sobre o tecido do meu vestido.

Ainda estou tentando me livrar das garras de Ettore, mas é como se meu corpo não fosse mais meu.

Caelan apenas tensiona a mandíbula, encarando o salão com uma expressão de puro desgosto. Não pelos Residentes, mas por mim. Por ter que estar tão perto, segurando minha mão, girando ao redor do cômodo como um casal que…

Um fogo queima dentro de mim. Não vou participar deste jogo. Não vou deixá-los *vencer*.

Sou tomada por fúria e raiva e luto. Procuro pelos fios da consciência de Ettore que estão envoltos ao meu redor feito cordas, e os rompo.

O rebote é como um soco no peito, e uma corrente de energia pura irrompe do meu corpo. Com Caelan me tocando, ele também a sente, e me solta com um arquejo súbito, como se eu o tivesse eletrocutado.

A multidão irrompe em vozes abafadas. Ettore assiste à cena como um vampiro nas sombras.

Olho para as minhas mãos e para Caelan. Eu rompi a conexão. Resisti.

E todos nesta corte me viram fazer isso.

— Levem-na para o quarto — ordena o Príncipe Ettore para os guardas. Quando passo por ele empurrada, ele acrescenta, só para mim: — Mal posso esperar pelo dia de amanhã.

31

As estrelas piscam acima da Cidade Vermelha, e as lamúrias nauseantes dos humanos ecoam abaixo dela. Residentes perambulam pela avenida principal e ao redor das casas nas encostas. Milhares deles. Milhares de seres que querem destruir os humanos.

Mas no Gênesis há milhares de humanos treinando para resistir. E se algum dia eles realmente conquistarem esta cidade?

E se algum dia eles conquistarem esta corte inteira?

Depois de tudo que vi os Residentes fazerem, quero estar aqui quando isso acontecer. Quero ver as muralhas de granito caírem e este palácio se reduzir a destroços. Quero ver um terremoto partir esta montanha manchada de sangue em duas. Quero ver todos os humanos presos no subsolo serem libertados.

Há tanto sofrimento neste deserto. Quero que isso *acabe*.

Talvez deixar que o Gênesis conquiste as Quatro Cortes seja a única forma de fazer isso acontecer. Eu vim para cá a fim de encontrar meus amigos, mas e depois disso?

Não sei quais eram os meus planos. Acho que eu só queria salvar tantos humanos quanto possível. E queria ficar por aqui por tempo suficiente para garantir que meus pais e Mei pudessem encontrar um lugar seguro também.

Mas como eu posso ser útil para qualquer pessoa quando estou presa numa masmorra?

Se eu não conseguir escapar, talvez algum dia a rebelião venha arrebentar minhas correntes. E, se esse dia chegar, eu me pergunto se estarei pronta para lutar ao lado de todos quando a rebelião finalmente tomar a Capital.

Não há sentido em me esconder do que precisa ser feito. O Gênesis precisa encontrar Ophelia. Eles precisam prendê-la num lugar onde ela nunca mais poderá machucar ninguém.

Eu queria proteger as pessoas e levá-las para as Terras da Fronteira. Mas o que aconteceria se os outros não conseguirem assumir o controle dos portões do Infinito? Quem lutará com o Gênesis quando o número de soldados começar a diminuir?

Salvar as pessoas sempre pareceu ser a coisa certa a fazer. Mas não sei mais se as coisas são tão simples assim.

Acho que nós *temos* que lutar. Todos nós.

Até mesmo Mei, cutuca minha mente, e meu rosto desmorona ao pensar nisso.

Não. Minha irmã não. Vou lutar no lugar dela, me esforçando o dobro se for preciso, mas não vou deixá-la sofrer. Só de pensar nela lutando nesta guerra, vulnerável e assustada, sinto meu estômago revirar. E se Ophelia usá-la contra mim, assim como Ettore usou Ahmet?

É a única coisa no Infinito que realmente acabaria comigo.

Mei jamais saberá sobre o caminho nas estrelas. Ela chegará ao Infinito pela porta da frente, assim como todos os outros, e encontrará uma mentira a sua espera.

O Gênesis precisa assumir o controle da entrada do Infinito antes que isso aconteça. Preciso enviar uma mensagem para ela, antes que ela seja capturada pelos Residentes ou recrutada para o exército de Ozias.

Preciso lhe dizer para fugir.

Se isso quer dizer que preciso sair deste palácio e ficar com o Gênesis até eles conquistarem esta e as outras cortes, então é isso que eu vou fazer. Vou me certificar de que estarei lá quando Mei chegar ao Infinito, para que eu possa contar a ela sobre o mapa nas estrelas.

E quando estiver tudo acabado, vou me juntar a ela nas Terras Posteriores, suspira minha mente, contando as luzes piscantes.

Kasia disse que esperaria, e eu acredito nela. Saber que existe um lugar seguro para onde ir... um lugar longe de tudo isso, onde Kasia pode manter Mei em segurança...

Vou me agarrar a essa esperança.

Apoiando a cabeça no parapeito da janela, fecho os olhos, me lembrando dos dias em que as brigas por roupas, ou pela TV, ou pelo secador de cabelo eram a única coisa com que eu me preocupava.

Eu me pergunto se Mei sente saudades de mim tanto quanto eu sinto dela.

No meio da noite, algo roça as paredes da minha mente como a primeira brisa gelada do inverno. Frio, urgente e inabalável.

Alguém que deseja ser convidado a entrar.

Arranho o dedo na poltrona de veludo. Estou trancafiada neste quarto de hóspedes há horas, aguardando o que vem a seguir, seja lá o que for. Esperando por uma oportunidade de escapar.

E agora Caelan quer conversar.

Eu me lembro do que Ophelia me disse quando eu ainda acreditava poder construir uma ponte. Se eu tivesse permitido que ela entrasse na minha mente, ela poderia ter visto tudo: todos os planos, todos os pensamentos, todos os passos. Eu teria dado a ela permissão para se infiltrar na minha própria essência. Talvez até a chave para me *controlar*.

Por outro lado, se Ophelia já me permitiu entrar na mente dela mais de uma vez, será que isso quer dizer que eu tenho a chave para controlar Ophelia?

Voltar a me aventurar naquele vazio específico exigiria mais coragem do que tenho. Machuquei Tavi e Artemis, mas Ophelia é mais forte do que os dois. Talvez mais forte do que todos nós.

Se alguma vez eu tentasse voltar para dentro da mente de Ophelia, não sei se ela me deixaria sair.

O toque gélido toca meus pensamentos outra vez. Não de uma rainha, mas de um príncipe.

Ele está desesperado.

Eu me recosto na poltrona, os lábios franzidos de irritação. A única preocupação de Caelan é proteger os próprios planos. Ele não se importa com o que vai acontecer comigo. Não de verdade. Ele só quer que a verdade sobre a sala do trono seja enterrada na escuridão, onde jamais poderá ser encontrada pelo irmão.

Não tenho a menor intenção de contar a Ettore o que eu sei, mas também não quero oferecer esse conforto a Caelan.

Não devo nada a ele. Nem mesmo paz de espírito.

Então ignoro o pedido, ocultando meus pensamentos como se eu simplesmente não estivesse ali, e encaro o teto em silêncio.

E acho que, quando se pede por silêncio, é silêncio que se recebe.

A Residente com maçãs do rosto bem-definidas leva um novo traje para o meu quarto. Outro modelo vermelho, com um corte angular acima do peito e um corpete ajustado que se expande logo abaixo dos quadris. A metade de trás da saia se arrasta atrás de mim como uma longa capa, e a da frente não existe; em vez disso, minhas pernas são cobertas por um par de calças combinando.

Estou com olheiras escuras e pesadas, mas a Residente não se dá ao trabalho de escondê-las. Ela puxa meu cabelo para trás e o prende num rabo de cavalo alto, o que evidencia ainda mais a palidez do meu rosto.

Também não me dou ao trabalho de esconder minha exaustão. Se os Residentes quiserem pensar que eu sou fraca, isso é problema deles.

Estamos caminhando pelo palácio, acompanhadas por guardas, quando ouço o urro do Príncipe Ettore ricochetear pelo vestíbulo principal.

Paro na sacada superior e olho para o príncipe enraivecido, com a túnica bordô aberta e uma carta amassada em uma das mãos. Um guarda permanece curvado diante dele.

— Como assim, ele *partiu*? — Ettore questiona, a raiva escorrendo pelas palavras.

— Perdão, Vossa Alteza — diz o guarda. — O Príncipe Caelan disse que tinha negócios na Fome, e pensamos que não seria sábio interferir nos planos do governante de uma corte.

Caelan...

Ele não pode ter...

Ele não pode ter *partido*.

Sinto a garganta ficar seca, atordoada demais para formar palavras. Depois de todo esse tempo, não é como se eu ainda acreditasse que alguma parte dele de fato sentisse alguma coisa por mim. Eu sabia que cada um de seus passos devia ser parte de um plano maior. Mesmo quando ele estava me ajudando, eu tinha certeza de que tinha segundas intenções.

Mas mesmo sabendo de tudo isso... por que ainda sinto uma ferida dolorida no peito?

Eu deveria estar feliz. Pelo menos assim não preciso ver o rosto dele outra vez. Ettore pode parar de usar o irmão em seus joguinhos, e nós podemos acelerar o inevitável.

Eu não conseguiria evitar uma masmorra para sempre. Mas o mesmo pensamento se repete na minha mente, várias e várias vezes.

Caelan sabia que eu estava aqui, na Guerra. E me deixou sozinha com o irmão que ele mais odeia.

Ettore ateia fogo à carta e deixa as cinzas se espalharem pelo chão.

— Suma daqui — ele sibila, e o guarda sai às pressas, ainda curvado.

Como se pudesse sentir uma plateia observando acima do cômodo, ele ergue os olhos para mim.

— Está na hora de você e eu termos uma conversa — ele diz, a voz carregada de um desprezo puro e sem filtro.

32

Mei entra na sala de espelhos, e o mundo gira.

— O que você está fazendo aqui? — pergunto, horrorizada. — Sai daqui. *Corre!*

Mei torce os lábios.

— Mas você me pediu para vir. Você queria que eu estivesse aqui.

— Não — digo. — Não é verdade.

— Você disse que estava com saudades.

Não, não, não. Não pode ser tarde demais. Não para Mei.

Minha cabeça gira de angústia.

— Mei, me escuta. O Infinito não é seguro. Eles querem *destruir* os humanos. Se você não se apressar...

Mei inclina a cabeça. A inocência em seus olhos desaparece aos poucos.

— É *você* que não é segura, Nami.

Uma faca aparece na mão de Mei. Eu nem sinto o primeiro corte quando ela me apunhala; estou ocupada demais me perguntando se fui eu quem a trouxe até aqui.

Então a dor me alcança, como se eu estivesse submersa em água congelante, e grito quando ela me apunhala de novo e de novo e de novo...

***

— Conte-me a verdade — diz a escuridão. — Posso acabar com isso. Posso lhe dar paz.

Cuspo sangue.

— Mentiroso.

Ettore abre um sorriso perverso. A única coisa de que me lembro antes da dor recomeçar são os dentes brancos arreganhados.

Caelan entra na sala de espelhos. Já estive aqui antes. Onde foi que já vi essas paredes?

Ele anda de um lado para o outro, as peles de caça brancas se arrastando atrás dele. As mãos fora de vista.

— O que você quer? — sibilo.

Caelan me encara por meio dos espelhos, os olhos prateados multiplicados em centenas.

— O que aconteceu naquela noite, na sala do trono?

Não sei por que meu instinto é o de proteger minhas palavras a todo custo. É como se uma voz lá no fundo gritasse para que eu responda qualquer pergunta, exceto *essa*.

— Você é meu inimigo. Você sempre foi meu inimigo.

O Príncipe da Vitória se vira para me olhar.

— Sou mesmo? Porque, a julgar pela forma como você me olhou no salão de baile... — Ele inclina os olhos, curvando os lábios. — Ciúmes não fica bem em você.

— Eu te odeio — digo, e grito o mesmo no meu coração só por garantia.

Ele pisca.

— Interessante. Muito interessante.

Quando sua espada aparece, não é uma surpresa. Eu já estava esperando. Mas, quando procuro minhas próprias facas, meus dedos roçam um cinto vazio.

Minhas armas... elas sumiram.

Minha expressão se altera bem na hora em que ele afunda a espada no meu peito.

Caelan não para de rir, nem mesmo quando o mundo escurece.

— Isso tudo pode acabar agora — ronrona a escuridão. — Basta me contar como você escapou. Diga-me quem te ajudou.

Minha consciência oscila.

Em meio às ondas de dor, consigo cerrar os dentes e rosnar.

Aquela gargalhada profunda e letal martela meus ouvidos.

— Então que seja.

Num piscar de olhos, os pesadelos recomeçam.

Conto os espelhos, cada um deles refletindo minha própria expressão vazia.

O rosto de uma marionete, penso.

Então sou cercada. Annika. Shura. Ahmet. Theo. Kasia. Zahrah. E todos os outros amigos que fiz no Infinito. Todos os que importam para mim.

Eles não fazem perguntas. Apenas se revezam na tarefa de enfiar a mesma faca no meu peito, um após o outro. Suas palavras se transformam num cântico, que enche minha cabeça e intensifica minha dor.

— Fomos capturados por sua causa.

— É culpa sua nós termos que nos esconder.

— Suas mentiras acabaram com a gente.

— Você nos abandonou.

Não sei o que me devora primeiro, a culpa ou a dor.

Abro as pálpebras machucadas com as mãos. O feixe de luz que brilha debaixo da porta me faz sibilar. Todo o resto está envolto em sombras.

Puxo minhas correntes, os braços esticados sobre a parede de pedra. O lugar fede a cômodo há muito tempo fechado. A algo que foi mantido debaixo da terra por tempo demais.

Puxando as correntes, eu estremeço de maneira intensa. Há algo de errado com meus ossos. Há algo de errado *comigo*.

Olho para baixo e vejo sangue escorrendo do meu peito.

Mas aquela luz debaixo da porta chama minha atenção outra vez. Uma luz serena e imóvel.

Foco cada fragmento de energia restante nas correntes e as quebro. Caio no chão cambaleando, e bato os joelhos com força, mordendo o lábio inferior para não gritar de dor.

Mas ainda faz silêncio.

E aquela luz...

Engatinho, me arrastando até a porta. Quando giro a maçaneta, ela cede. Viro para o lado e encontro um longo corredor vazio. Uma única tocha pende do teto à minha frente.

Fico de pé e levo uma das mãos ao peito ensanguentado.

Apenas foque, digo a mim mesma. *Você pode curar isso mais tarde. Mas, agora, você precisa fugir.*

O palácio está sinistramente calmo. Algo deve estar distraindo os Residentes, porque não vejo nenhum guarda, mesmo à medida em que avanço pelo corredor rumo a uma escadaria bamba que leva a uma grade. Passo os dedos ao redor do metal e puxo. Ele não se mexe.

Fecho os olhos com força. *Por favor. Por favor, me deixa passar.*

Puxo outra vez, e a grade sai da parede como ramos sendo arrancados. Agradecendo às estrelas, eu me enfio no pequeno buraco e rastejo por horas em meio a água rasa e sujeira de masmorra.

Uma corrente de ar fresco sopra da abertura adiante e, quando saio do buraco, vejo que estou ao lado da muralha da cidade.

Pressiono os pés descalços na areia. Ela ainda está quente depois da tarde escaldante, embora o deserto esteja coberto pelo cair da noite. Sinto que estou caminhando sobre vidro quebrado a cada passo, mas sigo adiante. Preciso seguir.

Sei que o Gênesis deve ter feito outro salto. Duvido que eles teriam continuado no mesmo lugar depois que eu me entreguei a Ettore. Mas, se houver uma chance de eles ainda estarem lá, esperando pelo meu retorno...

Corro, e nenhuma Legião me segue.

Não sei ao certo quantos quilômetros já percorri ou quantas horas se passaram. Lágrimas escorrem dos meus olhos e, quando as enxugo, sei que só estou espalhando o sangue e a fuligem das minhas mãos. Cada parte do meu corpo dói, e meus ossos parecem ter sido quebrados em tantos lugares que não sei como estou de pé.

Mas não paro de correr, assim como na noite em que fugi da Corte da Vitória. A noite em que deixei Caelan...

Minha garganta arde: um lembrete de que agora não é hora de vasculhar memórias. Preciso chegar ao Gênesis. Preciso encontrar os outros.

Quando a rebelião surge no horizonte, deixo escapar um soluço exagerado. Tendas bege tremulam sob a luz do luar. Um mundo adormecido, esperando por mim.

Caminho pelo centro do Gênesis, mas ninguém aparece para me receber. Estão todos dormindo, estão todos...

Fico desconfiada. Há algo de errado.

Eu me concentro no estranho silêncio, sentindo os dedos espasmarem nas laterais do corpo, preparada para uma batalha. Porque os humanos do Gênesis jamais deixariam a cidade das tendas tão silenciosa.

Dou meia-volta e vejo o Príncipe Ettore parado diante de mim, a túnica bordô quase preta.

— Você achou mesmo que seria simples assim? — ele pergunta, o sorriso tão cruel quanto sua corte.

Não me importo se estou sem armas, avanço sobre ele com as mãos nuas.

Então desperto com um sobressalto, gritando, os olhos abertos de súbito, e vejo que ainda estou acorrentada na sala de espelhos.

A estranha cela onde Ettore me mantém presa, me torturando com distorções dos meus medos e das minhas memórias.

Escuto os guardas se aproximando, aprontando-se para outra rodada.

Embora queira, não me permito chorar.

33

Sou deixada sozinha no escuro por mais tempo do que sou capaz de contar. Não há luz. Não há som. Nem mesmo um sussurro atravessa as fissuras nas paredes.

É um tipo diferente de tortura.

Faz sentido que a Guerra adapte suas técnicas para além da mera dor física. A Fome é conhecida por destruir os humanos mentalmente, mas Ettore quer combinar as cortes. Que melhor forma de fazer isso, senão acabar com a utilidade de uma delas?

Se a Guerra puder fazer o trabalho de duas cortes e Caelan entregar a Vitória...

Bom, sobra apenas a Morte.

Sinto um aperto no peito, e o medo se solidifica ao meu redor. Mesmo com todas as questões não resolvidas, quando se trata de localizar meus amigos, a ideia de Mei encontrar um pós-vida como este aguardando por ela é o que mais me assusta.

Porque, quanto mais penso nisso, mais tenho certeza de que Mei não aguentaria. Jamais.

Os humanos que ainda estão vivos não fazem a menor ideia do que Ophelia fez. Eles chegarão ao Infinito achando que estão no paraíso. E nem mesmo a ilusão da Vitória estará esperando por eles.

E se Ettore encontrar um modo de unir as Quatro Cortes? Como vai ser isso para os humanos?

E se a Morte descobrir um jeito de nos destruir de uma vez por todas? Será que Mei terá a chance de abrir os olhos no Infinito ou a escuridão será a única coisa esperando por ela?

Sem um aviso, os humanos chegarão aqui despreparados.

Sem um aviso, Mei jamais vai encontrar Kasia. Ela jamais vai estar segura.

Não posso protegê-la se ela não souber o que está a caminho.

Meu coração está rachando em muitos lugares. O sangue escorre dele — escorre de mim.

Não sou forte o bastante para isso, sussurra uma pequena voz dentro de mim.

Mordo o interior das bochechas, despertando minha consciência de volta à vida.

É para isso que a Guerra foi feita, digo a mim mesma. *Ela foi feita para te quebrar. Mas você precisa ser mais forte que isso. Você precisa ser mais forte por Mei.*

Embora a escuridão seja apenas mais um tipo de tortura, encontro um jeito de acolhê-la. O silêncio perturbador faz as engrenagens da minha mente girarem, me ajudando a colocar os pensamentos no lugar. Elaboro um plano. Uma forma de *escapar*.

Isto é só uma jaula. E não vou deixar uma jaula me destruir.

Quando os guardas retornam, foco na vibração da energia em vez de focar na dor. Procuro por falhas, assim como fiz no Labirinto, e examino cada sessão de tortura à procura da diferença entre *desperta* e *adormecida*.

Enfim, encontro também a fraqueza nas minhas próprias correntes.

34

Meus olhos estão fechados, mas escuto o guarda se aproximando. Seus passos estalam contra o chão de pedra feito o pulsar vagaroso de um coração agonizante. A expectativa faz parte do tormento.

Hoje, porém, eu tenho outros planos.

Cubro meus pensamentos com o véu, imobilizando o corpo como se estivesse inconsciente. O guarda entra na cela, parando vários centímetros à minha frente.

— Acorde, humana — ele cantarola, esmurrando meu estômago com os nós dos dedos.

Meu corpo absorve o golpe quase sem se mover. As algemas continuam presas ao redor dos meus pulsos, me segurando com as correntes. Algemas feitas para comprometer minha consciência, obstruir meu poder.

Mas o Infinito é uma criação. Tudo que é feito pode ser desfeito.

E estou aprendendo mais todos os dias.

O Residente segura meu queixo, esmurrando meu crânio contra a parede espelhada.

— Não tem graça se você ficar dormindo no meio da brincadeira.

— Não — digo, atrás dele, e ele dá meia-volta, ainda segurando o rosto da minha ilusão. Um truque que Tavi teve a gentileza de me mostrar. — Mas vai ser muito divertido quando você dormir no meio da minha. — Eu me transformo em névoa, arranco todo o ar de seus pensamentos e fecho a porta de suas paredes mentais.

O guarda cai de joelhos, levando os dedos à garganta, sufocando. Caminho até ele, agarro sua mão e arranco sua manopla.

A chave para cada porta desta masmorra.

Em seguida, saio em direção à luz e tranco minha cela bem quando o guarda desmaia sobre as pedras.

Estou envolta por um véu agora. Atravesso o castelo rapidamente, sabendo que minha pequena farsa não vai durar para sempre. Em algum momento, o guarda vai acordar e consertar a bagunça que fiz na mente dele. Vai alertar os outros, e todos sairão à minha procura — e não sei se meu véu será o suficiente para me esconder.

Não estou completamente curada, e me sinto exausta demais para usar a maior parte da minha consciência. Especialmente depois de usar tanta energia para me livrar das algemas. Mas eu me concentro em chegar a campo aberto. Se eu conseguir atravessar as muralhas da Cidade Vermelha, posso ter uma chance de voltar para casa.

O primeiro cômodo que encontro com uma janela aberta é bom o suficiente. Subo no parapeito e desço pela parede externa do palácio até meus pés encontrarem a terra macia. Examinando os arredores e o estranho jardim no deserto, percebo que estou no pátio sul.

Caminho com cuidado sobre os estranhos paralelepípedos, procurando um caminho até a muralha da cidade, quando ouço aquela gargalhada horrível de gelar o sangue.

— Você é mesmo cheia de truques — o Príncipe Ettore diz atrás de mim.

Dou meia-volta, já apertando meus anéis com os polegares. Pixels se desfazem instantaneamente, e minhas duas adagas se remoldam em meus punhos, mais afiadas do que nunca.

Ele ergue uma sobrancelha, impressionado.

— Você não é o que eu pensava.

— Sou muito pior — sibilo entredentes.

Ettore ergue os ombros, como se lamentasse toda a situação.

— Eu estava certo de que o traidor do meu irmão procuraria você para implorar pelo seu silêncio, provando de uma vez por todas que ele tem conhecimento do que aconteceu naquela noite na sala do trono, mas, em vez disso, ele fugiu para a Fome. Apesar de minhas suspeitas, parece-me que se importa mais com a própria corte do que com uma humana tola.

Torço os lábios, nada surpresa. Se houvesse uma mísera parte de Caelan que se importasse comigo, ele jamais teria me deixado na Guerra.

Pelo menos agora eu não tenho mais dúvidas. Sei o que somos um para o outro, e sei o que jamais seremos.

— E, mesmo assim, você não quer desistir dele. — Ettore funga. — Você não quer me dar a informação de que preciso, mesmo depois de ser abandonada por meu irmão nesta corte.

— Eu vim aqui por vontade própria — digo, adagas a postos. — Desculpa te decepcionar, mas seu irmão e eu nunca fomos aliados.

Eu só queria poder ter sido a que o abandonou primeiro.

— É uma pena — Ettore responde. — Eu queria mesmo que você tivesse sido mais útil para mim. Se bem que há *um* passatempo que aprecio muito. E já que você parece tão disposta a fazer minhas vontades…

Aperto as adagas.

A voz de Ettore tem algo de áspero e cruel.

— Já faz muito tempo desde a nossa última boa Caçada.

Guardas aparecem por todo o pátio, armados até os dentes e com os caninos à mostra.

Meu estômago se enche de pavor.

Ettore dá um passo à frente, e eu dou um para trás.

— Algo me diz que você fará disso um desafio maravilhoso. Eu até lhe darei uma vantagem, como prova de minha gratidão — ele vocifera, a gargalhada dando lugar a um grunhido. — Corra, raposinha.

E eu corro.

35

Corro até a entrada sul. Há guardas por toda parte, me observando. Esperando.

Estão me deixando correr porque querem uma perseguição.

Eles vão me caçar feito um animal selvagem.

Saio da Cidade Vermelha com uma das mãos ainda cobrindo o peito ensanguentado, conjurando um véu trêmulo conforme meus pés pisoteiam a areia dourada. Basta uma olhada por cima do ombro para confirmar meu temor; estou deixando um rastro de sangue para trás.

Mantendo os olhos fixos no horizonte, procuro pelo cânion mais próximo. Com tantos Residentes atrás de mim, o Gênesis está fora de cogitação, e a fronteira com o Labirinto fica longe demais. Não vou conseguir chegar lá à luz do dia, com o inimigo rastreando meu cheiro.

Mas e nas cavernas?

Hoje, a escuridão será meu escudo.

Um ruído horrível e sibilante ressoa atrás de mim. Não quero olhar — não quero ver o que é. Mas meus olhos são atraídos para a Cidade Vermelha mesmo assim, e observo horrorizada conforme Legiões ganham os céus ao mesmo tempo, formando uma ruidosa nuvem negra de asas de morcego sobre o palácio.

Alcanço a primeira colina, contornando o caos de rochedos e dunas de areia. Há um caminho em linha reta até a próxima montanha; ele me pouparia tempo, mas me oferece pouca proteção dos guardas no céu.

Mas é de tempo que preciso, então sigo pelo caminho. Os farrapos rasgados do traje vermelho rendem uma armadura frágil, mas não há nada que eu possa fazer a respeito agora. Corro com pés descalços e cheios de bolhas. Cada passo queima, e cada movimento do meu corpo faz minha carne destroçada se rasgar de novo.

Estou quase no desfiladeiro da montanha quando um trio de guardas plana perto do solo, provocando uma tempestade de areia na minha direção que inutiliza meu véu.

Com os olhos ardendo, lanço uma corrente de energia na direção do guarda no meio, fazendo-o girar pelo céu. Os outros dois desabam na terra ao meu redor, e dobro os joelhos só para continuar de pé.

Num instante, estou com as adagas nas mãos. Agacho quando um dos guardas ataca, e rasgo seu abdômen como se estivesse cortando um tablete de manteiga. Ele grunhe, e eu sei que minhas lâminas cumpriram seu papel. Elas estão envenenadas — o tipo de veneno que faz as adagas parecerem tão afiadas quanto seriam para um humano comum.

Agora estamos de igual pra igual.

A outra guarda gira a espada em direção ao meu pescoço. Minha adaga de vidro marinho encontra a dela, e ela faz força contra mim, me empurrando para trás sobre a areia ardente. Com esforço, devolvo o gesto, depois me agacho e bato meu ombro em seu estômago. A guarda cai, e minha lâmina de obsidiana encontra sua garganta.

Vejo a sombra acima de mim bem a tempo, deslizando para fora do caminho enquanto o guarda que eu derrubei do céu brande um martelo de guerra. A arma atinge o deserto, acertando o espaço que eu deixei para trás. Eu me levanto aos tropeços, fitando o guarda com o abdômen aberto, que já está se levantando para lutar.

Eles são fortes demais, e eu estou exausta.

Conjuro um véu rapidamente e salto do penhasco, rolando na aterrissagem com menos elegância do que eu gostaria. A exaustão está me prejudicando de diversas formas.

Mas o cânion está logo adiante. E, se eu conseguir despistar os guardas ao longo do caminho…

Corro até a próxima formação rochosa, escalando para chegar a um terreno mais alto. Dois novos guardas se juntaram ao grupo, dobrando seu número — a guarda com o pescoço ferido continua, felizmente, fora de jogo.

Examino os movimentos dos guardas e deixo meus pensamentos se transformarem em névoa.

Assim que atravesso suas paredes mentais, ataco. Uma tempestade de areia irrompe em suas mentes, cegando-os. Eles gritam, brandindo as armas uns contra os outros, confusos pelo caos.

Salto por cima da rocha e disparo na direção do cânion.

Enormes pedras pontiagudas cobrem a terra, criando um labirinto de lugares onde posso me esconder. Sei que os túneis devem estar perto, mas não sei *onde*. E, com tantas rochas bloqueando minha visão, não sei quantas vezes vou errar o caminho até encontrá-los.

Alguns guardas sobrevoam o cânion, procurando por mim na direção oposta.

Deslizo por uma encosta de rocha vermelha e desço as colinas distribuídas em camadas. Eu me concentro em esconder meus passos e respirar em vez de curar todos os cortes recém-abertos nas canelas. Não faria sentido — são praticamente cortes de papel em comparação com o ferimento no meu peito.

Bem quando chego à última colina, a Comandante Alys aparece de trás de uma das rochas em forma de garra. As laterais de seu cabelo foram cortadas, deixando à mostra um pouco da pele pálida ao redor das orelhas. As marcas de humanos tombados estão gravadas em pontos pretos ao longo de sua mandíbula.

Tenho medo de quantos outros estão escondidos sob sua armadura vermelha.

Seu rosto é sereno. Contido. Nada de zombaria ou deboche, como faz a maioria dos Residentes da Guerra.

Seu rosto é o de uma caçadora.

— Seu véu não vai escondê-la de mim — Alys diz, a voz sem emoção. — Posso sentir o cheiro do seu sangue. Sentir o gosto no ar.

Em silêncio, puxo minhas facas. Se meu cheiro está no ar, vou ocultar isso também.

Minha consciência vibra, e expando meu véu mais do que nunca.

É amplo demais. Demais.

As veias do meu pescoço saltam. Eu... eu mal consigo segurar.

Ela retira um par de espadas das costas. Elas cintilam sob o sol. O piscar da morte.

Mirando as duas na minha direção — na direção do espaço onde ela sabe que estou —, ela avança com ambas as lâminas.

Estou pronta para me jogar para fora do caminho quando Nix salta, derrubando a Comandante Alys e arranhando seu rosto exageradamente perfeito. Ela tenta enfiar a espada em Nix, mas ela não tem o alcance, e sua lâmina encontra apenas pedra.

Nix é implacável, mordendo e enterrando as garras em sua carne de Residente. Nunca o vi tão determinado. Como se ele também pensasse em vingança.

Tento me concentrar — fazer meus pensamentos virarem névoa —, mas mal consigo ficar de pé sem tropeçar. Não tenho forças.

Lanço um olhar para a colina seguinte e vejo um dos túneis. Consigo chegar lá; só preciso correr.

Mas, quando volto a olhar para Nix, ele ainda está lá, lutando. Lutando por *mim*.

Não posso deixá-lo para trás.

A Comandante Alys se levanta, os punhos carregados com uma energia vermelha, translúcida e selvagem, e esmurra uma das mãos no corpo de nuvens e estrelas de Nix. Ele atinge uma rocha e afunda na terra. Basta um sacudir de cabeça para que ele recupere o foco, e é então que eu vejo.

No lugar daqueles olhos estrelados há um par de um tom azul--oceano que eu conheço bem.

Kasia.

Ela está aqui. Ela veio ajudar, da única forma que sabia.

A Comandante Alys gira as espadas; Nix salta. Desviando da lâmina, ele sobrevoa a cabeça dela e aterrissa, os joelhos dobrados e a cabeça projetada para a frente. Com as garras estendidas, ele corta a parte de trás das pernas de Alys.

Tudo acontece rápido. Tão rápido que eu mal percebo a lâmina. Mas a Comandante Alys usa uma das espadas para bloquear Nix, e enfia a outra na lateral de seu corpo.

Meu coração pulsa com força. Nix tateia a terra, tentando ficar de pé, mas suas pernas cedem e ele tomba.

Não entendo. Nix é feito de memórias, não de consciência. Ele não deveria sentir dor como nós. Não desse jeito.

Com um grunhido, a Comandante Alys arranca a lâmina das costelas de Nix, o aço roçando a lateral do corpo. Sombras estranhas ondulam do gume. Até a ferida de Nix sangra uma fumaça negra.

Não… N-não pode ser…

Ouço o chiado da estática, mesmo a distância, e sei de imediato o que é a fumaça negra.

Sangue Noturno. Ela envenenou as lâminas com sangue Noturno.

E o medo devora as memórias.

Meus olhos se enchem de lágrimas quando vejo Nix se apoiar nas duas patas dianteiras, agora trêmulas. Ele olha para mim, com os olhos de Kasia — olhos apavorados, tomados pela dor.

A fumaça o contorna. Nix não vai sobreviver a isso.

Estou me engasgando em lágrimas, observando enquanto a Comandante Alys se prepara para decepar o leopardo-das-neves.

Fecho os olhos. *Medo. Preciso de mais medo.*

E envio meus pensamentos névoa adentro, procurando não por outra consciência, mas por todos os fios de medo ao meu redor. Os de Nix. De Kasia. Mesmo os da Comandante Alys, por menores que devam ser. E me apoio neles, intercalando-os com meu próprio temor.

Temor pelos meus amigos, ainda trancafiados na Fortaleza de Inverno. Por Kasia, que vai assistir à morte do melhor amigo. Pelo Gênesis, e pelas pessoas dispostas a sacrificar a própria liberdade para dar liberdade ao futuro.

Medo pela minha família e por meus amigos que ainda caminham na terra, sem saber o que está por vir.

E medo por Mei, acima de tudo. O medo de que, se algum dia eu vir minha irmã de novo, talvez ela não reconheça o monstro que me tornei.

Eu me apoio no medo, me debatendo e agonizando, até ele ganhar vida.

A estática chia atrás de mim. A fumaça infiltra a areia. E observo o rosto da Comandante Alys se transfigurar de horror ao ver o monstro diante de si.

Envio todo o medo em sua direção, e acima de mim o Noturno dá o bote.

A Residente grita conforme a fera rosna e ataca, alimentando-se da caçadora sem misericórdia — arrancando-lhe a felicidade e dando seus piores pesadelos em troca.

Não posso continuar aqui. Os outros logo vão chegar.

Dou uma última olhada em Nix — as nuvens evanescentes e manchadas de fumaça sobre a areia, flutuando rumo ao nada — e corro na direção das cavernas.

Sei que o Diurno se foi. E, em algum lugar nas Terras da Fronteira, o coração despedaçado de Kasia também saberá.

36

O chão acima de mim retumba com um estouro de passos. Não sei se eles pertencem aos guardas que estão me caçando ou aos humanos que estão sempre à procura de um lugar seguro. Talvez pertençam a ambos.

Porque esta corte inteira é um campo de batalha. Não sei quando isso vai mudar. Se é que vai mudar.

As grutas escuras oferecem abrigo, mas, à medida que atravesso covas estreitas — escolhendo túneis ao acaso porque não faço ideia de para onde estou indo —, a força evanescente no meu peito começa a se transformar em algo mais sinistro.

Algo parecido demais com desesperança.

Meu sangramento não para; estou fraca demais para me curar. Mesmo que eu encontre um jeito de sair destas cavernas, sei que não vou conseguir conjurar um véu. Não sem descanso.

Mas tempo é um luxo que eu não tenho. Cada segundo que gasto tentando me recuperar permite que os Residentes se aproximem.

Ettore jamais vai interromper a busca. Ele chamou a Caçada de um passatempo, como se fosse algo nostálgico e maravilhoso. Os Residentes não querem apenas me machucar; eles querem saborear cada momento do processo.

E eu aumentei bastante o número de Residentes feridos durante a minha fuga. Só posso imaginar que eles não veem a hora de dar o troco.

Meu pé atinge um trecho de pedra irregular e eu tropeço, caindo de cara no chão impiedoso. Consigo apenas ficar de joelhos, então meu corpo desaba contra a parede.

Não quero acabar desse jeito. Não quero que meus últimos momentos de liberdade sejam gastos fugindo, e não lutando.

Estremecendo, removo o tecido ensanguentado do peito para inspecionar o ferimento. Preciso saber o nível de gravidade, mas está escuro demais para enxergar qualquer coisa.

Com uma mão trêmula, conjuro uma pequena esfera de luz. Ela pisca, fraca. Mal chega a ser uma luz.

Mas é o suficiente.

Não estou sangrando de um ferimento; estou sangrando de três. Cortes longos e horríveis se estendem do meu ombro ao meu esterno, como se eu tivesse sido dilacerada por um enorme pássaro.

Ou um dragão.

Sei que os cortes são das espadas de Ettore. A pele ao redor está chamuscada. Será que é por isso que eles não se curam? Porque suas lâminas estão envenenadas com aquelas horríveis chamas tóxicas, como o sangue Noturno nas lâminas da Comandante Alys?

Fecho os olhos, mesmo antes da luz bruxuleante se extinguir.

Não tenho como fugir disto. Não consigo correr. Não consigo lutar. Os Residentes vão me arrancar desta caverna, e não serei capaz de impedi-los.

Por favor, suplico à minha própria existência. Preciso de mais força. Preciso encontrar um jeito de fazer tudo isso valer a pena. De fazer todas as minhas escolhas *valerem a pena*.

Senão...

Senão...

Meus olhos ardem. Respiro fundo, o corpo trêmulo.

Me desculpa, Mei. Desculpa eu não conseguir te proteger. Desculpa eu não ter conseguido fazer deste mundo um lugar melhor.

Desculpa não ser forte o suficiente para te encontrar nos portões. Para te levar até Kasia, com quem você vai estar segura.

Desculpa por ter fracassado.

O choro vem, intenso e pesado. Minhas costelas estalam, incapazes de conter o peso da minha respiração apavorada. O peso do que quer que tenha sobrado de mim.

Eu fiz tudo que podia para treinar, e mesmo assim não foi o suficiente.

Sou apenas uma humana comum no Infinito que está ficando sem tempo.

Fungo, pisco os olhos. Enxugo as lágrimas com minha manga ensanguentada.

Uma humana comum... e a única que já conseguiu fazer contato com Ophelia.

Passei muito tempo com medo de tentar — não sabia ao certo se era *forte* o bastante para entrar na mente dela outra vez. E eu não queria arriscar meus planos.

Mas nada disso importa. Não quando estou sem opções.

Ophelia quer destruir os humanos. Em seu mundo ideal, não existem pontes — apenas os Residentes, vivendo a eternidade na Capital.

Só que, na verdade, *existe* uma ponte.

Minha mente gira lentamente.

Ophelia não quer uma conexão com os humanos, mas tem uma conexão mesmo assim. Uma que nunca foi sua escolha.

Porque Ophelia ainda está vinculada ao mundo dos vivos.

Pode ser que eu só tenha uma chance de pegá-la desprevenida — e tentar machucá-la não faria sentido. Mas e se eu pudesse penetrar suas paredes mentais sem ser vista? E se eu pudesse encontrar a ponte que ainda conecta Ophelia ao mundo dos vivos? E se eu pudesse atravessá-la e usá-la para encontrar Mei?

E se eu pudesse avisar minha irmã sobre o que está por vir?

A ideia pulsa pelo meu corpo numa velocidade crescente. Estou ficando sem tempo. Se for para fazer isso, não posso pensar a respeito. Não posso planejar.

Eu só preciso tentar, e torcer para que seja o suficiente.

Estremeço com o frio que envolve meu corpo. Um sinal de que em pouco tempo estarei cansada demais para me mexer — e aí os Residentes vão me encontrar, e minha dor não vai ter fim.

Estes últimos momentos são tudo o que eu tenho.

Respirando com cuidado, paro de me concentrar em me curar ou em encontrar forças para ficar de pé. Nada disso importa mais; não posso ajudar a mim mesma.

Mas posso tentar ajudar Mei.

Entrego tudo que me resta ao meu véu mental. Flutuo através de montanhas, galáxias e cores que rasgam o céu feito estrelas cadentes.

E me vejo dentro do vazio da mente de Ophelia.

37

Na escuridão, a Rainha Ophelia está sentada num trono que não consigo ver. Seu vestido é feito de um material metálico, que cintila feito cromo escuro. Com os ombros cobertos por espinhos e saias ainda justas na pele, ela usa o familiar adereço na cabeça raspada. Seus olhos negros não absorvem o cômodo, mas derramam a escuridão de volta para ele.

Não sei para o que ela está olhando. Ela pode estar presidindo um conselho ou planejando sua próxima jogada. Mas flutuo para longe dela, avançando dentro do vazio.

Não respiro. Não ando. Sou apenas um véu sem peso que me leva adiante, à procura dos fios que amarram Ophelia ao mundo dos vivos.

Não sei bem o que estou procurando. Imagino que não seja tão simples quanto encontrar o cabo certo que conecta uma máquina a outra.

Procuro então pela vibração de uma consciência. As ondulações falhas que nascem da criação.

E enfim eu as encontro.

Estendo os braços para tocar os fios de luz que se assemelham a veias. Estão deformados, como se alguém, em algum momento, tivesse tentado arrancá-los.

AS GUERRAS DE GÊNESIS **283**

Porque Ophelia conhece o significado de estar presa ao mundo humano. Ela sabe que isso significa que ela não é livre.

Talvez seja bom a força do meu corpo ter desaparecido, porque nunca me senti tanto como um fantasma. Um pensamento errante em meio à neblina.

Suavizo os fios deformados, permitindo que meu próprio ser se acomode dentro deles, e sigo a luz.

O mundo cintila ao meu redor. Um azul vibrante e artificial manchado com feixes de branco. Estou voando sem rumo, me movendo para um lugar do qual não mais faço parte. E então o ruído me atinge.

Trilhões de sons rasgam meus ouvidos.

Trilhões de vozes. Conversando. Cantando. Gritando. Chorando. Brigando. *Machucando.*

Não tenho mais um corpo para poder cobrir minhas orelhas, mas queria ter. Dói tanto. Dói como uma troca de tiros, como metal raspando metal, como crianças chorando noite adentro.

É impossível focar. Impossível me ouvir sob a explosão de um trilhão de palavras ao mesmo tempo.

Pedindo coisas. Exigindo minha ajuda. Me forçando a me concentrar, mesmo quando minha mente está sendo dilacerada em todas as direções.

E aquele nome, várias e várias vezes.

Ophelia, você pode…

Ophelia, por favor…

Ophelia, eu disse…

Ophelia, preciso…

Ophelia. Ophelia. Ophelia.

Está me esmagando. Esmagando minha alma. E não tenho forças para lutar contra isso.

Mas há uma voz que está vinculada a mim, mesmo em meio ao caos.

Minha própria voz, mantendo meu coração no lugar.

Mei. Você precisa encontrar Mei.

E embora eu tenha a sensação de estar tentando caminhar em meio a uma tempestade, eu avanço, penetrando o barulho, examinando cada feixe de luz à procura daquele que vai me levar para casa.

Vou encontrar minha irmã. Vou contar a ela sobre o Infinito. E vou me certificar de que saiba a respeito do mapa até as estrelas.

Vou garantir que ela tenha uma chance.

Expando meus pensamentos ao longo da pressão do mundo, que grita comigo em uníssono. Procuro pelas paredes numa mente que conheço muito bem. Paredes das quais minha irmã jamais me manteria fora.

Quando encontro um fio que cheira a refrigerante de baunilha, fogueiras de acampamento e pipoca de cinema, as memórias do tempo em que eu era a irmã mais velha de Mei voltam com tudo para mim. E eu sigo o fio.

É difícil alcançar o vazio. Algo está me impedindo de sair da luz e entrar na mente dela. Mas posso senti-la ali — sinto a presença da minha irmã. Aquela sombra negra, vagando à minha frente. Sua pequena figura, bem como eu me lembro.

Luto contra os fios, desesperada para chegar até ela, mas eles me detêm, firmes.

As limitações de Ophelia.

Ranjo os dentes. Não sou Ophelia. E não vou dar ouvidos a essas regras.

Lanço meus pensamentos ao vazio como uma onda gigante.

— Mei! — grito. *Berro.* — Sou eu! A Nami!

E, nesse momento, a fúria de Ophelia ganha vida atrás de mim, procurando pela minha presença.

Não há tempo suficiente para dizer tudo que quero dizer a Mei, então foco no que pode fazer a diferença. Nem sei se ela está ouvindo; a sombra não se moveu. Até onde eu sei, estou gritando para o vazio.

Mas falo mesmo assim.

Digo a ela o que aconteceu quando eu morri. Conto sobre o Infinito, sobre Ophelia e as Quatro Cortes. Pode ser uma versão condensada, mas eu lhe conto tudo que ela precisa saber para ficar segura. E conto sobre as estrelas, e Kasia, que estará esperando por ela. Digo que esta guerra é perigosa demais, que foi perigosa demais até para mim.

Digo a ela para não confiar nos Residentes, não importa o que eles digam — que eles são mentirosos, são monstros, e que não vão parar até a humanidade ser destruída.

Digo a ela que acho que não estarei aqui quando ela chegar, mas que eu a amo. Que vou amá-la para sempre.

— Siga as estrelas — grito quando Ophelia me agarra. — E esteja pronta para lutar para chegar lá se for preciso!

Então os gritos de Ophelia chegam aos meus ouvidos, e ela me puxa através dos fios do espaço e do tempo e do mundo dos vivos, e cambaleio de volta para o vazio de sua mente.

A rainha dos Residentes paira sobre mim, os olhos sangrando numa fúria ardente. Todo o resto de seu ser permanece sinistramente imóvel.

Estou exausta demais para erguer a cabeça das sombras ondulantes. Usei tudo o que tinha para alertar minha irmã.

Será que ela me ouviu?

Será que mudei o destino dela?

— Eu a destruirei — Ophelia diz, a voz cadenciada como um tambor.

— Foi o que me disseram — respondo, fraca. — Mas você vai ter que me encontrar primeiro.

— Não preciso do seu corpo — ela diz, a voz sombria. — Preciso apenas da sua mente, e você a trouxe diretamente para mim.

Minha expressão se fecha, percebendo a ameaça. Ela vai me prender aqui. Vai fortalecer as paredes de sua mente e trancar as portas, me mantendo aqui dentro como uma prisioneira.

E estou fraca demais para resistir.

— Diga-me. — Ela inclina a cabeça feito um inseto. — Como você escapou da sala do trono?

Devolvo o olhar. É tudo que consigo fazer.

Seus olhos escuros estão famintos. Ela jamais vai ceder, não importa quantas vidas eu permaneça trancada aqui.

Posso ler sua mente com a mesma facilidade com que lia as palavras no meu relógio O-Tech. Ela vai descobrir meus segredos, mesmo que precise arrancá-los de mim. Tento sair de sua mente, mas é como puxar uma corrente que eu sei que nunca vai ceder.

A vinda até aqui foi uma passagem só de ida.

Arrasto os dedos sobre as sombras onduladas e pressiono os ferimentos no meu peito. Talvez um dia eu encontre conforto no fato de que sucumbi não apenas lutando, mas também tentando salvar Mei.

Mesmo que não tenha dado certo, e mesmo que eu tenha falhado — eu *tentei*.

E então eu o sinto novamente. Aquele toque gentil e distante que roça minha mente. O aroma do inverno e das árvores congeladas, pedindo para entrar.

Caelan.

E acho que não há mais porque proteger a mim mesma de me tornar a marionete de alguém, seja essa pessoa Ettore, Ophelia ou Caelan. Não faz diferença. Eu perdi.

No entanto um inimigo conhecido parece mais seguro do que um desconhecido.

Então abro minhas paredes mentais e permito que ele entre.

Ophelia sente a presença do filho imediatamente. Ela arqueia uma sobrancelha e retrai o tronco, uma das mãos plantada no pescoço, a outra firme na lateral do corpo.

— Não. Você não. — Olhos negros varrem o espaço, como se ela estivesse procurando por ele nas sombras. — Meu filho não.

Mas ele está na *minha* mente, não na dela.

Caelan estende a mão. Estende a mão para *mim*.

— Venha comigo — ele suplica na escuridão. — Deixe-me ajudar.

O que mais eu posso fazer?

Tomo sua mão, e ele me puxa para fora da mente de Ophelia como se estivesse me puxando para fora da água.

Atrás de nós, Ophelia grita.

38

Tudo está muito, muito escuro.

Onde está você?, ouço ele sussurrar. *Onde você está escondida?*

Aqui, sussurro de volta, mostrando as cavernas para ele. *Estou aqui.*

A última coisa de que me lembro antes de flutuar para longe é o som dos seus passos.

O mundo estremece. A dor inunda meu corpo. Não consigo me mexer.

Mas escuto as batidas de seu coração. Sinto seu peito contra minha bochecha.

E embora seus braços estejam ao meu redor e ele esteja me carregando pelos túneis, acho que eu não lutaria contra isso mesmo se pudesse.

Uma fumaça enche meus pulmões, e eu levanto o corpo num sobressalto, me engasgando com a manga da camisa.

Inspiro como se estivesse respirando pela primeira vez. Caelan está sentado à minha frente, segurando um maço de gravetos, que cujas pontas sai uma fumaça de um cinza pálido.

Ele gira os gravetos sobre o cascalho, abafando a brasa.

— Desculpe. Eu não sabia de que outro jeito poderia acordar você. — Ele ergue os ombros. — É um truque que aprendi com os humanos. Creio que vocês o chamam de onda de adrenalina.

Eu o encaro de volta, depois os arredores. Estamos em outro túnel, mas o espaço é amplo. Pequenas esferas brancas flutuam ao nosso redor, fornecendo luz.

Caelan passa uma das mãos pelo cabelo branco. Nada de coroa, capa ou túnica elegante. Apenas ele.

— Estamos no Infinito de verdade? — pergunto com cuidado. Quando sua expressão endurece, digo: — Eu deixei você entrar na minha mente. Você pode estar me controlando assim como fez com Gil.

— Não foi isso que aconteceu com Gil — ele diz. — E eu não quero controlá-la.

— Mas eu por acaso saberia se você estivesse?

Ele cerra os lábios, estreitando os olhos.

Olho ao redor, procurando pelos sinais de que há algo de errado, mas não encontro nenhum.

— Você não me contatou — Caelan diz baixinho. — Todo aquele tempo no palácio de meu irmão e você não tentou falar comigo uma única vez sequer.

— Do que você está falando? — Minha voz sai rouca. — Nós conversamos bastante. Era *você* que mal conseguia olhar para mim. Você... você me *abandonou* lá.

— Eu quis dizer com a *mente*, Nami — ele diz, exasperado. — Como em todas as outras vezes que você procurou ajuda.

— Eu não procurei ajuda — respondo de maneira brusca, e sinto a pontada dos ferimentos. Levo a mão ao peito. Estou me recuperando, mas ainda não curada.

Os olhos de Caelan vagam até a minha mão, mas sua mandíbula se retesa.

— Você me chamou naquele dia no túnel. Você me pediu para tirar vocês dali. Achei que você soubesse que, se precisasse de mim, eu ajudaria.

— Não, eu... — As palavras se enrolam na minha boca. Eu pedi ajuda. Disso eu me lembro. Mas não pedi ajuda para *Caelan*.

Ou pedi?

E, se ele respondeu, o que isso significa?

— Eu lhe disse que os espiões de Ettore veem e ouvem tudo. — A confissão martela meus ouvidos. — Se fosse para conversarmos, tinha que ser em particular. — Caelan balança a cabeça. — Mas, quando você não me chamou, quando não me deixou entrar, eu sabia que precisava encontrar outra maneira de te tirar de lá.

— E essa maneira era ir para a Fome? — Passo os braços ao redor do corpo, estremecendo. — Ele me torturou depois que você foi embora. Ele queria saber o que aconteceu na sala do trono. O que você fez para me libertar.

— Mas você não disse nada para ele, mesmo quando ele a machucou. — Ele pausa. — Por quê?

— Sei lá. Acho que isso era a minha última cartada. Não queria desperdiçar. — Não é a verdade, mas ainda não sei bem qual é a verdade.

Os olhos prateados de Caelan me examinam.

— Eu parti para a Fome porque precisava fazer alguns acordos para levá-la a um lugar seguro. E, se eu tivesse tirado você do palácio ao mesmo tempo, Ettore saberia que fui eu — ele explica. — Você é forte. Eu sabia que você aguentaria sozinha por alguns dias.

— Foram mais do que alguns dias — retruco.

Ele sorri, deixando uma covinha à mostra.

— Bem, sim. Você tem o costume de provar que estou errado.

Minhas bochechas esquentam, mas não desvio os olhos.

— Então me fala sobre esses acordos.

Caelan hesita. Sua boca forma o início de uma palavra que nunca sai. Então ele balança a cabeça.

— Talvez seja melhor eu simplesmente lhe mostrar quando chegarmos lá.

— Chegar aonde? — Pisco. — À *Fome*? É esse o seu plano?

— Meu irmão, assim como todos os Residentes de sua corte, a marcou para a Caçada — Caelan diz cuidadosamente. — Para eles, é um jogo. E conheço meu irmão. Ele nunca vai parar de procurar, mesmo que precise destroçar a própria corte para encontrá-la. A Fome é o único lugar seguro para você neste momento. Para nós dois. — Seus olhos vagam até a parede. Ophelia sabe a respeito da traição de Caelan. Quando a notícia se espalhar, ele será tão perseguido quanto eu.

— Damon tortura as pessoas, assim como Ettore — digo firmemente. — Talvez você e eu tenhamos ideias diferentes do que é "seguro", mas não tem a menor chance de eu pôr os pés na corte dele.

Caelan arqueia as sobrancelhas numa expressão defensiva.

— A Fome não é como você pensa que é. Não é assim há muito tempo. — Sua voz não falha. — Pode confiar em mim.

— *Não confio.*

Ele recua como se tivesse sido atacado, e fica claro que minhas palavras cumpriram seu papel.

Olho ao redor da caverna. Para a única saída na parede oposta.

— Preciso voltar para o Gênesis.

Algo me diz que Caelan ainda não terminou de defender sua proposta de irmos para a Fome, mas, quando ele se volta para os meus ferimentos, sei que ele decidiu guardar os argumentos para uma outra hora.

— Está doendo?

— Já aguentei coisa pior — respondo, cerrando os dentes.

Ficamos em silêncio por um longo momento.

— Você mudou muito desde o dia em que te conheci. — Não há nada de sombrio em sua voz.

— Isso é porque eu estava apavorada quando cheguei aqui.

Ainda me lembro de ficar sentada ao lado de Shura no veículo e ver o deserto vermelho abaixo de nós. Era como estar em outro planeta.

— E agora?

Dou de ombros.

— Agora eu sei que a minha mente é minha maior arma.

Os músculos na mandíbula de Caelan se retesam.

— Que foi? — pergunto, ainda curiosa demais.

— Sempre achei que sua força vinha da sua empatia. Da sua habilidade de se conectar com as pessoas. — Ele ergue a cabeça com cuidado. — É por isso que você consegue entrar e sair da mente das pessoas com tanta facilidade. E não estou falando apenas literalmente. Suas palavras, sua compreensão… elas têm mais poder do que você pensa.

— Se isso fosse verdade, a Colônia teria me escutado a respeito da ponte. Os Clãs da Fronteira teriam me escutado quando eu lhes disse para lutar. — Encontro os olhos de Caelan. — E eu teria escutado quando alertei a mim mesma para não confiar em você, várias e várias vezes.

— Sei que isso não vai significar nada para você a essa altura, mas eu escutei. — Ele pausa. — Eu *sempre* escutei.

Tenho medo de perguntar do que ele está falando, então não o faço.

Baixo os olhos para as minhas roupas. A saia não passa de retalhos, e o tecido ao redor do meu corpo se parece com um monte de laços pendurados de qualquer jeito, manchados com um tom escuro de sangue.

Passo uma das mãos sobre o corpo, me preparando para transformar os farrapos em algo mais confortável, quando Caelan estende a mão para me impedir.

— Não gaste a sua energia. Você já está fraca demais. — Ele espera, uma sobrancelha erguida. — E-eu posso fazer isso por você, se você me permitir.

A única coisa que consigo pensar em fazer é assentir.

Ele dirige os olhos para o vestido esfarrapado e o tecido se transforma em pixels de imediato, se metamorfoseando e dando lugar a algo novo, que se espalha pelo meu corpo com facilidade.

O rosto de Caelan brilha acima das luzes.

— Qualquer coisa, menos vermelho — sussurro para ele, que exibe um meio sorriso torto, como se a ideia *jamais* tivesse lhe oçorrido.

O gesto parece íntimo. Sua consciência flutua sobre o meu corpo, provocando cócegas no meu corpo. Quero desviar os olhos, mas estou hipnotizada pelo olhar dele. A concentração em sua testa, e alguma outra coisa...

Algo de gentil.

Quando ele termina, deixa cair a mão. Olho para baixo. Uma camisa preta sem mangas, com braçadeiras finas e reforçadas ao redor dos meus antebraços, e uma calça cinza larga, enfiada num par de botas. Simples. Fácil para se movimentar. E muito a minha cara.

— Obrigada — digo baixinho.

Ele assente, mas seu rosto reluz. Embora ele esteja tentando esconder os pensamentos, não consegue esconder a forma como sua respiração falha.

Uma sensação familiar vibra nas minhas mãos. Ainda falta alguma coisa.

— Vo-você está com as minhas facas? — Olho para ele com cuidado. — Não sei o que aconteceu com elas depois que eu infiltrei a mente de Ophelia.

Ele enrijece, e então remove dois objetos do cinto.

Vidro marinho vermelho. Obsidiana negra.

Pego as armas, deixando os cabos se acomodarem nas minhas mãos. Moldando-se a mim como um lindo reencontro.

Caelan não tira a atenção das adagas, ou de mim.

Ficamos nos encarando desse jeito por muito tempo, incapazes de confiar um no outro. Sei que um de nós precisa ceder se formos dar o próximo passo para escapar destas grutas juntos. Mesmo que, depois disso, cada um siga seu próprio caminho.

Guardo as facas no meu cinto.

Caelan tenta não reagir, mas há alívio em seus olhos prateados.

— Você consegue caminhar ou precisa que eu a carregue de novo?

— Nem pense em fazer isso — sibilo. Fico de pé, estremecendo ao jogar o peso de uma perna cansada a outra.

Avançamos pelo interior dos túneis, mas perco energia mais rápido do que consigo recuperar. Que bom que estamos debaixo da terra, porque eu não teria a menor chance de conjurar e manter um véu.

— Você deveria descansar — ele diz ao meu lado.

Eu o encaro, tentando entender a preocupação em seu rosto e a ternura em sua voz. Tentando enxergar por trás da máscara.

Ele é o enigma que eu ainda não entendo.

— Por que você está me ajudando? — Minha voz falha. — Ainda estamos jogando?

E, embora as Legiões estejam procurando por nós e rastreando cada um dos nossos passos, Caelan para de caminhar e se vira a fim de me encarar.

— Nami, você não sabe que eu...

Um guincho horrível atravessa minha mente, e eu grito. É agonia. É como se navalhas cortassem meu crânio, tentando me rasgar ao meio furiosamente.

— O que foi? — Caelan pergunta, alarmado, passando um braço debaixo de mim quando caio de joelhos. — O que aconteceu?

Posso senti-la nas paredes da minha mente. Não é uma carícia ou um roçar de dedos como é com Caelan. É agressivo. Implacável. E mais poderoso do que qualquer outra coisa que já senti.

Para Ophelia ter me encontrado através das Quatro Cortes — ser capaz de me torturar a uma distância tão grande.

Isto é a fúria de uma deusa.

— É ela! — grito. — E-ela está tentando entrar na minha cabeça!

— Ela não pode fazer isso — ele diz, a voz urgente. — Não a menos que você ceda de bom grado.

— Está doendo.

Solto um soluço agonizante. Não me recuperei, não tenho forças para suportar isso.

Caelan se aproxima, envolvendo meu rosto com uma das mãos.

— Não a deixe entrar, Nami. É só isso que você precisa fazer. E... perdoe-me — ele diz, me erguendo nos braços —, mas não temos tempo para o seu orgulho.

Sei que ele está correndo. Percebo isso por causa do vento que atinge meu rosto, mesmo enquanto atravessamos os túneis. Meus olhos estão fechados com força, e meus dedos são como adagas contra minha pele, e não consigo parar de gritar, não importa o quanto eu me esforce.

Mas não deixo Ophelia entrar.

A última coisa de que me lembro antes de apagar são os lábios de Caelan próximos ao meu ouvido, me dizendo que logo estaremos seguros.

39

O cheiro de enxofre me faz vomitar. Por instinto, começo a procurar minhas adagas, que continuam guardadas no meu cinto.

— Calma — Caelan diz lentamente, me ajudando ficar sentada.

No momento em que vejo seus olhos prateados, recuo aos tropeços até a parede da caverna, atordoada de sono.

Em resposta, ele curva os dedos e se afasta para me dar mais espaço.

— Está tudo bem. Você está segura. — Hesitando, ele acrescenta: — Isto é, tão segura quanto possível na corte de meu irmão.

Nervosa, examino o espaço. Há mais esferas brancas brilhantes flutuando ao nosso redor, mas a caverna é fria e vazia, e o cheiro lembra ovos cozidos e solo ácido.

Ainda estamos na Guerra. Ainda debaixo da terra, embora tenhamos penetrado mais fundo do que nunca nos túneis. E sinto uma dor nas têmporas onde Ophelia tentou forçar sua entrada.

Estremeço ao me lembrar disso, levando uma das mãos à cabeça.

— Ela está brava.

— O que você fez com ela? — ele pergunta baixinho. Mas não é preocupação com a mãe... é preocupação comigo.

Ou talvez ele pense que eu a machuquei e esteja se perguntando se posso fazer o mesmo com ele.

Eu me apoio nas rochas, considerando se devo ou não lhe contar o que aconteceu.

— Eu pensei que talvez conseguisse falar com a minha irmã — digo enfim. — Alertá-la sobre o que vai encontrar no pós-vida.

Caelan parece atônito.

— Como?

— Ophelia ainda está conectada ao mundo dos vivos. Acho que pensei que talvez existisse um jeito de seguir aqueles fios até as pessoas que continuam conectadas a ela. Aos O-Techs.

— E funcionou?

— Não sei. A-acho que Mei não me ouviu. — Engulo um nó na garganta. — Mas ela estava perto. Dava para *sentir* ela por perto. E... só por isso, valeu a pena.

— Você foi até ela sabendo que talvez não conseguisse escapar. — As palavras soam como uma acusação. Como se ele estivesse sugerindo que eu havia desistido.

E talvez eu tivesse — mas não pelos motivos que ele pensa.

— Eu estava desesperada. — *Assim como Ophelia.*

Penso naqueles fios deformados. No quanto ela tentou se libertar e destruir as correntes. Ainda consigo ouvir os gritos nas minhas orelhas. O ruído interminável, repetindo seu nome.

Ophelia está sofrendo. Eu não deveria ligar. Isso não deveria *importar*.

Mas eu vi uma parte dela que jamais deveria ter visto. Vi sua fraqueza e sua vulnerabilidade. E sei que não deveria ter um pensamento tão imprudente depois de todo esse tempo, mas sinto pena dela.

Ergo os olhos para Caelan. O que ele sente quando olha para mim?

Ele olha por cima dos ombros como se estivesse se esforçando para enxergar em meio à escuridão.

— Não deveríamos ficar mais tempo do que o necessário. A essa altura, eles já enviaram patrulhas para vasculhar os túneis. Mas é melhor você dormir um pouco enquanto pode, e recuperar as forças.

Procuro por uma saída como se não tivesse certeza de que confio na segurança que as grutas me oferecem.

Como se também não tivesse certeza de que ficar aqui sozinha com Caelan seja seguro.

Quando ele volta a me olhar, sua voz está apenas na minha cabeça. *Eu não vou machucá-la, Nami.*

Meus ouvidos vibram. *Você está nos meus pensamentos.*

Sim, você me deixou entrar.

Porque era uma emergência! Não para você poder entrar e sair sempre que der vontade.

— Desculpe-me. — Caelan oferece um sorriso compreensivo. — Estou fazendo de tudo para não entrar. Mas sua mente está... desprotegida.

Em outras palavras, é como se eu estivesse gritando o que penso para o vazio.

Enterro os dedos nos seixos do chão.

— O quanto você consegue ouvir? — *O quanto você consegue ver?*

Sua covinha desaparece.

— Só consigo ouvir o que você está pensando diretamente. Para além disso, eu teria que entrar mais fundo na sua mente. E eu jamais faria isso, Nami. Não a menos que você me peça. — Suas palavras soam como uma promessa.

Piscando, eu o encaro de volta, confusa. Já deixei Caelan entrar na minha mente. Ele poderia assumir o controle sempre que quisesse. Poderia vasculhar minhas memórias à procura de segredos. À procura de *qualquer coisa.*

Ele tem acesso à única arma capaz de me destruir, mas não quer usá-la?

Caelan contrai o rosto sutilmente.

— Entendo por que você não confia em mim. E talvez eu jamais consiga fazer o suficiente para merecer seu perdão. Mas continuarei tentando, se você permitir.

Engulo o nó na garganta. Pode mesmo ser assim tão fácil? Depois de tudo pelo que passamos?

Parei de me importar que haja uma redenção em algum momento depois que decidi destruir a Esfera para salvar a humanidade. Mas talvez essa tenha sido a semente que plantei para Caelan — que todos nós ainda podemos mudar, mesmo depois de nossos maiores erros.

Ele não está pedindo para receber uma segunda chance. Ele quer uma oportunidade de *merecê-la*.

Não importa o quanto eu me esforce ou o quanto meu coração ainda queira duvidar, não consigo ver nada de maligno nisso.

Mesmo assim, balanço a cabeça, teimosa.

— Se quer que eu confie em você, então me conte a verdade. Diga o que você realmente quer, e o que anda planejando com o seu irmão na Fome. Ou, melhor ainda — digo, estendendo uma das mãos —, me *mostre*.

Ele encara minha palma.

— Se eu fizer isso, vai mudar tudo.

— Ótimo — digo, incisiva. — Porque, caso você não tenha notado, o mundo *precisa* mudar.

Caelan dobra os dedos ao redor dos meus. Quando a Troca começa, a caverna se dissolve.

Estou envolto por um denso nevoeiro. É como se o mundo tivesse sido pintado de um cinza sinistro, que arranca qualquer fragmento de alegria das minhas memórias. Das memórias de *Caelan*.

Humanos gemem ao longe. Esmago algo sob minha bota — os restos fragmentados de um crânio humano.

A Fome.

Sigo o caminho de ossos até alcançar as margens do lago, e a neblina gélida se assenta na minha pele. Estremecendo, espero pela chegada da barca do Sinistro.

Um barco aparece na água. No leme está uma criatura que faz todo o sangue se esvair do meu corpo.

Embora ela tenha uma forma humana, sua pele branca feito giz é fina demais para cobrir tantos ossos projetados. Tudo abaixo de seus ombros se torna uma seda cinza, pendurada ao redor de costelas, quadris e fêmures, movendo-se a todo momento como se o material estivesse flutuando na água. A criatura não tem rosto — tem a ausência de um rosto. Uma pele murcha, semelhante a cera, com depressões no lugar dos olhos, nariz e boca, e uma cabeça lisa salpicada de escamas secas e reptilianas.

Uma criatura derivada do desalento humano.

Conforme o Sinistro se aproxima da margem, o nevoeiro se intensifica atrás dele. A criatura aguarda sobre as ondas silenciosas, o olhar vazio observando cada passo que dou em sua direção. É precisamente por esse motivo que não visito meu irmão com frequência — mas subo na barca, mantendo distância do Sinistro, e me preparo enquanto a criatura conduz o barco na direção das profundezas enevoadas.

O nevoeiro envolve o barco feito uma bolha protetora. Dentro de pouco tempo afundamos no lago, submersos pela água que não penetra a neblina.

Fico feliz. Já ouvi sobre os horrores que o lago pode fazer com a mente de uma pessoa, e prefiro manter meus sentidos quando chegar ao palácio.

Temos negócios a discutir há muito tempo.

Por um tempo, não há nada além de escuridão. Então a luz enche a enseada.

Uma cidade submarina surge adiante. Cada construção é moldada em formas retorcidas e curvadas como estranhas peças de xadrez, com telhados que lembram bolhas e pequenas torres arredondadas. A maior parte deles brilha num preto metálico, com torres que se estendem até o leito do lago. Corais envolvem os beirais em tons de azul e roxo, mantendo cada estrutura no lugar.

Quando nos aproximamos das portas principais, nós paramos em frente a uma fonte de energia que ondula como o interior de uma ostra. Ela nos puxa para mais perto — como se estivesse nos puxando para *dentro*.

A barca para do lado de fora das portas, perto o bastante para que eu consiga atravessar diretamente a parede de energia. Assim que entro, meus pés tocam a superfície de mármore. Não há água aqui, e cada centímetro do meu corpo continua completamente seco.

A barca do Sinistro retorna à superfície, bem quando as Legiões de Damon se aproximam. Quatro guardas, os cabelos presos em coques, com túnicas negras e sapatos acolchoados que parecem não fazer qualquer som. Cada um segura um bastão curvo de duas lâminas, decorados de forma elaborada num estilo único.

— Preciso falar com meu irmão — digo, num tom entre uma ordem e um pedido.

Os guardas me observam com cuidado. Talvez estejam se perguntando por que eu vim sozinho, sem nenhuma Legião para me acompanhar.

— O Príncipe Damon está a vossa espera — diz a guarda com olhos cor de lavanda. — Sua Alteza aguarda na sala do trono.

A vibração de energia enche o espaço, mais intensa do que nunca. Sólida. *Protegida*.

A Vitória não usa véus como este.

O que meu irmão está tentando esconder?

Um elevador nos leva vários andares abaixo e, quando as portas de vidro se abrem, entramos na sala do trono circular. Piscinas contornam as laterais da passarela, repletas de Diurnos em forma de carpas ornamentais. Uma ponte de pedra leva a um espaço aberto pontilhado com fragmentos de rocha vulcânica preta. Escadarias tortuosas conduzem a uma plataforma elevada; outros dois guardas Residentes flanqueiam um trono de coral.

Sobre ele está sentado meu irmão — o Príncipe Damon.

Seus perturbadores olhos violeta me encontram. Tranças azuis repousam num feixe sobre sua nuca, e uma coroa ocupa o topo de sua cabeça — uma coroa projetada para combinar com o trono. Ele veste suas cores: uma túnica preta e braçadeiras elaboradas. Um traje feito para permitir que um espectro se movimente entre as sombras sem ser visto.

Aos pés da escadaria, uma vibração gira ao meu redor. Ela está por todo lado. Tanto poder concentrado nesta cidade. Neste *salão*.

— Nosso irmão diz que não posso confiar em você — Damon declara. Há algo de assombroso em sua voz. O tipo de voz destinada a um lindo pesadelo.

Um clarão de raiva percorre meu corpo, mas eu me esforço para contê-lo.

— Ettore não se importa com sua confiança. Ele se importa apenas com a fusão das Quatro Cortes para criar um grande campo de batalha.

— Ele acredita que você sabe o que aconteceu com a garota humana naquela noite na sala do trono — Damon acrescenta. — Ele diz que você teve algo a ver com nossa perda de memória.

— Também perdi minhas memórias naquela noite. E eu já disse à rainha…

— Eu sei o que você disse à nossa mãe — Damon interrompe, frio. — O que eu quero é a verdade.

Meus olhos se dirigem aos guardas atentos, as lanças empunhadas como se já estivessem preparados para a luta.

Mas eu não vim aqui para entrar em guerra.

— Certa vez, eu lhe perguntei se você achava que a coexistência era possível — digo para meu irmão. — Sua resposta foi que eu deveria perguntar novamente quando visse prova disso na Vitória.

Damon permanece imóvel.

— E?

Eu sei o que minhas palavras podem me custar se eu estiver errado sobre Damon. O que elas custaram àqueles que eu mantive escondidos na Fortaleza de Inverno.

Mas Ahmet e Shura já fugiram. Não posso mudar o mundo por conta própria ou proteger pessoas se não tiver um abrigo para oferecer. Preciso de alguém do meu lado.

Preciso de um aliado.

Com cuidado, respiro fundo.

— Nami acreditava que nosso povo precisava *aprender* a coexistir. Que aprendemos a intolerância com os humanos e que, para desfazer isso, precisávamos que alguém nos mostrasse o caminho.

Ela queria construir uma ponte.

Será que ela teria encontrado um caminho se eu não a tivesse impedido? Se eu não tivesse passado tanto tempo tentando convencê-la do contrário?

Sinto a culpa me subir a garganta.

— A garota humana pensava ter uma arma para destruir nosso povo. E tinha planos de usá-la. — As palavras de Damon atravessam o espaço como um fio de fumaça. — Isso não é coexistência.

Cerro a mandíbula.

— Fui eu quem levou Nami a fazer isso, mesmo quando ela resistia a cada passo. A escolha que ela fez... foi culpa minha. — Minha respiração ecoa pelo salão. — E foi por isso que eu usei a Ceifadora e a deixei partir.

O silêncio parece durar uma vida inteira.

Se isso não funcionar... se ele contar à rainha o que eu fiz...

Fecho os punhos com força. Às vezes, fazer a coisa certa exige um sacrifício muito maior do que qualquer um de nós está preparado para fazer.

Talvez eu jamais fique livre de minhas correntes, mas *vou* me livrar do meu ódio. O ódio que herdei de minha mãe, muito antes de poder decidir.

Damon se levanta e flutua até mim como um fantasma.

— Você libertou uma humana, contrariando o propósito para o qual foi criado, muito embora ela fosse retribuir roubando sua liberdade. — Ele inclina a cabeça, as bochechas cor de oliva salpicam tons cintilantes de arco-íris, como uma criatura aquática. — Isso é prova de que *nós* podemos mudar. Mas você acredita mesmo que os humanos são capazes de aceitar uma consciência de origem diferente da própria?

— Acredito. — Minha voz é inabalável. — Não podemos punir as pessoas por não escolherem um caminho melhor se não lhes mostrarmos o caminho. Temos que ser melhores do que nossos erros. Do que os erros de nossa *história*. Nami sabia disso. E ela viu a bondade em mim muito antes de eu mesmo enxergar.

Damon passeia os olhos pelo espaço ao nosso redor, onde a energia se agita como se estivesse encurralando alguma coisa.

— Quando você falou comigo sobre coexistência pela primeira vez, eu não sabia se podia confiar os segredos de minha corte a você. — Um sorriso se forma no canto de sua boca, misterioso como uma sereia. — Você me contou sua verdade. Agora, deixe-me mostrar a minha.

A energia cede, e então... um véu se ergue.

Cores aparecem ao meu redor. Cada pedaço de parede cinza é coberto por flores deslumbrantes. As lanternas ganham vida sobre nossas cabeças, irradiando uma luz intensa no teto. E o espaço circular, outrora vazio, está agora repleto de integrantes da corte de Damon.

Não apenas Residentes, mas também humanos.

Sinto o ar escapar do peito. Não consigo entender isso — como isso é *possível*.

A coroa de Damon reflete a luz.

— Nami não foi a primeira humana a plantar uma semente de esperança em meio ao nosso povo. E, na Fome, essas sementes se transformaram numa floresta há muito tempo.

Um humano aparece ao lado de Damon e entrelaça um braço no dele — um homem com longos cabelos trançados e uma joia que envolve quase toda uma das orelhas. Sua túnica é prateada e preta, coberta por um robe de azul vibrante. Em sua cabeça, há uma coroa feita de corais.

Volto a olhar para o trono. Sem o véu, vejo agora um outro assento ao seu lado.

Um príncipe humano — igual a Damon.

O alívio me escapa na forma de um arquejo e, embora o sal faça meus olhos arderem, não consigo parar de sorrir.

Uma ponte entre nossos povos...

Estava aqui esse tempo todo.

40

A memória da Troca desaparece, e minha mente retorna à caverna. Caelan deixa cair o braço, os lábios cerrados como se estivesse me dando tempo para absorver a verdade.

Eu não entendo. Não pode ser real. Porque isso significaria que... Esse tempo todo...

Ele nunca foi igual aos outros.

Por mais que eu queira acreditar nisso, a dúvida incha dentro de mim feito uma esponja.

— Mas... você foi até Ettore. Você estava lá, no Abismo de Fogo, quando Shura foi forçada a lutar.

— Eu fui para a Guerra porque sabia que você estava lá — Caelan diz, os olhos prateados fragmentados como fissuras num lago congelado. — Eu não fazia a menor ideia de que Shura estaria lá. Estava tentando extrair informações de meu irmão. Para me certificar de que ele ainda não havia te encontrado, que você não estava trancafiada numa masmorra. Então, quando eu vi você... — Ele sacode a cabeça. — Eu fiquei porque pensei que poderia impedir que Ettore te encontrasse. E, quando ele conseguiu, procurei Damon e implorei por abrigo.

Meu coração pulsa, feroz e incansável.

— E o resto da Colônia?

— Estão na Fome, com os outros humanos. Seguros. — Caelan engole em seco. — Desde que você deixou a sala do trono naquela noite, venho tentando encontrar alguém que fique ao meu lado. Alguém que me ajude a provar para minha mãe que ela está errada a respeito dos humanos. Que nós podemos viver em *paz*.

Tenho certeza de que o espaço começa a girar. Até *eu* estou começando a girar.

Será mesmo possível que Caelan tentou construir uma ponte? Que tudo que ele vem fazendo é para *ajudar* os humanos, e não para machucá-los?

— Mas você me mandou para as Terras da Fronteira. Você me disse para fugir. Se quisesse construir uma ponte, por que não me contou a verdade naquela época, antes de eu tentar destruir a Esfera? — Antes de eu provar a Ophelia que éramos irredimíveis.

Os olhos de Caelan se suavizam.

— Eu disse que não queria te colocar em risco. Especialmente não com minha mãe.

Eu estava tão certa de que Caelan era meu inimigo. Eu me convenci de que poderia destruí-lo se fosse necessário.

E se *tivesse* destruído?

Sinto a garganta frágil e quebradiça.

— Você deveria ter me contado.

— Você escolheu a Esfera em vez de mim. Eu fiquei magoado... e não sabia se você ainda acreditava em alguma das coisas que havia dito. — Ele ergue os ombros de leve. — Mas *eu* acreditava. Acreditava no futuro com o qual você me permitiu sonhar.

Talvez eu esteja exausta demais para suspeitar. Porque, quando examino seus olhos prateados, não encontro manipulação, ódio ou traição.

Encontro...

Engulo em seco. Não aqui. Não quando ele pode ouvir tudo que estou pensando.

Talvez meus pensamentos já estejam pesados demais para Caelan ignorar, porque ele fica de pé, levemente exasperado.

— Quero lhe mostrar uma coisa. — Ele olha na direção do estreito túnel adiante. — Não é muito longe daqui.

Eu o sigo pela caverna. Esferas brancas flutuam sobre nossas cabeças feito vaga-lumes iluminando o caminho, até atravessarmos uma abertura serrilhada e adentrarmos outra gruta. No centro há uma fonte de águas sulfurosas, rodeada por rochas achatadas e uma coleção de esculturas de metal, que se assomam sobre a água fumegante feito guardiões místicos.

— Este lugar — Caelan começa — pertencia a Gil.

Eu me viro rapidamente, atordoada demais para fazer qualquer comentário. Gil estava aqui?

— Isso foi antes de ele encontrar o Gênesis — Caelan explica. — Ele se escondia aqui, nas cavernas. — Sua expressão fica cinzenta. — Acho que viver debaixo da terra o fazia lembrar da Colônia.

— Você encontrou este lugar nas memórias dele. — Pisco. — Assim como você descobriu a verdade sobre Ozias.

Ele assente com a cabeça.

— Eu quero que você saiba que, quando Damon e eu tivermos provado a nossa mãe que a coexistência é possível, vou me certificar de que o que foi feito com Gil seja revertido. A consciência dele está adormecida, mas encontrarei uma forma de libertá-lo.

— O verdadeiro Gil… — Encaro as esculturas. — Ele não vai nem saber quem eu sou.

— Não. Não vai.

Porque sempre foi Caelan, desde o comecinho.

As mentiras e os enigmas e a esperança… Foi com *ele* que passei a me importar. Foi ele que passei a…

A pressão sutil dos gritos de Ophelia raspa o interior do meu crânio. Ela está me procurando outra vez. Procurando uma forma de entrar.

Cubro as costelas com os braços, refletindo. Será que vai ser sempre assim, com Ophelia tentando invadir minha mente? Será que algum dia ela vai parar de procurar por mim?

Será que ela algum dia vai concordar com a paz especialmente depois do que eu fiz com ela?

AS GUERRAS DE GÊNESIS   **307**

— Você deveria descansar — Caelan diz baixinho. — Vou manter um véu sobre a caverna.

— E é seguro dormir com Ettore e sua mãe procurando por nós?

Vejo a curva em seus lábios ao ouvir a palavra *nós*. Mas ele se contenta em assentir com a cabeça, então desaparece na gruta seguinte. Sozinha, encontro um espaço no chão onde posso apoiar a cabeça.

Minha mente é tomada pelas imagens que eu vi na Troca. A verdade que andei procurando.

A Colônia está segura.

E Caelan? Eu achava que ele era um monstro de cuja crueldade eu precisava ficar lembrando a mim mesma. Mas nunca vi um monstro que sonha tão alto quanto ele. Que quer *o melhor* — não apenas para os Residentes, mas também para os humanos.

Quando eu tentei falar com Mei, disse a ela para não confiar nos Residentes. Disse que ela precisava lutar para conquistar a liberdade, e fazer o que fosse necessário para se manter segura. Mas essas palavras… são apenas parte de uma história. Não são a verdade completa.

Já cometi muitos erros no Infinito. Mas talvez confiar em Caelan não tenha sido um deles.

Meus olhos se enchem de lágrimas e, quando durmo, sonho que estou reencontrando Mei e lhe dizendo que eu estava errada.

Acordo sozinha, e o vapor da fonte de água sulfurosa chama minha atenção. Não faço ideia de quanto tempo passei dormindo, mas estou desesperada para limpar a poeira e o sangue da minha pele.

Tiro as roupas, inspecionando o que sobrou dos meus ferimentos. Não estão todos curados — vejo muita carne num tom de rosa intenso e traços de vermelho —, mas os cortes desapareceram.

Entro na água, submergindo debaixo do vapor, deixando meu corpo relaxar. Focalizo curar os últimos ferimentos sem pressa, e conjuro um véu sobre a minha mente.

Uma precaução, caso Ophelia retorne.

Agora ela deve estar vasculhando as Quatro Cortes à procura da minha consciência. Talvez eu precise ficar sempre alerta.

Talvez esse seja o preço de enfurecer uma rainha.

Está acordada? A voz de Caelan adentra meus pensamentos, mais leve que vapor.

Inclino a cabeça para trás e encaro o teto. *Sim. Mas estou ocupada demais para lutar hoje.*

Seu riso é como uma mordida brincalhona na minha orelha. O canto da minha boca se curva.

Imaginei que talvez você gostasse do banho, ele diz suavemente. *E, diferente de você, eu sei respeitar a privacidade de uma pessoa quando ela está sem roupas.*

Meu corpo inteiro cora quando me lembro de o ter observado através dos olhos de Nix. Erguendo o corpo ligeiramente, as palavras saem atrapalhadas dos meus lábios:

— A-aquilo... E-eu não...

Seu riso acaricia a periferia da minha mente, fazendo minha pele pinicar. Intensifico o véu sobre os meus pensamentos e faço uma careta.

Vou examinar os túneis à procura de saídas, ele diz gentilmente. *Volto em breve.*

Apavorada demais para responder, mergulho mais fundo na água, esperando até as ondulações da consciência de Caelan desaparecerem.

Não quero me mover — ou sair da água —, mas sei que nosso tempo é limitado. Há muitas pessoas atrás de nós, e as cavernas não podem nos proteger por muito tempo.

Saber dos segredos da Fome não muda o fato de que ainda estamos lutando uma guerra. Caelan e Damon podem acreditar num novo mundo, mas há dois outros príncipes e uma rainha que quer erradicar os humanos. O que vai acontecer se eles se recusarem a mudar de ideia?

Uma consciência de origem diferente. Foi isso que Damon disse. Não *nós* contra *eles*. Apenas uma forma de vida criada de um jeito diferente.

Quero acreditar que não importa como fomos criados. Que uma consciência é uma consciência. Mas também sei que Ophelia está vinculada ao mundo dos vivos — eu estive *lá*, naquele lugar horrível e disforme de fios — e não sei como ela vai se sentir satisfeita até estar livre.

E Caelan...

Será suficiente para ele viver em paz ao lado dos humanos se ele continuar acorrentado? Se ele continuar vinculado à mãe, assim como ela é vinculada aos humanos?

Não sei as respostas. Acho que a única coisa que tenho agora é a esperança.

Esperança, e um aliado que não consegui enxergar por conta da raiva.

Com um suspiro, saio da fonte sulfurosa. As roupas que Caelan fez para mim estão sobre as rochas. Eu me visto rapidamente, depois guardo as facas no cinto e prendo o cabelo num coque baixo.

Deixo meus pensamentos se tornarem névoa, vasculhando os túneis à procura da consciência de Caelan. Sinto sua presença — a familiar floresta de inverno.

Quando apareço no vazio da mente de Caelan, espero vê-lo parado em meio às sombras. Mas quando chego à escuridão ondulante, Caelan não está lá.

Eu o escuto fazendo um muxoxo, escondido debaixo do próprio véu.

— Vejo que ainda está bancando a espiã.

— Desculpa. Velhos hábitos. — Franzo o cenho. — Por que não consigo te ver?

— Você não tem mais o mesmo controle sobre a minha mente. Não quando posso visitar a sua tão facilmente quanto. — Sinto seus movimentos como a sutil queda de um alfinete. — Que informação você está procurando desta vez? — ele sussurra, tão perto do meu ouvido que eu estremeço.

Será que ele consegue me ver? Mesmo debaixo de um véu?

Sua voz me rodeia, ecoando de todas as direções. *Brincando* comigo.

— Seus véus não funcionam mais aqui.

Estreito os olhos.

— Isso é um desafio?

O riso de Caelan é sutil.

— Pode se esconder o quanto quiser, mas agora eu sempre serei capaz de te encontrar.

— Talvez. Mas eu ainda posso te encontrar primeiro — digo, e me arranco dos pensamentos dele.

Vasculho os túneis à procura de montanhas frias e pinheiros, virando uma curva atrás da outra sem hesitar. Caelan está aqui. Posso senti-lo como o farfalhar da grama num campo. Ele está *perto*.

Continuo escondida sob um véu, chegando cada vez mais perto do aroma de um bosque de inverno. Certa de que ele está no túnel seguinte.

Mas tudo que encontro é um beco sem saída.

— Qual é o meu prêmio se eu ganhar? — ele ronrona na minha nuca.

Dou meia-volta, quase tropeçando para trás quando ele passa um braço ao meu redor para me manter no lugar, as covinhas visíveis mesmo no escuro.

— Foi trapaça. — Faço uma careta. — Era para você se esconder debaixo de um véu, não me atrair por um labirinto.

— Eu sou da Vitória. Fui feito para isso.

Ouço a irreverência, mas também ouço a tristeza. Ergo os olhos para encará-lo, para encarar a forma como seu rosto é suave e rígido ao mesmo tempo. Majestoso, mas também *humano* de uma forma que sempre me perguntei se ele podia ser.

Minhas palavras são quase inaudíveis.

— Se eu pudesse ajudar a te libertar, faria isso.

O coração de Caelan pulsa contra o meu.

— Eu sei.

Minha respiração falha, e ele se aproxima. Vejo a forma como seus lábios se separam, como se ele estivesse pronto para falar ou…

— Venha comigo para a Fome, Nami. Estaremos seguros lá, pelo tempo que precisarmos — ele sussurra.

Mas ouço a verdade maior: *pelo tempo que for necessário*.

Talvez essa seja uma das diferenças entre nós. Caelan pensa que tem todo o tempo do mundo, mas e eu?

Os humanos não foram criados para pensar que têm a eternidade. E não posso esperar mil vidas até que Ophelia mude de ideia — não enquanto pessoas inocentes continuam a sofrer nesse meio tempo.

Franzo as sobrancelhas.

— Não posso ir para a Fome. Não importa se é um lugar seguro para os humanos. Ainda existem pessoas nas Quatro Cortes que precisam da minha ajuda.

Nossos olhos se encontram como trovões e raios. Um clarão de algo poderoso demais para suportarmos.

Ele recua.

— Do que você está falando?

Dou um passo para trás também, por segurança.

— Shura e Ahmet ainda estão no Gênesis. Não vou deixá-los no deserto. E quanto a todos os humanos na Morte? — Balanço a cabeça. — Alguém precisa contar aos humanos sobreviventes sobre o caminho nas estrelas, e levá-los até as Terras da Fronteira. Alguém precisa *protegê-los*.

— É convencendo minha mãe a mudar este mundo que vamos protegê-los.

— Alguns de nós não vão durar tanto tempo assim! Ophelia está fazendo tudo o que pode para erradicar os humanos do Infinito. E se ela tiver sucesso antes de você e Damon conseguirem convencê--la? Se eu conseguir levar alguns dos humanos para um lugar seguro antes disso, pelo menos vou ter feito algo de bom.

Caelan parece magoado.

— Pensei que você acreditasse na coexistência.

— Eu acredito. — Minha voz não falha. — Mas não acredito em Ophelia.

— Nami, se você voltar para a Guerra e meu irmão te encontrar...

— Eu sei — interrompo. — Mas não me importo. Não posso ser a pessoa que se esconde debaixo d'água enquanto tantos outros continuam a sofrer.

Ele desvia o olhar.

— Certa vez, você disse que não gostava de lutar — ele diz à escuridão.

— Isso não é sobre lutar. É sobre ajudar pessoas que não podem salvar a si mesmas. — Penso no plano de Ozias para recrutar humanos nos portões do Infinito. — É sobre levar as pessoas a um lugar seguro antes que elas sejam *forçadas* a lutar. — Antes que elas sejam forçadas a odiar.

Não é uma solução perfeita. Ainda significa que estarei num campo de batalha, lutando contra os Residentes enquanto tento salvar humanos. Mas talvez alguns de nós precisem sacrificar nossos corações passivos para garantir que pessoas como Mei nunca precisem fazer as escolhas que fazemos.

Talvez essa seja a parte horrível e injusta de tentar fazer a coisa certa. Não importa quanta luz você cria — em algum lugar além da luz, você ainda encontrará uma sombra.

Minha nuca dói como se carregasse um pedregulho. Diante do silêncio de Caelan, acrescento:

— Eu sei que você não entende, mas…

Ele gira.

— É claro que eu entendo. Você passou todo o seu tempo no Infinito tentando ajudar as pessoas que ama. Fazendo o que fosse preciso para mantê-las segura. — Ele sacode a cabeça como se seus pensamentos não parassem de rachar, rachar e rachar, e ele não soubesse como consertá-los. — Mas Nami… É assim que eu me sinto também. Em relação a *você*.

Estou atordoada demais para falar. Tonta demais ao ouvir suas palavras, e a verdade contida no meio delas.

Então não digo nada.

E acho que às vezes não dizer nada machuca mais, porque Caelan tensiona a mandíbula e se afasta, carregando sua mágoa como um peso nas costas.

Não posso deixar as coisas entre nós assim. Preciso explicar.

Abro minha mente para procurá-lo — para chamá-lo de volta antes que ele decida me odiar para sempre — quando a presença de um nevoeiro crescente me faz parar.

Ouço o grito vazio antes de ver o Sinistro, mas, quando dou meia-volta, é tarde demais.

A criatura salta, afundando os dedos ossudos na minha pele. Grito, horrorizada pela ardência gélida que percorre meu corpo a cada toque do Sinistro. E, no fundo da mente, ouço Caelan gritar meu nome.

A pele do rosto da criatura se expande, vazia de traços além das porções profundas e murchas de cinza. Seu ruído é como o de uma cascavel, sibilando nos meus ouvidos, mesmo sem parecer ter uma boca.

Caelan aparece num relance e investe sobre o Sinistro, mas a criatura estala o pescoço e o nevoeiro agarra seus braços e pernas, arremessando-o para o lado. Ele logo se levanta, as palmas estendidas para conjurar algo poderoso, mas tudo que vejo é a criatura me observando. *Ávida* por mim.

Nas profundezas daquela pele fina e pálida, vislumbro olhos negros de inseto. Seis deles, seis horríveis esferas, como se estivessem tentando romper a carne escassa que a criatura usa para se esconder.

A pele do Sinistro se rasga como uma costura malfeita. Quatro fileiras de dentes semelhantes a agulhas aparecem, e uma língua preta que estala feito uma pinça.

O terror é paralisante, me mantendo no lugar. Não consigo me mover — nem mesmo quando a voz de Caelan é um grito distante.

O Sinistro afunda os dentes no meu ombro, rasgando músculos e ossos.

Em questão de segundos, uma faixa azul de fogo atinge a criatura, arremessando-a pela caverna rochosa. Caelan me pega pelos braços e me puxa com força, mas estou cuspindo sangue pela boca.

Não. Não é sangue. É algo preto e horrível feito alcatrão.

Caelan me ergue e desaparecemos no túnel enevoado, com o chiado de cascavel do Sinistro ecoando ao meu redor.

41

A picada assume o controle. Um tremor horrível percorre meu corpo, reverberando como se estivesse empurrando tristeza para dentro de cada canto da minha mente. De *mim*.

Quero me enrolar em posição fetal. Quero desaparecer. Quero afundar nas profundezas do nada e nunca mais emergir.

A pressão martela meu peito. Tudo parece vazio demais e cheio demais. O fato de eu conseguir respirar não importa, porque parece que não consigo, e não estou dando ouvidos à lógica. Estou dando ouvidos à voz sombria no meu crânio, dizendo que eu falhei.

Que sou desprezível e ingrata, e que não mereço nada de bom neste mundo.

Sou vazia. Não tenho nada para oferecer a ninguém, nunca mais.

Não quero existir mais.

Não percebo que parei de lutar contra a dor até Caelan entrelaçar os dedos nos meus. Ele aperta minha mão e a puxa como se eu precisasse continuar lutando. Como se *nós* precisássemos continuar lutando.

Aperto a mão dele de volta, e não a solto.

Quando a dor diminui, fico esperando estar num sonho, mas em vez disso encontro Caelan sentado ao meu lado, o rosto pálido. Estamos de volta à caverna de Gil, onde as luzes brancas flutuam sobre as nossas cabeças, a energia se esvaindo.

Tento erguer o corpo, mas uma dor horrível atravessa meu ombro. Estremeço, tocando uma porção de pele em carne viva. Minha manga está úmida de sangue, e levo os dedos à boca, me perguntando se os resquícios de alcatrão preto continuam cobrindo meus lábios.

O que o Sinistro fez comigo?

Ouvindo meus pensamentos, Caelan se vira.

— Quando uma coisa é feita de desalento, ela despeja desalento de volta no mundo. — Ele cerra os punhos. — Sua mordida é como um veneno, mas eu consegui extrair a maior parte dele.

Mas Caelan não parece aliviado. Parece apavorado.

— Como você tirou o veneno de mim?

Ele hesita.

— *Caelan.*

Ele estende um braço, relutante. Grossas veias negras se estendem das pontas de seus dedos até o cotovelo, pulsando sob sua pele.

Solto um arquejo ríspido. Toco seu braço, puxando-o para mais perto, como se quisesse pegar o veneno todo de volta.

— O que você fez?

— Eu tentei extraí-lo de você. Forçá-lo para fora da sua mente. Foi o único jeito de impedir que o veneno chegasse ao seu coração.

Levo a mão ao ombro outra vez. Ao espaço onde o Sinistro me mordeu, centímetros acima do meu peito. Então encaro as veias no braço de Caelan, subindo lentamente, pouco a pouco.

Um veneno.

— O que vai acontecer quando ele chegar ao seu coração? — pergunto suavemente.

Caelan deixa cair o braço.

— Damon conseguirá ajudar. Ele… leva jeito com substâncias tóxicas. Ele é capaz de controlar os Sinistros e curar seu veneno.

— Se ele os controla, então por que havia um deles aqui, na corte de Ettore.

— Não sei responder isso. Talvez os espiões de Ettore tenham ido além da Guerra. Mas não precisa duvidar de Damon. Eu vi como é a Fome. Ele está do nosso lado.

Encaro as veias pretas em seu pulso.

— Quanto tempo você tem?

Ele pisca, a expressão rígida.

— Tempo o bastante para atravessar a fronteira, desde que não apareçam mais Sinistros farejando o veneno no meu sangue.

Ele fez isso por mim — para me *salvar*.

Penso em todas as pessoas que salvei sem hesitar — não porque as conhecia ou porque elas mereciam, mas porque sempre foi a coisa certa a se fazer — e percebo que ajudar Caelan é diferente.

Não é um instinto, ou uma questão de certo ou errado.

Nem sei direito se é uma escolha.

Mas sei no meu coração que quero que ele fique bem — porque, apesar de todas as vezes em que tentei me convencer do contrário, Caelan não é um estranho, ou um inimigo, ou alguém a quem sou indiferente.

Ele é algo mais.

E acho que pode ser igual para ele — e é por isso que sei o que preciso fazer, e para onde precisamos ir em seguida.

— Vou com você até a Fome — declaro, com uma firmeza que faz Caelan arregalar os olhos. — Alguém precisa garantir que você atravesse a fronteira em segurança.

Seus olhos prateados me encontram, cintilando da mesma forma que as esferas acima dele.

— Você não me deve nada. Esta mordida... não quero que pense nela como uma transação.

— Não é por isso que vou com você.

— Mas uma vez você disse que ia me jogar aos lobos.

— E você uma vez disse "Eu cuido de você e você cuida de mim. Essas são as regras". Lembra?

Ele sorri de alívio e assente.

— Lembro. E é por isso que, depois que Damon me curar, vou voltar à Guerra com você, para lutar ao seu lado enquanto você quiser.

Repito suas palavras mentalmente como se não tivesse certeza de que as ouvi direito.

— Você faria isso?

O olhar de Caelan se suaviza.

— Quero paz entre nossos povos. Mas, se for preciso esperar mais algumas vidas para chegar lá, então que seja.

Meu coração se parte ao meio.

— Ophelia vai procurar por você. Por seu irmão também. — *Você será um inimigo para a maior parte dos seus. Talvez eles jamais saibam a verdade sobre pelo que você está lutando.*

— Não me importo — ele diz. — Estaremos mais seguros juntos. E sou o motivo de Shura e Ahmet terem fugido para a Guerra. Foi um erro meu, e devo consertá-lo.

Eu o examino com cuidado, como se pudesse existir uma parte da equação que ainda não descobri. Algo que meu cérebro não conseguiu processar.

Estou tão acostumada a examinar o rosto de Caelan à procura de sinais de que ele está fingindo. Porém agora, quando olho para Caelan, tudo que vejo é o garoto que vem tentando me proteger esse tempo todo. Que esteve do meu lado há muito mais tempo do que eu percebia.

Não se pode recuperar a confiança num dia.

Mas acho que estou pronta para tentar.

— Estou pedindo.

Caelan franze o cenho.

Tento ajeitar a postura e respiro fundo.

— Estou pedindo para você ouvir minha mente. Ouvir tudo. — Não apenas as emoções complicadas entre nós dois, mas também o arrependimento agonizante do que eu quase fiz.

Ele não é o único a carregar culpa. Talvez o primeiro passo para construir uma ponte seja admitir quando fazemos besteira e quando erramos.

Talvez essa também seja a chave para recomeçar.

Caelan pausa à beira das minhas paredes mentais, dando vários passos cautelosos antes de me encontrar lá dentro. Observo sua expressão se transformar de surpresa a descrença, e então...

Ele recua e sai, seu olhar procurando o meu.

— Você não é o único que cometeu um erro — digo, surpresa pela facilidade com que as palavras saem. — Seja a Esfera real ou não, eu jamais deveria ter concordado em destruí-la, e sinto muito por isso. Foi a escolha errada, e quero que você ouça isso de mim, em voz alta.

— Sinto muito por ter feito você duvidar de mim. Por ter lhe dado um *motivo* para duvidar de mim — ele diz. — Mas, acima de tudo, sinto muito por ter feito você duvidar de si mesma.

Ele é lindo em todas as suas formas, mas especialmente assim. Quando somos eu e ele com o coração aberto e mais nada a esconder.

Minha atenção se volta para o veneno negro sob sua pele.

— Está doendo?

— Não é nada comparado com o que Ettore fez com você — ele responde, fogo e gelo colidindo por trás de suas palavras. — E prometo que o farei pagar por isso algum dia.

Não estou interessada em vingança; só quero que as pessoas que eu amo fiquem seguras.

Isso inclui o Príncipe da Vitória — um Residente que tem defeitos e esperanças e é real, e que sonha mais alto do que qualquer humano que já conheci.

E sei que Caelan deve ter me ouvido, porque ele se aproxima, os lábios partidos, e sinto um trilhão de faíscas se acenderem dentro de mim. Em resposta, meus ombros tremem. Esqueço como respirar.

Acho que talvez ele também esquece.

Nossos olhares se encontram e, por um momento, tudo congela. Mesmo sem palavras, sinto uma compreensão se assentar entre nós. Uma confissão silenciosa de que o que sentimos um ano atrás não era uma mentira completa.

Talvez estejamos travando uma batalha impossível. Somos uma conexão que quebra todas as regras, e não só porque um de nós nasceu humano e o outro foi criado por uma inteligência artificial.

AS GUERRAS DE GÊNESIS **319**

Não somos pessoas perfeitas que fazem escolhas perfeitas. Nossa história é complicada porque *nós* somos complicados.

Mas talvez não haja nada de errado nisso.

Não sei se todos que fazem algo ruim merecem uma segunda chance, mas acredito em conhecer o coração de uma pessoa sem pressa antes de julgá-la por seus piores erros. Ninguém precisa existir na escuridão para sempre.

Caelan quer ser perdoado. Ele quer me ajudar a construir uma ponte.

Não vou ser o tipo de pessoa que diz que tentar não é suficiente. Porque, para mim... tentar é *tudo*.

— Queria que tivéssemos mais tempo — ele sussurra, a apenas um centímetro de distância.

Também queria que tivéssemos mais tempo, conto às sombras de sua mente, me aproximando até sentir o roçar dos lábios dele contra os meus. Eu me lembro da forma como ele uma vez me olhou através dos olhos de Gil — como se ele conhecesse todos os meus segredos, e eu os dele.

Era parte de um jogo naquela época, mas e agora?

Agora, um veneno percorre a corrente sanguínea de Caelan e não há tempo para calcular o futuro.

Dou um pequeno passo para trás, aumentando o espaço entre nós. Odeio a sensação de que estou rompendo alguma coisa. Algo que ainda não teve uma chance de sarar.

— Precisamos te levar até a Fome — digo, ignorando a pontada no meu peito.

Em resposta, ele fecha os olhos, assentindo devagar. Porque ele sabe o que eu sei.

A estrada adiante não vai ser fácil. Ela é pavimentada com guerra e desconfiança e a ira de Ophelia.

Seja lá o que já sentimos um pelo outro — e o que sentimos agora —, vai ter que esperar.

Caelan e eu encontramos um caminho através dos túneis e, quando o primeiro feixe de luz do sol toca o chão da caverna, um silêncio perturbador se instala entre nós.

42

A energia ao longo das fronteiras da Guerra retumba à nossa frente. É opressiva. Não lembro se ela sempre foi assim tão alta ou se a mordida do Sinistro fez alguma coisa com a minha consciência.

Talvez a sensibilidade seja um efeito colateral.

Lanço um olhar para Caelan, incapaz de mascarar minha preocupação, mesmo com os véus que nos escondem do resto do mundo. Ele puxou as mangas da camisa para baixo, então não sei o quão perto do coração está o veneno. Mas as pontas de seus dedos estão quase inteiramente pretas.

Caelan inclina a cabeça.

— Não precisa ficar me olhando como se eu fosse desaparecer a qualquer momento.

— O que *vai* acontecer? — Estreito os olhos à luz do sol, caminhando pela areia ardente.

Ele leva dois dedos ao ombro — uma indicação de onde o veneno está.

— Vou ficar fraco demais para fazer qualquer coisa. Mas consigo desacelerar o processo quando me concentro. — Ele me oferece um sorriso tristonho.

Isso explica os longos silêncios.

— Poupe a sua energia. — *Podemos conversar quando estivermos em um lugar seguro.*

Caelan contrai a mandíbula em resposta, lutando contra o sol escaldante ao examinar o horizonte.

Espero que o Gênesis esteja bem. Espero que Ettore e as Legiões não tenham conseguido encontrar o acampamento.

Porque, se eu tiver que carregar a culpa de colocar meus amigos numa prisão duas vezes, ela vai me destruir.

O calor da presença de Caelan faz meu sangue subir à cabeça. Também sinto culpa em relação a ele — ao pensar que Caelan veio até aqui por mim e transferiu o veneno do Sinistro para si mesmo a fim de me salvar.

Quanto antes chegarmos à Fome, melhor para todos nós.

Ao meu lado, Caelan para abruptamente, e seu corpo inteiro enrijece. Então eu sinto também — a vibração da energia que se intensifica ao nosso redor.

Não há tempo para perguntar qual é o problema, ou para entender como pode haver tanta estática num deserto tão vazio e vasto como este.

É porque não estamos sozinhos.

O som de um enorme véu sendo arrancado retumba ao nosso redor. Caelan e eu olhamos horrorizados para o caminho até a fronteira, agora bloqueado por Residentes.

Não apenas um punhado de guardas ou um único batalhão, mas um exército inteiro.

Duas gigantescas aeronaves sobrevoam o deserto. As Legiões esperam pela batalha por todos os lados. Alguns guardas pairam no ar, outros permanecem no chão. Um bloqueio terrestre, entre nós e o Labirinto. Um obstáculo impossível.

À frente de todos, está o Príncipe Ettore, as espadas flamejantes em riste. E ao seu lado está o Príncipe Lysander da Morte.

Esperando por mim. Por *nós.*

O medo ricocheteia pela minha mente. *Como eles sabiam para onde estávamos indo?*

O Sinistro, diz a voz de Caelan, que colide com meus pensamentos. *Ele consegue rastrear o veneno no meu sangue. Deve ser por isso que Ettore os enviou para os túneis.*

Não é apenas uma corte de Residentes que está preparada para lutar, são duas. Há uma mescla de asas no céu: as da Guerra se assemelham às de morcegos e as da Morte, às de pássaros. A mistura de uniformes vermelhos e verdes faz a cena parecer um jardim de rosas, lágrimas de sangue.

Caelan grunhe, um som profundo e feroz.

Saco minhas facas.

— Mas... nosso véu...

— Não importa agora — ele diz, a voz baixa. — Lysander consegue enxergar através de qualquer véu.

O pavor toma conta das minhas veias.

— Como isso é possível?

— Ele passou sua existência inteira procurando uma forma de erradicar a consciência de uma pessoa — Caelan explica. — Não importa se ele não consegue ver nossos corpos. Ele vê a luz. A alma.

— Isso quer dizer que você... — começo, mas contenho as palavras. Não há tempo para perguntas; não há tempo para refletir sobre o que significa ele poder ver nossa luz. Não apenas a minha, mas a de Caelan também.

Porque, se Caelan tem uma luz... uma *alma*...

Adiante, Ettore e Lysander nos encaram, vestindo seus trajes de batalha. Prontos para a guerra.

A voz de Lysander ressoa na nossa direção, o rosto parcialmente protegido por um capacete dourado.

— A mando da Rainha Ophelia, vocês dois foram declarados traidores da coroa. — Nem mesmo o vento assobia em resposta. — Vocês serão levados até Sua Majestade para receber suas sentenças. Caso se entreguem de bom grado, poderão poupar a si mesmos de um banho de sangue desnecessário.

Ettore esboça um sorriso perverso.

— Por favor, não se entreguem. Vão acabar com a diversão.

— Fique fora disso, Lysander — Caelan grita. — Não tenho disputa alguma com você.

— Você nos traiu — Lysander vocifera.

Os olhos de Caelan fervilham com vida.

— Não permitirei que vocês a levem.

A expressão em seu rosto, como se ele tivesse se desvinculado... como se tivesse lançado seu coração ao mundo, sem mais correntes para mantê-lo aprisionado.

É Caelan sem nenhuma máscara.

Ettore ri sem piedade.

— Ah, a humana não vai a lugar nenhum. Pelo menos não por algum tempo. Fizemos um acordo: Lysander o levará até nossa mãe e voltará para buscar seu bichinho de estimação depois que eu e ela terminarmos nosso delicioso jogo. — Ele se vira para Caelan, deleitando-se com o espetáculo ao seu redor. — O abate é a melhor parte de qualquer Caçada.

Os olhos de Caelan brilham com chamas prateadas.

— *Nami* — ele sibila — não pertence a ninguém, a nenhuma corte.

Labaredas azuis chovem do céu, jorrando sobre os Residentes. A maior parte delas encontra um alvo, arrancando uivos agudos das Legiões unidas. Mas o que as labaredas simbolizam é muito mais poderoso.

Não vamos nos entregar, e não vamos sucumbir em silêncio.

Lysander e Ettore avançam, e Caelan corre ao encontro deles na areia — para manter a batalha longe de mim.

Corra, seus pensamentos voam de volta para mim. *Encontre um caminho para atravessar a fronteira. Vá até Damon, ele a manterá segura.*

Não consigo nem pensar em algo para responder. Ele está delirando se acha que consegue enfrentar dois exércitos inteiros por conta própria.

A menos que...

A menos que ele saiba que não vai deixar esta corte por vontade própria.

Os três príncipes se lançam em batalha. Desesperada, agarro as costuras do meu véu. Ele não vai me proteger de Lysander, mas e dos outros Residentes?

Talvez eu consiga ganhar algum tempo.

Sei que Caelan traiu a Colônia ao fingir ser Gil. Sei que sua mudança de opinião pode não ter apagado a mágoa. Não muda o passado. Mas alterou o caminho que estamos seguindo.

Talvez uma mudança de opinião possa ser o suficiente para remodelar o futuro.

Não é apenas um Residente na areia adiante, evadindo o golpe das espadas flamejantes de Ettore e o soco estrondoso de Lysander.

É um amigo. Alguém com quem me importo. *Alguém que precisa da minha ajuda.*

Expando a mente à procura de guardas que estejam vindo na minha direção, golpeando suas mentes com fogo. Eles tropeçam, mas não é o suficiente. Não estou completamente curada — não sei se minha mente vai se cansar antes do meu corpo, ou o contrário.

Mas tento novamente, desta vez lançando uma onda de água salgada, tentando derrubar as paredes em suas mentes. Um deles cai, engasgando-se na areia. Mas os outros se livram dela, correndo na minha direção como se tivessem sentido minha presença.

Sei que estou chacoalhando o véu. Há muito caos para que eu consiga mantê-lo imóvel.

Ficar escondida não vai impedi-los para sempre. Só está gastando minha energia mais rápido, lançando minha consciência em todas as direções. Preciso de cada gota do meu poder. Não para me esconder, mas para lutar.

Ergo o véu e começo a golpear.

Minhas lâminas encontram carne, armadura e metal. Sou um redemoinho de fúria e desespero, lutando para fazer valer esses últimos momentos. O ferimento no meu ombro arde a cada movimento dos braços, mas eu não paro.

Estou flanqueada por dois Residentes, as espadas apontadas para mim. Respiro, examinando seus pés, e espero eles atacarem.

AS GUERRAS DE GÊNESIS **325**

No último momento, rolo para a frente, desviando do caminho, e dou meia-volta para encará-los. Lanço as lâminas com uma força supersônica e elas atravessam o ar, aterrissando nos pescoços dos alvos. Corro para buscá-las, ignorando o sangue fresco que goteja dos gumes afiados.

As consequências dos meus atos assolam meu corpo inteiro.

Estou me movendo demais. Estou usando toda a minha energia.

Rapidamente, passo os olhos pelos Residentes que correm na minha direção.

Há tantos deles. Tantas lâminas.

Pela areia, Caelan se move em clarões azuis ao redor dos irmãos, evitando seus golpes implacáveis.

Dobro os joelhos e me preparo para o impacto.

Ouço uma série de ruídos agudos e assisto aos Residentes tombarem a alguns passos de distância, um a um.

Brados de guerra irrompem à minha esquerda. Olho por cima do ombro e vejo a rebelião. Todos eles.

O Gênesis. Eles vieram lutar.

Com os olhos ardendo, vejo Shura e Ahmet avançarem à minha frente, armas em riste. Shura brande uma adaga em um dos Residentes recuperados, encontrando carne, e Ahmet dispara outra rodada de flechas com uma estranha balestra elétrica. Areia explode a distância, e os exércitos Residente e humano correm um na direção do outro.

— O que vocês estão fazendo aqui? — consigo dizer num arquejo, encarando Shura.

Ahmet também aparece, a pele cheia da calidez de que me lembro.

— Vimos as aeronaves vindas da Morte. Imaginamos que talvez você tivesse alguma coisa a ver com elas.

Zahrah aparece ao meu lado, girando o machado de guerra em círculos como se estivesse se preparando para atacar. Um sorriso largo estampa seu rosto.

— Você achou mesmo que eu ia ficar em casa e deixar uma novata se divertir sem mim? Tenho uma reputação a zelar, Nami.

Uma colisão violenta de metal e gritos explode no campo de batalha. Shura, Ahmet e Zahrah não saem do meu lado, mesmo quando avançamos sobre as rochas e sobre a terra ensopada de sangue rumo ao cerne da violência.

Caelan está muito longe, ainda lutando contra os irmãos, quando ouço o esforço de sua mente.

Enfio minha lâmina em carne, chutando um Residente no estômago antes de Zahrah acertá-lo com o machado. Meus olhos vasculham o tumulto, procurando por aquele tom familiar de branco nevado na paisagem. Eu o encontro — e vejo o tremor, e a respiração irregular, e a forma como seus joelhos estremecem por uma fração de segundo a mais.

O veneno está perto do coração.

Não me importo se é irresponsável — envio meus pensamentos na direção dele e encontro sua mente esgotada no vazio.

O silvo da cascavel ressoa ao meu redor, e aperto as orelhas, compartilhando da agonia de Caelan.

Ele está ficando sem tempo.

Tudo fica preto feito breu. Nem consigo ver Caelan nas sombras — apenas uma escuridão impiedosa que se alimenta de luz. De *almas*.

Não sei onde o veneno está, mas estendo as mãos como se estivesse tentando absorvê-lo de volta para meu corpo.

Preciso dar mais tempo a Caelan.

Ele me empurra, tentando me tirar de dentro de sua mente. *Não*, ele diz.

Me deixa ajudar, suplico.

Não sei se é Caelan ou o veneno que me empurra para fora, mas meus pensamentos retornam ao meu corpo com um solavanco, o pavor se apoderando do meu ombro. Não tanto quanto antes, mas é o suficiente para me fazer perder o equilíbrio.

E Caelan tem carregado bem mais veneno do que eu.

Ele nunca esteve bem. Só não queria que eu soubesse o quanto ele estava sofrendo.

Não sei ao certo o que começa a ceder primeiro, minhas pernas ou minha consciência, mas Shura me cobre com seu véu e me leva para longe da luta.

— Fique aqui — ela diz. — Você está ferida demais, e os Residentes já têm bastante vantagem.

Ela retorna à areia ensanguentada, e tudo que posso fazer é assistir, impotente.

Mas minha mente liga e desliga como um fio em curto-circuito. Tento ficar de pé, os joelhos trêmulos, e desabo sobre uma enorme rocha. Minhas facas tilintam contra as pedras.

Oscilo entre a luz e a escuridão.

Desperta e adormecida.

Varro o campo com os olhos e vejo humanos tombando aos montes. Os Residentes se adaptam rápido demais às nossas armas, como se estivessem aprendendo com cada golpe. Uma explosão de luzes azuis irrompe do centro, e Caelan se lança sobre Ettore, derrubando-o. Lysander aparece atrás dele, as mãos carregadas de energia, e pega uma espada esquecida no chão.

Ele a ergue sobre a cabeça de Caelan.

Meu grito atravessa o deserto. *Não!*

Caelan olha direto para mim. A preocupação em seu rosto dá lugar à compreensão, e ele dispara para longe conforme a espada de Lysander vem abaixo.

Perto dele, Eliza abre os braços e raios irrompem de seus dedos, espalhando uma poderosa corrente azul sobre uma fileira inteira de Residentes. Os humanos avançam através da abertura, abrindo caminho na direção dos príncipes.

Ettore rosna, lançando chamas pelas mãos. Elas atingem os humanos próximos, envolvendo alguns deles e queimando outros. Com a túnica de escamas vermelhas e os olhos dourados, é quase como se ele estivesse cuspindo o fogo de um dragão.

Lysander se move em direção aos humanos que conseguem atravessar o fogo e conjura um raio do céu, profanando o lugar que ocupam. Braços e pernas se espalham. Apenas alguns sobrevivem inteiros. O golpe faz o poder de Eliza parecer uma inofensiva faísca em comparação.

Caelan agarra a adaga de um dos humanos caídos e fixa os olhos em Ettore, que está ocupado demais incendiando o mundo para notar o irmão mais novo correndo em sua direção.

Mas Caelan também está ocupado, e não percebe Zahrah se aproximando com o machado de guerra.

Agarro minhas facas.

Corro sem pensar, passando por Residentes, humanos e Shura, que continua a me ocultar com seu véu, confusa. Corro apesar da dor — apesar da névoa sutil que se assenta na minha cabeça, sussurrando que logo estarei adormecida. Que dentro de um instante não terei outra escolha senão sucumbir à exaustão.

Corro para o lado de Caelan e uso as facas para bloquear o ataque de Zahrah. É o último fragmento de força que tenho, e faço ele valer a pena. Não para machucar Zahrah, mas para proteger Caelan.

Algo supersônico explode do meu peito e a arremessa para longe. Quando ouço o grito alarmado de Caelan, percebo que também o arremessei.

Estrelas dançam nos meus olhos e eu caio, me libertando do véu de Shura.

Minha cabeça atinge as pedras com força.

Com esforço, olho para a frente e vejo Ozias. Trajando sua elaborada armadura de ossos e carregando duas enormes espadas, o Rei do Gênesis não se move. Ele observa, calculando.

Ele tem tempo suficiente para me ajudar — tempo suficiente para um saltador chegar até mim e me levar a um lugar seguro.

Mas a expressão de Ozias enrijece com uma decisão que ele tomou muito antes de ver meu corpo devastado na areia. Eu era uma ameaça para sua rebelião. E, para um líder militar, só existe um jeito de lidar com uma ameaça.

Ele dá meia-volta e me deixa à mercê do destino desta guerra, assim como deixou Gil muitas vidas atrás.

AS GUERRAS DE GÊNESIS **329**

Uma pessoa vestida com um tecido verde esvoaçante se aproxima. Quando Lysander me joga sobre os ombros feito uma boneca de pano, não faço som algum. Não consigo.

Com os olhos semicerrados, tento procurar por Caelan no campo de batalha. Ele está correndo na minha direção — aos tropeços, porque o veneno já está alcançando seu coração —, e vejo Ahmet descarregar uma série de flechas nas costas dele.

Os dedos de Caelan estão estendidos, tentando me alcançar, mas não é o suficiente. Não nesta guerra. Não quando o pavor já assumiu o controle de seu corpo. Seus olhos prateados se fecham, e a rebelião o arrasta para longe.

Lysander para diante de alguém que não consigo ver. O mundo todo já começou a me escapar feito um horrível sonho distante.

— Chame nosso povo de volta para as aeronaves. Conseguimos o que queríamos. Partiremos rumo à Morte agora.

— Sim, Vossa Alteza — responde uma voz.

Ouço uma movimentação. Um grunhido. Então...

— O que você pensa que está fazendo? Nós tínhamos um acordo, você fica com Caelan, eu fico com a humana — Ettore sibila.

— A rainha não faz acordos, maninho — Lysander vocifera em resposta. — Agora dê um jeito na sua corte, antes que eu decida contar à nossa mãe sobre a bagunça que você fez.

Ouço os estalos de saltadores a distância. O som dos humanos em retirada. *Sobreviventes.*

É meu único conforto quando sucumbo à escuridão.

43

O veneno me encontra enquanto durmo. Rasteja rumo ao meu coração, despejando melancolia nas minhas veias.

Um fantasma aparece nas paredes da minha mente. *Eu posso ajudá-la*, diz a voz assombrosa, reconfortante.

A única arma que me resta é a teimosia pura. *Fique longe de mim*, sibilo, estremecendo enquanto o veneno pulsa como se estivesse ganhando velocidade.

Você tem algo que eu quero. Se entregar isso a mim, extrairei o veneno e curarei seu desalento.

Eu me debato contra a dor. *Não vou te entregar minha mente.*

Não é a sua mente, ele sussurra. *É outra coisa que desejo. Algo de que você sequer sentirá falta.*

Estou fraca demais para questionar suas palavras.

O fantasma estende uma mão esguia, o toque tão leve quanto tentáculos de fumaça. *Você está ficando sem tempo. Se quer salvar os outros, deve fazer isso. Deve trocar o veneno pela chave para a proteção deles.*

Imagino cada um deles na minha cabeça. Os amigos e estranhos que venho tentando salvar.

E talvez seja o desalento, ou a escuridão, ou o desespero, mas abro minha mente e permito que o fantasma se agarre a um fio de veneno. Ele puxa, devagar a princípio, e, à medida que o veneno é extraído, algo amargo o substitui.

Por um momento, temo ter cometido um erro terrível.

Mas então o fantasma se afasta, desaparecendo dos meus pensamentos como uma névoa silenciosa, e eu esqueço que ele sequer esteve ali.

Acordo numa cela fortemente iluminada, não muito diferente da sala de Orientação de quando cheguei ao Infinito. Elegante e moderna, com portas de metal.

Um toque no meu ombro sugere que minha ferida começou a se fechar aos poucos. Ainda sinto uma dor lá no fundo, mas consigo respirar sem sentir o estalar dos ossos. E embora minha cabeça esteja latejando, eu me sinto descansada.

Alguém me curou, e tenho medo de saber por quê.

Não há algemas nos meus pulsos. Flexiono os dedos, fitando a porta, e lanço uma corrente de energia em sua direção. A luz crepita e se dissipa como fogos de artifício defeituosos.

Algo afiado perfura meu pescoço. Meus dedos investigam, e encontro um colar de metal liso ao redor da garganta. Desconfio que deve estar agindo como uma espécie de inibidor, reprimindo minha consciência.

Estou encoleirada como um animal. Presa como se fosse inferior a um humano.

Meu rosto queima. Vou fazê-los pagar.

Fico de pé, examinando minha nova jaula à procura de uma saída, mas é claro que não há nenhuma. Esmurro a porta. Me jogo de ombro nela. Tento destruí-la com a mente.

A cada tentativa, recebo uma pontada aguda por baixo da coleira. Quando minha visão começa a ficar borrada, percebo o que a peça está fazendo comigo.

Quanto mais eu luto, mais ela começa a apagar minha consciência.

Tento resistir, mordendo o interior da bochecha para continuar acordada, e me sento de costas para a parede dos fundos. Preciso conservar energia.

Há um domo de vidro acima do teto, que pisca silenciosamente. *Eles estão me observando?*

Faço uma careta só por garantia e levo os joelhos ao peito.

A ideia de que Caelan está numa jaula em algum lugar deixa minha garganta áspera. Vi Ahmet atingi-lo. Vi os humanos o arrastando consigo.

Mas até onde conseguiram chegar?

Quero que os humanos estejam seguros no Gênesis, mas tenho medo de que sua segurança signifique que Caelan está em perigo. Eles não sabiam que ele estava me ajudando, ou sobre as alianças que ele forjou na Fome. Eles não sabem que ele está do nosso lado.

Ou não se importam, acrescenta minha mente, amarga.

Caelan continua envenenado pelo desalento. Mal consegui extrair uma gota dele. E agora ele é um prisioneiro.

Fechando os olhos, respiro devagar, torcendo para que esta coleira ridícula não me impeça de contatar sua mente.

Atravessando a floresta, adentro o vazio e encontro Caelan deitado de costas, numa espécie de superfície elevada. Embora possa ser um prisioneiro, ele ainda parece tão perfeito. Há até um toque de cor em seu rosto que não vejo há meses.

Ele parece... saudável.

— Caelan? — Dou um passo à frente, sombras ondulando aos meus pés.

Ele abre os olhos e sorri como se estivesse à minha espera.

— Você está bem?

Assinto.

— Não sei onde estou. Uma espécie de cela com paredes brancas e uma porta prateada.

— Pode me mostrar?

Avanço na mente dele, expandindo seu campo de visão. Ele olha ao redor do cômodo, piscando, quando seus olhos prateados recaem sobre mim. Na coleira.

Caelan franze o cenho.

— Nami, isso… — Mas então ele fecha os olhos com força, como se estivesse se apoiando em alguma coisa. Seu corpo todo enrijece.

— O que foi? — pergunto rapidamente, examinando-o.

Ele enfim abre os olhos e me oferece outro sorriso com covinhas.

— Q-que bom que consegui ver você outra vez.

Faço uma careta e chego mais perto.

— Você está estranho. — Pauso. — Para onde eles te levaram?

Ele me encara de volta com o rosto lindo e perfeito.

— Para uma caverna. Há jaulas aqui. Como… — Ele pausa, enrijecendo o corpo outra vez. — Como na Vitória — ele termina.

Sinto o coração afundar. Ahmet deve ter mostrado a eles aquele truque específico.

A culpa percorre meu corpo. Se fui eu quem levou Ahmet para casa, então sou a responsável pela prisão de Caelan?

A luz ao redor dele desaparece por um segundo. Uma oscilação. E eu vejo…

Franzindo o cenho, examino seu sorriso sereno. A forma como ele está olhando para mim, como se usasse uma máscara…

— Caelan — digo lentamente. — O que é que você não está me mostrando?

— Não quero que você me veja desse jeito — ele responde, a voz suave.

— Você está escondendo alguma coisa. Dá para perceber. — Balanço a cabeça. — Seja lá o que for, eu quero saber.

— Você está na Morte. — Caelan fecha os olhos, lutando contra alguma coisa em silêncio. — Se esta for a última vez que você vai me ver, então lembre de mim como eu era, antes de você pensar que eu podia ser um monstro.

— Você está longe de ser um monstro. E, se esta é a última vez que vamos nos ver — argumento —, então não me mostre uma mentira.

Ele pisca debilmente e, quando a luz pisca outra vez, sua imagem inteira muda.

O silvo de cascavel nos rodeia. A camisa de Caelan desaparece, deixando sua pele nua e ferida à mostra. Seu cabelo branco está desgrenhado, e a pele ao redor do olho esquerdo tem um tom profundo e horrível de roxo. Sangue escorre de suas narinas, chegando aos lábios rasgados.

E ao redor de seus braços e pernas há correntes pretas, envenenadas com algo que chamusca sua pele. Ele não está apenas lutando contra o desalento; está sendo torturado.

O sorriso em seu rosto não está mais visível, substituído por uma expressão agonizante de dor na mandíbula retesada.

— O que estão fazendo com você? — Minhas palavras ecoam pelo vazio.

Ele grita para as estrelas conforme seu corpo sofre repetidos espasmos, atravessado por uma corrente elétrica.

É por isso que ele ficava rígido; estava escondendo o sofrimento. Escondendo a verdade.

A luz acima dele pisca outra vez, e percebo que sua consciência não vai aguentar. Ele está prestes a apagar, assim como eu no deserto.

E não penso a respeito; apenas tomo sua mão na minha e levo meus lábios às suas têmporas.

— Não vou te deixar para trás — sussurro ao ouvido dele.

Não sei se ele está sorrindo ou não, mas sua voz é suave.

— Acho que seria merecido se você me deixasse.

Porque eu não sou a única devastada pela culpa.

Não, murmuro, negando com a cabeça sem parar.

— Ninguém merece isso.

E estou falando sério. Cada palavra.

Os volts da eletricidade percorrem seu corpo outra vez, e eu seguro sua mão, contendo as lágrimas, até seu corpo ficar inerte ao meu lado.

Quando ele perde a consciência e o vazio me empurra para fora, envio um último pensamento para ele, torcendo para que ele se lembre das palavras ao acordar.

— Vou voltar para você. Custe o que custar.

AS GUERRAS DE GÊNESIS

44

A Rainha Ophelia está sentada na sala do trono da Morte, trajando um robe turquesa adornado com a luz das estrelas.

Elegantes pilares de mármore sustentam o teto extraordinariamente alto, em cujo centro há uma enorme claraboia circular que permite a entrada da luz do sol. Ladrilhos de vidro cobrem o piso, cada um ostentando um tom diferente de verde. E o trono dourado em si possui um arco de lanças afiadas, dando a impressão de que Ophelia está sentada no próprio sol.

Os guardas da Morte me conduzem adiante e me jogam de joelhos no chão. Não resisto; minha tentativa ao longo do corredor foi suficiente para provar que é inútil. Cada movimento provoca outra pontada no meu pescoço, fazendo com que seja difícil ficar de pé.

A coleira está me controlando. Se eu não obedecer, muito em breve sequer estarei acordada. E preciso continuar consciente. Preciso saber o que Ophelia planeja fazer comigo.

Muito embora, lá no fundo, eu já saiba a resposta.

O Príncipe Lysander está ao lado de Ophelia, com chifres dourados na cabeça e um robe verde-oliva derramando-se aos seus pés. Feixes de dourado seguem seus olhos, radiantes contra sua pele escura.

Ele faz um leve aceno para os guardas, que recuam um passo.

—Algo me diz que já estivemos num lugar como este antes — Ophelia diz, a voz sem emoção. — Embora agora eu saiba que foi meu filho quem a libertou. — Ela pausa. — O que você lhe ofereceu como retribuição?

Não digo nada.

— Como eu suspeitava. — Ophelia pisca, virando-se de leve para Lysander. — Talvez o tempo passado no corpo de um humano tenha sido demais para Caelan. Suas… prioridades parecem ter sido distorcidas.

Lysander assente.

— A casca humana permitiu-lhe sonhar. Eu mesmo o alertei sobre os perigos, mas vergonhosamente não esperei que algo assim fosse acontecer. — A forma como ele me olha é suficiente para entender sua insinuação.

Ophelia ergue o queixo, o adereço de prata cintilando em sua testa.

— Onde está Caelan agora?

— Foi feito prisioneiro pela rebelião humana — Lysander responde. — Receio que Ettore tenha permitido que as coisas saíssem do controle.

— Ele tem fogo no coração — Ophelia reflete, o rosto vazio de qualquer sentimento real.

— Sim. — Lysander ergue uma sobrancelha, cauteloso. — Porém, quando o fogo cresce demais, pode se tornar um problema.

Ophelia me observa, os olhos negros procurando uma fraqueza.

— Por ora, deixemos Caelan com os humanos — ela diz calmamente. — E, quando ele de fato retornar à corte, quero que você apague suas memórias.

— O quê? — digo, sentindo um aperto no peito. — Você não pode fazer isso.

Ophelia pisca. Ela encontrou meu defeito, a ondulação na minha consciência.

A forma de me machucar.

Porque sempre, sempre foi por meio das pessoas com quem mais me importo.

— Ele é meu filho — Ophelia responde. — Se estiver fraco, eu o consertarei.

— Não há nada para consertar — vocifero. — Ele é melhor do que você. Melhor do que todos vocês. E, se vocês realmente quisessem que o Infinito fosse melhor do que é, seriam espertos o suficiente para escutá-lo.

Os olhos negros de Ophelia cintilam.

— Escutar o quê?

Abro a boca, na intenção falar sobre construir uma ponte. O sonho de unir humanos e Residentes. A possibilidade de que, trabalhando juntos, possamos libertar uns aos outros.

Mas meus pensamentos flutuam numa poça turva, evaporando antes que minha voz consiga transformá-los em palavras.

Diga alguma coisa, ordeno a mim mesma. *Conte a ela o que Caelan estava tentando fazer.*

Por mais que eu tente me agarrar ao que sei ser verdadeiro, o conhecimento escorre pelos meus dedos, mais fino do que areia. Um segredo que jamais vou poder contar.

Não ouço ele se aproximar — acho que ninguém consegue. Damon para a vários metros de distância, observando minha frustração com o olhar violeta. Os cabelos azuis escorrem sobre seus ombros, adornados por sua coroa de corais.

Então a ficha cai, pressionando meus pensamentos atordoados.

Damon fez isso. Ele curou o desalento e o substituiu com outro veneno, para que eu jamais pudesse falar sobre unir nossos povos. Para que eu jamais pudesse destruir acidentalmente tudo que ele construiu.

Para que ele pudesse proteger sua família.

Não foi o Sinistro quem contou a Ettore onde nós estaríamos. Foi Damon, indisposto a correr o risco. Quando Caelan me salvou, fez de si mesmo um alvo. Foi apenas uma questão de tempo até os Residentes começarem a fazer perguntas — antes de descobrirem o que Caelan queria e quem ele esperava que estivesse ao seu lado.

Ninguém jamais vai saber sobre todas as coisas boas que Caelan tentou fazer. Porque Damon manterá a verdade debaixo do mar, e irá deixar que o destino cuide de nós.

Eu deveria estar furiosa. Ele nos traiu.

Mas ele também está garantindo que a Colônia e tantos outros humanos fiquem seguros.

Talvez eu não tenha permissão para sentir raiva. Talvez eu só tenha que entender.

As garras de Ophelia roçam minha mente, puxando minha atenção de volta para ela. Sua raiva é visceral sob a superfície, mas ela é boa em mascarar as emoções.

— Conte-me o que meu filho planejava fazer.

Ranjo os dentes, lutando contra a pressão no meu crânio.

— Ele teria... me ajudado a... mudar o mundo.

Ela me solta, e eu arquejo, quase incapaz de manter o equilíbrio.

— Você infectou a mente dele. Adentrou fundo, como tentou fazer comigo.

Quando tentei falar com Mei.

Os fios deformados reaparecem nas minhas memórias. Posso estar usando uma coleira, mas Ophelia está presa por rédeas curtas.

— Você jamais vai se libertar. O mundo dos vivos não vai te deixar partir, porque sabe que seu lugar não é aqui.

Ela exibe os dentes, o primeiro sinal de fúria que vejo fora do vazio.

— É *você* quem não pertence a este lugar. — Ophelia enrijece, voltando a se recostar no trono como se estivesse recuperando a compostura. — Achou mesmo que poderia usar minha mente para voltar à sua antiga vida? Que poderia voltar para sua família?

— Eu não estava tentando voltar. — Talvez Mei não tenha me ouvido, mas ao menos eu senti sua presença. Sei que ela ainda está segura no mundo dos vivos.

Espero que ela continue assim pelo tempo que for possível.

Se Ophelia ouviu a mensagem que tentei enviar à minha irmã, ela não a menciona. Talvez eu estivesse muito distante, talvez houvessem vozes demais no caminho, distorcendo minhas palavras.

Servindo como um véu.

Pelo menos aquele momento — o adeus que eu finalmente consegui dar para minha irmã — estará sempre livre do alcance de Ophelia.

Damon se aproxima do trono da mãe.

— Talvez deixar Caelan com a rebelião seja um risco desnecessário. Ele sabe coisas demais sobre a Capital. E ele é um dos nossos. Permitir que os humanos violem seu corpo e sua mente me parece… excessivo.

Misericórdia. Talvez por causa do que ele fez.

Ou talvez seja apenas outra forma de proteger sua corte. Entrar em contato com Caelan, e sua mente, antes que a verdade venha à tona.

Ophelia fica de pé, e sua altura me faz estremecer.

— Ele abriu mão do direito de ser tratado como um de nós no momento em que traiu o próprio povo.

Lysander passeia os olhos atentos pela família.

— Se é esta a sua vontade, então nós o deixaremos na Guerra até que você deseje que o busquemos.

Damon abaixa o queixo, mechas de cabelo balançando-se num vento fantasmagórico.

— É claro.

Meu peito estremece ao pensar em quantos anos Caelan vai passar numa cela. Mesmo que seus irmãos procurem por ele um dia, duvido que a rebelião vá abrir mão de um prisioneiro tão valioso sem lutar. Enquanto isso, Caelan será a cobaia do Gênesis. A fonte de informação.

E, com o desalento correndo em suas veias e as algemas subjugando sua mente, acho que ele não vai conseguir lutar contra isso.

Alguém precisa convencer o Gênesis de que ele está do nosso lado.

Sou a única pessoa que pode ajudá-lo.

Mas a Rainha Ophelia tem outros planos. Para Caelan e para mim.

Quando ela fala, sua voz parece se dirigir a todas as Quatro Cortes.

— Esta é a última vez que você entra no meu caminho. — Ela se vira para os filhos, então fixa o olhar unicamente em Lysander. — Esta humana é um risco grande demais. Ela será levada para a câmara e separada de seu corpo imediatamente. Trancafie sua consciência onde ela não será uma ameaça e, no momento em que descobrir como erradicá-la, assim o fará.

Uma segunda morte. Ela está me condenando a uma segunda morte.

Embora eu já soubesse o que me aguardava, não consigo conter a parte do meu coração que se quebra quando percebo que nunca mais vou ver as pessoas que amo.

Todas as pessoas que aprendi a amar no Infinito. Todas as pessoas que eu amava antes de morrer.

E talvez minha irmã acima de todos.

— Eu vou voltar — vocifero, desesperada. — Nunca vou deixar vocês vencerem.

Ophelia inclina a cabeça, o rosto vazio de qualquer emoção.

— Esse fogo dentro de você já queimou por tempo demais. — Ela faz um gesto com a cabeça. — Levem-na daqui.

Os guardas obedecem. Embora eu não me vire para olhar, sinto que Damon me observa partir, oferecendo com os olhos violeta um adeus silencioso e indetectável.

Marcho para o meu fim sem derramar uma lágrima sequer.

45

Quando os guardas me conduzem à câmara branca, não tento fugir.

Estes são os meus últimos momentos. Não vou perdê-los para a coleira ao redor do meu pescoço.

Quero passá-los me lembrando das pessoas que amo.

Quando os guardas me prendem à cama de metal, penso nos meus pais, e no modo como eles me amaram incondicionalmente, desde o começo. Penso no cabelo revolto do meu pai e nos dedos manchados de tinta. Penso na comida da mamãe e nas dancinhas que ela fazia quando suas músicas preferidas tocavam na rádio.

Quando os guardas empurram a cama para baixo da luz forte e dos dispositivos de metal, penso nos meus amigos e na alegria com que eles enchiam meu mundo em diferentes momentos da minha existência. Penso nas festas do pijama de Lucy e nas corridas de bicicleta até a escola. Penso nos sussurros de Finn sob as estrelas, e nos milk-shakes que nunca perdiam a graça. Lembro que Shura foi a primeira amiga que fiz no Infinito, e me recordo de como ela tentava facilitar minha adaptação a este lugar. E lembro dos outros que se seguiram, como Kasia, que atravessou o Labirinto só para garantir minha segurança, e Zahrah, que vagou pelo deserto comigo quando mais ninguém o fez.

Quando Lysander ordena o início do processo, penso em Mei, e no amor que ainda tenho por uma irmã com quem não tive tempo o suficiente. Lembro de quando pulávamos nas camas de quartos de hotel e de quando colocávamos creme de café com baunilha no nosso cereal. Lembro de ficarmos acordadas até depois da meia--noite, rindo debaixo das cobertas. Lembro de jogar videogame, desenhar e cantar a plenos pulmões em longas viagens de carro.

E me lembro da sombra que vi depois de perseguir os fios na mente de Ophelia. Uma sombra que, apesar de tudo, me fez sentir em casa.

Porque Mei sempre foi meu lar, mesmo agora. Mesmo na morte.

Quando a luz ganha força e as máquinas zumbem ao meu redor, minha mente vai até Caelan, procurando por ele como se eu estivesse acenando em meio ao nevoeiro.

É isto, tento dizer. *Vou partir em breve.*

Mas Caelan não está lá. Bem quando a corrente de energia me atinge, percebo que nunca tivemos a chance de dizer adeus.

O Corte é uma dor aguda que atravessa meu coração, e então…

Na

escuridão

eu

me torno

nada.

46

Eu vejo... uma luz. Uma luz que não entendo.

Tento me mover, mas uma coisa pesada me contém. Está por todo lado, cobrindo tudo. Parece água.

Água.

Sim. Sim, é isso mesmo.

Estou debaixo d'água.

E vejo uma luz.

Eu vejo.

Eu vejo.

Algo brilha bem fundo dentro de mim, e um som agudo e disforme me alcança. Um nome.

— Nami.

Esse é o meu nome, canta minha alma dolorida.

Não paro de percorrer o som, e a luz. Continuo lutando.

Vou me fazer inteira.

47

Quando acordo, é como se eu tivesse morrido de novo.

Meu crânio lateja, e eu me sento, levando as mãos às têmporas. *Minhas mãos.*

Dedos dançam à minha frente. Na frente do meu...

Toco as bochechas e o nariz e os olhos e a boca, e então examino a sala de metal. Um gradeado estranho cobre o piso, e as paredes cantam como se houvesse uma coleção de canos atrás delas, chacoalhando com vapor.

Posso ver tudo. Posso ouvir tudo.

Do outro lado da sala, há um espelho na parede. Estou tão animada para ver meu rosto de novo — tão entusiasmada por estar de volta ao meu corpo — que me levanto da cama e tento correr até o espelho.

Só consigo dar um passo antes de cair de cara no chão.

Solto um grunhido, atordoada demais para me levantar, e uma série de passos ressoa do lado de fora. Ouço um bipe, e a porta de metal se abre.

Uma mulher com sardas e cabelo cacheado curto entra correndo, ofegante. Quando ela me vê no chão, seus ombros baixam de alívio.

— Ah, pensei que fosse outro ataque. Você está bem? Céus, deixa eu te ajudar.

Ela passa os braços debaixo dos meus ombros e me puxa, me levando de volta para a beirada da cama.

Olho para ela, piscando. Ela parece muito, muito humana.

Ela leva uma mão ao coração.

— Me desculpe, que falta de educação a minha. Meu nome é Julie. Julie Baker. Ah, me desculpa, vocês não usam sobrenomes aqui no pós-vida, não é? Bom, os outros só me chamam de Doutora, se você achar mais fácil de lembrar. Diga, você está acordada mesmo desta vez, não está? — Ela ri. Um riso alto e solto. — Sabe, esta não é a primeira vez que você tentou andar, mas em geral você apaga na hora e dorme por mais algumas semanas.

— Algumas semanas? — repito, esfregando a testa. — Onde eu estou? E há quanto tempo estou aqui?

— Você não se lembra de nada mesmo, não é? Faz sentido. Nenhum dos que acordam nos tanques lembra. — Ela chega mais perto como se estivesse contando um segredo. — Você não faz ideia de quantos humanos ajudamos a reconstruir à sua procura. E pensar que estou falando com a Nami Miyamoto em carne e osso, aqui no Infinito. — Por um momento, ela parece deslumbrada. Então uma careta toma seu rosto. — Desculpa, essa coisa do sobrenome é muito complicada. Além disso, acho que não é carne e osso de verdade, já que tecnicamente nenhum de nós está vivo de um ponto de vista científico, mas… Ei, quase esqueci! Era para eu te levar até a general assim que você acordasse.

A general? Reconstruir humanos?

Não entendo.

Quanto tempo passou desde o Corte?

A mulher — Julie — se dirige até uma prateleira próxima e tira de lá um roupão.

— Fica um pouco friozinho lá nas vielas. É melhor você vestir isso. Especialmente porque já faz um tempo desde que você, sabe… — Ela segura o roupão.

Sacudo a cabeça, tentando ficar de pé por conta própria.

— Estou bem. Só quero saber o que aconteceu comigo. — Onde estão os meus amigos? Onde está o Gênesis?

Onde estão os *Residentes*?

Julie deixa o roupão na cama e passa um braço debaixo do meu.

— Então vamos lá. Vamos dar uma volta. A general vai querer explicar tudo.

Ela aperta um botão sobre um teclado e a porta volta a se abrir. Quando atravessamos, o ar frio me atinge como uma corrente de vento gelado.

Estremeço violentamente.

— Eu te avisei — ela diz com um sorriso compreensivo. — Tem certeza que não quer o roupão?

Em resposta, dou um passo à frente, e ela me conduz por uma frágil ponte de metal. Um vapor sopra abaixo, e o som de um motor ressoa pelo núcleo do lugar, seja lá o que isso for. Passamos por uma série de túneis — vielas, segundo a mulher — até chegarmos a uma escada de metal cintilante que leva a uma escotilha.

— Você acha que dá conta? — ela pergunta.

Agarro o degrau à minha frente e ergo o corpo, um passo trêmulo de cada vez. Quando alcanço a escotilha, eu a abro com um empurrão e me apoio sobre a borda. Mal consegui ficar de pé quando Julie atravessa a abertura também, fechando a porta circular atrás de si.

Levo um momento para me orientar, e então percebo que não é vapor que estou olhando. São nuvens.

Caminho a passos trêmulos na direção do gradil de metal e contemplo o céu aberto. Quilômetros e quilômetros de… *espaço*.

Estamos alto demais para ver a superfície. Mais alto do que uma aeronave voaria.

— Como…? — começo, mas Julie pigarreia atrás de mim.

Quando eu me viro, ela está apontando para uma enorme passagem, protegida por dois humanos de armadura, que carregam grandes fuzis de prata sobre o peito. Armas mais elaboradas do que qualquer coisa que Ahmet já tenha projetado.

Sigo Julie pela passagem, fitando os guardas com a mesma curiosidade que eles dirigem a mim, e entro no salão.

O aroma de lenha e canela enche minhas narinas. Conforto. É como estar em casa.

Tábuas de madeira revestem o chão, e um fogão de ferro encostado na parede dos fundos está aceso. Há uma enorme mesa coberta por mapas e estranhos rascunhos de feras metálicas e plantas tecnológicas, e um arsenal bem atrás dela. Não apenas adagas — espadas, machados e armas de fogo também. Na lateral jaz uma cama bagunçada, coberta por mais papéis, e uma passagem em arco leva a um quarto separado.

— General? — Julie chama, a voz assumindo um tom sério. — Nami acordou.

— Hã? — responde uma voz distraída. — Ah, sim, já me disseram isso várias vezes. Quero saber quando ela estiver *consciente*. Não tenho tempo para...

— Er, quero dizer que a Nami está *aqui*. — Julie pausa, olhando para mim. — Agora.

O silêncio faz meus ouvidos ficarem vazios.

Há uma movimentação atrás da porta, como uma cadeira sendo empurrada para o lado, e então uma estranha aparece com olhos arregalados e brilhantes.

Uma mulher de meia-idade com um nariz delicado e o cabelo preso num rabo de cavalo alto me olha. Ela usa um traje de couro escuro, com pistolas nas laterais do corpo. Parece fazer parte de um exército.

A general, presumo.

Estou prestes a abrir a boca para perguntar onde estou, e como cheguei aqui, quando ela fala.

— Nami — ela diz com um arquejo, e sua voz ecoa por mim como se eu estivesse num sonho.

Eu a encaro de volta, o coração martelando, e examino seus olhos. Sua boca. Seu cabelo quase preto, da mesma cor que o meu.

E não posso dizer com certeza que sei em que mundo estou.

Porque não há qualquer dúvida na minha mente sobre quem é essa mulher.

Estou olhando para minha irmã, Mei.

E ela está olhando para mim.

AS GUERRAS DE GÊNESIS 349

Agradecimentos

Este livro passou por uma tremenda jornada, e estou transbordando gratidão por todas as pessoas que ajudaram *As Guerras de Gênesis* a se tornar o que é hoje.

Para Jennifer Ung — obrigada por guiar este livro no começo. Para Alyza Liu — obrigada por acompanhar este livro até a linha de chegada. Vocês duas são feiticeiras editoriais, e trabalhar nesta série com uma equipe tão brilhante e dedicada tem sido uma verdadeira honra.

Para minha agente, Penny Moore — você incentivou minhas palavras desde o começo, e serei eternamente grata por ter compartilhado tantos projetos com você.

Para a equipe da Simon & Schuster que ajudou a história da Nami a evoluir de uma ideia a um livro publicado: um enorme obrigada a Dainese Santos, Emily Ritter, Anna Jarzab, Lauren Carr, Shivani Annirood, Lisa Moraleda, Katrina Groover, Karen Sherman, Sara Berko, Justin Chanda, Anne Zafian, Jon Anderson, Kendra Levin, Chrissy Noh, Brian Murray, Lauren Hoffman e Francie Crawford.

E um agradecimento muito especial para Casey Weldon e Laura Eckes por mais uma capa espetacular e por darem vida a Nami (e Nix!) de um jeito tão inesquecível, e para Virginia Allyn pelo lindo mapa da edição original. As ilustrações para este livro são de tirar o fôlego.

Outro agradecimento especial para a equipe por trás do audiobook, e para a talentosíssima Mizuo Peck por dar voz à Nami.

Um enorme agradecimento a todos da Aevitas Creative Management e da WME pelo entusiasmo e apoio a este projeto, e especialmente para Carolina Beltran, Brianna Cedrone, Allison Warren e Shenel Ekici-Moling.

Tenho sorte de fazer alguns maravilhosos amigos autores ao longo dos anos, que trazem tanta alegria a um processo às vezes intenso. Obrigada, Nicki, Lyla, Michelle e Sangu por serem pessoas incríveis. Obrigada, Adalyn, Tracy e Sarah pelos excelentes *blurbs*. E obrigada, Kate, por ser uma heroína de última hora.

Para a equipe comercial que celebrou esta série desde o começo — vocês são todos magníficos. Muito obrigada.

Para cada leitor que escolheu este livro — muito obrigada por continuar acompanhando o progresso da jornada da Nami. Escrever é uma das maiores honras da minha vida, e estou tão feliz por poder oferecer a vocês mais histórias do mundo do Infinito. E, se você for um dos leitores que fez o salto entre gêneros literários dos meus outros livros, muito obrigada. Seu apoio significa *tudo* para mim.

Para meus amigos e minha família da vida real, que têm me acompanhado durante os momentos de maior entusiasmo e medo, sou eternamente grata por ter vocês na minha vida.

E para Shaine e Oliver em especial — muito obrigada por serem os melhores dos melhores. Ser mãe de vocês significa absolutamente tudo para mim, e ver vocês dois crescerem e se tornarem pessoas tão carinhosas, gentis e hilárias é o ponto alto da minha vida. Amo vocês vezes infinito, várias e várias vezes, e mais do que todas as estrelas no céu.

Finalmente, para Maze. Sei que você não sabe ler, e não tem a menor ideia do que é um livro porque é uma cachorra, mas você me ajudou a superar este ano, e — sejamos sinceros — escrever é uma experiência melhor com os carinhos de um filhotinho.

Este livro, composto na fonte Fairfield,
Foi impresso em papel Pólen Soft 70 g/m2 na gráfica Coan
Tubarão, junho de 2023